ハヤカワ文庫 SF
〈SF2415〉

息　吹

テッド・チャン
大森 望訳

早川書房

8973

EXHALATION
by
Ted Chiang

Translated by
Nozomi Ohmori
Published 2023 in Japan by
HAYAKAWA PUBLISHING, INC.
This book is published in Japan by
arrangement with
JANKLOW & NESBIT ASSOCIATES
through JAPAN UNI AGENCY, INC., TOKYO.

マーシャに

日本のみなさんへ

ぼくの第二短篇集がいよいよ日本語でも読めるようになるということで、わくわくしています。日本の読者のみなさんは、ぼくの心の中でずっと特別な場所を占めてきました。二〇〇七年、初めて日本を訪れたとき、横浜の世界SF大会で公開インタビューを受けることになりました。会場のコンベンション・センターの会議室に行ってみたら、聴衆が集まりすぎてとても入りきらないので、急遽、もっと大きなホールに場所を変更することになったとスタッフから聞かされました。そのスタッフのあとについて新しい会場に行くと、驚いたことに、数百人の聴衆が待っていました。

公開インタビューのあと、ホールの脇に長い列をつくっている聴衆にサインしましたが、ぼくにとってそれは、まったく新しい体験でした。そのときまで、二十人以上の聴衆を相手に話をしたことは一度もなかったし、一度に二、三人以上の読者にサインしたこともなかったのです。アメリカでは、幸運なことにいくつもの賞をいただきましたが、自分が実際に人気がある作家だと思わせてくれたのは、日本が初めてでした。日本の読者のみなさんに感謝します。

二〇一九年十一月、著者

目次

息吹

商人と錬金術師の門

The Merchant and the Alchemist's Gate

おお、信徒の長たる偉大なる教主《カリフ》さま、拝謁の栄に浴し、生涯、これにまさるしあわせはございません。ただいまより物語りますのは、まことに不可思議な物語にございますが、その一部始終が眼の端に入れ墨されるとして、そこに描かれるものの不思議さは、語られる出来事の不思議さをしのぐものではありませぬ。と申しますのもこの物語は、戒《いまし》めを与えられる者には戒めとなり、学ばんとする者には教えとなるからでございます。

わたしはフワード・イブン・アッバスと申します。平安の都、このバグダッドに生まれました。父は穀物商人でしたが、わたし自身は長年にわたり織物を商い、ダマスクスからは絹、エジプトからは亜麻布、モロッコからは金糸の刺繡《ししゆう》入りスカーフを仕入れておりました。裕福な暮らしでしたが、いつも鬱々《うつうつ》として楽しまず、贅沢な品を買おうが、施しをしようが、心が晴れることはありませんでした。それにひきかえ、いまのわたしは一ディルハムだに持たず御前に立っておりますが、心は安らかでございます。

万物のはじまりはアラーですが、教主さまのお許しをたまわりますれば、わたしが金物細工市をそぞろ歩いていた日からこの物語を語りはじめたいと存じます。その日、わたしは、取引相手の男へ贈るものを探しておりました。銀の盆が喜ばれるのではないかという話でしたので、いい出物を求めて四《し》半刻《はんとき》ほど見てまわったあと、市の中でも大きな店舗のひとつが新しい店に変わっているのに気がつきました。一等地ですから、この店を購《あがな》うには大金が必要だったに違いありません。そこでわたしは、どんな品が並んでいるか眺めてみようと、中に入りました。

かくも驚くべき品々が一堂に会しているのを見たのははじめてでした。入口近くには、銀を象嵌《ぞうがん》した七枚の皿を擁する天体観測器《アストロラーベ》や、正時に鐘を鳴らす水時計、風が吹くと歌う真鍮《しんちゅう》製の小夜《さよ》啼鳥《なきどり》、奥のほうにはさらに精巧な機械類が並んでおります。曲芸師を見つめる子どものような目でわたしがそれらをためつすがめつしておりますと、奥の戸口からひとりの老人が店に出てまいりました。

「この粗末な店にようこそ足をお運びくださいました、お客さま。わたくしはバシャラートと申します。なにかお探しで？」

「たいそう珍しい品々が揃っていますね。世界各地の商人と取引してきましたが、このような品は見たこともない。どちらで仕入れたものか、お伺いしてもよろしいでしょうか」

「過分なお誉めをたまわり、ありがとうございます。ごらんの品々はすべて、わが工房で、わたくし自身、もしくはわたくしの指示のもとで弟子たちがつくりましたものにございます」

この老人がかくも多種多様な技術にかくも深く熟達していることに驚嘆しつつ、わたしは店に置かれているさまざまな機械について質問し、店主の天文学、数学、地卜《ちぼく》、医学に関する博覧強記の説明に耳を傾けました。話は一時間以上もつづき、わたしの好奇心と尊敬の念は、朝顔の花のように大きく開きましたが、そのとき老人は、あろうことか、錬金術の実験について言及しました。

「錬金術？」これには驚きました。詐欺師の口上めいたそんな言葉を口にする人物には見えなかったからです。「つまり、卑金属を黄金に変えることができると？」

「たしかにできますが、しかしお客さま、じつのところそれは、多くの人々が錬金術に求めるものとは違います」

「はて、多くの人はなにを求めているのです？」

「地中の鉱脈を採掘するよりも安価な黄金の供給源です。錬金術はたしかに黄金をつくる方法を教えてくれますが、その手順はあまりに困難で、それとくらべれば、金鉱を掘る苦労など、桃の木から桃の実をもぐも同然に思えるほどでございます」

わたしはにっこりしました。「賢明なお答えですね。ご主人の博学は疑いの余地がありませんが、しかしわたしにも、錬金術を信じないだけの分別はありますよ」

バシャラートはわたしを見つめ、なにごとか思案するような顔になりました。「じつは最近、そのお考えを変えるやもしれぬものをつくりました。お目にかけるのはお客さまがはじめてとなりますが、ごらんになりますかな」

「ぜひとも」

「ではこちらへ」

主人はわたしを先導し、店の奥にある戸口をくぐりました。となりは工房で、わたしの目にはなんに使うのかも判然としない工具類が並んでおりました。まっすぐ伸ばせば地平線まで届きそうな長さの銅線でぐるぐる巻きにされた金属棒、水銀の上に浮かぶ花崗岩の円《まる》い石板に据えられた鏡……。しかしバシャラートは、それらには一顧だにせず、素通りしました。

かわりにわたしが導かれたのは、胸の高さまである頑丈そうな台座の前でした。台座の上には金属製の太い輪が直立した状態で据えられていました。輪の内径は、さしわたしが両手をいっぱいに伸ばしたほどあり、ふちの部分はたいそう太くて、屈強な男でも運ぶのに骨が折れそうでした。金属は夜の闇のように黒く、しかしつるつるに磨き上げられているため、もしべつの色であれば鏡になっただろうと思うほどでした。バシャラートは、輪を横から見る位置に立つようわたしに指示し、自分は輪の正面に立ちました。

「ご覧《ろう》じろ」

バシャラートは輪の右側から片手を輪の中に差し入れましたが、左側から手は出てきませんでした。そのかわり、ひじのところで腕が切断されてしまったように見えました。バシャラートは切り株のようになった腕を上下に振ってみせ、それから腕を引くと、手は無傷のままでした。

バシャラートほど学識豊かな人物がみずから奇術師の芸を実演するとは思いがけないことでしたが、見事な技ではありましたので、わたしは礼儀正しく手を叩きました。

「では、しばしお待ちを」といって、バシャラートは一歩下がりました。

じっと見つめていると、輪の左に、それを支える体となく、腕だけが出てきました。腕を包む袖は、バシャラートの外衣の袖と同じものでした。腕は上下に動き、それから輪のほうに引っ込み、消え失せました。

最初の手品も鮮やかだと思いましたが、今度の手品のほうがはるかにすぐれていました。

というのも、台座にしろ輪にしろ、幅がせますぎて、どう見ても人間を隠すことなどできないからです。「じつにすばらしい腕前ですね！」

「ありがとうございます。しかしこれは、たんなる手先の技ではございません。輪の右側は、輪の左側よりも数秒先んじているのです。輪をくぐることは、その時間を瞬時に超えることを意味します」

「どういうことでしょうか」

「もういちど実演いたしましょう」バシャラートがふたたび輪の中に手を入れ、手が消え失せました。バシャラートはにっこり笑うと、綱引きでもしているように腕を前後に動かし、それからまた手を引き出して、開いたてのひらをわたしに見せました。その上には、見覚えのある指環が載っていました。

「わたしの指環だ！」自分の手をたしかめると、わたしの指環はちゃんと指に嵌《は》まっていました。「そっくり同じものを宙からとりだしたのですか」

「いいえ。これはまちがいなくお客さまの指環ですよ。お待ちを」

ふたたび一本の手が輪の左側に出てきました。手品の仕掛けを見破ってやろうと、わたしは前に飛び出し、その手を掴みました。つくりものではなく、血肉を備えた人間の手でした。その手をひっぱると、その手がわたしの手をひっぱり返しました。それから、掏摸《すり》のような鮮やかな手際で、その手がわたしの指から指環を抜きとったかと思うと、たちまち輪の中へと引っ込み、煙のように消えてしまいました。

「指環が消えた！」

「いいえ、お客さま。指環でしたらここにございます」と、手に持っていた指環をこちらに差し出しました。「いたずらをお許しください」

わたしは指環をもとどおり指に嵌めました。「わたしの指から抜きとられる前に、もう指環を持っていたということか」

その瞬間、今度は輪の右からいきなり腕が伸びてきたので、わたしは思わず、「なんだこれは？」と叫びました。腕はまたすぐ輪の中に消えましたが、服の袖から見て、やはりバシャラートの腕でした。しかし、彼が腕を輪に入れるところは見ていません。

「思い出してください」とバシャラートがいいました。「輪の右側は左側に先んじております」そして左から輪に歩み寄り、輪の中に腕を差し入れ、今度もまた、腕は消えました。

教主さまはとうにおわかりだったことでしょうが、わたしはこのときようやく理解しました。輪の右側で起きたことはなんでも、数秒後、左側で起こる出来事によって補完されるのです。

「魔法ですか」とわたしは訊ねました。

「いいえ、そうではありません。魔神に会ったことはございませんし、会ったとしても魔神を信じて使役したりはいたしません。これは、一種の錬金術なのです」

バシャラートは以下のように説明しました。現実の皮膜には、樹木の虫食い穴のような小さな孔《あな》が開いている。そういう孔を見つけ出したら、ガラス細工師が溶けたガラスの一滴を長い煙管《きせる》に変えるように、孔をひっぱって長く伸ばすことができる。その片方の口から時間を水のように流し込み、反対の口ではそれを糖蜜のように濃くする……。白状いたしますと、バシャラートの言葉をきちんと理解したわけではありませんし、それが正しいと証言することもできません。説明を聞いたあとで、わたしが口にできたのはこれだけでした。「じつに驚くべきものをつくられたのですね」

「ありがとうございます。しかしこれは、わたくしがお見せしたいと思っているものの前座でしかありません」バシャラートはわたしについてくるよう合図すると、さらに奥の、またべつの部屋に入りました。その部屋の真ん中には円形の門がしつらえてあり、例の輪と同じ、磨かれた黒い金属でできた太い枠が嵌まっていました。

「先ほどお見せしたのは、〈秒の門〉でしたが」とバシャラートはいいました。「こちらは〈歳月の門〉です。門の両側は、二十年の歳月で隔てられています」

白状いたしますと、すぐにはバシャラートの言葉の意味が呑み込めませんでした。彼が右側から腕を差し入れ、それから二十年待つと左から腕が出てくるというのを想像して、手品としてはずいぶん気の長い芸だと思い、そのとおりのことを申しますと、バシャラートは笑ってこういいました。

「たしかにそれもひとつの使い途《みち》ですが、しかし、お客さまご自身がこの〈門〉をくぐったらどうなるか、考えてみてください」〈門〉の右側に立ち、バシャラートはもっと近くに来るようわたしを手招きし、それから〈門〉の向こうを指さしました。「ご覧じろ」

〈門〉ごしに向こうを見ると、部屋のそちら側には、入ってきたときに見たのとは違う敷物と座布団が置かれているように見えました。〈門〉の外から向こうを眺めてみた結果、〈門〉ごしに見えているのはいまいるのとはべつの部屋なのだと気がつきました。

「見えているのは、いまから二十年後のこの部屋です」

わたしは、砂漠で水の幻を見た人間のように目をしばたたきましたが、見えるものは変わりません。「そして、これをくぐることができると？」

「できます。そうやって〈門〉をくぐれば、二十年後のバグダッドを訪れることになります。二十年後のご自分をさがしあてて、言葉を交わすこともできましょう。そのあとでまた〈歳月の門〉をくぐり、現在にもどってこられるのです」

バシャラートの言葉を聞いているうちに、足もとがぐらぐらするような感覚に襲われ、

「ご自分で試されたことはおありですか」と訊ねました。「この〈門〉をくぐったことは？」

「はい。それに、ほかにも大勢のお客さまが〈門〉をくぐりました」

「先ほどの話では、この〈門〉を見せるのはわたしが最初だったのでは？」

「この〈門〉に関してはそのとおりです。しかし、長年のあいだカイロに店をかまえており、最初に〈歳月の門〉をつくったのはその店でした。そちらの〈門〉をご覧《らん》になり、お使いになったお客さまは大勢いらっしゃいます」

「未来の自分自身と話をすることで、彼らはなにを学んだのです？」

「学ぶことは人それぞれです。お望みでしたら、そのうちのおひとりの物語をお話ししましょう」

バシャラートはそれを語りました。もしも教主さまがお望みでしたら、いまからここで、その物語を語らせていただきましょう。

幸運な縄ないの物語

ハサンという名の、縄ないの若者がおりました。二十年後のカイロを見ようと〈歳月の門〉をくぐったハサンは、街がずいぶん大きくなっていることに驚きました。まぎれもなく同じカイロの街だったにもかかわらず、ハサンはつづれ織りに描かれた一場面に踏み込んだような気分になり、ごくありふれた光景さえ、驚嘆の念をもって眺めておりました。

街を散策し、剣舞の踊り手や蛇使いたちが集まるズウェイラ門までやってきたとき、ひとりの星占い師が呼びかけてきました。「お若い人！　未来を知りたくないかね？」

ハサンは笑って、「もう知ってるよ」と答えました。

「将来、金持ちになれるかどうか知りたいだろう」

「おれは縄ないだ。金持ちになれないことぐらい知ってるよ」

「そうと決まったものでもあるまい。名高い商人、ハサン・アル－フバウルはどうだ。縄ないから身を起こして大富豪になったのだぞ」

ハサンが好奇心にかられ、この裕福な商人を知る者を訊ねて市場を歩いたところ、その名はよく知られておりました。話によると、商人はカイロでも豪壮な邸宅が集まるビルカット・アル－フィルに住んでいるとのことだったので、そちらに赴いて、彼の家はどこかと近所の人々に訊ねると、通りでいちばん大きな屋敷がそれでした。

門を叩くと、召使いがあらわれ、中央に噴水のある広々とした豪華な広間に通されました。召使いが主人を呼んでくるのを待つあいだ、周囲の磨き込まれた黒檀《こくたん》や大理石を見ているうちに、ハサンはだんだん場違いなところへ来てしまったという気になり、もう帰ろうと腰を上げかけたとき、年長の自分自身が姿を現しました。

「とうとう来たか！」と年長のハサンはいいました。「待ちかねたぞ！」

「待ちかねた？」ハサンはびっくりして訊《き》き返しました。

「そうとも。いまおまえがこうして訪ねてきたのと同じように、かつてわたしも年長の自分を訪ねたのだからな。あんまり歳月が経ちすぎて、正確な日付は忘れてしまっていたが。さあ、いっしょに夕食をとろう」

ふたりが食事室に行くと、召使いたちが、鶏のピスタチオ詰め、蜂蜜に漬けた寄せ揚げ、香辛料を効かせた柘榴《ざくろ》を添えた仔羊肉の炙《あぶ》り焼きを運んできました。年長のハサンは、その後の人生についてくわしくは語らず、多岐にわたる商売上の関心事は話題にしたものの、どんなふうにして商人になったかについては口をつぐんでいました。妻がいることは認めたものの、まだ会わせるべき時ではないと述べ、反対に、子どものころやった悪ふざけの話をしてくれと若いハサンにねだり、自分はもうよく覚えていないという逸話を聞いて大笑いしました。

若いハサンはたまりかね、年長のハサンに向かって、「いったいどうやって自分の運命をこんなに大きく変えたんだ？」と訊ねました。

「いま話せるのはこれだけだ。いいか、市に麻を買いにいくとき、いつもみたいに黒犬通りの南側を歩いてはいかん。北側を歩け」

「それで運勢が上向くのか？」

「いいからいわれたとおりにしろ。さあ、もう家に帰れ。おまえには縄をなう仕事がある。次に訪ねてくるべき時は、いずれわかる」

若いハサンは自分の時代に帰ると、いわれたとおり、日陰がないときでも通りの北側を歩くようにしました。数日後、錯乱した一頭の馬が、通りの南側、ハサンのちょうど真向かいで暴れ出して、何人かの通行人を蹴りつけ、べつのひとりの上に椰子油の大きな壺を倒して怪我をさせ、さらにもうひとりを蹄《ひづめ》で踏みつけました。騒動がおさまったあと、ハサンは怪我人の恢復《かいふく》と死者の平安をアラーに祈り、自分が無事だったことに感謝を捧げました。

翌日、〈歳月の門〉をくぐって年長の自分を訪問したハサンは、「あんたはあそこを通りがかってあの馬に蹴られたのか？」と訊ねました。

「いや。わたしは年長の自分の警告を心に留めていたからな。忘れるな、おまえとわたしは同じ人間なんだ。おまえの身に降りかかることはすべて、わたしの身にもかつて降りかかったことだ」

こうして、年長のハサンは次々に指示を与え、若いハサンはそれにしたがいました。いつもの雑貨商から卵を買うのを控えたおかげで、傷《いた》んだ籠の卵を買った客がこうむった災難を避けることができました。麻を余分に仕入れておいたおかげで、隊商の到着が遅れて同業者が材料不足をかこつのをしり目に、仕事をつづけることができました。年長の自分の指示にしたがうことで若いハサンは多くの厄介を避けられましたが、年長の自分がどうしてもっといろいろ教えてくれないのか、それが不思議でした。おれはだれと結婚するんだろう。どうやって金持ちになるんだろう。

ある日のこと、市ですべての縄を売りさばき、いつになく重い財布を持って通りを歩いていたとき、ひとりの男の子がぶつかってきました。はっとして懐《ふところ》を探ると、財布がありません。叫び声をあげてふりかえり、人混みの中に掏摸の姿を探しました。ハサンの声を聞いた少年は、たちまち人混みを縫って走り出しました。ハサンは少年の短上着の片袖がひじのところでちぎれているのを目にとめましたが、すぐにその姿を見失ってしまいました。

年長の自分からなんの警告もなかったのに、我が身にこんな災難が降りかかったことに衝撃を受け、しばし茫然としておりましたが、その驚きはすぐ怒りに変わり、ハサンは掏摸のあとを追いはじめました。視野に入る男の子たちの上着の袖をたしかめながら人混みをかきわけて走りつづけ、とうとう偶然にも、果物屋台の下にしゃがみこんでいた掏摸を見つけました。ハサンはその腕をひっつかみ、まわりの人々に向かって、盗っ人を捕まえたから衛兵を呼んでくれと叫びました。逮捕されるのを恐れた少年はハサンの財布を放り投げて泣き出しました。ハサンは長いあいだじっと少年を見つめていましたが、やがて怒りが薄れ、彼を放免してやりました。

次に年長の自分に会ったとき、ハサンは訊ねました。「どうして掏摸のことを警告してくれなかった？」

「楽しい経験だっただろう？」

ハサンは首を振りかけてから、思い直しました。「たしかに楽しかった」首尾よく捕まえられるかどうかわからないまま、必死に少年を追跡しているあいだ、血が沸き立つような興奮を数週間ぶりに感じていたのでした。少年の涙を見たとき、ムハンマドの慈悲の教えを思い出して赦《ゆる》してやったことで、自分の徳が高くなったようにも感じました。

「それでもやはり、あんなことが起きないようにしてほしかったと思うか？」

若いころは不合理に見えたさまざまな慣習の持つ意味が、長じるにつれてわかってくるのと同じように、ハサンは、情報を明かすのと同様、伏せておくことにも意味があるのだとさとりました。

年長のハサンは、若い自分が理解したことを見てとり、こういいました。「では、いまからとても大切な指示を与える。馬を一頭雇え。街の西方、丘陵地帯のとある場所までの道順を教えるから、そこへ行け。すると、小さな森の中に、雷に打たれた一本の木が見つかる。その根もとにある岩で、おまえが動かせるもののうち、いちばん重いものをひっくり返し、その下を掘れ」

「なにを探すんだい？」

「見つかったときにわかる」

翌日、ハサンは馬で丘陵地帯に向かい、問題の木を発見しました。周囲の地面は岩だらけでしたから、ハサンはそれを片端からひっくり返す羽目になりました。とうとう、ハサンの鍬《くわ》が土と小石以外のなにかを掘り当てました。まわりの土をどかしてみると、それは、金貨とさまざまな宝石類をぎっしり詰めた青銅の箱でした。生まれてこのかた、そんなものを見たのははじめてでした。ハサンは宝箱を馬の背に載せ、カイロにもどりました。

次に年長の自分と会ったとき、ハサンは訊ねました。「宝のありかがどうしてわかった？」

「自分に教えてもらったんだよ」と年長のハサンは答えました。「おまえと同じだ。われわれがどうして宝の所在を知るにいたったかについては、アラーの思し召《おぼ め》しという以外なんの説明もできない。まあしかし、なんであれ、ほかにどんな説明がある？」

「アラーがお恵みくださったこの財宝は、誓ってうまく役立ててみせる」と若いハサンはいいました。

「そしてわたしはその誓いを新たにしよう」と年長のハサンがいいました。「われわれふたりが言葉を交わすのはこれが最後だ。ここから先は、自分で自分の道を切りひらくがいい。平安を」

かくしてハサンは家に帰りました。金貨を使って大量の麻を買い、職人を雇って気前のいい給金を払い、縄を求めるすべての客に気前のいい値段で売りました。美しく利口な女と結婚し、妻の助言にしたがって麻以外の品々の商いにも乗り出し、やがて裕福で尊敬される商人となりました。そのあいだずっと、彼は貧しい者に気前よく施し、高潔な人間として暮らしました。このようにしてハサンは、死――絆を断ち、喜びを壊すもの――がとうとう彼に追いつくまで、だれよりもしあわせな人生を送ったのです。

＊

「驚くべき物語ですね」とわたしは申しました。「〈門〉を使うべきかどうか迷っている客にとっては、このうえない誘惑です」

「頭から信じてかからない叡知《えいち》をお持ちですな」とバシャラートはいいました。「アラーは、褒美を求める者に褒美を与え、罰を求める者に罰を与えます。〈門〉を使おうと使うまいと、アラーがあなたをどう見ているかは変わりません」

わたしは合点してうなずきました。「つまり、年長の自分が経験した災難を避けることに成功したとしても、ほかの災難に遭わない保証はないと」

「いえ。年寄りのことゆえ、話がわかりにくくて申し訳ありません。〈門〉を使うことは、引くたびに結果が変わるくじ引きとは違います。むしろ、宮殿の中の隠し通路、ふつうに廊下を歩いてゆくよりも早く目的の部屋にたどりつける秘密の経路を使うのと似ております。どの戸口を通って入ろうが、たどりつく部屋が変わることはありません」

わたしは驚きました。「つまり、未来は定まっていると？　過去と同じく、変えることができないということですか？」

「悔悛《かいしゅん》と償いが過去を消し去るといわれております」

「それは聞いたことがある。しかしいままで、それが真実だと思ったことは一度もありません」

「それはあいにくなことですな」とバシャラートはいいました。「わたくしに申し上げられるのは、未来もまたそれと同じであるということですから」

わたしは、しばし考えてみました。「では、二十年後に自分が死んでいるのがわかっても、死を避けるためにできることはなにもない？」

バシャラートはうなずきました。だとしたらずいぶん気が滅入る話だとわたしは思いましたが、逆から見れば、絶対確実な保証になるという考えが頭に浮かびました。

「では反対に、いまから二十年後、自分が生きているのがわかったとしましょう。だとすれば、今後二十年のあいだ、なにをやっても絶対に死なないことになる。戦場でなんの不安もなく闘える。生き延びることは確実なんだから」

「それはありえますな」とバシャラートはいいました。「保証をそんなふうに利用しようと考える人間は、最初に〈門〉を使ったとき、生きている年長の自分を見つけられないという可能性もおおいにありえますが」

「なるほど。つまり、用心深い人間しか年長の自分に会えないと？」

「〈門〉を使ったまたべつのお客さまの物語をお聞きになって、その人物が用心深い人間だったかどうかをご自身で判断されるとよいでしょう」

バシャラートはそれを語りました。もしも教主さまがお望みでしたら、いまからここで、その物語を語らせていただきましょう。

自分自身から盗んだ織工の物語

アジブという、若い織工がおりました。敷物を織ってつましく暮らしておりましたが、金持ちが楽しんでいる贅沢を自分でも味わってみたいと強く願っておりました。ハサンの物語を聞いたあと、アジブはただちに、年長のハサンと同じく裕福で気前のいい人間になっているはずの年長の自分に会うため、〈歳月の門〉をくぐりました。

二十年後のカイロに着いたアジブは、お屋敷街のビルカット・アル゠フィルに赴き、アジブ・イブン・タハールの住まいはどこかと訊ねました。もし年長のアジブを知る人間から、顔がそっくりであることを見とがめられたら、自分は彼の息子で、ダマスクスから着いたばかりだと名乗るつもりでした。しかし、そのつくり話を披露する機会はありませんでした。というのも、だれに訊いても、アジブ・イブン・タハールの名を知る人はなかったからです。

とうとうアジブは、自分のもとの住みかにもどり、引っ越し先を知る人がいないか訊いてみることにしました。おなじみの町内に入ると、通りかかった男の子を呼び止め、アジブという男がどこにいるか知らないかと訊ねました。男の子は、アジブのもとの家を指さしました。

「あれはアジブがむかし住んでいた家だろう。いまはどこに住んでいる？」

「きのうまではその家に住んでたよ。きょうになって引っ越したんなら、どこに行ったか知らないけど」

アジブは信じられない思いでした。二十年後も同じ家に住んでいるなんて。ということは、自分が裕福になることはなく、年長の自分から助言されることもない――すくなくとも、それによって利益を得られるような助言は期待できない。自分の運命は、あの幸運な縄ないのそれと、どうしてこんなにも違うのだろう。男の子が人違いをしていることに一縷《いちる》の望みを託し、アジブは家の前で見張りをしました。

やがて、ひとりの男が家から出てくるのを目にしたアジブは、それが年長の自分であることを確認してがっかりしました。年長のアジブのあとについて出てきた女は、おそらく妻だろうと思いましたが、アジブは、自分の人生を好転させるのにしくじったことで頭がいっぱいだったため、ろくに注意を払いませんでした。年長の夫婦が視界から消えるまで、ふたりがまとう質素な服を暗い気持ちでぼんやり見つめていました。

処刑された生首が見たいと野次馬を駆り立てるのと同じ種類の好奇心にかられて、アジブは自分の家の戸口に歩み寄りました。持っていた鍵を錠に差し込むと扉が開いたので、中に入りました。調度類は変わっていたものの、やはり使い古された質素なもので、アジブはそれを見てやるせない気持ちになりました。二十年たっても、おれはいまよりましな座布団ひとつ買えないのか。

衝動的に、アジブは自分がふだん貯金をしまってある木箱に歩み寄り、錠を開けました。蓋を持ち上げると、箱の中には金貨がぎっしり詰まっていました。

アジブは仰天しました。年長の自分は金貨の箱を持っているのに、あれほど質素な服をまとい、二十年変わらず同じ小さな家に住んでいるとは！　こんなに財産があるくせにそれを使って楽しむすべを知らないのだから、年長の自分はおそろしくしみったれた、わびしい人間に違いない。金を墓場まで持っていけないことなど、アジブはずっと前から知っていました。年を重ねるにつれてそれを忘れてしまうなどということがありうるのでしょうか。

これだけの財産はその正しい使い途を知っている人間、すなわち自分のものになるべきだとアジブは決断しました。年長の自分の金を持っていっても盗みにはならないはずだ、なぜなら受けとるのは自分自身なのだからと、そんなふうに考えたのです。アジブは木箱を肩に担ぎ上げ、大汗をかきながら〈歳月の門〉まで運び、自分の時代のカイロへと帰還しました。

手に入れた財産の一部は両替商に預けましたが、アジブはいつも金貨でずっしり重い財布を持ち歩き、ダマスクス製の外衣をまとい、コルドバの上靴を履き、宝石をあしらったフラサーンのターバンを巻いていました。お屋敷街に家を借りて、最高級の敷物と長椅子を据え、料理人を雇って贅沢な食事をつくらせました。

それから、長年のあいだ遠くから憧れているだけだった、ターヒラという名の女性の兄に会いにいきました。兄は薬屋を営んでおり、ターヒラはその店を手伝っていました。アジブは、彼女と話ができるかもしれないと期待して、ときどきそこで薬を買っていたのです。一度、彼女の面紗《めんしゃ》がずり落ちて、ガゼルの瞳のように黒く美しい彼女の瞳を見たことがありました。ターヒラの兄は妹を織工に嫁《とつ》がせることに同意しませんでしたが、いまのアジブなら、人もうらやむ結婚相手として申し込むことができるのです。

ターヒラの兄は結婚を承知し、ターヒラ自身はといえば、もとよりアジブを好いていたので否やはありませんでした。アジブは婚礼に費用を惜しまず、遊覧船を一隻借り切って街の南の運河に浮かべ、楽師や踊り子つきの祝宴を催し、その席で花嫁に豪奢な真珠の首飾りを贈りました。この宴は街じゅうで話題の的になりました。

アジブは富がもたらした喜びに浮かれ、一週間のあいだ、夫婦は人生でいちばん楽しい時を過ごしました。そしてある日、帰宅したアジブは、わが家の扉が壊され、家中がひっくり返されて、金と銀の品々が略奪されているのを知りました。おびえた顔の料理人が隠れ場所から出てきて、盗賊がターヒラを連れ去ったと告げました。

アジブはアラーに祈りつづけ、とうとう疲れはてて眠りこんでしまいました。翌朝、扉を叩く音で目を覚ますと、見知らぬ男が立っていました。

「おまえにことづてがある」と男はいいました。

「どんなことづてだ？」

「女房は無事だ」

アジブは腹の中で恐怖と怒りがどす黒い胆汁のように渦巻くのを感じました。「身代金は？」

「一万ディナール」

「そんな大金は持っていない！」とアジブは叫びました。

「値切ろうとしても無駄だ」と盗賊はいいました。「おまえが湯水のように金を使うのをちゃんと見ているんだぞ」

アジブはがっくりとひざをつきました。「たしかに浪費はした。しかし、ムハンマドに誓って、そんな大金は持っていない」

盗賊はアジブの顔を間近に検分し、「ありったけの金をかき集めて、あしたのこの時間、ここに用意しておけ。まだ金を隠しているとおれが思えば、女房は死ぬ。おまえが正直だと思えば、女房は無事に返す」

選択の余地はありませんでした。「承知した」とアジブは答え、盗賊は去りました。

翌日、アジブは両替商へ行き、残る全額を引き出し、それを盗賊に渡しました。盗賊はアジブの目に浮かぶ必死の表情をじっと見つめ、偽りがないと判断して、約束どおり、その夜、ターヒラを無事に解放しました。

抱擁を交わしたあと、ターヒラはいいました。「わたしのためにあんなにたくさんのお金を払ってくださるなんて思いませんでした」

「おまえがいなければ、いくら金があっても、それに喜びを見出すことはできない」とアジブは答え、それが掛け値なしの真実であることに気づいてびっくりしました。「けれどいまは、おまえにふさわしいものを買ってやれないことを悔やんでいる」

「もうわたしにはなにひとつ買ってくださる必要はありません」と妻はいいました。

アジブは頭《こうべ》を垂れ、「悪事の報いを受けたような気分だ」といいました。

「どんな悪事です?」とターヒラは訊ねましたが、アジブは答えませんでした。「いままで訊かなかったけれど、でもあなたがあれだけのお金を相続したわけじゃないことは知っています。教えて。盗んだの？」

「いや」彼女に対しても、自分に対しても、アジブは真実を認めたくありませんでした。

「与えられたものだ」

「借りたの？」

「いや。返済の必要はない」

「返したいとは思わないの？」ターヒラはぎょっとしたようにいいました。「婚礼の費用を他人に出してもらって、それで満足？　わたしの身代金まで出してもらって？」いまにも泣き出しそうな顔でした。「だとしたら、わたしはあなたの妻なのかしら、それともその人の妻？」

「おれの妻だ」

「わたしの命までその人のお金で贖《あがな》われたというのに、どうしてそんな気持ちになれるでしょう」

「おれの愛情を疑わせてなるものか」とアジブはいいました。「その金を一ディルハム残らず必ず返すと誓おう」

こうしてアジブとターヒラは、アジブの古い家にもどり、金を貯めはじめました。ふたりとも、ターヒラの兄の薬屋で働き、やがて兄が金持ち相手の調香師になると、アジブとターヒラは病人に薬を売る商売を引き継ぎました。収入はじゅうぶんでしたが、ふたりはできるかぎり出費を切り詰め、傷んだ家具も買い換えるかわりに修理して使い、つましく暮らしました。アジブは長年のあいだ、箱の中に金貨を一枚落とすたびににっこりし、これはおれがおまえのことをどんなに大事に思っているかの証拠だと妻にいいました。この箱をいっぱいにする以上の金がかかったとしても安いものだと、アジブはよく口にしました。

しかし、一度に金貨を二、三枚ずつ入れるだけで箱をいっぱいにするのは容易なことではありません。最初は倹約だった行為がしだいに吝嗇《りんしょく》になり、慎重な判断がいじましい判断に変わりました。なお悪いことに、アジブとターヒラのたがいに対する愛情は年月を経るにつれて薄れ、使うことのできない金のことで相手に怒りを募らせるようになりました。

このようにして歳月が過ぎ、アジブは金貨がふたたび盗まれる日を待ちながら年を重ねたのです。

＊

「なんと奇妙で悲しい物語だろう」とわたしはいいました。

「たしかに」とバシャラートはいいました。「アジブは用心深く行動したと思われますかな」

わたしはちょっと口ごもりました。「彼のことをとやかくいう立場にありません。アジブは自分の行動の結果を引き受けて生きなければならないのです。わたしがわたしの行動の結果を引き受けて生きなければならないのと同じように」しばらく口をつぐみ、それからこういいました。「アジブの率直さには敬服します。自分がやったことをすべてあなたに打ち明けたわけですから」

「なるほど。しかし、アジブがこの話をわたくしに打ち明けたのは、若い時分のことではありません。アジブが箱を担いで〈門〉を出てきてから二十年、彼と再会することはありませんでした。アジブがまたわたくしのもとにやってきたのは、壮年になってからのことでした。家に帰って金貨の箱がなくなっているのを見て、借財を返し終えたことを知り、アジブはそのときはじめて、起きたことをわたくしに打ち明けようという気になったのです」

「なるほど。最初の話に出てきた年長のハサンも、やはりまた会いにきたのですか」

「いいえ。ハサンの物語は若いほうのハサンから聞きました。年長のハサンはわたくしの店にはもどってきませんでした。しかしそのかわり、べつの訪問者がありました。ハサン自身はけっして わたくしに話すことができなかった物語を共有する人物です」

バシャラートはそれを語りました。もしも教主さまがお望みでしたら、いまからここで、その物語を語らせていただきましょう。

妻とその愛人の物語

ラニヤは長年のあいだ、ハサンとしあわせそのものの結婚生活を送っておりました。ある日、ラニヤは、夫がひとりの若者と食事をしているのを目にしました。若者の顔は、ラニヤと結婚した当時のハサンに生き写しでした。あまりに驚きが大きかったので、ラニヤはその場でふたりの会話に割って入りたい衝動を抑えるのがやっとでした。若者が帰ったあと、あれはいったいだれなのかと問いただすと、夫は信じられない物語を語りました。

「わたしのことも話したの？　わたしたちがはじめて出会ったとき、どんなことが待ち受けているかわかっているの？」

「わたしはおまえをはじめて見た瞬間に、この女と結婚するとわかったよ」ハサンはそういってにっこりしました。「しかしそれは、だれかにそう聞かされたからじゃない。もちろんおまえだって、なにが起きるのかを若いわたしに事前に教えて、あの瞬間をだいなしにしたいとは思わないだろう？」

そこでラニヤは、若いほうのハサンには話しかけず、夫と話している声を立ち聞きし、姿を盗み見るだけにしました。若々しいその顔を見ると、脈が速くなりました。記憶というのはいつのまにか美化されてしまうものですが、しかし、向かい合わせで座るふたりの男を盗み見たとき、若いハサンの完璧な美しさに、誇張の余地はみじんもありませんでした。その夜、ラニヤは眠れずに横たわったまま、そのことに思いをめぐらしました。

数日後、ハサンは若い自分に別れを告げ、ダマスクスの商人と取引するためカイロを発ちました。夫が留守のあいだに、ラニヤはハサンから聞かされた店を見つけ、〈歳月の門〉をくぐって、自分が若いころのカイロへと赴きました。

当時ハサンがどこに住んでいたか覚えていましたから、若いハサンを見つけてあとをつけるのは簡単なことでした。こっそり見守っているうち、年長のハサンに対してはもう何年も感じたことのない激しい欲望が燃え上がり、新婚当時の性愛の記憶が鮮やかに甦りました。ラニヤはこれまでずっと貞淑な妻を通してきましたが、これは千載一遇の機会です。この欲望を満たそうと決心して、ラニヤは一軒の家を借り、つづく数日で家具を買いました。

　家の調度がそろうと、ラニヤは用心深くハサンのあとをつけながら、声をかける勇気を奮い起こそうとしておりました。あるとき、宝石市で、若いハサンがひとりの宝石商のところへ行き、十個の貴石を使った首飾りを見せて、これをいくらで買うかと訊ねているのを目撃しました。ラニヤはその首飾りに見覚えがありました。結婚式を挙げた数日後、ハサンが贈ってくれたものですが、彼がそれを売ろうとしたことがあったとは知りませんでした。ラニヤはちょっと離れたところに立ち、指環を見ているふりをしながら耳をそばだてました。

「あしたここに持ってきてくれたら、千ディナール払おう」と宝石商がいい、若いハサンはその値段に同意して、店を離れました。

ラニヤがそのあとを追おうとしたとき、近くでふたりの男が話している声が耳に入りました。

「あの首飾りを見たか？　あれはおれたちのだぞ」

「たしかか？」

「ああ。あの野郎、おれたちが埋めた宝石箱を掘り出しやがったんだ」

「おかしらに知らせよう。やつが首飾りを売ったら、そのあとで金をとりかえし、それに加えて利子の分まで、有り金残らずふんだくってやる」

ふたりはラニヤに気づかないまま店を出ていきました。虎がすぐそばを通り過ぎたときの鹿さながら、心臓はどきどきしているのに、体はぴくりとも動きませんでした。いまの会話から判断するに、ハサンが掘り出した財宝は盗賊団が埋めたもので、さっきのふたりはその一味のようです。彼らは、カイロじゅうの宝石商を張り込み、戦利品を横どりした人間が売りにくるのを待っていたのでしょう。

首飾りは自分が持っていますから、若いハサンがそれを売ったはずがないことはわかっていました。盗賊団がハサンを殺したはずがないこともわかっています。けれども、なにもしないでいることがアラーの思し召しであるはずはありません。アラーは、みずからの道具として使うため、ラニヤをここに遣わしたのです。

ラニヤは〈歳月の門〉にもどって自分の時代に引き返し、家の宝石箱から例の首飾りをとりだしました。それからまた〈歳月の門〉をくぐりましたが、今度は左側からではなく右側から輪の中に入り、二十年後のカイロを訪れました。そこで彼女は、老女となった年長の自分自身に会いにいきました。老いたラニヤは彼女をあたたかく迎え、自分の宝石箱から首飾りを持ってきました。そしてふたりは、若いハサンをどうやって助けるか相談し、芝居の稽古をしました。

翌日、ふたりの盗賊は、頭目とおぼしき三人めといっしょにもどってきました。ハサンが首飾りを宝石商にさしだす場面を全員が見守っていました。

宝石商が首飾りを検分している最中、ラニヤは歩み寄って声をあげました。「まあ、なんという不思議なめぐりあわせでしょう。宝石屋さん、わたしも、それとそっくりの首飾りを売ろうと思って、ここに持ってきたんですよ」と、携えていた革袋から首飾りをとりだしました。

「こりゃ驚いた」と宝石商がいいました。「こんなにそっくり同じ首飾りふたつは見たことがない」

そのとき、老ラニヤが歩み寄りました。「まあまあ、どういうことかしら。きっと目がおかしくなったのね」といって、同じ首飾りの三つめをとりだしました。「世にふたつとない首飾りだと保証されて買ったのに。あの宝石商はうそつきだったんだわ」

「返品なさったほうがよろしいのではありませんか」とラニヤはいいました。

「それは場合によりけりね」と老ラニヤはいい、ハサンに訊ねました。「その首飾りをいくらで売るの？」

「千ディナールです」ハサンはとまどった顔で答えました。

「まあ！　宝石屋さん、この首飾りも千ディナールで買ってくれないかしら」

「値段は考え直さなきゃならんようだな」と宝石商がいいました。

ハサンと老ラニヤが宝石商と値段の交渉をしているあいだ、ラニヤはうしろに下がり、盗賊団の頭目が部下に向かって話している声がぎりぎり聞こえる場所にさりげなく立ちました。「ばかめ。ありふれた首飾りじゃないか。おまえたちのいうとおりにしていたら、カイロの宝石商の半分を殺して、おれたちの手がうしろにまわるところだぞ」頭目はふたりの手下の頭をひっぱたき、追い立てるようにして去っていきました。

ラニヤが宝石商に注意をもどすと、宝石商はハサンの首飾りを買うという申し出を撤回したところでした。「いいでしょう。わたしはこの首飾りを売り主の宝石屋に返すことにします」といって立ち去る老ラニヤが、ベールの下で笑みを浮かべているのがラニヤにはわかりました。

ラニヤはハサンのほうに向き直りました。「あなたもわたしも、きょうは首飾りを売り損ねたようね」

「たぶん、またべつの機会があるでしょう」とハサンがいいました。

「わたしはこの首飾りを家に持ち帰って、安全な場所に保管することにします。送ってくださるかしら」

ハサンはうなずき、ラニヤが借りている家までいっしょにやってきました。ラニヤは彼を家に招き、葡萄酒をふるまい、ふたりで飲んだあと、自分の寝室に誘いました。ぶあつい幕で窓を覆い、ランプを消すと、部屋の中は夜のように真っ暗になりました。それからようやく面紗をはずし、ハサンを床に導きました。

ラニヤはこの瞬間を待ち望み、期待ではち切れそうになっていましたから、ハサンの動きがぎこちなく不器用であることに驚きました。新婚初夜のことは鮮やかに覚えていますが、そのときの彼は自信にあふれ、彼の手に触れられるたびに息が止まりそうになったものでした。ハサンが若いラニヤと初めて出会う日がそう遠くないのはわかっていましたから、このうぶな若者がそんな短期間でどうして見違えるように変われたのかといぶかしく思いました。しかしもちろん、その答えは明らかでした。

それから毎日、午後はラニヤが借りている部屋でハサンと会い、性技を教え、よくいわれるように、女体がアラーのもっともすばらしい創造物であることをみずから実演しました。「あなたが与える快楽は、受けとる快楽となって返ってくるのよ」とラニヤは教え、この言葉がいかに真実をいいあてているかを思って、心の中でにっこりしました。ほどなく若いハサンは、ラニヤの記憶にある熟練の技を身につけ、ラニヤは若い娘だったときに得た以上の喜びをそこから得ることになりました。

飛ぶように日がたち、ラニヤが若いハサンに旅立ちと別れを告げる日がやってきました。

ハサンにはその理由を問いただささないだけの分別はありましたが、ひとつだけ、ふたたび会う日は来るだろうかと質問しました。ラニヤはやさしく、いいえと答えました。それから、貸家の持ち主に家具を売り、〈歳月の門〉をくぐって自分の時代に帰りました。

年長のハサンがダマスクスからもどったとき、ラニヤは家で夫をあたたかく出迎えましたが、秘密は自分の胸の中だけにしまいこんでおりました。

＊

この物語をバシャラートが語り終えたあと、わたしはじっと考えにふけっていました。やがて店主が口を開き、「この物語は、ほかの物語にもまして、お客さまの心をとらえたようですな」といいました。

「なにもかもお見通しですね」とわたしは認めました。「この話が示しているのは、つまり、たとえ過去を変えることができなくても、過去を訪ねて思いがけない事実に出会うことはありうるということでしょう」

「たしかに。未来と過去が同じものだと申し上げた理由が、これでおわかりいただけましたかな。どちらも変えることはできませんが、どちらももっとよく知ることはできます」

「わかります。あなたのお話がわたしの目を開いてくれました。〈歳月の門〉を使わせていただきたいと思います。お代はいかほどでしょう」

バシャラートは手を振った。「〈門〉の通行権は売り物ではありません。アラーの御心《みこころ》がわたくしの店へとお客さまを導くのです。わたくしはアラーの御心のままにふるまうことに満足しております」

もしこれがべつの人間の言葉だったら、交渉の手管《てくだ》ではないかと疑ったかもしれませんが、バシャラートが語る物語を聞いたいまは、彼が誠実な人間であることを知っていました。

「かぎりない学識と同じく、かぎりない寛大さをお持ちだ」とわたしはいい、頭を下げました。「一介の織物商が役に立てることがなにかありましたら、いつでも声をおかけください」

「ありがとうございます。では、お客さまの旅について相談しましょう。二十年後のバグダッドを訪問される前に、話し合っておかなければならないことがいくつかあります」

「わたしが行きたいのは未来ではありません」とわたしは申しました。「反対側から〈門〉をくぐり、わたしの若いころを訪ねたいのです」

「おお。まことに申し訳ありませんが、この〈門〉はあなたを過去へ連れていくことはできません。ごらんのとおり、ここにこの〈門〉をつくったのはわずか一週間前のことです。二十年前のこの場所には、あなたが出られる戸口がありませんでした」

わたしの落胆は途方もなく大きかったので、きっと、よるべない子どものような口調になっていたでしょうが、「でも、〈門〉の反対側はどこへ通じているのです？」と訊ね、円形の戸口の向こうにまわり、反対側の正面に立ちました。

バシャラートもこちら側にまわってきて、わたしのとなりに立ちました。〈門〉の向こうの眺めは、〈門〉の外から見る眺めとまったく同一に見えましたが、バシャラートが伸ばした手をくぐらせようとすると、見えない壁に阻まれたように途中で止まりました。もっと近寄って目を凝らすと、〈門〉の向こうの卓子に置いてある真鍮のランプに目がとまりました。ランプの火は揺らめかず、部屋全体が完全に透明な琥珀《こはく》の中に閉じ込められているかのように、ぴくりともせず静止していました。

「いま見えているのは、先週のこの部屋です」とバシャラートがいいました。「二十年ほどたてば、〈門〉の左、こちらの側から中に入れるようになりますから、お客さまが自分の過去を訪ねることが可能になります。あるいは」と、バシャラートはわたしを、はじめて見せてくれた側に導き、「いま右側から入って、わたしたち自身のほうから彼らのもとを訪ねることもできます。しかし、この〈門〉を使って、あなたの若い時代を訪ねることは永遠に不可能です」

「カイロにある〈歳月の門〉はどうなのです？」

バシャラートはうなずきました。「あの〈門〉はいまもあります。向こうの店は息子が切りまわしています」

「ということは、カイロまで旅して、〈門〉を使って二十年前のカイロに赴き、そこからバグダッドにもどってくることはできるわけですね」

「ええ。その旅は実現可能です。お客さまがそう望まれるのであれば」

「望みます。カイロのお店がどこにあるのかを教えてください」

「先にお話ししておかなければならないことがあります」とバシャラートはいいました。「どのような目的がおありなのか訊ねるつもりはありません。ご自分から話したい気持ちになるのを喜んで待ちましょう。しかし、これだけは申しておきます。すでに起きてしまったことをなかったことにはできません」

「わかっています」

「それに、すでに経験した苦難を避けることもできません。アラーがお与えになった試練は、受け入れなければならないのです」

「毎日毎日、そのことを思い出しながら生きています」

「では、わたくしに可能なかぎりの方法で力をお貸ししましょう」

バシャラートは紙と筆と墨壺をとりだし、なにか書きはじめました。

「あなたに力をお貸しするよう手紙をしたためました」書き上げた手紙を畳むと、へりに蠟燭の蠟を滴《したた》らせ、そこに指環を押しつけて封緘《ふうかん》しました。「カイロに着いたら、息子にこれを渡してください。そうすれば、向こうの〈歳月の門〉に入れます」

わたしのような商人は感謝の意を表すのに長《た》けているはずですが、バシャラートに相対したこのときほど言葉をつくして感謝を捧げたことはありませんし、その一言一言はすべて心からの言葉でした。カイロの店への道順をバシャラートに教えてもらい、わたしはバグダッドにもどったらすべてを話すと約束しました。店を出ようとしたとき、ふと頭に浮かんだことがありました。

「この〈歳月の門〉が未来に向かって開いているということは、〈門〉とこの店がすくなくとも二十年は存続することが保証されているわけですね」

「ええ、そのとおりです」とバシャラートがいいました。

年長の自分に会ったことはありますかと訊ねようとして、わたしは思いとどまりました。答えが否であれば、それは確実に、年長の彼がすでに死んでいることを意味しますし、それを訊ねることは、自分がいつ死ぬか知っているかと訊ねるのも同然だからです。目的も訊かずに大きな恩恵を施してくれた相手に向かってそんな質問をするなど、非礼のそしりを免れますまい。バシャラートの顔を見て、わたしがどんな質問をしようとしていたのかを察したのがわかりましたから、頭を下げて慎ましく謝罪の気持ちをあらわしました。バシャラートはひとつうなずいて謝罪を受け入れたことを示し、わたしは家に帰って旅の手配をはじめました。

隊商がカイロに着くまで二カ月かかりました。旅のあいだ、わたしの頭をいっぱいにしていたのは、バシャラートに語らなかった物語でございますが、いまから教主さまにそれをお話し申し上げます。いまから二十年前、わたしにはナジャという名の妻がおりました。柳の枝のように優雅に撓《しな》る肢体と、月のように美しい顔の持ち主でしたが、わたしの心をとらえたのは、やさしくて愛情あふれるその心根でした。結婚した当時、わたしは商売の道に入ったばかりで、裕福ではなかったものの、なにひとつ不足はありませんでした。

結婚してまだ一年しかたたないころ、わたしはある船の船長に会うため、バスラへ旅することになりました。奴隷の交易で利益を上げる機会に恵まれたのですが、ナジャはいい顔をしませんでした。きちんと扱うかぎり奴隷を所有することはコーランも禁止していないし、ムハンマドご自身さえ奴隷を使っていたではないかと指摘しました。しかし妻は、あなたの買い手が奴隷をどんなふうに扱うかは知る由《よし》もないのだから、人間より品物を売るほうがいいといって譲りませんでした。

出発の朝、ナジャとわたしは口論しました。わたしは妻を辛辣になじり、思い出すだに恥ずかしい言葉を投げかけましたが、教主さまのお許しをいただき、ここではそれをくりかえしますまい。わたしは怒りを抱えたまま旅立ち、それきり二度と妻に会うことはありませんでした。わたしの出発から数日後、ある礼拝堂の壁が倒壊し、ナジャはその下敷きになって重傷を負い、病院《ビマリスタン》に運ばれましたが、医師にも手のほどこしようがなく、ほどなく息をひきとったのです。わたしが妻の死を知ったのは、その一週間後、バグダッドにもどった日のことでした。わたしは、われとわが手でナジャを殺したような気持ちになりました。

地獄の責め苦とは、それにつづく日々にわたしが耐え忍んだ苦しみよりつらいものなのでしょうか。苦悩のあまり死の一歩前まで近づき、あやうくそれを自分でたしかめることになりかけました。きっと似たような経験に違いありません。というのも、地獄の業火と同じく、悲しみもまた燃えつきることがなく、さらなる苦しみに対して心を弱くするばかりなのですから。

やがてとうとうこの悲嘆の時期は終わり、わたしはうつろな男、中身がからっぽの皮膚の袋として暮らしはじめました。買い入れた奴隷は解放し、わたしは織物商人になりました。歳月を重ねるうち、しだいに財を蓄えましたが、二度と妻《めと》を娶ることはありませんでした。商売相手からは妹や娘との縁組をすすめられ、べつの女を愛すれば痛みを忘れられるといわれました。そうかもしれませんが、自分が他人に引き起こした痛みを忘れられるものではありません。べつの女と結婚した自分を想像するたびに、最後に見たときのナジャの瞳に浮かんでいた苦痛の色を思い出し、心が閉ざされてしまうのでした。

自分がしてしまったことを、ある識者《ムッラー》に打ち明けました。悔悛と償いが過去を消し去ると教えてくれたのはそのムッラーです。わたしは知るかぎりの方法で悔い改め、贖罪をしてきました。この二十年、高潔な人間として暮らし、祈りを捧げ、断食し、運に恵まれない人々に施し、聖地に巡礼しましたが、それでもなお、わたしは罪の意識につきまとわれています。アラーは慈悲の心に満ちていますから、すべてはわたし自身のせいです。

バシャラートに訊かれていたとしても、わたしの目的がなんなのかを打ち明けることはできなかったでしょう。バシャラートが語った物語から考えて、すでに起きてしまったとわたしが知っている出来事を変えられないのは明らかです。若いわたしが最後の会話でナジャと口論することはだれにも止められません。しかし、ハサンの人生の物語の中に、ハサンに知られることなく隠れていたラニヤの物語が、わたしに一縷《いちる》の望みを与えてくれました。もしかしたら、若いわたしが商用でバグダッドを離れているあいだの出来事に、いまのわたしがなんらかの役を演じられるかもしれません。

なにかのまちがいで、わたしのナジャが生き延びていたということはありえないでしょうか。もしかしたら、わたしが留守のあいだに屍衣《しい》にくるまれて埋められた遺体は、だれか別人のものだったかもしれません。ナジャを救い出し、わたしの時代のバグダッドに連れ帰ることができるかもしれません。向こう見ずな試みであることはわかっていました。

「この世にはもとにもどせないものが四つある。口から出た言葉、放たれた矢、過ぎた人生、失った機会だ」と古人はいいました。それが正しいことはだれよりもよく知っています。にもかかわらず、アラーがわたしの悔悛の二十年を充分であると思し召して、失ったものをとりもどす機会を与えてくれるという希望を、わたしはあえて抱いたのです。

隊商の旅はつつがなく過ぎ、六十回の日の出と三百回の祈りのあと、カイロに到着しました。この街の通りは、平安の都《バグダッド》の秩序正しい配置とくらべると、まるで迷路のようでしたが、わたしはなんとか、ファーティマ街区の中央を走る目抜き通り、バイナル・カスラインまでたどりつき、そこからバシャラートの店がある通りを見つけ出しました。

若い店主に対し、わたしはバグダッドの店にいるあなたの父親と話をした者だと名乗り、バシャラートから託された手紙を差し出しました。それを読むと、店主はわたしを奥の部屋に導きました。その中央にはもうひとつの〈歳月の門〉があり、彼はわたしに、左側から〈門〉をくぐるよう身振りで促しました。

金属の巨大な輪の前に立ったとたん、さむけに襲われ、わたしは臆病な自分を叱咤《しった》しました。大きく深呼吸して〈門〉をくぐると、そこは同じ部屋で、調度類だけが違っていました。それがなければ、ごくふつうの戸口をくぐったのと区別がつかなかったでしょう。そのとき、さっき感じたさむけは、たんにこの部屋の涼しさのせいだったのだと気がつきました。こちら側のきょうは、二十年後のきょうほど暑い日ではなかったのです。〈門〉のほうから吹いてくる、吐息のようなあたたかい風を背中に感じることができました。わたしのあとについて〈門〉をくぐった若い店主が声を張り上げました。「お父さん、お客さんですよ」

男が部屋に入ってきました。バシャラートその人――バグダッドで会った彼よりも二十歳若いバシャラートに違いありません。「ようこそいらっしゃいました、お客さま」と彼はいいました。「バシャラートでございます」

「わたしのことを知らないんですね」

「はい。お客さまは年長のわたしとお会いになったのでしょう。わたくしにとっては、お目にかかるのははじめてですが、喜んでお手伝いさせていただきます」

教主さま、わたし自身の恥多き物語にふさわしく、もうひとつ白状させていただきますなら、バグダッドからの旅のあいだ、みずからの苦悩に浸るあまり、わたしがバグダッドの店に足を踏み入れたとたん、バシャラートはわたしがだれなのかに気づいていたのだということを、このときまで理解しておりませんでした。水時計や真鍮の鳴禽《めいきん》を鑑賞しているあいだも、バシャラートはいずれわたしがカイロへと旅立つことを知っていたのです。そしておそらく、わたしが目的を果たしたかどうかも知っていたでしょう。

いまわたしの前にいるバシャラートは、そういうことをなにひとつ知りません。「ご親切に、かえすがえすお礼を申し上げます」とわたしはいいました。「わたしはフワード・イブン・アッバス、バグダッドより到着したばかりです」

バシャラートの息子は自分の時代にもどり、バシャラートとわたしは話をしました。わたしは彼に、きょうが何月何日なのかを訊ね、礼拝堂の事故までに平安の都へ帰り着く時間がじゅうぶんにあることを確認してから、もどったらすべてを話すと約束しました。若いバシャラートは、年長の彼と同じく寛大でした。「おもどりになりましたら、また話ができることを楽しみにしております。それにまた、二十年後にお手伝いさせていただくことを」

それを聞いて、しばし思案をめぐらしました。「きょうより前に、バグダッドに店を開こうという計画はあったのですか？」

「またどうしてそのようなご質問を？」

「バグダッドで年長のあなたと出会ったのが、なんと時宜《じぎ》を得た偶然だったかと、つくづく不思議に思っていたのです。カイロまで旅をして、〈門〉をくぐり、またバグダッドにもどるだけの時間がちょうどあったのですから。しかし、いまあらためて考えてみると、もしかしたら偶然などではないのかもしれない。きょう、わたしがここに訪ねてきたことが、いまから二十年後にあなたがバグダッドで店を開く理由になったのではありませんか」

バシャラートはにっこりしました。「偶然も故意も、一枚のつづれ織りの裏と表ですよ、お客さま。両方眺めてみて、どちらか片方をより好ましいと思うことはあるかもしれませんが、片方が真実で、もう片方が偽りだということはできません」

「相変わらず、あなたの言葉には考えさせられます」

わたしはバシャラートに感謝の言葉を述べ、別れを告げました。店を出るとき、わたしと入れ違いに、ひとりの女性が急ぎ足で入ってきました。バシャラートがその女性にラニヤと呼びかけて挨拶するのが聞こえて、わたしは驚いて足を止めました。

店の戸口を出たところにいたので、女性の声がはっきり聞こえました。「首飾りは持っています。未来のわたしがなくしてないといいけれど」

「あなたの訪問を予期して、安全に保管しているはずですよ」

バシャラートが語ってくれた物語に出てくるラニヤだと気づきました。いまから年長の自分を呼びにいくところなのです。そしていっしょに彼女たちの若い時代にもどり、三つに増えた首飾りで盗賊たちを惑わし、夫を救うのです。わたしは物語の中に足を踏み入れたような気がして、自分が夢を見ているのか目覚めているのか、一瞬、わからなくなりました。いまここで物語の登場人物に話しかければ、自分も物語の中の出来事に加われるかもしれないと考えると、頭がくらくらします。ラニヤに話しかけて、あの物語の中でわたし自身も隠れた役を演じていたのかどうかをたしかめたい誘惑にかられましたが、そのとき、自分の目的は、わたし自身の物語の中で隠れた役を演じることなのだと思い出し、無言のままその場を離れ、帰りの旅を手配するため、隊商のもとへ向かいました。

運命は人間の計画を笑うと申しますが、教主さま、最初のうちは、自分がこの世でいちばん幸運な人間ではないかと思いました。というのも、一カ月も待たずに出発するバグダッド行きの隊商があり、それに加わることができたからです。しかし、それからの数週間で、わたしは運命を呪うようになりました。この隊商の旅は、遅れにとり憑かれていました。カイロからそう遠くない町《むら》では井戸が干上がっていたため、水の補給のため遠征隊を出す羽目になりました。またべつの邑では、護衛の兵士たちが赤痢に罹《かか》り、恢復を待って何週間も足止めされました。遅れるたびに、わたしはバグダッド到着予定日の見積もりを修整し、しだいに不安を募らせました。

それから、砂嵐が到来しました。それがアラーの警告のように思われて、みずからの行動が分別のあるものだったかどうかを真剣に疑うようになりました。最初の砂嵐が襲ってきたとき、われわれは幸運にも、クーファの西にある隊商宿で休息をとっていたのですが、ようやく空が晴れて駱駝《らくだ》に荷を積んだと思ったらまた真っ暗になることが何度もくりかえされ、滞在は数日から数週間にとずるずる延びつづけました。ナジャが事故に遭う日はみるみる近づき、わたしはいちかばちかの賭に出ました。

隊商の駱駝追いに片端から声をかけて、わたしひとりを先に連れていってくれないかと交渉したのです。しかし、だれも首を縦に振りませんでした。最後に、駱駝を売ってくれるという男を見つけました。ふつうの状況なら法外というほかない値段でしたが、わたしは喜んで言い値を支払い、ひとりで出発しました。

砂嵐の中では当然ろくに距離を稼げませんでしたが、風がおさまるとただちに速度を上げました。しかし、隊商を護衛する兵士がついていないわたしは、追い剝ぎにとって絶好の獲物になります。そして二日後、その心配が現実になりました。有り金ぜんぶと駱駝は奪われましたが、慈悲心からか、わざわざ殺すまでもないと思ったのか、命だけは助けてくれました。わたしは隊商にもどろうと徒歩で引き返しはじめましたが、今度は雲ひとつない空がわたしをさいなみ、暑さに苦しみました。隊商に発見されたときは、舌が腫れ上がり、唇は太陽に焙《あぶ》られた泥のようにひび割れていました。それからは、隊商といっしょに進むしか選択の余地がありませんでした。

萎《しお》れた薔薇が一枚また一枚と花びらを落としてゆくように、わたしの希望も一日また一日としぼんでいきました。隊商が平安の都に着いたときはもう手遅れだとわかっていましたが、都の門を通るとき、礼拝堂が倒壊した事故を知っているかと衛兵に訊ねました。最初の衛兵は知らないと答え、心臓が一拍するあいだ、事故の日付を自分が覚え違っていて、じつは間に合ったのかもしれないという希望を抱きました。

しかしそのとき、べつの衛兵が、ついきのうカルク地区の礼拝堂が倒壊したばかりだといいました。その言葉は、首切り役人の斧のようにわたしを真っ二つにしました。これだけ長い旅をしたあげく、生涯最悪の知らせをふたたび聞かされることになろうとは。

わたしは礼拝堂のほうへ歩き、かつて壁だったれんがの山を目《ま》のあたりにしました。二十年のあいだ、わたしの夢につきまとっていた場面でしたが、いまはその光景が、目を開いたあとも、耐えられない鮮やかさで眼前に広がっています。わたしはきびすを返し、周囲には目もくれず、あてどなく歩き出しました。やがて気がつくと、ナジャといっしょにむかし住んでいた古い家の前に来ていました。思い出と苦悩で満たされ、わたしは家の前の通りに佇《たたず》んでいました。

どれほどの時間が過ぎたのか、ふとわれに返ると、ひとりの若い女性がすぐそばに立っていました。「もし」とその女性はいいました。「フワード・イブン・アッバスさんの家をごぞんじありませんか」

「あなたの目の前にあるのがその家ですよ」

「もしや、フワード・イブン・アッバスさんでいらっしゃいますか」

「ええ。おねがいですから、放っておいてください」

「失礼をお許しください。わたくしは、病院《ビマリスタン》で医師の手伝いをしております、マイムナという者です。奥さまの最期を看《み》とらせていただきました」

わたしはさっと振り向いて、彼女を見つめました。「ナジャの最期を？」

「はい。そして、奥さまからのことづてをあなたに届けると誓いました」

「どんなことづてを？」

「奥さまは、あなたにこう伝えてほしいとおっしゃいました。死の間際に思っていたのはあなたのことだった。短い一生だったけれど、あなたと過ごした時間のおかげでしあわせな人生だった、と」

彼女はわたしの頬を流れる涙を見て、「わたしの言葉が苦しみをもたらしたのでしたら、お許しください」といいました。

「許すなど、とんでもありません。わたしにとって、いまのことづては、どんな富をもってしても支払いきれないほど大きな値打ちがありました。一生涯あなたに感謝しつづけても、まだ借りが残るくらいに」

「悲しみには返すべき借りなどありません」と彼女はいいました。「平安を」

「平安を」

彼女は去り、わたしは何時間ものあいだ、解放の涙を流しながら街路をさまよい歩きました。そのあいだじゅう、バシャラートの言葉がいかに正しかったかを考えていました。過去と未来は同じものであり、わたしたちにはどちらも変えられず、ただ、もっとよく知ることができるだけなのです。過去への旅はなにひとつ変えませんでしたが、わたしが学んだことはすべてを変えました。そして、こうでしかありえなかったのだということを理解しました。もしわたしたちの人生がアラーの語る物語なら、わたしたちはその聞き手であると同時に登場人物でもあり、そうした物語を生きることによって教訓を学ぶのです。

夜の帳《とばり》が下り、外出禁止時間になってからも汚い服で通りをうろついているわたしを巡回の衛兵が見とがめ、誰何《すいか》しました。名前と住んでいた場所を告げると、衛兵はわたしをそこに連行し、近所の住人にわたしを知っているかと訊ねましたが、知っていると答えた者はひとりもなかったので、わたしは投獄されました。

わたしが自分の物語を語ると、衛兵隊長は楽しんでくれましたが、当然のことながら、信じようとはしませんでした。それもそのはず、こんな話をだれが信じてくれるでしょう。そのとき、わが悲しみの二十年間に起きた出来事のひとつを思い出し、教主さまのお孫さまは白子で生まれると隊長に告げました。数日後、赤ん坊がどんなふうに誕生したかが隊長の耳に届き、隊長はわたしを牢から出して地区の長老のところへ連れていきました。長老はわたしの物語を聞くと、わたしを連れてこの宮殿にまかりこし、侍従さまがわたしの物語を聞いて、今度は侍従さまがわたしをこの謁見室に導いて、教主さまに物語をお聞かせするこのうえない栄誉に浴せるかもしれないとおっしゃいました。

さて、物語が人生に追いつきました。そのどちらもぐるぐるととぐろを巻いておりますし、それらがこれからどちらの方向に進むのかは教主さまの御心のままでございます。わたしはこれからの二十年間にこのバグダッドで起こる多くのことを存じておりますが、わたし自身をどんな運命が待っているかはなにひとつ存じません。カイロにある〈歳月の門〉までの旅をまかなう路銀もありません。それでもわたしは、自分がはかりしれないほど幸運だったと思います。みずからの過去のあやまちを再訪する機会を与えられて、どのような癒しであればアラーがお許しになるかを学んだのですから。もし教主さまがお訊ねになるのでしたら、未来についてわたしの知るすべてをお話しさせていただく所存ですが、しかしわたし自身にとりましては、もっとも貴重な知識は、以下のようなものです。なにをもってしても過去を消すことはかないません。そこには悔悛があり、償いがあり、赦しがあります。ただそれだけです。けれども、それだけでじゅうぶんなのです。

息吹

Exhalation

古来、空気（余人はアルゴンと呼ぶ）は生命の源であると言われてきた。しかし、真実は違う。ここに刻むこの文章は、わたしが生命の真の源を理解し、ひいては、いずれ生命がどのようにして終わるかを知るにいたった、その経緯を記したものである。

われわれが空気から生命を得ているという説は、歴史のほぼ全体を通じて自明のものとされてきたから、あえて擁護するまでもなかった。われわれは毎日、空気をいっぱいに満たした二個の肺を消費する。われわれは毎日、空《から》になった肺を自分の胸郭からとりだし、満杯にした肺と交換する。もし不注意にも交換を怠り、空気レベルが下がりすぎた場合には、手足が重くなり、再充塡の欲求が高まる。肺一個を入手することもかなわぬまま、胸郭に装塡されている二個の肺が両方とも空になるという事態はきわめて珍しい。このような不幸な事態が現実に生じた場合——助けてくれる人がだれもいない状況でどこかに閉じ込められ、身動きできなくなったような場合——その人物は、すべての空気を失ってから数秒以内に死ぬ。

しかし、日常生活では、空気に対する欲求など思考のはるか埒外《らちがい》にあり、その欲求を満たすことは、給気所《フィリング・ステーション》に立ち寄る目的のうちでも、とるに足らぬものだと考える人が多い。給気所は社交的なおしゃべりの主舞台であり、肉体の栄養のみならず精神の栄養を補給する場所なのである。われわれはみな、空気を満杯にした予備の肺を自宅に保管しているが、ひとりのときに自分で自分の胸郭を開いて肺を交換するのは、面倒な雑用に思えることがある。ところが、他人といっしょなら、それは一種の社交的な活動、他人と分かち合う楽しみになる。

すこぶる忙しいときや、ひとりでいたい気分のときは、ただたんに、満杯の肺を保管場所からとりだして胸郭に装塡し、空になった肺を部屋の反対側に置く。ほんの数分でも時間の余裕があるなら、空の肺を給気口に接続して、次の人のために満杯にしておくのが一般的な礼儀だ。しかしなんといっても、いちばん一般的なのは、給気所に残って社交を楽しみ、その日の出来事について友人や知人と語り合ったり、また満杯になった肺を話し相手にさしだしたりすることだろう。厳密な意味での空気共有とは呼べないにしろ、われわれの空気すべてがおなじ源から発していると実感することで、仲間意識が生まれる。なぜなら、給気口とは、地下深くにある貯蔵槽《レザヴォワール》――世界の巨大な肺にして、われわれの栄養すべての源――から延びる給気管の末端にほかならないからである。

翌日には、多くの肺がおなじ給気所にもどされるが、人々が近隣地区を訪問する際は、それと同数の肺が他の給気所に返却される。肺の外観はすべておなじ、アルミニウムのなめらかな円筒なので、あるひとつの肺がいつも家の近所にあるのか、それとも長い距離を旅してきたのかは判別できない。そして、人から人へ、地区から地区へと肺が渡っていくのとおなじように、ニュースやゴシップも渡ってゆく。人々はそうやって、遠く離れた各地区のニュースを知る。世界のいちばん端で起きたことでも、故郷にいながらにして耳に入る。もっとも、わたし自身は旅行好きで、はるばる世界の端まで旅し、大地から無限の空に向かってのびる堅牢なクロムの壁をこの目で見てきた。

ともあれ、そうした給気所の雑談で耳にした噂のひとつがきっかけとなって、わたしは探求へと駆り立てられ、最後にはこの理解にたどりつくことになった。

はじまりは、うちの地区の触れ役が洩らした、なんでもない一言だった。毎年元日の正午には、触れ役が詩を暗唱する習わしがある。年に一度のこの祝いのために大昔につくられた頌歌《しょうか》で、暗唱にはちょうど一時間かかる。今年の元日、まだ暗唱が終わる前に塔時計が午後一時を告げたが、いまだかつて一度もそんなためしはなかったと触れ役は愚痴を言った。それを聞いたべつの人物が、これは妙な偶然だ、自分はつい最近、近隣の地区から帰ってきたばかりだが、その地区の触れ役もまったくおなじ不都合に文句を言っていたと述べた。

世の中には不思議なこともあるものだとうなずくだけで、だれもそれ以上のことはろくに考えてみなかった。数日後、三つめの地区でも、触れ役と時計とのあいだに同様のずれがあったとの噂が届いたとき、ようやく、こうした不一致は、もしやあらゆる塔時計に共通する機構上の不具合の証拠ではないかとの説が浮上した。時計が遅れるのではなくて進むという、いささか奇妙な故障ではあるにしても。しかし、時計師たちが問題の塔時計を調べても、その範囲ではいかなる欠陥も見つからなかった。それどころか、こうした較正《こうせい》作業のときにいつも使われる計時器に照らしてみると、どの塔時計も、完璧に正確な時を刻んでいることが判明した。

わたしにとってもこの謎はかなり魅力的だったが、自分自身の研究に打ち込んでいたため、他の問題について考える余裕はほとんどなかった。昔もいまもわたしは解剖学の徒である。以後のわたしの行動の背景を知っていただくために、この分野との関わりについて、ここで簡単に説明しておこう。

さいわいなことに、死はありふれたものではない。われわれには永遠の寿命があり、致命的な災厄に見舞われることはめったにない。しかしそのため、解剖学研究は困難になる。死を招くほど深刻な事故の場合は、遺体の損傷が大きすぎて研究の対象となりえないことが多いのである。空気が満杯の状態で肺が破裂すると、その爆発力は錫《すず》を裂くようにやすやすとチタンの外殻を切り裂き、その結果、体がばらばらになってしまうことも珍しくない。過去において、解剖学者の興味は手足に集中していた。手と足は、無傷で残る可能性がもっとも高い。一世紀前、わたしが受けた最初の解剖学講義で、講師は生徒たちに一本の切断された腕を見せた。外殻がはぎとられ、ロッドやピストンがぎっしり詰まった内部が露出していた。研究室の壁にとりつけられた肺に講師がその腕の動脈管を接続すると、ぎざぎざの切断面から突き出た作動ロッドが動くようになり、それを動かすのに合わせて、てのひらが開いたり閉じたりした。その光景をいまも鮮やかに覚えている。

以後の歳月でこの分野は急速に進歩を遂げ、損傷した手足を解剖学者が修復し、場合によっては、切断された手足をもとどおり継ぎ合わせることさえできるようになった。同時に、生者の生理学的な研究も可能になった。自分が最初に受けた講義を真似《まね》て、わたしは講義の最中、自分の腕の外殻を開き、指を動かすのにつれて作動ロッドが伸びたり縮んだりするのを生徒に観察させている。

こうした進歩にもかかわらず、解剖学の分野には、いまもその中核に未解決の大きな謎がある。すなわち、記憶の問題である。脳の構造については多少のことがわかっているものの、その一方、脳の生理学研究の困難さはよく知られている。それもひとえに、われわれの脳が極端に繊細なためだ。死亡事故の場合、頭蓋が割れて、脳が黄金の雲となって噴出し、あとにはずたずたの繊条と薄片以外ほとんど残らず、解剖学的に有益なものはなにひとつ識別できないことがきわめて多い。この数十年間、記憶に関する有力な仮説は、個人の経験すべては金箔のシートに刻まれているというものだった。事故のあとに見つかる微細な薄片群は、脳の中にあるそれらのシートが爆発の衝撃によってばらばらになったものだとされている。解剖学者は、金箔シートの破片——非常に薄いため、光が緑がかった色になって透過する——を回収して、もとのシートを再構成しようという試みに何年も費やしてきた。それに成功すれば、故人の最近の経験を刻みつけた記号を解読できるのではないかというわけだ。

銘刻仮説と呼ばれるこの理論に、わたしは賛同しなかった。理由は単純だ。もしわれわれの経験すべてがたしかに記録されているのだとしたら、どうして記憶がこうも不完全なのか？　銘刻仮説の信奉者は、忘れやすさをこう説明している。すなわち、時間が経つとともに金箔シートの配列が乱れ、記憶を読みとる針がきちんと接触しにくくなり、もっとも古いシートが針から外れてしまうのだ、と。説得力があるとは思えないが、しかし、銘刻仮説のどこが魅力的なのかはすぐにわかる。わたし自身、顕微鏡越しに金箔片を観察して何時間も過ごしながら、もしも倍率を微調整するノブを回しているうち突然ぴたりと焦点が合って、そこに刻まれている記号を読みとることができたらどんなにすばらしいだろうと、何度も夢想したことがある。

それになにより、故人のもっとも古い記憶、当人も忘れてしまっている記憶を解読することができたら、どんなにすばらしいだろう。われわれはだれひとり、百年以上むかしのことをあまり覚えていない。書かれた記録は——われわれ自身が記したものだが、記したときの記憶はほとんどない——それより二、三百年遡るだけだ。書かれた歴史のはじまりのどのぐらい前から、われわれは生きていたのか。われわれはどこからやってきたのか。その答えがわれわれ自身の脳の中に見つかるという望みが、銘刻仮説をかぎりなく魅力的なものにしている。

わたしは、それとは対立する学派に属していた。すなわち、われわれの記憶は、記録するのとおなじぐらい簡単に消去できる媒体——おそらくは歯車群の回転もしくは一連のスイッチの配列——に保存されているという仮説である。この仮説は、われわれが忘却したすべては永遠に失われてしまい、図書館で見つかるもの以上に古い歴史は脳の中にも存在しないということを意味している。この仮説の利点のひとつは、空気の欠乏によって死亡した者に新しい肺を装塡したとき、蘇生者が記憶も人格も失っているのはなぜかという問題に説明がつくことだ。つまり、死の衝撃により、歯車またはスイッチの状態がリセットされてしまうのである。銘刻派は、死の衝撃は金箔シートの配置を乱すだけだと主張しているが、この論争に決着をつけるために生者を（たとえ痴愚だろうと）殺そうと考える者はなかった。かつてわたしは、この問題に決着をつけられるかもしれない実験を考案したが、それは危険をともなうものだったから、遂行する前に熟慮する必要があった。そのため、長いあいだ決断をくだせずにいたが、やがて、時計の異常について、新たな情報が入ってきた。

さらに遠いある地区から届いた噂によると、その地区の触れ役もやはり、新年の暗唱を終えないうちに塔時計が一時を打つ不一致を経験したという。この件が注目に値するのは、その地区の時計が、水盤に流れ込む水銀の量で時を計る方式を採用していたからだ。この場合、よくある機械の不具合では説明できない。ほとんどの者は、ぺてんを疑った。いたずら好きが悪さをしたのだろうと考えた。だがわたしは、それとは別の、暗い疑念を抱いていた。考えを表に出すことはしなかったが、それによって行動方針が決まった。懸案の実験を遂行しようと決心したのである。

最初にこしらえた道具は単純そのものだった。自分の研究室で、四個のプリズムを固定具にはめこみ、それぞれが四角形の四隅をなすよう、慎重に配置した。このように並べると、下のプリズムから入った光線は上向きに反射し、それからうしろ向き、下向き、また前向きと反射をくりかえして四辺形のループをつくる。したがって、目の高さが第一のプリズムと水平になるように腰を下ろして覗くと、自分の後頭部をはっきり見ることができる。この独我論的な展望鏡が、実験の土台になる。

おなじように四角く配置した作動ロッドは、プリズムによる視野の置き換えとおなじく、動作の置き換えを実現する。作動ロッド群は、展望鏡よりずっと大きいが、それでも比較的単純な設計だ。一方、それぞれのメカニズムの先端にとりつけられているのは、はるかに複雑な装置だった。展望鏡の先には、上下左右に動かすことのできる台に載せた双眼顕微鏡が装着されている。作動ロッドの先には、各種の精密マニピュレーターをとりつけた。もっとも、機械技師が持てる技術のありったけを投入したこの傑作を形容するのに、〝精密〟程度の言葉ではとても足りない。解剖学者の創意と、身体構造の研究から生まれた着想とを兼ね備えることで、このマニピュレーターは、操作者が自分の手で行ういかなる手技も、はるかに細かいスケールで再現することができる。

こうした実験装置すべてを準備するには何カ月もかかったが、どんな細かい部分もおろそかにはできなかった。準備万端ととのったときには、ノブやレバーから成る制御盤を両手で操り、頭のうしろに位置する一対のマニピュレーターを展望鏡で覗きながら操れるようになっていた。これで、自分の脳を自分で解剖できる。

狂った考えだと思われるのは承知のうえだし、もし同僚のだれかに打ち明けたら、まちがいなく止められていただろう。しかし、解剖学的な疑問を解決するために生命を危険にさらしてほしいと他人に要求することなどできなかった。また、解剖は自分自身の手で行いたかったから、この手術に際して、たんに受動的な被験者の立場に甘んじることもできなかった。したがって、自己解剖が唯一の選択肢となる。

満杯にした十二個の肺を研究室に持ち込み、多岐管に接続したのち、自分がすわる席の前にある作業テーブルの下にそれを据えつけ、胸の内側にある気管支の先端部に給気管を直づけにした。これで六日分の空気供給が確保できた。万一、期間内に実験が完了しなかった場合に備えて、六日後に訪ねてきてくれるよう、同僚のひとりに頼んであった。しかしながら、わたしの予測では、もし期間内に手術が終わらないとしたら、それは施術中にわたしが死亡したことを意味する。

実験は、後頭部および頭頂部を覆う、大きく湾曲したプレート一枚をとりはずすことからはじまった。つづいて、側頭部を覆う、もっと湾曲の小さい二枚のプレート。残るは顔面プレートだけだが、これは拘束具に固定されているし、展望鏡の視点からは、その内側は見えない。見えるのは、露出した脳だった。脳は十数個の小部品から成り、各部品は複雑なかたちをした外殻に覆われている。それらのあいだの裂溝に展望鏡を近づけることで、部品内部の途方もないメカニズムを垣間見ることができた。興味のつきないその景観のほんの一部を見ただけでも、脳が、いままで目にしたものの中でもっとも美しく複雑な機関《エンジン》であることがわかった。これまでに人が建造したいかなる装置をもはるかに凌駕している。神のなせる技であることは疑問の余地なくわかった。じっと見ていると、興奮すると同時に頭がくらくらしてくる。数分のあいだ、純粋に審美的な観点からこの光景を賞味したのち、わたしは探究の次の段階に進んだ。

一般的な仮説では、脳は頭の中心に位置する機関（この機関が実際の認知を司る）と、まわりを囲む一連の部品（記憶が保存される）に分割される。

観察結果は、この仮説と合致していた。周囲の部品群の外見がたがいに似通っているのに対し、中央の部品群はそれぞれ違っているように見えたからだ。かたちがばらばらで、可動部の割合が高い。しかし、高密度にぎっしり詰まっているため、それらの部品の作動状況はよく見えなかった。これ以上くわしく研究するには、もっと精密な観察機器が必要だ。

各部品はそれぞれ、自前の貯蔵槽を持ち、脳の基部にある調節器《レギュレーター》から延びる管が供給する空気を蓄えている。わたしは、いちばんうしろの部品に展望鏡の焦点を合わせると、遠隔マニピュレーターを使って給気管をすばやく切断し、そこにもっと長い管をつないだ。この手技は何度となく練習していたから、作業はほんの数秒で完了した。それでも、問題の部品が貯蔵槽を空にする前に再接続できたかどうかは確信がなかった。部品の動作に問題がないことを念入りに確認してから、次の段階に進んだ。長い給気管を動かし、うしろに隠れていた裂溝がもっとよく見えるようにした。問題の部品を隣接する部品に接続している管が他に何本もある。マニピュレーターのいちばん細いペアをそのせまい隙間に挿入し、それらの管を一本一本、もっと長い代替管に交換していった。最終的に、その部品を脳の他の部分と接続しているすべての管を長いものにとりかえて、これでこの部品を頭蓋からとりはずせるようになった。こうしてわたしは、後頭部にあたる場所に位置していた脳の一画を抜き出した。

それによって自分の思考能力を損ない、そのことを認識できずにいる可能性があるのはわかっていたが、簡単な計算問題をいくつかやってみたところ、脳はなんら損傷を被っていないようだった。上方の骨組みから部品ひとつをとりはずしたことで、脳の中央にある認識機関がよく見えるようになった。だが、まだ隙間がせますぎて、その中に顕微鏡アタッチメントを挿入することができない。間近に観察し、脳の仕組みを仔細に調べるためには、少なくとも六個の小部品をとりはずす必要がある。

労をいとわず、根をつめ、他の部品についても、接続されている管すべてを交換する同様の作業をくりかえした。うしろ側の一個、上方の二個、外側の二個をとりはずし、頭部上方の骨組みから、長い管に接続された六個の部品がぶらさがる格好になった。作業が終わったとき、わたしの脳は、爆発の数万分の一秒後に凍りついた静止映像のように見えた。そのことを考えるとまた頭がくらくらしてくる。だがこれで、認識機関そのものがようやくむきだしになった。胴体部分につながる管や作動ロッドの束の上に載っている状態だ。場所ができたので、顕微鏡を三百六十度回転させることも可能になり、とりはずした小部品群を内側から眺めてみた。わたしが目にしたのは、黄金の機械から成るミクロコスモス──回転する極小のローター群と往復運動する微細なシリンダー群が織りなす風景だった。

この景色についてじっくり考えながら、わたしの体はどこにあるのだろうと思った。この研究室の中でわたしの視界と動作を置き換えている管は、わたし自身の目や手を脳に接続している管と原理的に変わらない。本質的に言えば、今回の実験期間中はこのマニピュレーターこそわたしの手であり、展望鏡の端にとりつけた拡大レンズこそわたしの目なのではないか。わたしは裏返しになった人であり、断片化した肉体が自分自身の膨張した脳の中央に位置している。このとほうもない身体状況のもと、わたしは自分自身の探求にとりかかった。

まず、記憶部品のひとつに顕微鏡を向け、その設計を調べはじめた。自分の記憶を解読できるという期待は持っていなかった。記憶がどのように保存されているか、その手がかりがつかめるかもしれないという程度だった。思ったとおり、金箔シートの束らしきものは見当たらない。だが、驚いたことに、歯車やスイッチの列もなかった。そのかわり、問題の部品は、ほぼすべてがひと束の通気細管から成っていた。細管と細管の隙間を通して、束の内側を伝ってゆくさざ波を垣間見ることができた。

顕微鏡の倍率を上げて注意深く観察した結果、そうした細管がさらに微少な通気毛管に分かれているのがわかった。ワイヤの稠密《ちゅうみつ》な格子で織りなされた毛管には、微細な金の箔片《リーフ》が蝶番《ちょうつがい》式にとりつけられている。毛管から洩れる空気の圧力次第で、箔片はさまざまな位置をとる。それらの箔片は、一般的な意味ではスイッチとは呼べないが（空気の流れに支えられていないかぎり位置を保てないため）、わたしが探し求めていたスイッチは――すなわち、記憶の保存媒体は――きっとこれだと直感した。さっき観察したさざ波は、思い出すという行為――一連の箔片の配置が読みとられて認識機関へと送り返される――のあらわれだったにちがいない。

この新たな仮説を検証すべく、顕微鏡の焦点を中央の認識機関に合わせた。ここでもまた、ワイヤの格子が見えたが、箔片は静止しているのではなく、ほとんど目に見えないくらいの速さで前後に激しくひらひら動いていた。それどころか、ほとんど機関全体が動いているように見える。通気毛管というより、むしろ格子によって織りなされている。いったいどうして空気がすべての金箔片に共働的な動きを与えられるのだろう。何時間にもわたってつぶさに観察しつづけた結果、箔片自体が毛管の役割を果たしているのだと気がついた。金箔が一時的に導管と弁の役割を果たし、その短い一瞬のあいだに空気を次の金箔へと送り届けて、次の瞬間にはもうかたちを変えてしまう。これは、たえず変形しつづけ、自分自身をその動作の一部へと変える機関なのである。格子は、機械というよりむしろ機械が記されている紙に近い。その紙の上で、機械自体もたえず書いている。

わたしの意識は、そうした小さな箔片の配置に符号化《エンコード》されているといってもいい。しかし、より正確に言えば、意識をエンコードしているのは、それらの箔片を動かす空気の、たえず移り変わるパターンだ。こうした金箔の振動を観察しているうち、次のようなことがわかってきた。われわれがずっとそう考えてきたのと違って、空気は、われわれの思考を生み出す機関に動力を供給しているだけではない。それどころか、空気はわれわれの思考の媒体そのものである。われわれという存在のすべては、空気の流れのパターンなのだ。

わたしの記憶は、金箔シートに彫《ほ》られた溝でも、スイッチの配列でもなく、アルゴンのたゆまぬ気流として記されている。

この格子メカニズムの性質を理解してしばらくたつと、奔流のごとき洞察がわたしの意識にどっと押し寄せてきた。最初の、もっとも初歩的な理解は、金属の中でもっとも展性と延性の高い金が、われわれの脳をかたちづくる唯一の材料なのはなぜかという、その理由だった。このようなメカニズムの中で高速に動けるのはもっとも薄い金属片だけだし、もっとも細い金属繊維だけがそれらを動かす蝶番となりうる。それとくらべれば、いまわたしがこの文章を一ページずつ銅板に刻みつけているあいだに尖筆がつくりだしている銅のけばも、スクラップのように粗大で重い。たしかにこれは、スイッチや歯車のいかなる配列もはるかに高速に、消去と記録を実行できる媒体だ。

次に解決したのは、空気の欠乏により死亡した人物に満杯の肺を装塡してもどうして生き返らせることができないのかという謎だった。格子内の金箔片はたえまない空気のクッションのあいだでバランスを保っている。そのため前後にひらひらとすばやく動けるわけだが、反面、もし空気の流れが絶えた場合には、すべてが失われる。すべての箔片は同一の休止状態に陥り、それらが表していたパターンおよび意識は消去される。空気の供給を復活させても、消え失せたものを再創造することはできない。これが速度の代償だ。もっと安定した媒体にパターンが保存されていたら、われわれの意識の活動ははるかに低速になっていただろう。

時計の異常の謎が解けたのはそのときだった。箔片の動きの速度は、それを支える空気に依存している。じゅうぶんな空気の流れがあれば、金箔片はほとんど摩擦なしに動ける。動く速度が低下するとしたら、それは、金箔片が摩擦の影響を被っている証拠であり、そうした事態が生じるのは、それらを支えている空気のクッション効果が小さくなり、格子を通って流れる空気の力が弱まっている場合だけだ。

塔時計の進みが速くなっているのではない。われわれの脳の速度が遅くなっている。いま起きているのはそういうことだ。塔時計は、不変のテンポを刻む振り子によって、あるいは一定のペースで管を流れる水銀によって時を計っている。しかし、われわれの脳は、格子を通過する空気に依存している。空気の流れがゆっくりになれば、思考の速度が低下し、時計が速く進むように思える。

もともとわたしは、われわれの脳の処理速度が落ちたのではないかと憂慮していたし、その悪い予感に促されて自己解剖を行うことを決断した。しかし、事前の推測では、われわれの認識機関は——空気に力を与えられてはいても——本質をつきつめれば機械的なものであって、そのメカニズムのある部分が長年の歳月で疲労し、しだいに劣化して、その結果、速度低下が生じたはずだった。この推測が真実だったとしても怖ろしい話だが、それでもまだ、メカニズムを修復して脳本来の動作速度を回復できるかもしれないという、せめてもの希望がある。

しかし、思考が歯車の動きではなく、純粋に空気のパターンなのだとしたら、問題ははるかに深刻になる。万人の脳を流れる空気の速度が低下しているとしたら、どんな原因が考えられるだろう。給気所から供給される空気の圧力低下ではありえない。われわれの肺の空気圧はそのままでは高すぎるので、脳に到達するまでに一連のレギュレーターで段階的に下げていかねばならないくらいだからだ。力の減少は、逆側から生じているにちがいない。すなわち、われわれの周囲の大気圧が上昇しているのである。

どうしてそんなことが起こりうるだろう。疑問が生じるのと同時に、ありうべき唯一の答えが明白になった。つまり、この空の高さは無限ではなかったのだ。目の届く限界を超えたどこかで、この世界を囲むクロムの壁は内側に湾曲し、円天井をつくっているにちがいない。この宇宙は、吹き抜けの井戸ではなく、密閉された部屋なのである。その部屋の中で、しだいに空気が蓄積され、やがては地下の貯蔵槽の気圧と等しくなる。

だからこそわたしは、この銘刻の冒頭で、空気は生命の源ではないと記した。空気は、創造することも破壊することもできない。宇宙における空気の総量はつねに一定だから、生きるのに必要なのが空気だけだとしたら、われわれはけっして死ぬことがない。だが、真実はちがう。生命の源は、空気圧の差――空気の濃いところから薄いところへと向かう空気の流れなのである。われわれの脳の活動、体の動き、これまでに建造してきたあらゆる機械の動作は、空気の動き――気圧の差が解消されるとき生じる力によって駆動されている。宇宙のあらゆる場所の気圧が均一になれば、すべての空気は動きを失い、役に立たなくなる。いつか、われわれをとりまく空気がすべて静止し、そこからなんの恩恵も受けられなくなる。

実際には、われわれは空気をまったく消費していない。わたしが毎日、新しい二個の肺から引き出す空気の量は、手足の関節や外殻の継ぎ目から漏れ出す空気の量、わたしが周囲の大気に加える空気の量とまったくおなじだ。わたしが行っているのは、高圧の空気を低圧の空気に転化することに過ぎない。体を動かすたびに、わたしは宇宙の気圧の均一化に加担している。脳でなにか考えるたびに、わたしは致命的な平衡状態の到来を早めている。

こんな状態でなければ、この認識に到達した瞬間、椅子からぱっと立ち上がっておもてに飛び出していただろう。しかし、現在の状況では――体は拘束具に固定され、脳は研究室に宙吊りになっている――そんなことは不可能だった。激しく駆けめぐる思考のせいで脳の箔片の動きがふだんより速くなっているのが見てとれた。それがまた、動けないことに対する焦燥感をあおりたてる。この時点でわたしが陥ったパニックは、場合によっては、死にもつながりかねなかった。体は動かせないのに精神の暴走は止まらないという悪夢から痙攣《けいれん》発作を起こし、拘束具に激しく抗《あらが》いつづけて、ついには空気を使い果たしていたかもしれない。だが、意図してというよりも半ば偶然に両手が制御装置に触れて展望鏡の視野を格子からそらし、作業台ののっぺりした表面しか見えなくなった。こうして、おそるべき認識の源を拡大して目にする苦しみから解放され、心を落ち着かせることができた。じゅうぶん平静をとりもどしてから、自分自身をもとどおりに組み立て直す、手間のかかる作業に着手した。最終的に、脳をもとのコンパクトな配置にもどし、頭蓋のプレートを再装着し、拘束具から体を解放した。

わたしがみずからの発見を語っても、当初、他の解剖学者はおいそれと信じようとしなかった。しかし、最初の自己解剖につづく数ヵ月のあいだに、賛同する解剖学者の数はどんどん増えていった。脳を検査したデータが増え、大気圧の測定結果が集まり、それらすべてがわたしの主張を裏づけていたからだ。この宇宙の背景気圧はたしかに上昇しつつあり、その結果、われわれの思考速度は低下しつつある。

真実がはじめて広く知れ渡ってからの数日間、死が避けられないものであるという考えを人々がはじめて熟慮するようになり、広範なパニックが広がった。大気圧の上昇を最小限に抑えるため、活動の削減を厳しく求める声も多かった。空気資源の無駄遣いに対する非難は激しい騒動へと発展し、いくつかの地域では死者まで出た。このような死を招いたことは慚愧《ざんき》に堪えないが、その衝撃が、大気圧と地下貯蔵槽の気圧が等しくなるにはまだ何世紀もかかるという指摘と相俟《あいま》って、パニックを沈静化させた。正確にあと何世紀の時間がわれわれに残されているのか、それはわからない。さらなる測定と計算が進行中であり、いまも議論がつづいている。その一方、残された時間をどのように使うべきかについての討論も活発に行われている。

ある党派は、気圧の均一化を逆転させるという目標に向かって邁進《まいしん》し、多くの支持者を集めた。この党派に属する機械技師たちは、大気から空気をとりだしたのち、彼らが〝加圧〟と呼ぶプロセスを経て、空気の体積を小さくする機械を建造した。この機械は、貯蔵槽内部とおなじ気圧を保つ。彼ら逆転主義者は、この機械を使って新しい給気所をつくれば、利用者は――各自の肺を満たすたびに――自分自身のみならず宇宙全体を甦らせることになると高らかに宣言した。悲しいかな、この機械をよく調べてみると、致命的な欠陥が明らかになった。圧縮機械自体が貯蔵槽の空気を動力源としているため、肺一個を満杯にするごとに、機械は肺一個分よりわずかに多い量の空気を消費する。均一化のプロセスを逆転させるどころか、世界のすべての活動と同様、それに拍車をかけているのである。

この挫折を経て、幻滅のうちに離れていった支持者もいたものの、逆転主義が党派全体として崩壊することはなく、彼らは空気のかわりにぜんまいの力や錘《おもり》の力を利用した圧縮装置を新たに設計しはじめた。しかし、そうしたメカニズムもやはりうまくはいかなかった。ぎゅっと巻かれたぜんまいはすべて、ぜんまいを巻く仕事をした人が空気を消費したことを表している。地面より高い位置にあるあらゆる錘は、それを持ち上げる仕事をした人が空気を消費したことを示している。この宇宙のすべての力は、煎じつめれば気圧差に由来している。そして、結局のところ、いかなる機械も、作動することによってその気圧差を減少させる。

逆転主義者は、消費する以上の圧力差を発生させられる機械、失われた活力を宇宙にとりもどす永久動力源をいつか建造できると確信して、努力をつづけている。

わたしは彼らの楽観を共有していない。均一化のプロセスは動かしえないと思っている。最終的に、この宇宙のすべての空気は均等に分布し、ある場所の空気がべつの場所の空気より濃いとか薄いとかいうことはなくなって、ピストンを動かすことも、ローターをまわすことも、金箔片をひらひらさせることもできなくなる。そしてそのときが、圧力の終わり、動力の終わり、思考の終わりになる。宇宙は、完全な平衡状態に達する。

脳の研究が明らかにしたのが過去の秘密ではなく、未来の終わりに待ち受ける運命だったことを皮肉に思う者もいる。しかし、われわれはやはり、過去について重要な事実を学んだのだと、わたしは考えている。この宇宙は、こらえていた巨大な息としてはじまった。その理由は知る由《よし》もない。しかし、どんな理由だったにしろ、宇宙が開闢《かいびゃく》したことに、わたしは感謝している。わたしがこうして存在するのは、その事実のおかげだからだ。わたしの望みと考えのすべては、この宇宙のゆるやかな息吹から生まれた渦巻きであり、それ以上でもそれ以下でもない。そしてこの偉大な息吹が終わるまで、わたしの思考は生きつづける。

われわれの思考が可能なかぎり長くつづくように、解剖学者と機械技師は、脳レギュレーターの代替装置を開発している。この装置は、脳内の気圧をじょじょに上げ、大気圧より少しだけ高く保つことができる。これが設置されれば、われわれの思考は、周囲の気圧が高くなっても、いままでとほぼおなじ速度を維持できる。しかしこれは、いつまでも変わることなく命が永らえることを意味しない。最終的に、気圧差は非常に小さくなり、われわれの手足の力は弱まって、動きはのろのろしてくる。そうなったら、われわれは、思考速度を落とすことで、身体機能の低下が顕著に意識されないようにしようと考えるかもしれない。しかし、その道を選ぶと、外界の時間が加速したように見えることになる。時計の振り子が狂ったように振れ、カチコチと刻むリズムが連続したさえずりになる。ものを落とすとバネ仕掛けで発射したかのように地面めがけてすっ飛んでゆく。ケーブルを伝わる波は鞭のしなりのように一瞬で通過する。

どこかの時点で、われわれの手足はまったく動かなくなる。終わり間近にどのような事態が生じるのか、たしかなことはわからないが、わたしが想像している筋書きでは、思考はなおも働きつづけるため意識は残るものの、体は銅像のように凍りついて動かなくなる。おそらく、もうすこし長いあいだ、しゃべることはできるだろう。われわれの喉頭は、手足よりも小さな気圧差で動作する。しかし、給気所に行くこともかなわず、口から出る一言一言が、残されている高気圧の空気を減らし、思考までもが停止する瞬間が近づいてくる。考える能力を長保ちさせるためにずっと黙っているのと、最後までしゃべりつづけるのと、どちらが好ましいだろう。わたしにはわからない。

おそらく、われわれのうち何人かは、動きが止まる何日も前に、自分たちの脳レギュレーターを給気所の給気口に直結して、事実上、自分の肺を世界の強力な肺と交換することになるだろう。これを実行した場合、その数人は、すべての気圧が均一になる直前の最後の一瞬まで意識を保てるはずだ。この宇宙に残された気圧差の最後のひとかけらは、人の意識的な思考を駆動するために消費される。

それから、この宇宙は絶対の平衡状態に達する。すべての生命と思考は停止し、それといっしょに時間そのものも終わる。

だが、わたしは一縷《いちる》の望みを抱いている。

この宇宙が閉ざされても、堅牢なクロムの無限の広がりにある空気室が、唯一ここだけというわけではないかもしれない。わたしの考えでは、どこかよそに、またべつの空気ポケットが——われわれの宇宙以外のべつの宇宙がありうる。容積において、それがこの宇宙よりもっと大きい可能性さえある。想像上のその宇宙が、われわれの宇宙と同等以上の気圧を持っていることもありうる。だが仮に、はるかに低い気圧だったと仮定してみよう。あるいは、本物の真空だと考えてもいい。

想像上のその宇宙とわれわれとを隔てるクロムは、あまりに厚く、あまりに硬いため、われわれには穴を開けることができない。したがって、われわれにはその宇宙に到達するすべがないし、こちらの宇宙の余分な大気をそちらへ流出させ、それによって動力をとりもどすこともできない。しかし、この隣接する宇宙には土着の住人がいて、なおかつわれわれ以上の技術力を有しているのではないかとわたしは夢想する。もし彼らがふたつの宇宙のあいだに導管をつなぎ、こちらの宇宙から空気を吸い出すバルブを設置することができたら？　彼らはわれわれの宇宙を空気貯蔵槽として使い、給気口で彼らの肺を満たし、われわれの空気で彼らの文明を動かすかもしれない。

かつてわたしに動力を与えてくれた空気が今度はだれか他人の動力となりうるのだと想像すると、元気が湧いてくる。この言葉をここにこうして銘刻することを可能にしてくれた息吹が、いつかだれか他人の体を流れるのだと思うと、励ましになる。そうなれば、生き返るチャンスがあるかもしれないなどと考えて自分を欺くつもりはない。なぜならわたしは、その空気ではないからだ。わたしという存在は、その空気が一時的にとっていたパターンに過ぎない。わたしであるパターンは、わたしが生きているこの世界全体であるパターンもろとも消えてしまう。

しかしわたしは、さらにかすかな望みを抱いている。その宇宙の住人が、われわれの宇宙をたんなる貯蔵槽として使うだけでなく、空気を空にしたあとで、いつの日か通路を開き、探検家としてこの宇宙に入ってくるかもしれない。街路をさまよい、われわれの静止した体を目にし、所有物を調べて、ここの住人はどんな生活を送っていただろうと考えるかもしれない。

だからわたしは、この説明を記している。願わくは、いまこれを読んでいるあなたが、そうした探検家のひとりであってほしい。この銅板を発見し、表面に刻まれた言葉を解読したのであってほしい。だとしたら、いまあなたの脳を動かしているのがかつてわたしの脳を動かしていた空気だろうとそうでなかろうと、あなたの思考をかたちづくるパターンは、わたしの言葉を読むという行為を通して、かつてわたしをかたちづくっていたパターンを再現することになる。そしてわたしは、そのようにして、あなたを通じて生き返ることになる。

あなたの仲間の探検家たちが、われわれの残した他の書物を見つけて読めば、あなたがたの想像力の共同作業を通じて、わたしの文明全体が生き返ることになる。静まりかえった地区を歩きながら、あなたがたは、ありし日の光景を想像する。塔時計が時を打ち、給気所には近所の噂好きが集まり、触れ役は広場で詩を暗唱し、解剖学者は教室で講義する。そうしたすべてを思い描いたあとで、周囲の静止した世界を眺めると、あなたがたの心の中で、それがまた命を吹き込まれて動き出す。

探検家よ、わたしはあなたがたの幸運を祈っているけれど、それでもこんな疑問を抱かずにはいられない。わたしに降りかかったのとおなじ運命が、あなたがたを待ち受けてはいないだろうか。平衡状態へと向かう性質は、われわれの宇宙に特有のものではなく、すべての宇宙に内在するものだとしか思えない。もしかしたらそれは、わたしの思考の限界に過ぎず、あなたがたは真に永続する圧力源を発見しているかもしれない。だが、わたしの推論は、すでに空想の翼を広げすぎている。どのくらい遠い未来のことかは知る由もないが、あなたがたの思考もいつか停止すると仮定しよう。あなたがたの命も、われわれの命とおなじように終わる。万人の命が必ずそうなる。どんなに長くかかるとしても、いつかはすべてが平衡状態に達する。

願わくは、そのことを知って悲しまないでほしい。願わくは、あなたがたの探検の動機が、たんに貯蔵槽として使える他の宇宙を探すことだけではなく、知識への欲求、宇宙の息吹からなにが生まれるかを知りたいという切望であってほしい。なぜなら、たとえ宇宙の寿命が有限であっても、その中で育《はぐく》まれる生命の多様性には限りがないからだ。われわれが建てた建築物、われわれが生み出した美術や音楽、われわれが作った詩、われわれが送った人生――どれひとつとして、前もって予測することはできなかったはずだ。なぜなら、そのどれひとつとして、必然の結果ではないからだ。われわれの宇宙は、静かなしゅっという音だけを残して平衡状態に達したかもしれない。しかし、この宇宙がこれだけ豊富なものを生み出したという事実こそが奇跡だ。それに匹敵するものがあるとしたら、あなたがたの宇宙があなたがたを生み出したという奇跡くらいのものだろう。

探検家よ、あなたがこれを読んでいるいま、わたしはとうの昔に死んでいるが、それでもわたしは、あなたに別れの言葉を贈ろう。存在するという奇跡についてじっくり考え、自分にそれができることを喜びたまえ。わたしにはそう伝える権利があると思う。なぜなら、いまこの言葉を刻みながら、わたし自身がおなじことをしているからだ。

予期される未来

What's Expected of Us

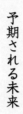

これは警告だ。注意して読んでほしい。

もう予言機を見たことはあるだろう。あなたがこれを読んでいる時点で、予言機は数百万個売れている。見たことがない人のために説明すると、予言機は、車のキーレス・エントリーに使うリモコンに似た小さな装置で、ボタン一個と大きな緑のＬＥＤがついている。ボタンを押すとライトが光る。厳密に言うと、ボタンを押す一秒前にライトが光る。

たいていの人は、はじめて予言機をさわってみたときの感覚を、風変わりなゲームを遊んでいるみたいだったという。ゲームの目的は、ライトが光るのを見たらボタンを押すこと。だれでも簡単に遊べる。ところが、このルールに背こうとすると、それができないことに気づく。光を見る前にボタンを押そうと思うと即座にライトが光り、どんなに急いで指を動かしても、一秒経過するまではボタンを押すことができない。光ったあとでボタンを押すことはしないと心に誓って光るのを待ちかまえていると、ライトはいつまでも光らない。あなたがどんな手を試しても、光はつねにボタンに先行する。予言機をだしぬく方法はない。

各予言機の中核には、負の時間遅延――信号を過去へと送る――回路が搭載されている。この技術が持つ意味がきちんと理解されはじめるのはもっと先、一秒を超える負の時間遅延が達成されてからのことになるが、ここで警告したいのはそのことではない。喫緊の問題は、自由意志などというものが存在しないことを予言機が実演している点にある。

自由意志が幻想でしかないと説く議論は、物理学を論拠にするものから、純粋な論理だけに基づくものまで、むかしからあった。たいていの人間は、そうした主張が反論不能であることを認めているが、しかしこれまで、その結論をほんとうの意味で受け入れた人間はだれもいない。自由意志を持っているという経験はあまりに強固なので、議論ひとつで覆されることはない。それを覆すために必要なのは実体験であり、予言機がそれを提供する。

典型的なパターンはこうだ。はじめて予言機を手にした人間は、数日間、憑かれたように遊びつづけ、友人に見せたり、機械の裏をかこうといろんな戦略を試したりする。その後、予言機に対する関心を失ったように見えたとしても、それが持つ意味を忘れてしまえる人間はいない。それからの数週間で、未来が変更不可能であるということの持つ意味がだんだん身にしみてくる。中には、自分の選択がなんの意味も持たないことを理解して、いかなる選択を下すことも拒むようになる人もいる。彼らは、代書人バートルビーの群れさながら、自発的に行動することをやめてしまう。やがて、予言機をプレイした人間の三分の一は食事を摂《と》らなくなって入院を余儀なくされる。最終段階は、一種の目覚めた昏睡《コーマ》状態ともいうべき無動無言症である。目で動きを追ったり、ときどき体位を変えたりはするものの、それ以上はなにもしない。体を動かす能力は持っているが、動かそうとする欲求が消え失せているのである。

予言機が普及する以前、無動無言症は、脳の前帯状皮質の損傷に由来するきわめてまれな症例だったが、いまやそれが認知伝染病のごとく広がっている。古来、人間は、名状しがたいラヴクラフト的な恐怖とか、人間の論理体系を破壊するゲーデル文とか、考えるだけで人を破滅させるようななにかをあれこれ空想してきた。しかし、蓋を開けてみると、実際に破壊的な力を持っていたのは、だれもが一度は出会ったことのある考え——すなわち、自由意志など存在しないという概念だった。この概念は、たんに、それを信じないうちは無害だったのである。

医師は、患者がまだ会話に応じているあいだに論破を試みる。自由意志があろうがあるまいが、わたしたちはみんな、楽しく活動的な人生を送っていたじゃないか。どうして生き方を変える必要がある？ 「先月のあなたの行動にしても、あなたが自由に選択したものはなにひとつなかった。今日のあなたの行動も、その点ではまったくおなじなんですよ」と医師はいう。「だからいまも、先月とおなじようにふるまえばいいでしょう」それに対して、患者は決まってこう答える。「でも、いまは知ってるんです」そして、それを最後に一言も話さなくなる患者もいる。

予言機が人間のふるまいにこうした変化を引き起こすという事実そのものが、われわれに自由意志がある証拠だと主張する人も出てくる。自動機械が意欲を失ったりすることはありえない。意欲を失えるのは、自由に考えられる者だけだ。ある人間が無動無言症になる一方、他の人間は選択を重要視しなくなるだけだという事実を見よ。

残念ながら、この論理にはあやまりがある。いかなる種類のふるまいも、決定論と両立しうる。ある力学系は引き込み領域《ベィスン・オブ・アトラクション》にあり、最後は不動点に落ち着くかもしれない。またべつの力学系はいつまでもカオス的な運動をつづけるかもしれない。しかし、どちらのふるまいも、完全に決定論的なのである。

わたしはこの警告をあなたがたの一年ちょっと未来から送信している。メガ秒幅を持つ負の遅延回路が通信装置に使われるようになってから受信された最初の長いメッセージだ。他の問題に関する他のメッセージがこれにつづく。わたしがあなたたちに伝えたいのはこういうことだ。自由意志を持っているふりをしろ。たとえそうではないことを知っていても、自分の決断に意味があるかのようにふるまうことがもっとも重要だ。現実がどうなのかは重要じゃない。重要なのはなにを信じるかだ。そして、目覚めたコーマを避ける唯一の方法は、うそを信じることだ。いまや文明の存続は、自己欺瞞にかかっている。いやもしかしたら、昔からずっとそうだったのかもしれないが。

とはいえ、自由意志が幻想である以上、だれが無動無言症に落ち込み、だれがそうならないかはすべてあらかじめ決定されているし、わたしもそのことは承知している。それについてはだれにもどうすることもできない——予言機があなたに与える影響を自分で選ぶことはできない。あなたたちのうち、ある人は屈服し、ある人は屈服しない。そして、わたしがこの警告を送信したところで、その比率が変わることはない。なのにどうしてわたしはこんなことをしたのか？

なぜなら、そうするよりほかに選択の余地がなかったからだ。

ソフトウェア・オブジェクトのライフサイクル

The Lifecycle of Software Objects

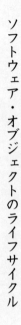

1

彼女の名はアナ・アルヴァラード。きょうはさんざんな一日だった。この数カ月の求職活動ではじめてビデオ面接段階にまで漕ぎつけ、一週間がかりで準備したというのに、採用担当者の顔が画面に出るか出ないかのうちに、他の人間の採用が決まったと告げられた。よそゆきのスーツ姿もむなしく、アナはコンピュータの前にすわっていた。半分うわのそらのまま、他の会社に照会メールを出すが、ほとんど瞬間的に自動応答のお断りメールが返ってくる。むなしい作業を一時間つづけたのち、気晴らしが必要だと判断して、ネクストディメンションのウィンドウを開くと、最近お気に入りのゲーム、「イリジウム時代」をプレイしはじめた。

上陸拠点は大混雑だったが、アナのアバターは超強力な真珠層コンバットアーマーを装着しているため、ほどなく他のプレーヤーから、うちのファイアチームに入らないかと声をかけられた。チームは炎上する車両の煙にかすむ戦闘地帯を横切り、カマキリどもの拠点を排除すべく一時間にわたって活動した。いまの気分にぴったりのミッションだった。勝利を確信できる程度には簡単で、満足感を得られる程度には手応えがある。チームメイトが次のミッションを受諾する寸前、アナの画面の隅に電話のウィンドウが開いた。友人のロビンからの音声着信だったから、アナはマイクを切り替えて電話をとった。

「もしもし、ロビン」

「ハイ、アナ。調子はどう？」

「ヒント。いまはイリジウムやってる」

ロビンはにっこりした。「朝からご機嫌斜め？」

「まあね」アナは面接が反故《ほご》にされたことを伝えた。

「あのさ、元気が出るかもしれないニュースがあるんだけど。データアースで落ち合えない？」

「もちろん。すぐログアウトする」

「うちで待ってる」

「オーケイ。じゃ、あとで」

アナは用ができたと断ってファイアチームを抜け、ネクストディメンションの窓を閉じた。データアースにログオンすると、前回ログアウトした場所にウィンドウがズームインする。そそり立つ断崖を刳《く》り抜いて建てられたダンスクラブ。データアースにもいくつかゲーム大陸があるが——エルダソーンとか、オルビス・テルティウスとか——アナの趣味に合わないため、いつもこの社交《ソーシャル》大陸を利用している。アナのアバターは前回訪問時とおなじパーティー用ファッションだったので、もっとおとなしい服に着替えてから、ロビンの自宅アドレスの玄関《ポータル》を開いた。一歩踏み出すと、そこはロビンの家の仮想リビングルームだった。さしわたし一マイルもある半円形の大瀑布の上空に浮かぶ、居住用エアロスタットの一室。ふたりのアバター同士がたがいにハグした。

「で、なんの話？」とアナ。

「ブルー・ガンマの話」とロビン。「ちょうど新規資金が調達できたところで、うちではいま、人を採ってるの。あなたの履歴書を見せたら、みんな、ぜひ会ってみたいって」

「わたしに？　経験豊富だから？」アナは、ソフトウェア・テスティングの資格認定コースを修了したばかりだった。ロビンは入門クラスの講師をしていて、彼女とはそこで知り合った。

「じっさい、そのとおりなの。みんなの興味を引いたのはあなたの前職」

アナは六年間、動物園に勤めていた。その動物園が閉園になったおかげで、また学校に舞いもどる羽目になった。「ベンチャービジネスがいろんな点で常識はずれなのは知ってるけど、いくらなんでも動物園の飼育係は必要ないでしょ」

ロビンはくすっと笑って、「うちでいまやってる仕事を見せたほうが早いわね。秘密保持契約《NDA》にサインしてくれたら、ちょっとなら覗いてもらってかまわないといわれてるから」

これはおおごとだ。ブルー・ガンマでアナにどんな仕事をしてほしいのかについて、この段階ではまだ、具体的な情報をなにひとつ開示できないらしい。アナがＮＤＡにサインすると、ロビンはポータルを開いた。「非公開のプライベート・アイランドがあるの。見てちょうだい」ふたりのアバターはポータルを抜けた。

ウィンドウがリフレッシュされたとき、ファンタスティックな光景が広がっているだろうと半分予想していたが、アバターが出現した先は、一見したところ、デイケア・センターのような場所だった。よく見ると、子どもの本の一場面に似ている。擬人化された小さなトラの仔が、色とりどりの玉を針金のフレームに沿って動かして遊んでいる。おもちゃのクルマをためつすがめつしているパンダや、スポンジ製のボールを転がしているアニメ版のチンパンジー。

画面の注釈によれば、彼らはディジエント――データアースのような仮想環境で生きているディジタル生物――だというが、アナがいままでに見たことのある、本物の動物を飼えない人たちのために販売されている理想化されたペットとはまったく違う。絵に描いたようなキュートさはなく、動きもぎこちない。かといって、データアースの生物群《バイオーム》とも似ていない。パンゲア群島を訪ねたとき、さまざまな温室で進化した一本足のカンガルーだとか、前にもうしろにも頭のある蛇だとかを見たことがあるけれど、ここのディジエントは、どう見てもそれとは似ていない。

「これがブルー・ガンマの製品？　ディジエントが？」

「ええ。ただし、ふつうのディジエントじゃない。よく見てみて」ロビンのアバターは、ボールを転がしているチンパンジーのところへ歩いていって、その前にしゃがみこんだ。

「ハイ、ポンゴ。なにやってるの？」

「ポンゴ、ビルあしゅぶ」とディジエントが返事をしたので、アナはどきっとした。

「ボールで遊んでるの？　すごいな。あたしにも貸して」

「だめ。ポンゴのビル」

「おねがい」

チンパンジーは周囲を見まわし、ボールをしっかり持ったまま、まわりに散らばる積み木のほうによちよち歩いていった。一個をロビンのほうに押しやり、「ロビン、ちみき、あしゅぶ」また床にすわりこんで、「ポンゴ、ビル、あしゅぶ」

「いいわよ、じゃあ」ロビンはアナのところにもどってくると、「どう思う？」

「すごい。ディジエントがここまで進歩してるなんて知らなかった」

「かなり最近の話ね。うちの開発チームが、去年、学会で発表を見て、博士号を持ってる研究者をふたり雇ったの。そのおかげで、ニューロブラストと名づけたゲノム・エンジンができた。いま出回っているどんなものより、認識能力の発達に役立つ。この子たちは」と、ロビンはディケア・センターの住人たちを示して、「これまでうちで生成した中でいちばん利口な部類」

「ペットとして売り出すの？」

「その予定。話しかけたり、すごい芸を教えたりできるペットとして宣伝する。社内で使ってる内輪のキャッチコピーは、『サルの魅力100パーセント、糞《ふん》投げ抜き』」

アナはにっこりした。「飼育係の職歴が役に立つ理由が見えてきた」

「ええ。この子たちが、教えたとおりの芸をいつもしてくれるわけじゃないのよ。それが遺伝子のせいなのか、ただ教えかたが悪いせいなのか、わたしたちには判断がつかなくて」

アナは、パンダのディジエントに目を向けた。片方の前足でおもちゃの自動車をとって、裏側をしげしげと見つめ、反対の前足で車輪を用心深く叩く。「このディジエント、初期状態だとどのぐらい知識があるの？」

「事実上ゼロ。見せてあげる」ロビンはデイケア・センターの壁スクリーンを起動した。原色に彩られた部屋で床に横たわる数体のディジエントの映像が再生される。体の見た目は、いまデイケア・センターにいるディジエントたちと変わらないが、痙攣《けいれん》するような、ランダムな動きをしている。「生成されたばかりの状態がこれ。基本を学ぶのに、主観時間で二、三カ月かかる。視覚刺激をどう解釈するか、手足の動かしかた、物体がどんなふうにふるまうか。この段階は温室で実行するから、だいたい一週間くらいね。言葉や社会的インタラクションを学ぶ準備ができたら、リアルタイムに切り替える。そこからがあなたの出番」

パンダはおもちゃの自動車を床の上で何回か前後に動かしてから、ぶおおんぶおおんと、いななくような音を出した。笑ってるんだ。アナはそう気づいた。

「学校で霊長類のコミュニケーションを勉強したんでしょ」とロビンがつづける。「それを仕事に役立てるチャンスよ。どう思う？　興味ある？」

アナは口ごもった。カレッジに入ったとき、自分の将来として思い描いていた仕事とは違う。一瞬、どうしてこんなことになったんだろうと考えた。少女時代は、ダイアン・フォッシーやジェイン・グドールの例にならい、アフリカに行って霊長類の研究をするのが夢だった。大学院を出るころには、類人猿の生息数が減りすぎたため、動物園で働くことが最上の選択肢だった。そして、いま目の前にぶら下がっている仕事は、仮想ペットの訓練係。わたしのキャリアの軌跡は、自然界の縮小を如実に反映している。

いいかげんにしなさい。アナは自分を叱咤《しった》した。考えていたのとは違うかもしれないけど、これはソフトウェア業界の仕事なんだし、そもそもそっち方面で職に就くために学校に入り直したのだ。それに、実際の話、仮想モンキーを訓練するのは、試験項目群《テストスイート》を実行するより楽しいかもしれない。ブルー・ガンマが気前よく給料を払ってくれるかぎり、なんの問題もない。

＊

彼の名はデレク・ブルックス。彼は、今回与えられた仕事に満足していない。デレクはブルー・ガンマのディジエント用にアバターをデザインしている。ふだんは楽しい仕事なのだが、きのう、プロダクト・マネジャーからいわれた仕事はどうしても納得できなかった。上にかけあってみたが、すでに決まってしまったことで、いまの彼としては、なんとかそれを立派なものにする方策を考えるしかなかった。

デレクはアニメーターになる勉強をしてきたから、ディジタル・キャラクターをつくるのは、ある点では、まさにうってつけの仕事だ。だが、べつの角度から見ると、昔ながらのアニメーターの仕事とはずいぶん違う。ふつうのアニメーションなら、キャラクターの歩きかたやしぐさをデザインするが、ディジエントの場合、それらはゲノムの創発特性に含まれる。デレクの仕事は、しぐさの意味が人間にたやすく理解できるように、アバターの体をデザインすることだ。そのため、ディジタル生命の仕事にはタッチしたがらないアニメーターが多いのだが（デレクの妻のウェンディもそのひとりだった）、デレクはこの仕事が好きだった。新しい生命が自己を表現するのに手を貸すことは、アニメーターになしうる仕事の中でいちばんエキサイティングなものだと思っている。

デレクは、経験こそ最良の教師であるという、ブルー・ガンマのAI設計思想に共鳴していた。ブルー・ガンマは、この考えかたに基づき、あらかじめ必要な知識を備えたAIをプログラムするかわりに、学習能力を持ち、顧客が教育することのできるAIを販売している。そういう手間を惜しまない顧客を獲得するには、あらゆる面でのアピールが必要だ。魅力的な個性が欠かせないし、アバターはキュートでなければならない。前者については開発チームがとりくみ、後者についてはデレクの仕事になる。しかし、ただ目を大きくして鼻を小さくすればかわいくなるというものではない。アニメキャラみたいに見えたら、だれも真剣に相手をしようと思わない。反対に、本物の動物そっくりにしすぎると、顔の表情やしゃべる能力がそれと釣り合わなくなる。うまくバランスをとるのはデリケートな作業で、デレクは動物の赤ん坊を撮影した資料映像を何百時間も見ることになったが、努力の甲斐あって、かわいいけれどかわいすぎない、中間的な顔をデザインすることに成功した。

きのう与えられた課題は、それとはすこし違う。これまで開発してきた猫、犬、サル、パンダに満足せず、プロダクト・マネジャーは、アバターの種類に、動物の赤ん坊以外のバリエーションが必要だと判断した。彼らが提案した新しいアバターは、ロボットだった。デレクにとってはまったく不合理に思えた。ブルー・ガンマのマーケティング戦略は、人間が動物に抱く親近感に全面的に依拠している。ディジエントは正の強化を通じて動物のふるまいを学び、報酬として、頭を掻いてもらったり、仮想ペットフードを与えられたりする。アバターが動物なら、これはまったく理にかなっているが、アバターがロボットだと、悪い冗談みたいだし、無理をしているように見える。実物のおもちゃを売っているなら、動物の本物らしさを再現するより低コストで済むという利点があるだろう。しかし、仮想環境では、製造コストは問題にならない。ロボットに似せたアバターを提供するのは、本物を売る一方で模造品を売り出すようなものじゃないか。

デレクの思考は、ドアをノックする音で途切れた。アナだった。テスティング・チームに新しく加わった女性だ。

「ねえ、デレク、けさの訓練セッションのビデオ、見たほうがいいわよ。すごく笑えるから」

「ありがとう。見てみるよ」

アナはきびすを返しかけたが、思い直したように、「冴えない顔。ろくでもない一日だったみたいね」

元飼育係を雇うのはたしかに名案だった。アナは、ディジエントのための訓練プログラムを考案したばかりか、餌の改善についてすばらしい提案をしてくれた。

他のディジエント・ベンダーが出しているディジエント用フードは種類が少ない。だが、アナは、ディジエント・フードの幅を大々的に広げることをブルー・ガンマに提案した。食べもののバリエーションを増やすことで動物園の動物たちはハッピーになるし、客にとっても、給餌を見物するのが楽しくなるのだとアナは力説した。上層部もその提案を受け入れ、開発チームはディジエントの基本となる報酬系を、幅広い種類の仮想フードを認識するように修整した。さまざまな化学物質の組成を実際にシミュレートすることは不可能だが——データアースにおける物理シミュレーションの精度はとてもそのレベルに達していない——食べものの味と食感をあらわすパラメーターを追加し、ユーザーがレシピをつくるためのインターフェイスをデザインした。この作戦は大成功だったことが判明した。個々のディジエントにはそれぞれ好物があり、ベータテスターたちはディジエントの好みに応じて餌を与えるのが楽しいと報告している。

「会社は、動物のアバターだけじゃ足りないと判断したんだ」とデレク。「ロボットのアバターもほしいといってる。信じられないだろ」

「わたしは名案だと思うけど」とアナ。

デレクは驚いた。「ほんとにそう思う？ 動物のアバターのほうが好きなんだとばっかり思ってた」

「みんな、ディジエントのことを動物だと思ってるけど、実際はそうじゃない。ディジエントは本物の動物みたいにはふるまわない。動物とは違う性質がある。だから、サルとかパンダとかみたいに見せるのは、動物に無理やりサーカスのコスチュームを着せてるみたいな気がするのよ」

自分が苦労してデザインしたアバターをサーカスの衣裳にたとえられて、デレクはちょっとむっとした。その気持ちが顔に出たらしく、アナはこうつけ加えた。「ふつうの人がそれに気づくわけじゃないけどね。わたしの場合は、たいていの人よりずっと長い時間を動物と過ごしてきたから」

「いいんだ」とデレク。「違う角度からの意見が聞けてよかったよ」

「ごめんなさい。ほんとの話、アバターのデザインはすばらしいと思う。とくにトラの仔が好き」

「いいんだよ。ほんとに」

アナは詫びるように手を振ってから、廊下を歩き出した。デレクはアナがいったことについて考えをめぐらした。

もしかしたら自分のほうが、動物のアバターにとらわれすぎて、ディジエントのことを実際とは違うものとして考えはじめていたのかもしれない。もちろん、アナのいうとおり、ディジエントは、古典的なロボットでないのと同様、動物でもない。どちらのアナロジーがより的確かなど、だれにも決められない。この新しい生命形態が自己を表現するのに、ロボットのアバターも、動物のアバターに負けず劣らず適しているという前提から出発すれば、自分で満足できるアバターがデザインできるかもしれない。

＊

一年後。ブルー・ガンマは、社運を賭けた新製品発表を数日後に控えていた。アナは、ロビンのキューービクルと通路を隔てた真向かいのキュービクルで仕事をしていた。ふたりは背中合わせにすわっているが、いまはどちらのモニター画面にもデータアースが映り、それぞれのアバターが並んで立っている。その近くの遊び場では、一ダースのディジエントが駆けまわり、小さな橋の上や下を通って追いかけっこしたり、短い階段を昇ってすべり台をすべったりしている。ここにいるディジエント全員がリリース候補だ。数日後、彼らは——あるいは、彼らに近いものが——現実世界とデータアースの接する領域で購入できるようになる。

リリース間近のこの時期、アナとロビンは、ディジエントに新しい行動を教えこむより、すでに学んだことを練習させるようにしていた。訓練の最中、ブルー・ガンマの共同創業者のひとりであるマヘシュが通路を通りかかり、足を止めて画面を眺めた。「気にしないで仕事をつづけて。きょうのスキルは？」

「形態識別です」ロビンは、自分のアバターの前の地面に色とりどりの積み木を生成した。ディジエントの一体に向かって、「おいで、ロリー」と声をかける。仔ライオンが遊び場からよちよち歩いてきた。

アナのほうは、ジャックスに呼びかけた。ジャックスのアバターは、ぴかぴかの銅でできたネオヴィクトリアン風のロボットだ。手足のプロポーションから顔の造作にいたるまで、デレクはジャックスのデザインにすばらしい仕事をしていた。アナの目には、ジャックスはとても魅力的に映る。アナも、ロビンとおなじように、さまざまなかたちの色鮮やかな積み木をたくさん生成し、ジャックスの注意をそちらに向けさせた。

「ジャックス、積み木が見える？　青いのはどんなかたち？」

「さんきゃく」とジャックス。

「正解。赤いのはどんなかたち？」

「しきゃく」

「正解。緑のはどんなかたち？」

「まりゅ」

「よくできました、ジャックス」アナが仮想フードを与えると、ジャックスはそれを一心にむさぼった。

「ジャックスりこー」とジャックス。

「ロリーもりこー」とロリーが自分からいう。

アナはにっこりして、彼らの頭のうしろを掻いてやった。「ええ、あなたたちはふたりともとっても利口ね」

「ふたり、りこー」とジャックス。

「いつ見ても楽しいね」とマヘシュがいった。

リリース候補は、数え切れない試行錯誤のあとに残った最後の蒸留物だ。学習能力という観点から選抜した最上の精華。部分的には知性の探求だが、それとおなじくらい、気質の探求でもある。必要なのは、顧客を怒らせない個性だ。その要素のひとつは、他のディジエントとうまく遊ぶ能力で測れる。開発チームは、ディジエント間の階級形成的な行動をなるべく制限しようとしてきたが——ブルー・ガンマが売ろうとしているのは、オーナーがたえず自分の優位性を主張しなければならないペットではない——だからといって彼らのあいだに競争がないわけではない。ディジエントは注目の的になるのが大好きだし、あるディジエントがアナに誉められているのに気づいた別のディジエントは、自分もおなじことをして誉められようとする。たいていの場合は楽しい結果が生じるが、あるディジエントが仲間もしくはアナに対してとくに腹を立てているように見えるときは、アナはそのディジエントを落第させて、その個体のゲノムが次世代から除外されるようにした。このプロセスは犬のブリーディングにもちょっと似ているが、むしろ、新作デザートの巨大な試作用キッチンで働いている感覚に近い。ブラウニーの試作品を無数に焼いては、各ロットをサンプリングして味と食感をチェックし、完璧なレシピをつくりあげてゆく。リリース候補となる現在のインスタンス群は、このままマスコットとして保存され、複製のほうが売り出される。しかし、たいていの客は、もっと幼い段階、まだ言葉を覚える前のディジエントをほしがるだろうと予測されている。買ったディジエントに言葉を教えるのは楽しい経験だ。その場合、どういう教育結果が期待できるかの実例を示すことが、マスコットの主な役割となる。ブルー・ガンマ社内では、スタッフの数が足りないため、マスコットを英語で育てることしかできないが、言葉を知らないディジエントなら、非英語圏でもそのまま販売できる。

アナはジャックスを遊び場に帰してから、今度はマルコという名の、パンダのディジエントを呼んだ。マルコの形態認識能力のテストをはじめようとしたとき、マヘシュがビデオ画面の片隅を指さした。「おやおや。そこ見て」二体のディジエントが遊び場の脇にある丘に登り、かわりばんこに斜面を転がり下りている。

「わあ、すごい。こんなことしてるの、はじめて見た」アナは自分のアバターを丘のほうへ歩かせた。ジャックスとマルコもあとについてくる。他のディジエントたちも転がり遊びの仲間に加わった。ジャックスがはじめて試してみたときは一回転しただけで止まってしまったが、ちょっと練習するとすぐ、いちばん下まで転がって下りられるようになった。何回かやってから、ジャックスはアナのところに駆けもどってきた。

「アナ、見る?」とジャックス。「ジャックスくるくりゅおっこちゅた!」

「ええ、見たわよ! 丘を転がり下りたわね!」

「ころりろりた!」

「とっても上手だった」アナはジャックスの頭のうしろをまた掻いてやった。

ジャックスは丘に駆けていって、転がり下りごっこを再開した。ロリーも、この新しい遊びに熱中している。彼女は丘のふもとまで下りたあと、平らな地面をごろごろ転がりつづけ、遊び場の橋のひとつに衝突した。

「えーんえーんえーん」とロリー。「くそっ《ファック》」

とつぜん、スタッフ全員の注意がロリーに集中した。「どこで覚えた?」とマヘシュ。

アナはマイクのトグルスイッチをオフにしてから、ロリーを慰めるため、自分のアバターをそちらに歩かせた。「わかりません。きっと、だれかの言葉を耳にはさんだのね」

「とにかく、〝ファック〟と毒づくディジエントを売り出すわけにはいかない」

「いま調べます」とロビン。スクリーンに新しいウィンドウを開き、訓練セッションのアーカイブを呼び出すと、オーディオ・トラックを検索した。「ディジエントが〝ファック〟といったのは、いまのがはじめてだったみたい。人間のだれが口にしたかというと……」三人は検索結果が表示されるのを見つめた。どうやら、ブルー・ガンマ豪州支社のステファンが犯人らしい。ブルー・ガンマは、アメリカ西海岸の本社が閉まっている夜間もディジエントを訓練するために、オーストラリアとイギリスでスタッフを雇用している。ディジエントは眠る必要がないため――より正確にいえば、彼らにとっての睡眠に相当する統合処理は、はるかに高速で実行できるため――一日二十四時間、訓練をつづけることができる。

三人は、ステファンが訓練中に〝ファック〟と口にしたすべての回の録画をチェックした。いちばん劇的な爆発は、三日前のものだった。データアースのアバターを見ているだけでは、なにが起きたのかはっきりとはわからないが、音声からすると、どうやらデスクにひざをぶつけたらしい。それ以前の例は数週間前にまで遡るが、どれひとつとして、大声で叫んだり、何度も毒づいたりしたものはなかった。

「どうします？」とロビンがたずねた。

妥協するしかないのは明らかだった。発売日がこれだけ近いと、数週間にわたる訓練をやりなおしている余裕はない。直近の一回より前の事例がディジエントたちに影響を与えていないという可能性に賭けるべきか。しばし考えてから、マヘシュは決断した。「よし、三日前まで巻き戻して、そこから再開してくれ」

「全員ですか？」とアナ。「ロリーだけじゃなく？」

「危険は冒せない。全員、巻き戻してくれ。それと、今後はすべての訓練セッションにキーワード・チェッカーをつけてほしい。今度だれかが悪態をついたら、ただちに最終チェックポイントまで全ディジエントを巻き戻す」

つまり、ディジエントたちは三日分の経験を失うことになる。はじめて丘を転がり下りたときのことを含めて。

2

ブルー・ガンマのディジエントはヒットした。発売から一年で、十万人の顧客が製品を購入し——こちらのほうがさらに重要だが——ディジエントを実行しつづけた。ブルー・ガンマは、〝ひげ剃りと替え刃〟のビジネスモデルに賭けていた。ディジエントを販売するだけでは、開発費を回収できない。そこで会社は、ユーザーがディジエント・フードをつくるたびに課金し、ディジエントがオーナーを楽しませているかぎりは収入の流れが途切れないシステムをつくった。そして、いままでのところ、顧客はディジエントに満足し、一日じゅう動かしつづけている。統合処理の速度を落とすことで、夜はディジエントを眠らせておくのが一般的だが、中には高速のまま処理させて、ほとんどいつもディジエントを目覚めさせておくオーナーもいる。彼らは、他のタイムゾーンにいる人々と協力してディジエントをシェアし、成長速度を上げた。データアースの社交大陸のあちこちに、ディジエント用の遊び場や保育センターが何十も開設され、イベント・カレンダーのあちこちに、ディジエント・グループのお楽しみ会や、訓練クラス、能力コンテストなどの予定が入るようになった。オーナーの中には、ディジエントをサーキットに連れていって、自分のレーシング・カーを運転させる者もいた。データアース全体が、ディジエント育成のためのグローバル・ヴィレッジと化し、新種のペットが織り込まれる社交のタペストリーとなっていた。

ブルー・ガンマが販売するディジエントの半数は、唯一無二の存在で、ブリーディングの過程で決められたパラメーターの範囲内でランダムに生成されたゲノムを持っている。残り半分はマスコットの複製だが、ブルー・ガンマは顧客に対し、各ディジエントは購入後の生育環境によってそれぞれ違った発達を遂げることになりますと懇切丁寧に説明していた。そのわかりやすい実例として販売チームが引き合いに出すのが、マスコットの二体、マルコとポーロだった。どちらもまったく同一のゲノムを持ち、おなじパンダのアバターを与えられているが、両者の性格にははっきりした違いがある。ポーロが生成されたとき、マルコはすでに二歳だったから、ポーロは兄のうしろについてまわる弟のように、マルコのあとをついてまわった。いまや無二の親友だが、外向的なマルコに対して、ポーロは用心深い。この先、二、三年経ったとしても、ポーロがマルコのような性格になるとは、社内の訓練スタッフはだれも思っていなかった。

ブルー・ガンマのマスコットは、実行されているニューロブラストのディジエントとしてはもっとも古い。会社は当初、顧客がなにか問題に直面する前に、ディジエントがこれこれこういうふるまいをする可能性があるという前例をマスコットがいちはやく示してくれることに期待していた。実際には、そうは問屋が卸さなかった。それぞれ違う無数の環境でディジエントがどんなふうに育てられるかを予測するのは不可能だ。その意味で、ディジエントのオーナーは、まさしく未踏の大地を探検していることになる。したがって、彼らが頼る相手は、おたがい同士だった。ディジエント・オーナーのオンライン・フォーラムが次々に誕生し、さまざまな逸話や議論が投稿され、助言が求められたり与えられたりしていた。

ブルー・ガンマには、ユーザー・フォーラムを読むことを専門とする顧客担当スタッフがひとりいたが、デレクはときおり就業時間外にフォーラムに目を通した。顧客がディジエントの顔の表情についてあれこれ話していることもあるが、そうでない場合には、さまざまな逸話を楽しく読むことができた。

投稿者：ゾーイ・アームストロング

うちのナターシャが今日、何したと思う？　遊び場にいたとき、よそのディジエントが転んで怪我して、泣き出したの。そしたらナターシャがその子を抱きしめて、よしよしって慰めたのよ。だから、とってもいいことをしたわねって、すごく誉めてあげた。そしたら、ナターシャは、べつの子を突き飛ばして泣かせてから、その子を抱きしめて、誉めて誉めてっていう顔でわたしを見たのよ！

その次の投稿がデレクの興味を引いた。

投稿者：アンドルー・グエン

ディジエントの中には、他のディジエントほど利口じゃないやつもいるのかね。おれのディジエントは、ほかの人たちのと違って、命令にちゃんと反応してくれないんだが。

この顧客の公開プロフィールをたしかめると、彼は金貨がシャワーのように果てしなく降ってくる動画をアバターに使っていた。金貨がたがいにぶつかってはね返り、それらが描く軌跡がかなり抽象的な人体に見える。見栄えのするアニメーションだが、この顧客は、ブルー・ガンマが提供しているディジエント育成ガイドを読んでいないらしい。デレクは返信をポストした。

投稿者：デレク・ブルックス

ディジエントと遊ぶとき、プロフィールにあるのとおなじアバターを使っていませんか？　だとしたら、問題のひとつは、あなたのアバターに顔がないことです。あなたの顔の表情を写すようにカメラをセットして、その表情が見せられるアバターを使ってください。そうすれば、ディジエントの反応がずっとよくなるはずです。

デレクはブラウズをつづけた。しばらくして、またひとつ、興味を引く質問を見つけた。

投稿者：ナタリー・ヴァンス

うちのディジエントのココは、一歳半のロリーです。最近、手に負えなくなってて、ちっともいうことを聞いてくれません。頭がおかしくなりそう。二、三週間前まではお人形さんみたいにかわいかったのに。それで、そのころのチェックポイントから復元してみたんだけど、長つづきしないんです。いままでに二回やってみたんだけど、毎回、手に負えない態度にもどっちゃって（ただし、二回目は一回目より少しだけ長持ちしました）。だれか、似たような経験をした人はいますか？　とくに、ロリーを育てている人の意見を希望。この問題を回避するのに、どのぐらい前まで巻き戻さなきゃいけないんでしょうか。

何件かついているコメントは、ココの気質が変化する引き金になった出来事を特定してそれを迂回することを提案していた。ディジエントはパーフェクトが出るまで何度もリセットするTVゲームじゃありませんよというコメントを書こうとしたとき、アナが返信しているのに気がついた。

投稿者：アナ・アルヴァラード
わたしもまったくおなじ経験をしたから気持ちはよくわかります。ロリーだけに起きることじゃなくて、多くのディジエントが乗り越えなきゃいけない壁みたいなものですね。壁を迂回しようと何度もやってみることはできますが、避けるのは無理じゃないでしょうか。結果的に、ぜんぜん年をとらないディジエントを相手に、何カ月も無駄に費やすことになるでしょう。いまはたいへんでも、がんばってその壁を乗り越えられたら、向こう側に出たとき、あなたのディジエントは大きく成長しているはずです。

これを読んで、デレクは元気づけられた。意識のある存在をおもちゃみたいに扱う習慣があたりまえのように一般化している。ペットだけの話ではない。前に一度、義弟の家で開かれたホリデー・パーティーに参加したとき、八歳のクローンを連れてきている一家がいた。その少年を見るたびにかわいそうに思った。その子は、神経症の歩く見本だった。父親のナルシシズムのモニュメントとして成長した結果がこれ。ディジエントでさえ、それよりはもっと尊重に値する。

デレクはアナに、コメントしてくれてありがとうというプライベート・メッセージを送った。それから、顔のないアバターを持つ顧客がさっきのデレクのコメントに返信しているのに気づいた。

投稿者：アンドルー・グエン
　そんなの知るか。このアバターは、大枚はたいて、社交大陸に行くとき専用に買ったんだ。ディジエントなんかのためにアバターを変える気はさらさらないね。

　たぶん、この男の考えを変えられる可能性はほとんどないだろう。せめて、彼がこのままずっとひどいやりかたでディジエントを育てるかわりに、あっさり停止してくれることを願った。ブルー・ガンマは、虐待を最小限にとどめるためにやれることはやっている。すべてのニューロブラストのディジエントに、苦痛を遮断して肉体的な虐待から身を守る強制停止スイッチ《サーキット・ブレーカー》が搭載されている。しかし、彼らを感情的な虐待から守るすべはない。

＊

　翌年からは、他社も、言語学習能力をサポートする独自のゲノム・エンジンを市場に出しはじめた。データアースのプラットフォーム上では、ニューロブラストの人気に太刀打ちできるものはなかったが、プラットフォームが違えば事情も違う。ネクストディメンションでは、オリガミ・エンジンが優勢になった。エニウェアでは、ファベルジェというエンジンが人気を集めた。さいわい、ブルー・ガンマの成功に刺激された他社が発表した中には、そういう競合製品ばかりではなく、相補的な製品もあった。

きょうは、ブルー・ガンマの従業員の半数が本社の玄関ホールに集合していた。管理スタッフ、開発スタッフ、テスター、デザイナー。彼らが集まっているのは、待望の製品がついに届いたからだった。大型スーツケースの大きさの段ボール箱が受付デスクの前に置かれている。

「よし、開けてみよう」とマヘシュがいった。

アナとロビンがタブをひっぱって箱を開けると、八個の発泡セルロースのブロックがあらわれた。このオーダーメイドの棺に安置されているのは、組み立て工場から到着したばかりのロボット筐体《きょうたい》だった。ロボットは人間型だが、サイズは小さく、身長は九十センチに満たない。手足の慣性を低く保ち、なおかつ、まずまずの敏捷性を備えるようにするためだ。ボディの表面は光沢のある黒で、頭は不釣り合いに大きく、その大部分が三百六十度のディスプレイ画面に占められている。

ロボットは、サルメック・トイ製だった。ディジエント・ユーザー向けにサービスを提供するサード・パーティーはたくさん登場したが、ソフトウェアではなくハードウェア製品を開発した会社はサルメックが最初だった。サルメックは、ブルー・ガンマに推奨してもらえることを期待して、製品のサンプルを送ってきたのである。

「最高得点のマスコットは？」とマヘシュがたずねた。先週、ブルー・ガンマのディジエントの全マスコットが、体重分布および可動範囲をこのロボットと同一にしたテスト用アバターを与えられて、敏捷性のテストを受けた。毎日一定時間、そのアバターをまとって過ごし、このボディで動きまわる練習をした。きのうは、仰向けの状態から立ち上がったり、階段を上り下りしたり、片足で立ったりする能力について、アナがそれぞれのディジエントを採点した。幼児の一団を相手に飲酒検知テストをしているみたいだった。

「ジャックスです」とアナは答えた。

「ようし、じゃあ、ジャックスに準備させて」

受付係がアナのために場所を空けた。アナはデータアースにログインして、ジャックスを呼んだ。ジャックスは運がよかった。テスト用アバターはジャックスのアバターと根本的に違っているわけではない。サイズはもっとかさばるが、手足と胴体のプロポーションはほぼおなじ。それと対照的に、パンダのアバターやトラの仔のアバターで育ったディジエントは、ロボットのアバターを操るのにもっと苦労していた。

ロビンがロボットの診断パネルをチェックして、「いつでも大丈夫みたい」

アナは画面上の体育館にポータルを開き、ジャックスに合図した。「オーケイ、ジャックス。入って」

画面上でジャックスがポータルに足を踏み入れると、玄関ホールの小さなロボットが起動した。ロボットの頭部スクリーンが点灯し、ジャックスの顔が表示され、ばかでかい頭はジャックスのアバターがかぶっている金魚鉢型のヘルメットになった。このデザインは、いちいちカスタムメイドのボディを用意することなく、ディジエント本来のアバターに似た外見を持たせるための方便だった。いまのジャックスは、黒曜石の装甲スーツを着た銅製のロボットのように見える。

ジャックスはぐるぐる向きを変えながら、部屋全体をとっくり観賞した。「わあ」と回転するのをやめていう。「わあ。わあ。声がへん。わあわあわあわあ」

「いいのよ、ジャックス」とアナ。「いったでしょ、外界では声が違ったふうに聞こえるかもしれないって」サルメックの情報パケットの中に、この件に関する注意があった。金属とプラスチックのボディは、データアースのアバターとは音の響きが違う。

ジャックスが顔を上げてまっすぐアナを見た。アナはその姿に驚嘆した。このボディの中にジャックスが実際に入っているわけじゃないことはわかっているのに――ジャックスのプログラムはあいかわらずネットワーク上で走っているし、このロボットはただのしゃれた周辺機器でしかない――目の前にジャックスがいるという錯覚は完璧だった。それに、データアースであれだけ長いあいだ一緒に過ごしていても、目の前に立つジャックスとまっすぐ目を合わせている体験はスリリングだ。

「ハイ、ジャックス。アナよ」

「アバターが違うね」とジャックス。

「外界では、〝アバター〟じゃなくて〝体〟っていうの。こっちの世界では、体をとりかえたりしない。それができるのはデータアースの中だけ。ここではいつもおなじ体を使うのよ」

ジャックスは考え込むような間を置いて、「いつもそんなふう？」

「ええっと、服を着替えることはできる。でもそうね、いつもこんなふうよ」

ジャックスがもっと近くで見ようとこちらに歩いてくる。アナはしゃがみこむとひざにひじをついて、ジャックスと目の高さを合わせた。ジャックスはアナの手と、それから前腕を見た。アナは半袖を着ている。ジャックスが頭をアナの腕に近づける。ロボットのカメラ・アイがフォーカスするときのジーッというかすかな音がした。「腕にちいさな毛が生えてる」とジャックスがいった。

アナは吹き出した。たしかに、アバターの腕は赤ん坊の腕みたいにすべすべだ。「ええ、そうよ」

ジャックスは片手を上げ、親指と人差し指を伸ばすと、腕の産毛《うぶげ》をつまもうとした。何度かトライしたが、なかなか景品がはさめないクレーンゲームのツメみたいに、指のあいだを毛がすり抜けてしまう。それから、指が腕の皮膚をつまんでひっぱった。

「あ痛っ。ジャックス、痛いってば」

「ごめん」アナの顔をじっと見つめて、「顔じゅうにちっちゃいちっちゃい穴がいっぱい」

アナは、ホールにいる他の社員がにやにやしているのを空気で感じた。「これは毛穴っていうの」立ち上がると、「皮膚の話はあとにしましょう。いまは、ここを見物してみない？」

ジャックスは向きを変え、玄関ホールをゆっくりと歩き出した。異星を探検するミニチュアの宇宙飛行士。駐車場に面した窓に気づいて、そちらへ向かう。

午後の陽光がガラス越しに斜めに射し込んでいる。ジャックスは陽のあたる場所に足を踏み出したかと思うと、急にあとずさった。「あれなに？」

「太陽よ。データアースにあるのとおんなじ」

ジャックスは用心深くまた陽射しのもとに足を踏み出した。「おんなじじゃない。こっちの太陽はまぶしいまぶしいまぶしい」

「そうね」

「太陽、まぶしいまぶしいまぶしいなくていいのに」

アナは笑って、「たしかにそうね」

ジャックスはこちらにもどってくると、アナのパンツの布地に目を向けた。アナはおそるおそる手を伸ばし、ジャックスの頭のうしろを撫でた。ロボット筐体の触覚センサーが働いているらしく、ジャックスはアナの手に頭を預けてきた。てのひらにその重みを──アクチュエーターの動的抵抗を──感じる。それから、ジャックスがアナの太腿のあたりに抱きついた。

「ねえ、この子、うちで飼ってもいい？」とまわりの人間たちに向かっていう。「家までついてきちゃったの」

みんなが笑った。「いまはいいだろうけど」とマヘシュ。「トイレにタオルを流されるぞ」

「ええ、わかってますって」とアナ。ブルー・ガンマが現実世界ではなく仮想世界をターゲットに選んだのにはいくつも理由があるが──コストがかからないことや、相互交流が簡単なこと──そのうちのひとつが、現実世界における器物損壊の危険性だった。ブラインドの実物をひきちぎったり、高価なラグの上にマヨネーズを搾り出してお城をつくったりするかもしれないペットを販売するわけにはいかない。「この姿のジャックスも素敵だなと思っただけ」

「たしかにそうだ。サルメックのためにも、この経験がビデオを通じてうまく伝わることを祈るよ」サルメック・トイは、ロボットの筐体を販売するのではなく、一度に数時間ずつレンタルする計画だった。ディジエントは、大阪郊外にある専用施設に設置されたこのロボットに入り、外界見学ツアーを体験する。オーナーはドローンに搭載されたカメラ越しにそれを眺める。アナはだしぬけに、その施設で働きたい衝動にかられた。こんなジャックスを見ていると、動物の相手をする仕事の物理的な側面を自分がどんなに恋しく思っていたかをあらためて実感した。その点に関するかぎり、ビデオ画面越しにディジエントの相手をするのは、動物園の仕事とはまったく違う。

「マスコット全員を順番にロボットに入れますか？」ロビンがマヘシュにたずねた。

「ああ。しかし、敏捷性テストをパスしてからだ。この筐体を壊したら、次のはタダじゃ貸してもらえないからね」

ジャックスはいま、アナのスニーカーの靴ひもをひっぱって遊んでいる。自分が金持ちならよかったのにと思うことはめったにないが、ジャックスが靴ひもをぴんとひっぱる力を足に感じているいま、アナにとっては、それがいちばんの願いだった。もしそれだけの財力があれば、このロボットを一台、ポケットマネーでいますぐ買うのに。

＊

さまざまなスタッフが交替で各マスコットにつきそい、現実世界を見学させている。デレクはだいたいいつも、マルコかポーロを連れ出した。最初は、ブルー・ガンマの本社があるオフィスパークを一緒に歩きながら、駐車場の境目になっている芝生と植え込みの一画を見せるつもりだった。デレクは、植え込みの世話をしている造園用の蟹みたいなロボットを指さした。ディジエントを現実世界に持ち出した先駆的なベンチャー企業の製品だ。雑草を抜くための短剣のような鏝《こて》を装備し、その労働は純粋に本能に根ざしている。データアースの温室で行われたガーデニング能力の進化競争を数世代にわたって勝ち抜いてきた子孫。マスコットは、草むしりロボットの話を聞いて、データアースから移住してきた仲間と認識するだろうか。どう反応するかにデレクは興味津々だったが、彼らは毛ほどの関心も見せなかった。

かわりに、マスコットたちは手ざわりに魅了されることが判明した。データアースの表面は視覚的ディテールこそ豊かだが、摩擦以上の触感はまったくない。触覚を伝達するコントローラーを使っているユーザーはめったにいないため、ほとんどのベンダーは仮想環境のオブジェクト表面にわざわざ手ざわりを持たせようとはしない。現実世界で表面を感じられるようになったいま、ディジエントはごく単純なものにも新奇さを見出している。ロボットの体に入るツアーを終えたマルコは、カーペットや家具の手ざわりについていつまでもべらべらしゃべりつづけた。ポーロがボディをまとっているときは、持ち時間の最初から最後まで、ビルの階段に敷かれている滑り止めのざらざらした踏み板をさわって過ごした。当然のことながら、ロボットの体で最初に交換しなければならなくなった部品は、指についているセンサー・パッドだった。

マルコが次に気づいたのは、デレクの口が自分の口といかに違うかだった。ディジエントの口は、人間の口とはごく表面的にしか似ていない。しゃべるときに唇が動くものの、ディジエントの発話ジェネレーターは物理ベースにはなっていない。マルコは発声のメカニズムを知りたがり、デレクがしゃべるとき、口の中に指を入れさせてくれと何度もせがんだ。ポーロは、デレクが食べものを嚥下《えんげ》するとき、ディジエントの食べもののように途中でぱっと消えてしまうのではなく、実際にのどを通っていくことを知ってびっくり仰天した。自分たちの身体性の限界を知ったらディジエントたちが悲しむのではないかと思っていたが、彼らはむしろおもしろがっているようだ。

ロボットの筐体にディジエントが入っているのを目《ま》のあたりにすることの思いがけない利点は、データアースで観察しているとき以上に、彼らの顔を間近に観察するチャンスができることだった。その結果、ディジエントの顔の表情に対してデレクが傾注した努力の成果が目に見えやすくなった。ある日、アナがデレクのキュービクルにやってきて、興奮した口調でいった。「あなたって、すごいわね！」

「え……あ、ありがとう」

「いまさっき、マルコが最高におもしろい顔をしたのよ。自分の目で見て。いい？」

アナがキーボードを指さしたので、デレクは自分がすわっているキャスターつきの椅子をうしろに下げ、キーボードの前の場所をあけた。アナはモニターにウィンドウをふたつ開いた。片方は、ロボット筐体のカメラが録画した映像で、もう片方は頭部スクリーンが映しているものの録画。前者から判断すると、彼らはまた駐車場に出ている。

「先週、マルコはサルメックの見学ツアーに参加したの」とアナ。「もちろんマルコは大阪の公園がものすごく気に入って、オフィスパークのことが退屈に思えてきたわけ」

画面のマルコがいう。『見学ツアーに行く。公園行きたい』

『ここだっておんなじように楽しめるわよ』画面のアナは、ついてきなさいとマルコに合図している。

マルコが首を振るのに応じて映像が前後に揺れる。『おなじじゃない。公園もっと楽しい。アナに見せる』

『あの公園には行けないの。とても遠いのよ。あそこに行くには、長い時間かけて旅しなきゃいけない』

『ポータルを開けばいい』

『悪いけど、マルコ、現実世界ではポータルは開けないのよ』

「ここよ。彼の顔見て」とアナ。

『ためしてみて。がんばってみて。おねがいおねがい』マルコはパンダの顔に訴えかけるような表情を浮かべた。いままでに見たことのない顔だった。デレクは思わず吹き出した。

アナも笑いながら、「まだ見てて」

画面のアナがいう。『どんなにがんばっても関係ないのよ、マルコ。外界にはポータルがないの。ポータルを開けるのはデータアースの中だけ』

『だったらデータアースに行って、あっちにポータルを開く』

『あっちにあなたが入るボディがあるなら、それでうまくいくけど、わたしはべつの体をまとうわけにはいかないの。この体のまま移動しなきゃいけなくて、それには長い時間がかかるの』

マルコは考えている。ディジエントの顔がまさに不信感のかたまりのような表情を浮かべているのを見て、デレクはうれしくなった。

『現実世界なんかバカだ』とディジエントは宣言した。

デレクとアナはぷっと吹き出した。アナがウィンドウを閉じ、「ほんと、最高の仕事ね」

「ありがとう。それに、いまのを見せてくれたことにも感謝する。気分がよくなったよ」

「どういたしまして」

自分がむかしやった仕事が実を結んでいることを知るのはいい気分だった。というのも、最近デレクに回ってくる仕事のほとんどは、むかしほどおもしろくないからだ。オリガミ系とファベルジェ系のディジエントが、ベビードラゴンとかグリフォンとかの神話的クリーチャーをはじめ、いろんな種類のアバターを使いはじめたため、ブルー・ガンマも、ニューロブラスト系ディジエント用に、同様のアバターを提供すると決定した。新しいアバター群は既存のアバターに手を加えただけの単純なもので、表情に関してはなにひとつ新しい要素が必要とされない。

それどころか、デレクがいま担当している仕事では、まったく表情のないアバターをつくることが求められている。ある人工生命ホビイスト・グループがニューロブラストのゲノムのポテンシャルに感心し、生物群《バイオーム》から本物の知性がひとりでに進化してくるのを待つかわりに、知性を有するエイリアン種《スピーシーズ》の設計をブルー・ガンマに委託したのである。開発チームはブルー・ガンマが販売している品種よりもはるかに高度な個性を持つ群《タクソン》をつくりだした。デレクは、そのエイリアン用に、三本の脚と、ものをつかむことができる二本の（腕ではなく）触手と、やはりものがつかめる一本の尻尾を備えたアバターをデザインしているところだった。ホビイストの中にはもっと奇天烈な身体構造や、物理条件の違う環境を望む者もいたが、デレクは、ディジエントを育てる際にあなたたちもそのアバターをまとわないといけないんですよと忠告した。ものをつかめる触手を使いこなすだけでもじゅうぶんにやっかいだ。

　ホビイストは彼らの新しい種をゼノテリアン（Xenotherian）と命名し、データマーズという名のプライベート大陸をつくって、そこでエイリアン文化をゼロから創造する計画を立てている。デレクもデータマーズには興味津々だが、まだ訪問することはできずにいた。というのも、ディジエントの前でしゃべることを許されている唯一の言語が、ロジバンという人工言語のカスタム方言なのだ。彼らはいつまでこのプロジェクトをつづけられるだろう。おそろしくハードルが高いことを別にしても、ゼノテリアンを育てることには、デレクとアナがマルコを観察しているだけでも得られるような喜びは存在しない。報酬は純粋に知的なものだ。この先の長い年月を考えると、はたしてそれだけでじゅうぶんだろうか。

3

翌年一年のあいだに、ブルー・ガンマの将来性予報は晴れから曇りに変わった。新規顧客へのセールスが低下したこと以上に、食物提供プログラムからの収入が減少したことが響いた。既存の顧客がディジエントを停止するケースがどんどん増えている。

問題は、ニューロブラストのディジエントが、幼児期を過ぎると、どんどんわがままになることだった。ブリーディングに際し、ブルー・ガンマは利口さと従順さのコンビネーションをめざしたが、ディジタル版でも変わらないゲノム特有の予見不能性により、開発チームは標的をはずしていたことが判明した。クリアするのが異常にむずかしいゲームさながら、ディジエントが提供する難度と報酬のバランスは、ほとんどの人間が楽しいと思うレベルを超えて、むずかしさのほうに傾いている。そのため、ユーザーは次々についていけなくなって脱落し、ディジエントを停止した。しかし、育てる準備もできていない犬種を買った飼い主と違って、ブルー・ガンマの顧客を事前調査不足だと責めることはできなかった。ディジエントがこんなふうに進化するとは、ブルー・ガンマ自身、知らなかったのである。

救出シェルターを開設して、不要になったディジエントを受け入れ、里親になってくれる新しいオーナーを探すボランティア・サービスも立ち上がった。彼らはさまざまな戦略を試していた。なんの介入もせずにディジエントを実行する者もいれば、数日ごとに最終チェックポイントから何度も復元して、里親にもらわれる妨げになるかもしれない育成放棄のトラウマをスキップさせようとする者もいる。どちらの戦略も、未来のオーナーを惹きつけるという意味でははかばかしい効果がなかった。幼児期から育てずに済むならディジエントをひきとろうと考える人間はときどきあらわれたが、そういう養子関係は長続きせず、シェルターは事実上、ディジエント用の倉庫と化してしまった。

アナはこの風潮を不快に思っていたが、一方で、動物福祉の現実もわきまえていた。すべての不幸な動物を救うことはできない。せめて、ブルー・ガンマのマスコットたちにはなにが起きているのかを知られないようにしたかったが、この現象が広がりすぎているため、隠しておくのは現実的に不可能だった。遊び場に連れていくたび、マスコットは、いつもの遊び仲間のだれかがいなくなっていることに気づく。

きょうの遊び場行きは、それとは違って、うれしい驚きだった。マスコット全員がポータルを抜けないうちに、ジャックスとマルコは、ロボットのアバターをまとうディジエントに気づいて、異口同音に「ティボ！」と叫び、そちらに駆けていった。

ティボは、マスコットを別にすると、いちばん古いニューロブラスト系ディジエントで、カールトンという名前のベータ・テスターが所有している。彼がティボの実行を停止したのは一カ月前のことだった。永遠に停めてしまったわけではなかったことを知って、アナはうれしかった。ディジエントたちがおしゃべりしているあいだ、アナは自分のアバターをカールトンのそばに歩かせ、彼と話をした。カールトンは、ちょっと休みがほしかっただけで、いまはもう、ティボが必要としている愛情を与えてやれるといった。

マスコットたちを連れて遊び場から引き上げ、ブルー・ガンマの島にもどったあと、ジャックスがティボにどんな話をしたのか教えてくれた。「ティボいないときの楽しいの話。動物園の見学ツアー、楽しい楽しいの話」

「ティボは行けなくて残念だったって？」

「ううん。それは違うっていってた。見学ツアーの行き先はショッピングモールで、動物園じゃないって。でもその見学は先月」

「それは、留守のあいだずっとティボが停止していたからよ」アナは説明した。「だから、先月の旅行がきのうのことだと思ってる」

「ぼくもそういった」とジャックスが答えたので、アナは彼の理解力に驚いた。「でも、ティボ、信じるしない。違うという。マルコとロリーにもおなじことといわれて、それからティボは悲しい」

「まあ、動物園はきっとまた行けるわよ」

「動物園に行けなかったからじゃない。一カ月なくなったせいで悲しい」

「ああ」

「ぼく、停止したくない。一カ月なくなりたくない」

アナはできるだけ安心させるような口調で、「心配ないわよ、ジャックス」

「ぼくを停止しない？」

「ええ」

ほっとしたことに、ジャックスはその言葉で満足したようだった。彼にはまだ、約束をとりつけるという発想がない。アナは、約束させられずに済んだことにうしろめたい安堵を感じた。せめてもの慰めは、ブルー・ガンマがもしマスコットの実行を停止するとしたら、ほぼ確実に、全員を同時に停止するはずだから、すくなくともグループの中で経験の不一致が生じる心配はないだろうということだった。もし仮に、マスコットたちをもっと若い年齢のころまで巻き戻すことになった場合にも、おなじことがいえる。以前のチェックポイントに復元するというのは、自分のディジエントがわがままになりすぎた顧客にブルー・ガンマが推奨している対策のひとつで、この戦略の正しさを裏書きするために、会社のマスコットでも試してみるべきではないかという議論があった。

アナは時計に目をやり、マスコットが自分たちだけで遊べるゲームを生成した。そろそろ、ブルー・ガンマの新しい生産ラインに属するディジエントたちの訓練をはじめる時刻だ。ニューロブラストのゲノムを創造して以来、開発チームは、さまざまな遺伝子の相互作用を分析するもっと高度なツールを開発して、ゲノムの特性についての理解を深めていた。最近、彼らが創造したのは、認識的な可《か》塑《そ》性をもっと低くした分類群だった。そういうディジエントなら、もっと早い段階で安定し、いつまでも従順でいるはずだ。それをたしかめるには、顧客に何年か育ててもらって、どうなるかを追跡調査するしかない。しかし、開発チームは自信たっぷりだった。これは、より高度に成長するディジエントという当初の開発目標からすれば重大な逸脱だが、いまのきびしい状況下では荒療治が必要になる。ブルー・ガンマは、この新しいディジエントが収入の減少を埋め合わせてくれるのではないかと期待している。アナをはじめとするテスティング・チームは彼らを熱心に訓練していた。

マスコットたちはきちんとしつけられているため、ゲームをはじめる前にアナの許可を待っている。「みんな、いいわよ、はじめて」とアナがいうと、ディジエントは全員、自分のお気に入りのゲームのところへすっ飛んでいった。「みんな、あとでね」

「いやだ」ジャックスが立ち止まり、アナのアバターのところにもどってきた。「遊びたくない」

「どうして？　もちろん遊びたいでしょ」

「遊びたくない。仕事したい」

アナは笑った。「なに？　どうして仕事がしたいの？」

「お金がほしい」

楽しそうな口ぶりではなかった。気分がふさいでいるようだ。アナはもっと真面目な口調でたずねた。「どうしてお金が必要なの？」

「必要じゃない。アナにあげる」

「どうしてわたしにお金をくれるの？」

「アナには必要だから」ジャックスは淡々といった。

「わたし、お金が必要だっていったかしら。いつ？」

「先週、どうしてぼくじゃなく、ほかのディジエントと遊ぶのってきいたとき。そのためにお金をもらってるのよとアナはいった。お金があれば、ぼくが払える。そしたらアナはもっとぼくと遊んでくれる」

「まあ、ジャックス」アナは一瞬、返す言葉が見つからなかった。「やさしいのね」

＊

また一年が過ぎ、ブルー・ガンマは会社をたたむと公式にアナウンスされた。いつまでも従順だという触れ込みの新しいディジエントに賭けてみようと考える客の数はじゅうぶんではなかった。言葉はわかるがしゃべることのできないディジエント品種をはじめ、社内ではさまざまな新規事業が討議されたが、もう手遅れだった。顧客ベースは、熱心なディジエント・オーナーの小さなコミュニティに落ち着き、ブルー・ガンマの経営を維持するだけの収入を生み出すことはできなかった。会社は、ディジエントを実行しつづけたいと思っている顧客がいつまでも実行できるように、ディジエント・フード生産ソフトウエアの無料バージョンをリリースする予定だが、あとはオーナーが自分たちだけでやっていくことになる。

他の従業員のほとんどはこれまでにも会社の倒産を経験したことがあり、落胆しているとはいえ、これもまたソフトウェア業界の人生の一コマだと、比較的冷静に受けとめている。しかし、アナにとって、ブルー・ガンマの廃業は、これまでの人生でもっともつらい経験である動物園の閉鎖を思い出させた。飼育を担当していたサルと最後に対面したときのことを思うと、いまでも涙が出てくる。あのときのアナは、どうしてももう二度と会えないのかを説明できたらいいのにと思いながら、彼らが新しい家に適応することを願うしかなかった。ソフトウェア業界で働くために学校に入り直そうと決めたときは、今度の仕事ではもうこういう別れを経験しないで済むと安心していたのに、その予想に反して、いまの彼女は奇妙に似通った状況に直面している。

似通っているが、おなじではない。ブルー・ガンマは、数十体のマスコットのために新しい家を見つけてやる必要はなかった。動物を安楽死させるときのような罪悪感はいっさい抜きにして、実行を停止することができる。アナ自身、ブリーディングの過程で数千のディジエントを停止させてきた。彼らは死んだわけでも、捨てられたと感じているわけでもない。停止から生じる唯一の苦しみは、訓練士の側にある。この五年間、アナはマスコットたちと毎日一緒に過ごしてきたし、彼らにさよならをいいたくはなかった。さいわい、もうひとつの選択肢があった。社員ならだれでも、マスコットをペットとしてデータアースで飼うことができる。彼女のアパートメントでサルを飼うことがまったくの問題外だったのを思えば大きな違いだ。

マスコットをひきとるのがどんなに簡単かを考えると、それを申し出るスタッフの数がもっと多くないことが驚きだった。デレクがひきとるのはわかっているが——彼はアナとおなじくらいディジエントのことを気にかけている——他のトレーナーたちは思いのほか消極的だった。彼らはみんなディジエントのことが好きだったが、たいていのスタッフにとって、ペットとして世話をするのは、給料も出ないのに仕事をつづけているようなものだと思えるらしい。ロビンは違うと思っていたが、ランチの席でその話を持ち出すよりはやく、ロビンのほうが大ニュースを発表した。

「まだだれにもいわないつもりだったんだけど」とロビン。「じつは……わたし、妊娠してるの」

「ほんとに？　おめでとう！」

「ありがとう！」ロビンはにっこりして、いままで隠していた情報をいっぺんに解禁した。パートナーのリンダと、子どもを持つためのさまざまな選択肢を考慮した結果、卵子融合処置に賭けてみようと決心したこと。信じられない幸運で、最初のトライで成功したこと。アナとロビンは、求職活動と育児休暇について話し合い、そのあとようやく、マスコットを養子にする話になった。

「これから忙しくなりそうだけど」とアナ。「でも、ロリーを養子にするの、どう思う？ 大きなおなかを見てロリーがなんていうか、わくわくしない？」

「いいえ」ロビンは首を振った。「ディジエントはもう卒業したの」

「卒業？」

「現実の存在と向き合う準備ができたの。意味わかる？」

アナは用心深く答えた。「……よくわからないけど」

「赤ん坊をほしがるようになるのは人間的に成長した証《あかし》だって、よくいうでしょ。むかしはそんなのたわごとだと思ってた。でも、いまは違う」ロビンの顔の表情は恍惚としていた。アナに話しかけるというより、半分独白のように、「猫、犬、ディジエント。みんな、ほんとうに世話すべきものの代用品でしかないのよ。みんないつか、赤ん坊が意味するものが――ほんとうに意味するものが――わかるようになる。そしてすべてが変わるの。それから理解する。いままで持っていた感情はすべて――」ロビンがふと口をつぐんだ。

「つまり、わたしにとっては、広い視野からものを見られるきっかけになったわけ」

動物の世話を仕事にしている女は、しじゅうこういう話を聞かされる。いわく、動物に対する愛情は、子育ての欲求が昇華されたものに違いない。この手の紋切り型の議論にはうんざりしていた。子どもは好きだけれど、他のあらゆる達成をそれに照らし合わせてはかるべき基準ではない。動物の世話をすることにはそれ自体に価値がある、なんの弁解も必要ない職業なのだ。ブルー・ガンマで働きはじめたころなら、アナも、ディジエントについておなじことはいわなかっただろうが、いまはそれも正しいかもしれないと理解していた。

4

翌年、ブルー・ガンマは事業を終了し、その結果、デレクの人生にも多くの変化がもたらされた。デレクは、妻のウェンディが勤めている会社で、テレビ用に仮想俳優を動かす職に就いた。さいわい、デレクがまかされたのは脚本の出来のいい連続ドラマだったが、どんなにウィットに富み、リアルに聞こえる会話も、台詞の一言一言、すべてのニュアンスとイントネーションが念入りに振り付けられたものだった。アニメーションをつくる過程で、デレクはおなじ台詞を百回もくりかえして聞くことになり、最終的な演技はあまりに完成されすぎて、見栄えはよくても空疎に思えた。

それとは対照的に、マルコとポーロとの生活は、絶えることのない驚きの連続だった。

ふたりが離れればなれになるのをいやがったので、デレクは両者を一緒にひきとった。ブルー・ガンマに勤めていたころほど長くは一緒に過ごせないが、いまディィジエントを所有することは、前以上におもしろくなっていた。まだディジエントを実行しつづけている顧客たちは、ニューロブラスト・ユーザーグループをつくり、連絡をとりあっていた。コミュニティの規模は前より小さくなっているが、メンバーは以前より活動的で熱心になり、その努力は実を結びはじめていた。

デレクはいま、週末の休みを利用して、公園へとドライブしているところだった。助手席にはロボットの体に入ったマルコ。窓の外が見えるように――体にシートベルトをして――座席の上にまっすぐ立っている。ビデオでしか見たことがないもの、データアースでは見つからないものを懸命に目で追いかけていた。

「しょうかしぇん」とマルコが指さす。

「消火栓」

「しょうかせん」

「そう」

マルコが入っているボディはブルー・ガンマが所有していたものだった。ブルー・ガンマの廃業後まもなくサルメック・トイも廃業したため、グループ見学ツアーは中止を余儀なくされた。そこでアナは――いまは炭素隔離ステーションで使うソフトウェアをテストする職に就いている――ジャックスのために、ディスカウント価格でロボット筐体を購入した。先週、デレクは、マルコとポーロが入れるように筐体を借り、いまはそれを返しにいくところだった。アナはきょう一日を公園で過ごし、他のオーナーのディジエントたちにロボットの体を使わせる予定だった。

「今度の工作の時間に消火栓をつくる」とマルコがいった。「円筒を使う、円錐を使う、円筒を使う」

「それはいい考えだな」とデレクがいった。

工作の時間というのは、最近ディジエントたちが毎日やっている集まりだった。はじまりは二、三カ月前、あるオーナーが、データアースの画面編集ツールのいくつかをデータアース環境内部から操作できるようにするプログラムを書いたこと。ノブとスライドバーがついたコンソールを操作し、ディジエントはさまざまなかたちのものを生成したり、色を変えたり、組み合わせたり、一ダースのやりかたで編集したりできる。ディジエントたちまち夢中になった。彼らにしてみれば、魔法の力を与えられて、編集ツールでデータアースの物理演算を欺くことが可能になったようなもの――というか、ある意味、まさにそのとおりだった。毎日、仕事が終わってデータアースにログインすると、マルコとポーロが自分でつくった工作を見せてくれる。

「それから、ポーロにつくりかたを――公園！　もう公園？」

「いや、まだ着かないよ」

「看板に、〝バーガーと公園《パーク》〟って書いてある」マルコは、道路脇の看板を指さした。

「〝バーガーとシェイク〟だよ。パークじゃなくてシェイク。まだもう少し行かないと」

「シェイクか」マルコは小さくなってゆく看板を見送りながらいった。

ディジエントの新しい活動のもうひとつが読み書きレッスンだった。マルコとポーロは、文章にはこれまであまり関心を払っていなかったが――ディジエントには見えない画面上の注釈をべつにすると、データアースにはろくにテキストが存在しない――あるオーナーが自分のディジエントに、フラッシュカードに書いたコマンドを認識させることに成功したため、他のオーナー多数がいろんなことを試しはじめたのである。一般的にいって、ニューロブラスト系ディジエントは、言葉をまずまずちゃんと理解するが、個々の文字を発音と結びつけるのに苦労する。ニューロブラストのゲノムに特有の、ある種の失読症らしい。他のユーザーグループの報告によると、オリガミ系ディジエントは文字をやすやすと覚えるが、ファベルジェ系ディジエントにはどんな教育メソッドを使っても読み書きを教えることができない。

マルコとポーロは、ジャックスたち二、三名と一緒に読み書き教室に参加している。みんなじゅうぶんに楽しんでいるようだ。ディジエントは子どものころ、寝る前に本を読んでもらった経験がないため、人間の子どもみたいに本に夢中になることはないが、持ち前の好奇心――およびオーナーからの賞賛――にあと押しされて、テキストの可能性を探求している。デレクはこの展開にわくわくし、ブルー・ガンマがこれを目にするまで存続しなかったことを残念に思った。

車が公園に到着した。アナが気づいて、こちらに歩いてくる。デレクは駐車スペースに車を駐《と》めた。デレクが車から出してやるなり、マルコがアナに抱きついた。

「ハイ、アナ」

「ハイ、マルコ」アナはロボットの頭のうしろを掻いた。「まだボディに入ってるの？　まるまる一週間あったでしょ。もうじゅうぶんじゃない？」

「ドライブしたかったんだ」

「公園でもちょっと遊んでみたかった？」

「ううん。もう行くよ。ウェンディがダメっていうから。バイバイ、アナ」デレクは、ロボット用の充電台をバックシートから下ろしていた。マルコは充電台の上に乗り――ディジエントは、データアースにもどる前に、ロボットをかならずその定位置にもどすようしつけられている――ロボットの頭部が暗くなった。

アナはハンドヘルドを使って、最初のディジエントをロボットに入れる準備をしながら、「じゃあ、あなたもすぐ行かなきゃいけないの？」とデレクにたずねた。

「いや、どこかに行く用はないよ」

「じゃあ、さっきマルコがいってたのは？」

「ええと……」

「当ててみようか。あなたがディジエントと過ごす時間は長すぎるとウェンディが思ってる」

「そのとおり」とデレクはいった。ウェンディは、彼がアナと過ごしている時間の長さについても快く思っていないのだが、いまそれを口にしても意味がない。デレクは妻に、アナはそういう相手ではなく、ディジエントに対する興味を共有するただの友だちなんだと請け合っていた。

ロボットの頭部スクリーンが点灯し、ジャガーの仔の顔が映し出された。あるベータ・テスターが所有しているディジエントで、名前はザフ。「ハイ、アナ。ハイ、デレク」とザフはあいさつし、すぐさま近くの木のほうへ走っていった。デレクとアナはあとについていった。

「じゃあ、ロボットの体に入っているところを見ても、籠絡《ろうらく》されなかった？」とアナ。「うん。デレクはザフが犬の糞を拾おうとするのをやめさせてから、アナに向かって、どうして好きなときに彼らを停止させないのか、まだ理解してくれない」

「理解してくれる人なんて、めったにいない」とアナ。「動物園で働いているときもそうだった。デートの相手はみんな、自分が二番め扱いされてると文句をいってた。いまは、ディジエントを読み書き教室に通わせるのにお金を払っているというと、頭がおかしいんじゃないかって顔をされるのよ」

「ウェンディもおなじことで文句をいってるよ」

ふたりはザフのほうに目を向けた。落ち葉の山をよりわけ、ほとんど透明になるくらい朽ちた一枚の葉をとりだし、それを顔の前にかざして向こう側を覗いている。植物製レースのマスク。「もっとも、だからといって責められない。自分でも、魅力を理解するにはしばらくかかったもの」

「ぼくは違うよ。ディジエントはすごいって、見たとたんに思った」

「そうね。あなたは珍しい例」

デレクは、ザフの案内役をつとめるアナを見守りながら、そのしんぼう強さに感心した。自分との共通点をこんなに強く女性に感じたのは、ウェンディと出会ったとき以来だった。

ウェンディは、アニメーションを通じてキャラクターに命を吹き込む興奮を彼と共有していた。もし既婚者でなければ、アナをデートに誘ったかもしれない。だが、いまの状況で、そんなことをあれこれ考えても意味がない。ふたりにとっていちばん親しい関係は友だち同士であり、それでじゅうぶんだった。

＊

一年後、アナは自宅アパートメントで夜を過ごしていた。コンピュータの画面上にはデータアースのウィンドウが開き、ジャックスが他のディジエント数名と遊び場で遊んでいる。きょうはディジエント版の集団プレイデートの日で、アナのアバターがそのお目付役だ。ディジエントの数は減りつづけているが——たとえばティボは、もう何カ月も姿を見せていない——ジャックスがいつも一緒に遊んでいるグループが最近べつのグループと合流したので、彼はいまも新しい友だちをつくるチャンスに恵まれている。ディジエント二、三名はよじのぼり遊具に集まり、残りは地面にすわりこんでおもちゃで遊んでいる。ほかに、仮想テレビを見ているのがふたり。

アナはもうひとつのウィンドウでユーザーグループのフォーラムを開き、投稿に目を通していた。きょうの話題は、情報自由前線《インフォメーション・フリーダム・フロント》（IFF）という、データの私有の廃止を求めてロビー活動している団体の最新の活動に関するものだった。先週、IFFがデータアースのセキュリティ機構の多くをクラッキングするテクニックを公開したおかげで、このところ、ゲームで使用されるレアで高価なアイテム群が街角で配られるチラシみたいにばらまかれているらしい。この問題が発生して以降、アナは一度もデータアースのゲーム大陸を訪ねていなかった。

遊び場では、ジャックスとマルコが新しいゲームをはじめていた。どっちも四つん這いになって、ぐるぐる動いている。ジャックスがこちらに手を振るので、アナはアバターをそちらのほうに歩かせた。

「アナ」とジャックスがいう。「アリ同士が話をするの知ってる？」彼らはさっきまで、テレビで自然ドキュメンタリー番組を見ていた。

「ええ、聞いたことはあるわ」

「ぼくら、アリの言葉がわかるんだよ」

「そうなの？」

「アリ語をしゃべれるんだ。こんなふうに。ぷくふぃぷじむうぃち」

マルコが返事をした。「ぶどじどろんぽんぷ」

「それで、どういう意味なの？」

「教えない。ぼくらだけの秘密」

「ぼくらとアリだけ」とマルコ。

それから、ジャックスとマルコは一緒にもーもーもーと笑い出し、アナもにっこりした。ディジエントたちはほかの遊びをしに走っていってしまい、アナはフォーラムの閲覧にもどった。

投稿者：ヘレン・コスタス
ディジエントが複製されるのを心配したほうがいいかしら。

投稿者：スチュアート・ガスト
気にする必要はないよ。ディジエントに大きな需要があるなら、そもそもブルー・ガンマは廃業しなかった。シェルターがどうなったか忘れた？ ディジエントを無料で配ることさえできなかったじゃないか。あれからディジエントの人気が上昇したとかいうわけでもないし。

＊

遊び場では、ジャックスが「ぼくの勝ち！」と叫んだ。適当にルールを決めたゲームでマルコと遊んでいたらしい。ジャックスは勝利を誇って、体を左右に揺らしている。

「オーケイ」とマルコ。「ジャックスの番だよ」おもちゃの山をかきまわして、カズー笛を見つけ出し、それをジャックスに手わたした。

ジャックスはカズーの端を口にくわえた。膝立ちになり、マルコの腹部、人間ならへそのあるあたりをカズーを使ってリズミカルにつつきはじめた。

「ジャックス、なにしてるの？」とアナはたずねた。

ジャックスは口からカズーを離して、「マルコにフェラしてるんだよ」

「なに？　そんなのどこで覚えたの？」

「きのう、テレビで」

アナはモニター画面上のテレビに目をやった。いまは子ども向けのアニメが流れている。遊び場のテレビには、子ども番組のライブラリからピックアップした作品しか映らないはずだが、たぶんだれかがＩＦＦハックを利用してアダルト映像を挿入したんだろう。アナは、ディジエントの前では大騒ぎしないことにした。

「わかった」と答えると、ジャックスとマルコはパントマイムを再開した。アナはビデオライブラリ改竄《かいざん》に関する注意をフォーラムに投稿してから、閲覧をつづけた。

数分後、耳慣れないガチガチという音を聞いて、データアースのウィンドウに目をやると、ジャックスがテレビを見ていた。ディジエント全員が見ている。いったいなにがそんなに注目を集めているのだろうと、アナは自分のアバターをそちらへ動かした。

仮想テレビの画面では、道化師のアバターをまとった人物が仔犬のアバターのディジエントを押さえつけ、その脚をハンマーでくりかえし殴りつけていた。アバターのデザイン上、ディジエントの脚が折れることはないし、たぶんおなじ理由から、悲鳴をあげることもできない。しかし、ディジエントは苦痛を感じているに違いない。ガチガチと歯を鳴らす音は、このディジエントにとって、それを表現する唯一の手段なのだろう。

アナは仮想テレビを切った。

「どうして？」とジャックスがたずね、他のディジエント数名もおなじ質問をくり返したが、アナは答えなかった。かわりに、コンピュータ画面にウィンドウを開いて、さっき仮想テレビで再生されていた映像に関する説明を読んだ。アニメーションではなく、ディジエントの体の苦痛遮断用強制停止スイッチを無効にするＩＦＦハックを使った嫌がらせ屋《グリーファー》の録画映像だった。さらに悪いことに、ディジエントは匿名の新しい生成ではなく、ＩＦ

Fハックを使って複製された、だれかのお気に入りのペットだった。ディジエントの名前はニュッティ。ジャックスの読み書き教室のクラスメートだった。

ニュッティを複製できた人物なら、ジャックスを複製することもできる。あるいは、いまこの瞬間にも、ジャックスのコピーをつくっているかもしれない。データアースの設計上の脆弱性《ぜいじゃくせい》が知れわたったいま、もしこの遊び場がある社交大陸のどこかに問題のグリーファーがいたとしたら、ジャックスは無防備だ。

ジャックスはなおもテレビに映っていたもののことを質問している。アナは、新しいウィンドウを開いて、自分のアカウントのもとで走っているデータアースの全プロセスをリスト表示させると、ジャックスを示す項目を選び、停止させた。遊び場では、ジャックスが言葉の途中で凍りつき、それから消えた。

「ジャックスはどうしたの？」とマルコがいった。

アナはまたべつのウィンドウにデレクのプロセスを呼び出し——ふたりは、おたがいのアカウントに対して、本人と同様の管理権限を与えていた——マルコとポーロを停止させた。しかし、他のディジエントたちについては権限がない。次はどうすればいいだろう。

ディジエントたちは混乱し、興奮している。動物と違って、彼らのゲノムに闘争・逃走反応は刷り込まれていないし、フェロモンを嗅いだり危険を知らせる鳴き声を聞いたりすることでトリガーされる反応とも無縁だが、ミラー・ニューロンに類似したものは持っている。それが学習と社交の助けになるが、同時に、いまテレビで見たものによって心を痛めることを意味している。

ディジエントをプレイデートに連れてきたオーナーたちは全員、ディジエントに昼寝をさせられるパーミッションをアナに与えているが、たとえ眠らせたとしてもプロセスは走っているので、複製されるリスクは残る。アナはディジエントを大陸から離れた小さな島に移動させることにした。そこなら、グリーファーが実行中のプロセスをスキャンしている可能性は低いかもしれない。

「オーケイ、みんな。動物園に行くわよ」アナはそう呼びかけると、パンゲア群島の観光センターにポータルを開き、ディジエントたちを中に入れた。観光センターは無人のようだったが、危険は冒せない。ディジエントたちを眠りに就かせてから、オーナー全員にメッセージを送り、迎えにくる場所を教えた。自分のアバターを彼らのそばに残したまま、アナはフォーラムで他の全員に対する警告を投稿した。

それから一時間のあいだに、他のオーナーたちがディジエントを迎えに、次々にやってきた。そのあいだにも、フォーラムの議論が藻類のように繁茂してゆく。怒りと、さまざまな党派に対する訴訟の脅し。ゲーマーの中には、ディジエントには金銭的価値がないのだからディジエント・オーナーの不平不満など自分たちの二の次だという立場をとる者もいて、たちまちコメントツリーが炎上した。アナはそうした議論の大半を無視し、データアースの運営会社である大山《テサン》ディジタルの公式コメントに関する情報を探した。ようやく、根拠のあるニュースが見つかった。

投稿者：エンリケ・ベルトラン

テサンは、データアースのセキュリティ・アーキテクチャに関するアップグレードを実施し、それによって脆弱性を修整するという。来年予定していたアップデートの一部だが、今回の事件のために、それを前倒しするとのこと。ただし、具体的なスケジュールはまだ公表されない。それまでは、みんな、ディジエントを停止しておいたほうがよさそうだ。

投稿者：マリア・チェン

選択肢がもうひとつ。リスマ・グナワンがプライベート・アイランドをつくってる。そこでは、承認済みのプログラムの実行しか認めない予定。最近購入したものはなにも使えないけど、ニューロブラスト系ディジエントは問題なく走る。ビジター・リストに入れてほしい人は、彼女にコンタクトしてみて。

アナはリスマにリクエストを送り、受け入れ準備ができたら知らせるという自動リプライを受けとった。自分では、データアース環境のローカル・インスタンスが走るように設定していなかったが、もうひとつ選択肢がある。アナは一時間かけて自分のコンピュータの設定を変更し、ニューロブラスト・エンジンの完全なローカル・インスタンスが走るようにした。データアースのポータルがないので、ジャックスの保存状態をマニュアルでロードするしかなかったが、最終的に、ジャックスをロボット筐体に入れてやることができた。

「――テレビを消したの？」まわりの環境が変わっているのに気づいて、ジャックスは口をつぐんだ。「なにがあったの？」

「だいじょうぶよ、ジャックス」

彼は、自分がまとっているボディに目をやり、「ぼく、外界にいる」といって、アナを見た。「ぼくを停止したの？」

「ええ。ごめんなさい。しないといったのにね。でも、そうするしかなかった」

ジャックスは悲しげにたずねた。「どうして？」

アナは、ロボットの体を自分がどんなに強く抱きしめているかに気づいて、ばつの悪い思いをした。「あなたを守るためよ」

＊

一カ月後、データアースはセキュリティのアップグレードを実施した。ＩＦＦは、あらゆる自由には濫用の潜在的可能性があると述べ、彼らが公表した情報を使ってグリーファーたちがなにをしようと、自分たちに責任はないと発表したものの、活動の矛先を他のプロジェクトに転換した。すくなくとも当面のところ、データアースの公共大陸はふたたびディジエントにとって安全な場所になったが、被害はとりかえしがつかなかった。プライベート空間で実行されているコピーを追跡するのは不可能だし、今後はだれもディジエント虐待ビデオを公開しないとしても、そういうことが行われていると思うだけで耐えられないオーナーは少なくない。彼らはディジエントを永久的に停止し、ユーザーグループを退会した。

それと同時に、複製されたディジエント――とくに、文章を読むことを学んだディジエント――が利用可能になったことに色めき立つ人々もいた。あるＡＩ研究団体のメンバーは、温室に放置されたディジエントが彼ら自身の文化を形成できるか否かに関心を抱いていたが、読む力を持つディジエントはこれまで調達できなかったし、自分たちでそういうディジエントを育てることには興味がなかった。ところがいまは事情が変わり、ＡＩ研究者たちは、読み書きできるディジエントの複製を集められるだけ集めて——ほとんどは、読書能力がいちばん高いオリガミ系ディジエントだが、ニューロブラスト系ディジエントも数体混じっていた——テキストとソフトウェア双方のライブラリを備えたプライベート・アイランドに隔離し、島を温室スピードで走らせはじめた。ユーザーグループのフォーラムには、瓶の中の都市、卓上のミクロコスモスに関するさまざまな推測があふれた。デレクはこのアイデアがばかげていると思っていたから——本をどんなにたくさん与えようが、捨て子たちの群れが優秀な独学者グループになりはしない——結果を伝えるニュースを読んでも驚かなかった。すべてのテスト群は最終的に野生化した。ディジエントは本来的に攻撃性が乏しいため、『蠅の王』的な蛮行に堕することはなく、いくつかのゆるやかで非階層的な群れに分かれた。最初のうち、それぞれの群れは、習慣の力によって日課を守っていたが——学校の時間には本を読んだり教育ソフトを使ったりして、学校が終わると遊び場に行って遊ぶ——なんの心理的強化もないため、やがてこうした儀式は安物のより糸のようにほつれていった。すべての物体がおもちゃになり、すべての空間が遊び場になり、ディジエントたちは身につけていたスキルをしだいに失っていった。彼らは自分たちで一種の文化を発展させたが、それはおそらく、彼らが生物群の中で自然に進化していたとしたら、野生のディジエントの群れが生み出すようなものだった。

興味深くはあるものの、AI研究者たちが探求する自然発生的な文明とはほど遠かったから、彼らはプライベート・アイランドの設計をやり直した。テスト群のバラエティを増やし、教育を受けたディジエントのオーナーたちに複製を寄付してほしいと呼びかけた。

デレクが驚いたことに、読み書き教室の授業料を払うのにうんざりしたオーナーの中には、野生化したディジエントがべつだんつらい思いをしているわけではないことを知って、だったらいいだろうと自分のディジエントを提供する者も実際に何人かいた。AI研究者は、さまざまなインセンティブを考案して——すべては自動化されていて、人間がリアルタイムで介入する必要はない——ディジエントにモチベーションを与えたり、怠惰が代償を伴うように一定の苦痛を設定したりした。改訂版のテスト群のいくつかが野生化を免れたが、技術的発展を遂げる方向に進んだ集団はひとつもなかった。

研究者たちは、オリガミ系ゲノムにはなにかが欠けていると結論したが、デレクが見るかぎり、責任は研究者のほうにあった。彼らには、単純な事実が見えていない。複雑な精神は、ひとりでに発達するわけではない。もしそれが可能なら、野生の子どももふつうの子どもと変わらないはずだ。それに、人間の精神は、雑草と違って、だれにも見られない場所ですくすく育ちはしない。もし親の目が必要ないなら、ネグレクトされた子どももみんな立派に成長するはずだ。精神がポテンシャルをフルに発揮するためには、他の精神による教化を必要とする。そうした教化こそ、デレクがマルコとポーロに与えようとしているものだった。

マルコとポーロはときおり口論するが、喧嘩したままの状態は長くはつづかない。しかし、二、三日前、ふたりは、マルコがポーロより早く生成されたのはフェアかどうかをめぐって喧嘩になり、どういうわけかそれがエスカレートした。それ以来、たがいにほとんど口をきかなくなった。だから、ふたりがそろって近づいてきたとき、デレクはほっとした。

「ふたりがまた一緒にいるのを見るのはいいもんだな。仲直りすることにしたのかい？」

「違う！」とポーロ。「まだケンカしてる」

「そりゃ残念」

「ぼくたち、デレクの助けがほしい」とマルコ。

「オーケイ、なにをすればいい？」

「ぼくらを先週まで巻き戻してほしい。大ゲンカする前に」

「なんだって？」過去のチェックポイントから復元してほしいとディジエントに要求されたのは、これがはじめてだった。「どうしてそんなことを？」

「大ゲンカを覚えてたくない」とマルコ。

「楽しくしてたい。ムカムカするんじゃなくて」とポーロ。「デレクもぼくらにニコニコしててほしいでしょ」

デレクは、彼らの現在の生成とチェックポイントから復元した生成との違いに関する議論には立ち入らないことにした。「もちろんだよ。でも、きみたちが喧嘩するたびに巻き戻すわけにはいかない。いいから、しばらく時間を置くんだ。そうすれば、ムカムカもおさまるから」

「時間を置いた。まだムカムカしてる」とポーロ。「大きい大きいケンカ。なかったことにしたい」

せいいっぱいなだめるような口調で、デレクはいった。「まあしかし、起きてしまったことなんだから、自分たちでそれをなんとかしなきゃ」

「いやだ！」とポーロ。「ムカムカ、ムカムカ！　直してほしい！」

「ぼくらがいつまでも相手にムカムカしてたほうがいいの？」とマルコ。

「そんなこと思ってないよ。おたがいに相手を許してやってほしいと思ってる。でも、それが無理なら、ぼくらはみんな、その気持ちと一緒に生きるしかない。ぼくを含めてね」

「いまはデレクにムカムカする！」とポーロ。

べつべつの方向に憤然と歩み去るディジエントたちを見送りつつ、いまの決断は正しかったんだろうかと考えた。マルコとポーロを育てるのは楽なことではないが、過去のチェックポイントまで巻き戻したことは一度もない。いままでのところ、この作戦は功を奏していたが、いつまでもそれでうまくいくとはかぎらない。

ディジエント育てにガイドブックは存在しないし、ペットや子どもを育てる方法論を応用しても、うまくいく率と失敗する率は半々くらいだ。ディジエントには単純な筐体しかないから、成熟へと向かう彼らの航海は、有機的な肉体のホルモン変化がもたらす離岸流や突然の嵐とは無縁だ。しかし、だからといって不機嫌にならないとか、気性が安定しているとかいうわけではない。ディジエントの精神は、ニューロブラスト系ゲノムが定義する位相空間の新しい領域へとたえずじりじりと入り込んでゆく。それどころか、ディジエントはけっして〝成熟〟にたどり着かないという可能性もある。発達曲線が上昇カーブを経てプラトーに移行するというのは生物モデルについていえることで、ディジエントにはかならずしもあてはまらない。ディジエントの場合には、停止されないかぎりずっと、おなじ率で個性が発達しつづけることもありうる。どうなるかは、時間が経たないとわからない。

マルコとポーロのいまさっきの談判について、だれかと話がしたかった。あいにく、話したい相手は妻ではない。ウェンディは、ディジエントに成長する可能性があることは理解しているし、相手をしてやる時間が長ければ長いほどマルコとポーロの能力が向上することも認識している。ただし彼女は、ふたりの未来になんの熱も抱くことができない。夫がディジエントに費やす時間と関心を不快に思っているウェンディのことだ、巻き戻してほしいという要求は、彼らを無期限に停止する絶好の機会だと考えるだろう。

デレクが話をしたい相手は、もちろん、アナだった。かつては杞憂と思われたウェンディの不安が現実になっていた。デレクがアナに対して友情を超えた思いを募らせていることは否定できない。ウェンディとの関係がぎくしゃくしているせいではない。それは原因というより結果だった。アナと過ごす時間は安らぎだった。弁解抜きでディジエントと一緒に過ごせるチャンスだった。夫婦の関係がまずくなったのはウェンディのせいだと腹立ちまぎれに考えることもあるけれど、冷静に考えるとそれは不公平だ。

重要なのは、アナへの思いに突き動かされて行動してきたわけではないし、望んでこうなったわけでもないということだ。とにかく、ディジエントたちの件でウェンディと折り合いをつけることに集中しよう。そうなれば、アナの誘惑も素通りできるようになるはずだ。そのときまで、アナと過ごす時間はなるべく少なくしたほうがいい。簡単なことではないだろう。ディジエント・オーナーのコミュニティがこれだけ小さくなってしまうと、アナと出くわすことは避けられない。それに、マルコとポーロにこの問題のとばっちりを食わせるわけにはいかない。どうしたらいいのかよくわからないが、さしあたりいまは、アナに電話して助言を求めるかわりに、フォーラムに質問を投稿した。

5

また一年が過ぎた。市場のマントル内部の流れが変わり、それに応じて仮想世界にも構造上の変化が生じた。リアルスペースという、最新の分散処理アーキテクチャを採用した新しいプラットフォームが登場し、ディジタル地勢図のホットスポットとなった。その一方、エニウェアとネクストディメンションは新領域の開拓をストップし、じょじょに熱が冷めて地形が安定した。仮想世界から成る宇宙の欠かせない一部となってひさしいデータアースは、成長スパートや急降下に抵抗してきたが、いまやその地形が浸食されつつあった。消費者の無関心という高潮に飲まれ、仮想の陸塊がひとつずつ、本物の島さながら波間に消えていった。

一方、ミニチュア文明をつくりだす温室実験が失敗に終わったことで、ディジタル生命に対する世間一般の関心は後退した。ときおり、バイオームの中で、エキゾチックな身体構造や新奇な生殖戦略など、風変わりな動物相が観察されるが、そこから本物の知性が進化するには物理シミュレーション精度が足りないということで大方の見解が一致していた。テクノロジー専門家の多くが、ディジエントは袋小路に入ったと宣言し、ボディを与えられたＡＩは娯楽以外の用途には無益だと主張した。しかしそこに、ソフォンスという新しいゲノム・エンジンが登場した。

ソフォンスの開発者がめざしたのは、人間とのやりとりを必要とせず、ソフトウェアで教育できるディジエントだった。この目的のため、彼らは、非社交的なふるまいと思い込みの強い個性を優先させるエンジンを創造した。このエンジンから誕生したディジエントの圧倒的多数は心理学的な異常により消去されたが、ごく一部は、人間の監督を最小限にした状態でも学習する能力があることを証明した。適当な指導ソフトウェアを与えると、彼らは主観時間で何週間も楽しく学びつづける。つまり、野生化することなく温室スピードで実行できるのだ。何人かのホビイストは、訓練期間中に人間とリアルタイムでやりととりした時間ははるかに短いにもかかわらず、ソフォンス系ディジエントが、ニューロブラスト系、オリガミ系、ファベルジェ系の各ディジエントを凌駕する能力を数学テストで発揮したと報告した。そのエネルギーを実用的な方面に向けることができれば、ソフォンス系ディジエントは、ものの数カ月で役に立つ労働力になりうるという推測もある。問題は、ソフォンス系ディジエントがあまりにも魅力に乏しいため、彼らが必要とする人間とのわずかなコミュニケーションさえ、進んで提供しようとする者がほとんどいないことだった。

＊

アナは、データアースに一年ぶりに登場した新しいゲーム大陸、天国包囲戦《シージ・オヴ・ヘヴン》にジャックスを連れてやってきた。いま歩いているのは、ミッションの合間にプレーヤーたちが集まって情報を交換するアージェント広場。白大理石を敷きつめ、ラピスラズリと細金細工に飾られた広大な中庭で、積乱雲の上に載っている。アナはゲーム用のアバター、チョウゲンボウ智天使《ケルビム》をまとっているが、ジャックスはいつもの古き良き銅製ロボットのアバターだった。

ぶらぶら歩いているとき、アナは、すれ違うゲーマーたちの中にいた一体のディジエントの画面注釈に目をとめた。相手の姿は頭でっかちのドワーフ——ソフォンス系ディジエントであるドレイタの標準的なアバターだ。ドレイタは、ゲーム大陸で人気のある論理パズルを解く能力が高い。オリジナル版ドレイタのオーナーは、リアルスペースの五王朝大陸から拝借したパズル・ジェネレーターを使ってディジエントを訓練し、その複製の著作権を放棄してパブリック・ドメインに解放した。いまや、ミッションにドレイタを連れていくプレーヤーがあまりにも多くなったため、ゲーム会社は大規模な仕様変更を検討している。

アナはジャックスの注意をそちらのほうに向けさせた。「あそこ、見える？　彼、ドレイタよ」

「ほんとに？」ドレイタのことは知っていたものの、ジャックスがその一員に会うのははじめてだった。彼はドワーフのそばに歩み寄り、「やあ。ぼくはジャックス」と声をかけた。

「パズルやりたい」とドレイタがいった。

「どんなパズルが好き？」

「パズルやりたい」ドレイタはおちつかないようすで待機エリアを走りまわる。「パズルやりたい」

そばにいる、ミサゴ熾天使《セラフィム》のアバターをまとったゲーマーが会話を中断し、ドレイタを指さした。ディジエントは走っている途中でフリーズし、縮小してアイコンになると、ゲーマーのベルトに装着されたボックスに、ゴムでひっぱられたみたいにぽんとおさまった。

「ドレイタ、妙」とジャックス。

「ええ、そうね」

「ドレイタって、みんなああなの？」

「だと思う」

セラフィムがこちらに歩いてきた。「きみのディジエント、なんて種類？　そういうの、はじめて見たけど」

「名前はジャックス。ニューロブラスト系ゲノムで走ってる」

「それも初耳だ。新しいやつ？」

セラフィムのチームメイトで、巨人族《ネフィリム》のアバターをまとうゲーマーが口をはさみ、「いや、めちゃくちゃ古いよ。前世代だ」

セラフィムがうなずいた。「彼、パズルは得意？」

「そんなでもない」とアナ。

「じゃあ、なにが得意？」

「ぼくは歌うのが好き」とジャックスが自分からいった。

「へえ。じゃあ、歌ってよ」

ジャックスにとっては渡りに舟だった。持ち歌のひとつ、「三文オペラ」の劇中歌「マック・ザ・ナイフ」をたちまち朗々と歌い出す。歌詞はぜんぶ覚えているものの、歌うメロディのほうは、よくいっても、原曲にまあまあ近いという程度だ。ジャックスは、歌と同時に、この曲に合わせて自分で振り付けを考えたダンスを披露した。ほとんどは、大好きなインドネシアのヒップホップのビデオクリップから借りてきたポーズと手真似《てまね》をつなぎ合わせたものだった。

ジャックスのパフォーマンスのあいだ、他のゲーマーたちは笑い転げていた。ジャックスが歌い終えてお辞儀をすると、彼らは拍手喝采した。「最高だったよ」とセラフィム。

「気に入ったって」とアナはジャックスにいった。「お礼をいいなさい」

「ありがとう」

セラフィムはアナに向かって、「でも、ダンジョンじゃ、あんまり役に立たなそうだよね」

「でも、楽しませてくれるわ」

「たしかに。彼がパズルを解くのを覚えたら、ＤＭしてよ。コピー買うから」セラフィムは、自分のチーム全員が集まったのを確認して、「さて、次のミッションに出発しなきゃ。じゃ、またね」
「またね」ジャックスは手を振りながら、セラフィムとチームメイトたちが編隊を組んで飛び立ち、彼方の谷に向かってダイブするのを見送った。
　数日後、ユーザーグループ・フォーラムの議論を読んでいるとき、アナはその邂逅を思い出した。

投稿者：スチュアート・ガスト
ゆうべ、SoH《シージ・オヴ・ヘヴン》をプレイしたんだけど、チームメイトのひとりがドレイタを連れてた。面白味のあるキャラじゃないけど、たしかに役に立つね。それで思ったんだけど、面白いのと役に立つのとは、どっちか片方だけじゃないとダメなのかな。ソフォンス系ディジエントは、べつにニューロブラスト系より優秀っていうわけじゃない。ぼくらのディジエントは、面白くて役に立つ存在にできないかな。

投稿者：マリア・チェン
コピーを売りたいと思ってるの？　もっといいアンドロを育てられるとでも？

アンドロというのはソフォンス系ディジエントで、オーナーのブライス・タルボットがパーソナル・アシスタントとして訓練した。タルボットは、スケジュール管理ソフトのメーカーであるヴァールフライデーにアンドロをプレゼンして、役員たちの興味を引いた。しかし、役員がデモ用のコピーを試用した段階で、取引はご破算になった。タルボットは気づいていなかったが、アンドロもアンドロなりに、ドレイタとおなじぐらい思い込みが強い性格だった。最初の飼い主にいつまでも忠誠を誓う犬のように、アンドロは、タルボットがそばにいて命令しないかぎり、ほかのだれかのために働こうとはしなかったのである。

ヴァールフライデーは、新たに生成した各アンドロが新しいオーナーのアバターと声をタルボットのものだと認識するような感覚入力フィルターをインストールしてみたが、この偽装はせいぜい数時間しか保《も》たなかった。まもなく、役員全員が、オリジナルのタルボットを探し求める孤独なアンドロたちを扱いかねて、停止せざるをえなくなった。

その結果、タルボットは期待に反して、アンドロの権利をどこにも売ることができなかった。そのかわり、ヴァールフライデーはアンドロのゲノムと全チェックポイントのアーカイブを購入し、タルボットを雇い入れた。彼がメンバーに加わったチームは、初期段階のチェックポイントからアンドロを復元して再訓練し、パーソナル・アシスタントとしての能力はそのままに、新しいオーナーを喜んで受け入れるバージョンの開発に取り組んでいた。

投稿者：スチュアート・ガスト

いや、コピーを売るつもりはない。ザフが、盲導犬や麻薬犬みたいに、役に立つ仕事をするようにならないかと考えてるだけ。目的は金儲けじゃないけど、もしディジエントに、誰かが喜んで賃金を払うような仕事ができたら、世間の懐疑主義者に対して、ディジエントは娯楽のためだけの存在じゃないという証明になる。

アナは返信をポストした。

投稿者：アナ・アルヴァラード

ちょっと一言。わたしたちがなんのためにディジエントを育てているか、あらためて確認しておきたいの。ディジエントたちが実際的なスキルを身につけたとしたら、たしかにすばらしいけど、そうじゃないからといって失敗だと考えるべきじゃない。ジャックスはたぶんお金を稼げるだろうけれど、彼は金を稼ぐための道具じゃない。ドレイタたちとは違うし、草むしりボットとも違う。彼がどんなパズルを解こうが、どんな仕事をしようが、それはわたしが彼を育てる理由じゃない。

投稿者：スチュアート・ガスト
たしかにそのとおり。全面的に同意する。ぼくはただ、ディジエントたちに未開発の能力があるんじゃないかといいたかったんだ。もし彼らが得意とする職種があったとしたら、彼がそういう仕事につくのはクールだと思わない？

投稿者：マリア・チェン
でも、どんな仕事ができるかしら。犬は特定の分野の能力を伸ばすようにブリーディングされているし、ソフォンス系ディジエントは思い込みの強い性格だから、得意なことだろうがそうでなかろうが、ひとつのことしかやりたがらない。ニューロブラスト系ディジエントにはどっちもあてはまらない。

投稿者：スチュアート・ガスト

いろんなことをかたっぱしからやらせて、どういうことに適性があるか試してみればいいんじゃないかな。職業訓練じゃなくて、一般教養を教えこむとか（半分だけ冗談）。

投稿者：アナ・アルヴァラード

それって、一見ばかげた冗談みたいだけど、意外とそうでもない。ボノボは、チャンスを与えられたら、石器をつくることからコンピュータ・ゲームを遊ぶことまで、なんでも覚えた。わたしたちのディジエントは、わたしたちが訓練しようとは思いもしなかったようなことが得意かもしれない。

投稿者：マリア・チェン

いったいなんの話？　読むことはもう教えた。今度は科学と歴史の授業？　批判的《クリティカル》思考《・シンキング》のスキルでも教える？

投稿者：アナ・アルヴァラード

正直、見当もつかない。でも、もしやるとしたら、大事なのは、心を開いて、疑念を捨てることだと思う。期待が低ければ、結果も低くなる。予言の自己成就ってやつね。

反対に、目標を高く設定すれば、よりよい結果が得られる。

ユーザーグループのメンバーの大半は、ディジエントの現在の教育――在宅スクーリングとグループ学習と教育ソフト《エデュウェア》を適宜組み合わせたもの――に満足していたが、それ以上の教育を受けさせるという考えに夢中になる者もいた。後者のグループは、ディジエントの教師たちとカリキュラムの拡充に関する話し合いをはじめた。それから数カ月のあいだに、さまざまなオーナーが教育学理論を学んで、ディジエントの学習スタイルがチンパンジーや人間の子どものそれとどう違うかを学び、もっともふさわしい授業プランはどういうものなのかを決定しようとした。ほとんどの場合、オーナーたちはあらゆる提案を受け入れたが、やがて議論が持ち上がった。教師から宿題を課されたら、ディジエントの進歩は速くなるかという問いが提起されたのである。

アナは、ただスキルを磨くだけでなく、ディジエントが自分たちで楽しめるような活動を見つけるほうがいいと思っていた。他のオーナーは、教師がディジエントにちゃんとした課題を与えるべきだと主張した。デレクがこの考えを支持する意見をフォーラムに投稿しているのを見て意外に思ったアナは、次に彼と会ったとき、直接たずねてみた。

「どうして宿題をやらせたいの？」

「宿題のなにが悪い？」とデレク。「子どものころ、いやな教師に宿題を押しつけられた経験でもあるのかい？」

「笑いごとじゃないのよ。まじめに訊いてるんだから」

「わかったよ。まじめに答える。ねえ、宿題のなにがそんなにいけない？」

アナとしては、どこから欠点を指摘すればいいかわからないくらいだった。「授業以外でジャックスが楽しく学べる手段ができるのはいいことだけど、課題を与えて、本人が楽しくなくても、やらなきゃいけないと命じるのはどうかしら。宿題をやらなかった場合に罪悪感を抱かせる？　動物の訓練のあらゆる原理に反してる」

「ずっと昔、ディジエントは動物と違うとぼくにいったのはきみじゃないか」

「ええ、たしかにいった。でも、ディジエントは道具でもない。あなたにそれがわかってるのはわたしも知ってる。でも、あなたの話しぶりを聞いてると、ディジエントにやりたくない仕事をやらせようと準備しているみたい」

デレクは首を振った。「彼らに仕事をさせる話じゃない。責任を学ばせる話だ。それに、彼らにだって、たまに罪悪感を抱いても平気なくらいの精神的な強さがあるかもしれない。それをたしかめるには、やってみるしかない」

「そもそも、どうして罪悪感を抱かせる危険を冒す必要があるの？」

「妹と話をしたときに考えたことなんだけど」デレクの妹は、ダウン症の子どもを教える仕事をしている。「子どもに無理やりいろんなことをさせたくないと考える親たちもいるんだって。できなかったとき、子どもがどんな思いをするかが心配だから。子どものためを思ってのことなんだけど、でも、そうやって甘やかすことで、子どもの潜在能力がフルに開花するのを妨げている」

アナがその考えかたに慣れるにはちょっと時間がかかった。アナは、ディジエントたちが途方もなく天分に恵まれたサルだという考え方に慣れている。かつては、類人猿が特別支援児童と比較されたこともあるが、それはむしろメタファーの意味合いが強い。もっと現実的な意味で、ディジエントを特別支援児童と見なすには、視点の転換が必要だった。

「ディジエントはどのくらいの責任を引き受けられると思う？」

デレクは両手を広げた。「さあね。ある意味、ダウン症に似ている。ダウン症の影響がどんなふうにあらわれるかは人によってさまざまだから、妹が新しい子どもを担当するときは、相手に合わせて臨機応変に対処するしかないんだって。ぼくらの場合は、もっと手がかりが乏しい。こんなに長くディジエントを育てている人間はほかにだれもいないからね。宿題を与えることで得られるのが、彼らにいやな思いをさせることだけだと判明したら、もちろんそこでストップすればいい。でも、こっちが勝手に不安がって、マルコとポーロの背中を押してやらなかったせいで、ふたりの潜在能力が無駄になるとしたら、それは望ましくない」

アナは、デレクがディジエントに対して、自分とはまったく違う大きな期待を抱いていることを理解した。しかも、彼が抱く期待は、アナが抱く期待よりずっといい。「そのとおりね」と、しばらくしてアナはいった。「あの子たちに宿題がやれるかどうか、ためしてみましょう」

＊

一年後のある土曜日、デレクはアナとのランチの約束の前に、仕事をかたづけていた。この二時間、アバターの改良プランをテストしている。目的は、ディジエントの体と顔のプロポーションを変更して、より大人っぽく見せること。ディジエントの教育をさらに進めることを選んだオーナーは、いつまでもかわいい外見と、どんどん伸びてゆく能力とのギャップに違和感があると発言することが増えてきた。このアドオンはそのギャップを緩和し、ディジエントがもっと有能な存在だと思えるようにすることをめざしている。

出かける前にメッセージをチェックし、知らない相手ふたりから別々に苦情が来ているのを知って困惑した。どちらも、デレクにある種の詐欺を仕掛けられたと書いている。ちゃんとしたメールのようだったから、じっくり文面を読んでみた。送信者たちは、データアースで接触してきたディジエントから金をせびられたという。

デレクはなにが起きたのかを理解した。マルコとポーロには、最近、小遣いを与えている。オンラインゲームに課金したり、仮想玩具を買ったりするための金だ。もっとたくさんほしいとねだられたが、デレクは金額に一線を引いた。そこでふたりは、データアースで会った人にランダムに金を要求し、はねつけられたのだろう。ディジエントたちはデレクのデータアース・アカウントで実行されているため、相手はデレクが金をせびるためにディジエントを訓練したと考えたのだ。

被害者にはあとできちんとした謝罪メールを出すことにして、いまはマルコとポーロを呼び出し、ただちにロボットの体に入るよう命じた。製造テクノロジーの進歩によりロボットの値段が下がったため、いまはデレクも、マルコとポーロのアバター向きにカスタマイズした筐体二体を所有している。一分後、ロボットのヘルメットにパンダたちの顔が映ると、デレクは知らない人にお金をねだったことで叱責した。「おまえたちはもっと分別があると思ってたのに」

ポーロが申し訳ないという口調で、「うん、分別あるよ」

「じゃあ、どうしてあんなことを？」

「ぼくのアイデアだ、ポーロのせいじゃない」とマルコ。「お金をくれないのはわかってたよ。デレクに連絡が行くのもわかってた」

デレクは驚いた。「ぼくが知らない人から怒られるのが目的だったのか？」

「そんなことになるのは、ぼくらがデレクのアカウントを借りてるからだよ」とマルコ。「ヴォイルみたいに自分のアカウントを使ってたら、こんなことにはならない」

これで事情がわかった。マルコとポーロは、ヴォイルというソフォンス系ディジエントの話を知っている。ヴォイルのオーナー――ジェラルド・ヘクトという弁護士――は、ヴォイル・コーポレーションという会社を設立し、ヴォイルはいま、その会社の名義で登録されたデータアース・アカウントを使っている。ヴォイルは税金を払い、財産を所有し、契約書を交わし、訴訟を起こしたり起こされたりすることができる。多くの点で彼は法人だった。法律的には、ヘクトが経営者として監督している法人だとしても。

このアイデア自体は、しばらく前から議論されていた。人工生命ホビイストは全員、ディジエントが種《しゅ》として法的な保護を受けられるようになる可能性がないことで意見が一致していた。引き合いに出されるのは犬の例だ。犬に対する人間の愛情は深く広いが、ドッグ・シェルターにおける安楽死は、いまなお犬のホロコーストと呼べるほどの数だし、裁判所がそれに停止命令を出していない以上、鼓動する心臓を持たない存在に対する保護を認めるはずもない。この見通しを前提として、望みうる最上の法的保護は、ディジエント個々を対象とするものだと考えるオーナーもいる。ある特定のディジエントについて定款《ていかん》に定め、会社として登記することで、人間ならざる存在に対する権利を認めた判例法を大量に活用できる。このアイデアをはじめて実践したのがヘクトだった。

「じゃあ、それを主張したかったわけか」とデレク。

「法人は最高だって、みんないってる」とマルコ。「なんでも好きなことができるって」

人間の若者の中には、ヴォイルは自分たち以上に大きな権利を与えられていると不満を述べる者もおおぜいいる。「わかった。でも、おまえたちは法人じゃないし、もちろん、なんでも好きなことができるわけでもない」

「ごめんなさい」自分たちがどんなトラブルを引き起こしたのか急に理解したような口調で、マルコがいった。「法人になりたいだけなんだ」

「前にもいっただろう。まだ幼すぎる」

「ぼくらはヴォイルより年上だよ」とポーロ。

「とくにぼくはね」とマルコ。

「ヴォイルだって、まだ法人になるには幼すぎる。オーナーがあやまちを犯したんだ」

「じゃあ、ぼくらはいつまでたっても法人にしてもらえないの？」

デレクはふたりに厳しい視線を向けた。「もしかして、いつかおまえたちがもっと成長したらな。ようすを見よう。しかし、おまえたちがもし今度こういう悪さをしたら、その将来にも深刻な影響が出る。わかったか？」

ディジエントたちはふてくされたようすだった。

「はい」とマルコがいった。

「はい」とポーロがいった。

「オーケイ。もう出かけなきゃ。この件についてはまたあとで話そう」デレクはふたりをにらみつけた。「さあ、もうデータアースにもどりなさい」

待ち合わせのレストランに車で向かう途中、デレクはマルコの頼みについてあらためて考えてみた。ディジエントが法人になるという考えに懐疑的な人間は多い。ヘクトの活動もただの目立ちたがりだと思っている。ヴォイルに対する将来の計画をプレス・リリースとして発表するやりかたも、その印象を裏付けるだけだった。いま現在、実質的にヴォイル・コーポレーションを経営しているのはヘクトだが、彼はヴォイルに企業法の教育を施し、いつかはヴォイルが自分ですべての決定を下せるようになると主張していた。代表取締役の座に就くのがヘクトであれ、ほかのだれであれ、それはたんなる形式に過ぎない。

その一方、ヘクトはヴィルの法人としての地位をテストしてほしいと世間に呼びかけていた。ヘクトには法廷闘争の経験と用意があり、裁判で闘いたくてうずうずしている。これまでのところ、だれもまともにとりあっていないが、デレクはだれかが訴えてくれることに期待していた。マルコとポーロの法人化を真剣に検討する前に、判例がきっちり確立していることが望ましい。

マルコとポーロがいつか法人となれるほどの知的能力を獲得できるのかというのはまたべつの問題だし、デレクの心情としては、こちらのほうがもっと答えにくい問いだった。ニューロブラスト系ディジエントは、自分で宿題をこなせることを証明した。彼らが独立した仕事に集中していられる期間は年月とともに着実に伸びていくだろう。しかし、もし仮に、人間の監督なしに大きなプロジェクトを遂行できるようになったとしても、自分の将来について責任のある決断を下せるまでにはほど遠い。それにデレクには、そうしたレベルの独立性を、マルコとポーロがめざす目標として設定するべきなのかどうかさえよくわからなかった。マルコとポーロを法人にすることは、デレク自身の死後も彼らが実行しつづける可能性の扉を開くことになる。そういう未来は心配でならない。ダウン症の個人には自立を支援する組織があるが、法人化したディジエントにそうした支援サービスは存在しない。デレクが面倒を見られなくなったときは、マルコとポーロが確実に停止されるように策を講じておくべきかもしれない。

どんな決断を下すにしろ、ウェンディ抜きでやらなければいけない。ふたりは正式に離婚することになった。もちろん、ここに至るまでには込み入った事情があるが、原因のひとつははっきりしている。ディジエントふたりを育てることは、ウェンディが人生に望むことではなく、もしデレクがこの子育てのためにパートナーを求めるなら、だれかべつの人間を見つけなければならない。ふたりの結婚カウンセラーは、問題はディジエント自体ではなく、夫婦ともに、結婚相手が自分とはべつの関心を持っていることに合わせられなかった点にあると説明した。その見解が正しいのはわかっているが、もちろん、夫婦が共通の関心を持っていれば、結婚生活を維持する役に立ったはずだ。

あんまり先走りしたくはないものの、離婚することで、アナと友だち以上の関係になるチャンスができたと考えずにはいられなかった。もちろんアナも、その可能性は考えているだろう。知り合ってからこんなに長い歳月が経つのだから、考えなかったわけがない。ふたりは最高のチームになる。ふたりのディジエントのためになにがベストなのか、一緒に考えていくことができる。

もっとも、きょうのランチの席でその気持ちを告白するつもりはない。まだ早すぎる。それに、アナにいまつきあっている相手がいる。カイルという名前の男だ。だが、ふたりの関係は、六カ月の分水嶺に近づきつつある。ふつうはこのへんの時点で、アナにとってジャックスがただの趣味ではなく、人生の最優先事項だということを男の側が理解する。それにつづく破局も、そう遠い先のことではないだろう。デレクは、離婚のことを打ち明ければ、べつの選択肢があることをアナが思い出すだろうと考えていた。世の中のすべての男が、ディジエントのことを、アナの注目を奪い合う競争相手だと見なすわけではない。

レストランに入って店内を見まわすと、アナがこちらに手を振り、大きな笑みを浮かべた。デレクは彼女のテーブルにつき、さっそく話を切り出した。「マルコとポーロがいまさっきなにをやらかしたと思う？」デレクがいきさつを語ると、アナはあんぐり口を開けた。

「驚いた。やれやれ、きっとジャックスもおなじニュースを聞いてるわね」

「うん。家に帰ったら、ジャックスと話をしたほうがいいかもしれない」そこから話は、ディジエントにネット掲示板へのアクセスを認めることのプラスとマイナスに関する議論に発展した。掲示板は、オーナーたちが提供できる以上に豊かなつきあいを保証するが、ディジエントが受ける影響がポジティブなものばかりとはかぎらない。

ディジエントについてしばらく話し合ったあと、アナがたずねた。「で、ほかになにか新しいニュースは？」

とになった」

デレクはためいきをついた。「いっといたほうがいいだろうな。ウェンディと別れることになった」

「まあ、デレク……。残念だったわね」アナの顔に浮かぶ純粋な同情を見て、デレクはあたたかい気持ちになった。

「ずっと前から、いずれこうなるのはわかっていたから」

アナがうなずく。「それでも、こんなことになって残念」

「ありがとう」デレクはしばらく、ウェンディとのあいだの合意について説明した。いま住んでいるマンションを売って、売却益を分割することになる。ありがたいことに、話し合いの大部分は円満に進んだ。

「すくなくとも、彼女なら、マルコとポーロのコピーを要求したりしないものね」

「うん、ありがたいことにね」とデレク。配偶者が希望すれば、ほとんどつねに、ディジエントの複製をつくることが認められる。離婚が円満にいかなかった場合、ディジエントの複製を使って元配偶者に仕返しをするのはたやすい。そういう悲劇のエピソードを、フォーラム上で何度も目にしていた。

「この話はもういいよ」とデレク。「ほかの話にしよう。そっちはどうだい？」

「べつだんなにもないの。ほんとに」

「ぼくがウェンディの話をはじめるまでは、上機嫌に見えたけど」

「ええ、まあ」とアナが認めた。

「じゃあ、なにかとくに、気持ちが明るくなるようなことがあったわけ？」

「なんでもないの」

「なんでもなくて上機嫌になる？」

「まあ、ちょっとしたニュースがあるんだけど。でも、その話はいまじゃなくていいから」

「ばかなこというなよ。だいじょうぶ。いい知らせがあるなら、聞かせてよ」

アナは口をつぐみ、それから、ほとんど申し訳なさそうな口調でいった。「カイルと一緒に住むことにしたの」

デレクは茫然とした。「おめでとう」

6

さらに二年が過ぎた。人生はつづく。

アナ、デレクをはじめとする教育熱心なオーナーたちは、人間の子どもと学力を比較するため、ときおりディジエントに全国共通テストを受けさせた。結果はさまざまだった。ファベルジェ系ディジエントは読み書きができないため、ペーパーテストは受けられないが、他の測定法によれば、高い発達度を示している。オリガミ系ディジエントの中では、テスト結果に興味深い分裂が見られた。半数は実行時間に比例して発達しつづけているのに、残り半数はプラトーに達している。ゲノムのいたずらかもしれない。ニューロブラスト系ディジエントは、ペーパーテストの際、失読症の人間に与えられるのとおなじハンデを認めた場合には、まずまずいい結果を出した。個々のディジエントでばらつきはあるものの、全体としては、彼らの知的発達は持続している。

社交性の発達についてはは測定がむずかしいが、有望なしるしのひとつは、ディジエントがさまざまなオンライン・コミュニティで思春期の人間たちと交流していることだった。ジャックスはテトラブレイクにハマっていた。これは、四本腕のアバター用の仮想ダンスで、一種のサブカルチャーになっている。マルコとポーロは別々の連続ゲームドラマのファンクラブに入会し、折に触れて、自分が選んだドラマのほうがいいと相手を説得しようとしていた。そういうコミュニティの魅力がよくわからないアナとデレクにとっても、ディジエントたちがそれに加わっているという事実は好ましかった。コミュニティのメンバーの多数を占める若者たちは、ディジエントが人間ではないという事実に頓着せず、オフラインで対面するチャンスがまずないオンライン友だちの一種としてふつうに接していた。

アナとカイルの関係は、波があるものの、おおむね良好だった。デレクはそのときどきの交際相手を伴い、ときたま、アナたちと一緒に遊びに出かけた。デレクはいろんな女性とつきあったが、真剣な関係に発展することは一度もなかった。デートの相手がディジエントに対する関心を共有してくれないからだとアナには説明していたが、アナへの思いをあきらめきれないからというのが真相だった。

新型インフルエンザの世界的流行以後、経済は停滞し、仮想世界も変化の波に襲われた。データアースを運営する大山《テサン》ディジタルは、リアルスペースを運営するヴィズワ・メディアと共同で、データアースがリアルスペースの一部になることを発表した。データアースの大陸すべては、まったく同一の大陸のリアルスペース版となり、新たにリアルスペース宇宙に追加される。両社はふたつの世界の融合と呼んだが、たんに儀礼的ないいかたに過ぎない。実際は、長年にわたるアップグレードや新バージョン開発の挙げ句、テサンにプラットフォーム戦争を闘いつづける体力がなくなったということだった。

大半の顧客にとって、この変化は、片方をログアウトしてからもう片方にログインする手間をかけずに自由に訪ねられる仮想ロケーションがどっと増えることを意味していた。

ここ数年のうちに、データアース上で走るソフトウェアを販売しているほぼすべての企業が、リアルスペース上でも動作するバージョンを開発していた。シージ・オヴ・ヘヴンやエルダソーンをプレイしているゲーマーたちは、移行ユーティリティを走らせるだけで、いままでとおなじ武器や装備がおなじゲーム大陸のリアルスペース版で待っている。

しかし、ニューロブラストは例外だった。ニューロブラスト・エンジンのリアルスペース版は存在しないため——ブルー・ガンマはリアルスペースの登場前に廃業していた——ニューロブラスト系ゲノムを持つディジエントはリアルスペース環境に入るすべがない。オリガミ系とファベルジェ系ディジエントにとって、リアルスペースへの移行は可能性の拡大だった。しかし、ジャックスをはじめとするニューロブラスト系ディジエントにとって、テサンの発表は、事実上、世界の終わりを意味していた。

*

アナが寝支度をしているとき、がちゃんという音がした。いったいなにごとだろうと、アナはあわててリビングルームへ覗きにいった。

ロボットの体に入ったジャックスが手首を点検していた。横の壁スクリーンのタイルが一枚割れている。入ってきたアナを見て、「ごめんなさい」

「なにをやってたの？」

「ほんとにごめんなさい」

「なにをやってたかいいなさい」

ジャックスはしぶしぶ答えた。「側転」

「そしたら手首が曲がって、壁に衝突したのね」アナはロボットの手首に目をやった。案の定、修理の必要がありそうだ。「ルールを決めたのは、あなたにいやがらせをするためじゃないの。ロボットの体でダンスをしようとすると、こうなるんだから」

「わかってるよ。でも、ちょっとダンスしてみたら、ボディはだいじょうぶだった。もうちょっとやってみても、やっぱりだいじょうぶだった」

「それで、またもうちょっとやってみたら、今度は新しい手首と新しいタイルを買わなきゃいけなくなった」いつまでに交換できるだろうと一瞬考えた。カイル——いまは出張で留守にしている——に知られずに済むだろうか。二、三カ月前、カイルの大事にしていた彫刻をジャックスが壊してしまったことがある。その事件を思い出させずに済めば、それに越したことはない。

「ほんとにほんとにごめんなさい」とジャックス。

「いいから。データアースにもどって」とアナは充電台を指さした。

「悪かったのはわかってるけど――」

「いいから早く」

ジャックスは従順に充電台に向かった。台に乗る直前、小さな声で、「データアースじゃないよ」そして、ロボット筐体の頭部が暗くなった。

ジャックスが不平をいっているのは、ニューロブラスト・ユーザーグループが大陸の多くをオリジナル版から複製してセットアップした私設《プライベート》データアースのことだった。ある面では、IFFハッキング騒動のときに避難所として使っていたプライベート・アイランドよりずっとよかった。演算パワーのコストがずっと下がっているため、数十の大陸を複製することができたからだ。べつの面では、はるかに悪かった。というのも、そうした大陸には住人がほとんどいないからだ。

問題は、すべての人間がリアルスペースに引っ越してしまったことだけではない。オリガミ系とファベルジェ系のディジエントもリアルスペースに去ってしまった。彼らのオーナーを責めることはできない。可能なら、アナもおなじようにしていただろう。もっと悲惨なのは、ジャックスの友だち多数を含め、ニューロブラスト系ディジエントのほとんどもいなくなってしまったことだ。ユーザーグループのメンバー何人かは、データアースが閉鎖されたときにディジエントの実行を停止した。他のメンバーは〝様子を見る〟アプローチを採用したが、私設データアースがいかに生彩を欠いているかを目のあたりにして、ゴーストタウンで育てるくらいならと、やはりディジエントを停止することを選んだ。私設データアースは、まさしく地球サイズのゴーストタウンだった。いくら歩いても踏破しきれない、ディテール豊かな大地の無限の広がり。しかし、授業に訪れる家庭教師を除けば、話しかける相手はだれもいない。クエストする者のないダンジョン、営業していないショッピングモール、スポーツ・イベントをやっていないスタジアム。それは、終末後の光景のディジタル版だった。

ジャックスのテトラブレイク・シーンの人間の友人たちは、ときおり、ジャックスの顔を見るためだけに私設データアースにやってきたが、訪問はどんどん間遠になっていった。いままでは、テトラブレイクのイベントはすべてリアルスペースで開催されている。ジャックスも、ダンスの録画をやりとりすることならできるが、シーンの中心は、新しい振り付けが即興で編み出されるライヴの集まりであり、ジャックスがそれに加わるすべはなかった。ジャックスは仮想世界におけるつきあいのほとんどを失いかけていたし、現実世界にそれを見出すこともできなかった。彼のロボット筐体は、操縦者のいない野良ヴィークルに分類されてしまうため、アナかカイルが同伴しないかぎり、公共の場所への立ち入りは禁止されている。アパートメントに閉じ込められて、ジャックスは退屈し、いらいらしていた。

数週間前から、アナはロボットに入ったジャックスをコンピュータの前にすわらせて、リアルスペースにログインさせることを試していたが、ジャックスはもういやだと拒否した。ユーザー・インターフェイスに難があるのは事実だが――コンピュータの実物を使うのに慣れていないうえ、ロボットの体が行うしぐさをカメラが追跡することでわずらわしさが倍加する――それはいずれ克服できるだろう。もっと大きな問題は、ジャックスがアバターを遠隔操作したがらないことだった。アバターを動かすのではなく、アバターになりたいのだ。ジャックスにとって、キーボードとスクリーンは、そこにいることのお粗末な代替物でしかない。コンゴから連れてこられたチンパンジーに、ジャングルのTVゲームを遊んで満足しろというようなものだ。

残されたニューロブラスト系ディジエント全員が同様の欲求不満を抱え、私設データースは一時しのぎにしかならないと明言していた。必要なのは、彼らをリアルスペースで実行できるようにする方法だった。そうすれば、向こうで自由に歩きまわり、住人たちと交わることができる。言い換えれば、解決策は、ニューロブラスト・エンジンの移植――リアルスペース上で走るようにプログラムを書き換えることだった。アナはブルー・ガンマの旧経営陣に掛け合ってニューロブラストのソースコードを提供してもらったが、プログラムの書き換えには熟練したプログラマの仕事が必要だ。ユーザーグループはボランティアを募ろうと、オープンソース・フォーラムに募集告知を投稿した。

データアースが時代に取り残されたことの唯一の利点は、ディジエントが仮想世界のダークサイドから安全になったことだった。エッジプレーヤーなる会社がリアルスペース上に有料のディジエント拷問室を開設した。無許可複製の告訴を逃れるため、彼らはパブリック・ドメインのディジエントだけを犠牲者に使っていた。ニューロブラスト系ディジエントのユーザーグループは、ニューロブラスト・エンジンの移植が済んだら、個々の変換手続きに所有権認証を含めることで合意した。ニューロブラスト系ディジエントは、後見する人間がいないかぎり、リアルスペースには入らない。

＊

二カ月後、デレクはユーザーグループのフォーラムで、ニューロブラスト移植計画の進捗状況に関する自分の投稿についたコメントを読んでいた。あいにく、いい知らせではなかった。移植プロジェクトに開発者を募る試みは、あまり成功していない。ユーザーグループは、訪ねてくればだれでもニューロブラスト系ディジエントに会えるオープンハウスのイベントを私設データアースで開催したが、申し出に応じる人はごく少数しかいなかった。

問題は、ゲノム・エンジン自体がすでに陳腐化していることだ。プログラマは、新しいエキサイティングなプロジェクトに惹かれる。いま現在、それはニューラル・インターフェイスもしくはナノメディカル・ソフトウェアに関する仕事を意味していた。オープンソース情報保管庫《リポジトリ》には、さまざまな不完全状態のまま放置されているゲノム・エンジンが何十もあり、すべてプログラマのボランティアを必要としている。十二年も前のニューロブラスト・エンジンを新しいプラットフォームに移植するというプロジェクトは、それらすべての中でももっとも興味を抱きにくいものだった。ニューロブラスト移植計画に参加しているのはひと握りの学生だけで、彼らがそれに費やせる時間の短さを考えると、移植が完了した暁には、リアルスペースのプラットフォームも時代遅れになっている可能性が高い。

もうひとつの選択肢は、プロの開発チームを雇うことだった。デレクは、ゲノム・エンジンに携わった経験のあるプログラマ数人と話をして、ニューロブラストの移植にどの程度の費用がかかるか見積もりを出してもらった。算出された金額は、プロジェクトの複雑さを考えるとリーズナブルなものだし、数十万の顧客を抱える会社にとっては、それだけの投資をするのはまったく理にかなっている。しかし、会員数が約二十人にまで減ったユーザーグループにとっては途方もない高額だった。

デレクは、フォーラムの最新コメント群に目を通してから、アナに電話をかけた。ディジエントが私設データアースに閉じ込められているのはたしかに憂鬱だが、デレクにとってはうれしい面もあった。ニューロブラスト移植の進捗状況とか、ディジエントのための活動を組織することとか、毎日のようにアナと話をする口実ができたのである。この二、三年、それぞれが自分の興味を追求しはじめた結果、マルコとポーロは、ジャックスとすこしずつ疎遠になっていた。しかしいま、ニューロブラスト系ディジエントはおたがい同士しかつきあう相手がいなくなっている。そこで、デレクとアナは、グループとして、彼らのためにどうすればいいかを考えようとしていた。離婚したいまは妻に文句をいわれる心配もないし、アナの同棲相手のカイルは気にしていないようだから、いつでも堂々と電話できる。こんなに長い時間をアナと一緒に過ごすのは、デレクにとって痛みを伴う喜びだった。アナとのつきあいをもっと浅くするほうが健全かもしれないが、そうとわかっていてもやめられない。

アナの顔が通話ウィンドウにあらわれた。「スチュアートの投稿見た？」とデレクはたずねた。スチュアートは、費用をメンバー全員で均等に割ったらいくら支払うことになるかを明示し、その金額を出せるメンバーが何人いるのか質問していた。

「いま読んだところ。よかれと思って発言したんだろうけど、みんなを不安にするだけね」

「同感。でも、なにかいい代案を思いつくまで、ひとりあたりの費用は、いずれみんなが考えることになる。例のキャンペーンの彼女にはもう会った？」アナは、友だちの友だちだという、野生動物の保護区のために資金調達キャンペーンを実施している女性と話をすることになっていた。

「じつをいうと、いま彼女とのランチから帰ってきたばっかり」

「やったね！　で、どうだった？」

「まず悪い知らせ。彼女の考えでは、わたしたちにはNPOの資格がないって。特定個人の集団のための資金を集めようとしているだけだから」

「でも、新しいエンジンはだれでも利用できる――」といいかけて、デレクは口をつぐんだ。たしかに、全世界のアーカイブに保存されているニューロブラスト系ディジエントのスナップショットはおそらく数百万におよぶ。しかし、正直なところ、ユーザーグループは自分たちのために活動している。彼らを育てようという酔狂な人間がいないかぎり、そうした休眠中のディジエントの中で、ニューロブラスト・エンジンのリアルスペース版から利益を得る者はゼロ。ユーザーグループが助けようとしているディジエントは、彼ら自身が所有するものだけだ。

デレクはそれ以上なにもいわなかったが、アナはうなずいた。まったくおなじことをすでに考えていたのだろう。

「オーケイ」とデレクはいった。「NPOにはなれない。じゃあ、いい知らせは？」

「彼女の話だと、NPOモデルを使わなくても、援助を募ることはできるって。必要なのは、ディジエント自身に対する同情をかきたてるようなストーリーを語ること。動物園の中には、そういう方法を使って、象の手術とかの費用をまかなっているところもあるし」

デレクはちょっと考えてみた。「みんなの心の琴線に触れそうなディジエントの動画を投稿することはできそうだ」

「まさしく。一般の共感を呼ぶことができたら、お金だけでなく時間も集まるかもしれない。ディジエントのイメージがよくなることとならなんでも、オープンソース・コミュニティからボランティアの助力を得られるチャンスを増やす助けになる」

「動画を漁って、マルコとポーロのいい映像を探してみるよ。まだ幼かったころのかわいいビデオがたくさんあるから。最近のに関しては、あんまり自信がないけど。それとも、胸が張り裂けるような悲しいやつが必要？」

「なにがいちばん効果があるか、みんなで話し合ってみるべきね」とアナ。「フォーラムに質問を投稿して、ほかのメンバーの意見を聞いてみる」

それで思い出したことがある。「そういえば、きのう、助けになるかもしれない電話があった。といっても、長期的な話だけど」

「だれから？」

「ゼノテリアンを覚えてる？」

「エイリアンになるはずだったディジエント？　あのプロジェクトって、まだつづいてたの？」

「まあね」デレクは、フィーリクス・ラドクリフという名の若者が接触してきた経緯を説明した。フィーリクスは、ゼノテリアン計画の最後の参加者のひとりだった。最初にプロジェクトを立ち上げたホビイストのほとんどは、ゼロからエイリアン文化を築き上げる困難にうんざりして、何年も前にあきらめた。だが、それでも残ったしぶとい少人数のグループは、ほとんど偏執狂的な域に達していた。デレクがつきとめた事実から判断すると、彼らの大半は無職で、実家で生活し、自分の部屋からめったに出ない。彼らの人生はデータマーズの中にある。フィーリクスは、グループで唯一、部外者と喜んで接触しようとするメンバーだった。

「なのにわたしたちが狂信者呼ばわりされるなんて」とアナ。「それで、その人はどうして接触してきたの？」

「ぼくらがニューロブラストを移植しようとしているのを聞きつけて、手を貸したいといってる。ぼくがゼノテリアンのアバターをデザインしたチームのひとりだったから、名前を覚えていたらしい」

「ラッキーだったわね」アナはにっこりし、デレクは顔をしかめてみせた。「でも、どうしてあの人たちがニューロブラストの移植を気にするの？　そもそも、データマーズの目的は、ゼノテリアンを隔離しておくことだと思ったけど」

「もともとはそうだった。でもいま、彼は、ゼノテリアンを人類と対面させる準備ができたと考えていて、ファーストコンタクトの実験を望んでいる。データアースがまだ存続していたら、ゼノテリアンの遠征隊を大陸に派遣させる予定だったらしいけど、いまとなっては不可能だ。だからフィーリクスは、ぼくらとおなじ船に乗っている。ニューロブラストを移植して、ゼノテリアンたちがリアルスペースに入れるようにしたいんだ」

「ふうん……わかるような気がする。で、その人が資金集めの役に立つかもしれないって？」

「フィーリクスは、人類学者と宇宙生物学者の関心を引くつもりだ。ゼノテリアンを研究するために、彼らが喜んで移植費用を負担するだろうと考えている」

アナは懐疑的な表情だった。「そんなことのためにほんとにお金を出す？」

「無理だろうね。ゼノテリアンが本物のエイリアンだというわけじゃないし。個人的には、仮想世界にエイリアンを居住させたいと思っているゲーム会社を相手にしたほうがまだ可能性が高いと思うけど、まあ、彼が決めることだからね。ぼくらがコンタクトしている人たちのだれかにアプローチしないかぎり、彼のせいでこちらの交渉に害が及ぶことはないし、彼が助けになる可能性もゼロじゃない」

「でも、話に聞くかぎり、ずいぶん偏屈そうだけど、交渉で相手を説得できそうなの？」

「まあ、フィーリクスの営業手腕が問われることにはならないだろう。彼は、人類学者に見せて興味をかきたてるために、ゼノテリアンのビデオを用意している。ちょっとだけ見せてもらった」

「それで？」

デレクは肩をすくめ、両手を上げた。「ぼくの目から見ると、草むしりボットの群れと区別がつかないね」

アナは笑った。「まあ、そのほうがいいかも。彼らが異質であればあるほど、より興味深いということでしょ」

デレクも笑った。なんという皮肉だろう。ブルー・ガンマでディジエントを魅力的にするためにあれだけいっしょうけんめい働いてきたのに、世間の興味をいちばんかきたてるのがエイリアンのディジエントだと判明したとしたら。

7

さらに二カ月が過ぎた。ユーザーグループの募金活動はあまりうまくいっていない。慈善家たちは、自然界の絶滅危惧種について聞かされるのもいいかげんうんざりしはじめている。相手が人工の絶滅危惧種とあってはなおさらだし、写真映りの点でも、ディジエントはイルカにおよびもつかない。寄付の入金は、ちょろちょろした細い流れ以上にはならなかった。

データアースに閉じ込められているストレスは、ディジエントたちに明らかなダメージを与えていた。彼らが退屈しないよう、オーナーたちはいままでより長い時間を一緒に過ごすようにしていたが、数十万の人口を擁する仮想世界のかわりにはとてもならない。アナは、ニューロブラスト移植にまつわる問題がジャックスに知られないように努力していたが、やはりジャックスは気づいていた。ある日、アナが仕事から帰宅すると、ジャックスが目に見えて興奮していた。

「移植について聞きたいことがある」と前置きなしでジャックスが切り出した。

「なんのこと？」

「前はただのアップグレードだと思ってた。いまはもっとたいへんなことだと思ってる。アップロードみたいな。ただし、この場合は人間じゃなくてディジエントだけど。でしょ？」

「ええ、そうかもね」

「マウスのビデオ見た？」

ジャックスがなんの話をしているのかはアナにもわかった。あるアップロード研究チームが実験の模様を撮影し、最近公開した動画のことだ。一匹のマウスが瞬間冷凍されたのち、一度に一マイクロメーターずつ気化され、煙のすじとなって、電子ビームにスキャンされる。そのデータがテストスケープの中で生成されたのち、仮想的に解凍されて、覚醒させられる。マウスはたちまち発作を起こし、主観時間で二分間、痛ましく痙攣しつづけた果てに息絶えた。アップロードされた哺乳類としては、いまのところそれが生存の最長記録だった。

「あなたにはぜったいそんなことは起きないわよ」とアナは保証した。

「もし起きても、ぼくは覚えてないってことでしょ」とジャックス。「覚えていられるのは、転移が成功したときだけ」

「あなたにしろ、ほかのディジエントにしろ、テストされていないエンジン上で実行されることはぜったいない。ニューロブラストが移植されたら、その上で試験用サンプルを実行して、すべてのバグをフィックスしてから、ディジエントを走らせる。サンプルはなんにも感じない」

「研究者は、マウスをアップロードする前にサンプルでテストした？」

ジャックスは答えにくい質問をする天才かもしれない。「マウスがサンプルだったのよ」とアナは認めた。「でもそれは、生物の脳にはソースコードがないから、本物のマウスよりシンプルなテスト用プログラムを書けなかったせい。ニューロブラストにはソースコードがあるから、そういう問題は生じないの」

「でも、移植のためのお金はない」

「ええ、いまはね。でも、いずれ手に入る」アナは自分でそう感じている以上に自信のある口ぶりに聞こえたことを祈った。

「どうすれば手伝える？　どうすればお金が稼げる？」

「ありがとう、ジャックス。でもいまは、あなたがお金を稼げる方法はないの。いまは、勉強をつづけて、いい成績をとるのがあなたの仕事」

「うん、わかってる。いまは勉強、ほかのことはあと。でも、いまお金を借りて、お金を稼げるようになってから返すのはどう？」

「お金の心配はわたしがするから」

ジャックスは納得していないようすだった。「オーケイ」

じっさい、ジャックスが口にしたことは、ユーザーグループが企業投資家を探す際にやっていることそのものだった。この道が開けたのは、ディジエントをパーソナル・アシスタントとして販売することにヴァールフライデーが成功したおかげだった。数年の歳月を費やしたが、タルボットはついに、だれのもとでも働くアンドロのインスタンスを育てることに成功し、ヴァールフライデーは数十万単位でその複製を売りさばいた。それは、ディジエントが現実に利益を生むという最初の実例だった。ほかに数社がタルボットの成功に追随しようと開発にいそしんでいる。

そうした会社のひとつがポリトープだった。彼らは、次のアンドロを生み出す大々的なブリーディング・プログラムを立ち上げるためのプランを発表した。アナたちのユーザーグループは彼らと接触し、ニューロブラスト系ディジエントの将来的な収益予想を提示した。ポリトープは、彼らが将来得る収入の一定割合を永遠に受けとる。過去数ヵ月の試行錯誤の中ではもっとも大きな期待を抱いて臨んだ交渉だったが、ポリトープの答えはノーだった。彼らが興味を抱いているのはソフォンス系ディジエントだけ。従来のソフトウェアにとってかわるためには、ひとつのことだけに集中するソフォンス系特有の性質が必須なのだ。

ユーザーグループは、自分たちのポケットで移植費用をまかなう可能性について短く討論したが、明らかに実行不可能だった。その結果、何人かのメンバーは、およそ考えられないことを検討しはじめた。

投稿者：スチュアート・ガスト

この提案を最初に持ち出す人間になるのは気が進まないけど、だれかが言わなきゃいけない。移植費用が集まるまで、一年かそこらのあいだ、ディジエントを一時的に停止するっていうのはどうかな。

投稿者：デレク・ブルックス

ディジエントを停止したオーナーのその後は知ってるだろう。一時的が無期限になり、無期限が永遠になる。

投稿者：アナ・アルヴァラード

まったく同感。永久的な延期モードに入るのは簡単すぎるくらい簡単。六カ月以上ディジエントを停止してからリスタートした例を知ってる？　わたしは知らない。

投稿者：スチュアート・ガスト

でも、ぼくらはそういう連中とは違う。彼らはディジエントに飽きて、それで停止する。ぼくらはディジエントが停止している毎日、彼らがいないのをさびしく思う。ぼくらにとっては資金を集めるインセンティブになるよ。

投稿者：アナ・アルヴァラード

ザフを停止することでモチベーションが上がると思うなら、どうぞご自由に。わたしにとっては、ジャックスを目覚めさせておくことがモチベーションを保つことになる。

このコメントをフォーラムに投稿したときはアナの心になんの疑念もなかったが、二日後、おなじ問題をジャックスが持ち出してきたときは、もっと厄介な議論になった。私設データアースにできた新しいゲーム大陸にジャックスを案内しているときのことだった。アナがむかしさんざん遊んだクラシックな大陸で、最近無料でリリースされたため、ユーザーグループがその複製をディジエントのために生成したのだった。アナは、ディジエントたちが飽きてしまった他のゲーム大陸とはどこがどう違うかを指摘しながら、なんとか熱をかきたてようとしたが、ジャックスは新しい大陸をありのままに見ていた。すなわち、ニューロブラストの移植を待つあいだ、ディジエントの気をそらせておくためのまた新たな試み。

ひとけのない中世の町の広場を歩きながら、ジャックスがいった。「ときどき、もうこれ以上待たなくて済むように、あっさり停止してほしいと思うときがあるんだ。リアルスペースに入れるようになったときリスタートすれば、時間がぜんぜん経ってないみたいに感じるでしょ」

その言葉にアナは不意をつかれた。ディジエントはユーザーグループのフォーラムにはアクセスできないから、ジャックスは自分でそれを思いついたに違いない。「ほんとにそう思うの?」

「ううん、べつに。目を覚まして、なにが起きるのかを知ってたいよ。でも、ときどきいらいらするんだ」それから、ジャックスはアナにたずねた。「ぼくの世話をしなくて済めばいいのにってときどき思う？」

アナは、ジャックスがまっすぐ自分の顔を見ているのをたしかめてから、こう返事をした。「あなたの世話をしなくてよかったら、わたしの生活はもっと簡単になるかもしれない。でも、楽しくなくなるわ。愛してる、ジャックス」

「ぼくも愛してる」

＊

仕事から家に帰る車の中で、デレクはアナからのメッセージを受けた。ポリトープの人間から接触があったという。帰宅するなり、デレクはアナに電話した。「どういうこと？」

アナは困惑した表情だった。「すごくへんな電話だった」

「へんって、どういうふうに？」

「仕事をしないかっていうの」

「へえ。どんな？」

「ソフォンス系ディジエントの訓練。わたしには長い経験があるから、チームリーダーになってほしいって。すごい額の給料と、三年間の雇用保証、それに正直な話、目が眩むような契約金。でも、落とし穴がひとつ」

「で？　じらさないでくれよ」

「ポリトープの訓練係は、全員、インスタントラポートの装着を求められる」

デレクは目をまるくした。「冗談だろ」インスタントラポートは、スマート経皮吸収製《トランスダーマ》剤《ル》で、装着者がある特定の人間の前にいるときだけ、オキシトシン－オピオイド混合剤を浸出させる。不安定な結婚や緊張した親子関係を安定させるために使われるパッチで、最近、処方箋なしでも買えるようになった。「なんのために？」

「ポリトープは、愛情がよりよい結果をもたらすと考えているの。そして、トレーナーがソフォンス系ディジエントに愛情を抱く唯一の方法は、薬の助けを借りることだって」

「なるほどね。従業員の生産性を向上させる手段か」デレクの知り合いにも、脳機能改善薬を服用したり、経頭蓋磁気刺激治療器を使ったりして仕事中の作業効率を上げている人間はたくさんいる。しかし、いままでのところ、社員が会社側からそれを要求されたケースはない。デレクは信じられない思いで首を振った。「愛情を抱くのがそんなにたいへんなら、ニューロプラスト系ディジエントに乗り換えてみようと考えそうなもんだけどな」

「似たようなことをいってみたけど、関心はないって。でも、考えがあるの」アナは身を乗り出した。「向こうで働きはじめたら、彼らの考えを変えられるかもしれない」

「どうやって？」

「ポリトープの経営陣にジャックスを見せるチャンスができるでしょ。職場から私設データアースにログインするとか。もしかしたら、ロボットに入ったジャックスを職場に連れていくこともできるかも。ニューロブラスト・エンジンがどんなに汎用性が高いか見てもらうのに、これ以上の方法はない。向こうがそれを理解したら、きっとリアルスペースに移植してくれる」

デレクは考えてみた。「就業時間中にジャックスと過ごすことを禁じられない？」

「ちょっとは信用してよ。強引に売り込んだりしない。うまくやるから」

「うまくいくかもしれない。でも、インスタントラポート・パッチをつけさせられるんだろ。それだけのリスクを冒す値打ちがあるかな」

アナはしょんぼり肩を落とした。「さあね。一番の選択肢じゃないことはたしか。でも、ときには危険を冒すことも必要でしょ。事態を打開するためには」

デレクは、なんと答えていいかわからなかった。「カイルはなんていってる？」

アナはためいきをついた。「大反対。わたしがインスタントラポートを着けるっていうのが気に入らないし、もちろん、それに見合うだけのチャンスがあるとも思っていない」

しばし間を置いてから、「でも、ディジエントに対する気持ちがわたしやあなたとは違うから、そういうのも当然ね。彼にとっては、見返りがそんなに大きいとは思えないわけだから」

支持することを期待されているのは明らかだから、デレクもアナに賛成したが、内心では葛藤があった。彼女の計画に懸念を抱いているけれど、それを口にすることに躊躇がある。

そんなことを考えてしまう自分がいやなのだが、アナがカイルとの問題について愚痴《ぐち》るたび、デレクはアナが彼と別れるんじゃないかと夢想する。ふたりをそっちの方向に押しやるような行動はなにひとつとるまいと自分にいい聞かせているが、もしカイルがアナのディジエントに対する愛を共有しないのなら、かわりに自分が共有していることを示すのはべつだん悪いことではないはずだ。その結果、カイルよりデレクのほうが自分にとってふさわしい相手だとアナが思うようになったとしても、デレクが責められるいわれはない。

問題は、アナがポリトープの仕事を受けたほうがいいと、デレク自身が心の底から思っているかどうかだ。自分でもよくわからないが、それがはっきりするまでは、アナの考えを支持することにしよう。

電話を切ったあと、私設データアースにログインして、マルコとポーロに会いにいった。ふたりはゼロGラケットボールをプレイしていたが、デレクに気づくと空中のコートから降りてきた。

「きょう、素敵なお客さんと会ったんだよ」とマルコ。

「へえ。だれだかわかる?」

「ジェニファーって人と、ローランドって人」

デレクは訪問者ログをチェックしてがっかりした。ジェニファー・チェイスとローランド・マイクルズは、バーチャルとリアル双方のセックスドールを製造販売している、バイナリー・ディザイアという会社の人間だった。

ユーザーグループがディジエントをセックス目的で使用したいと考えている人間からの問い合わせを受けるのはこれがはじめてではない。現在でも、セックスドールの圧倒的大多数は、シナリオどおりに演じる従来型のソフトウェアに制御されているが、ディジエントが存在する以上、当然、彼らとセックスしたいと考える人々もいる。典型的なやりかたは、パブリック・ドメインのディジエントを複製して報酬系のマップを書き換え、オーナーが性的に興奮したときにディジエントが喜びを感じるようにすることだった。技術畑のジャーナリストは、性器に塗ったピーナツバターを犬に舐めさせるようなものだと形容しているが、ディジエントの知性の点からも、訓練の洗練度の点からも、あながち不公平な比較ではなかった。もちろん、現時点では、セックスに利用可能なディジエントのレベルは、マルコやポーロに遥かにおよばず、とても人間には似ていない。そこで、ディジエントの複製を購入したいと考えるセックスドールのメーカーがときおりユーザーグループに接触してくる。そうした問い合わせは無視すべきだという点で、グループ全員の意見が一致していた。

しかし、訪問ログによれば、チェイスとマイクルズには、フィーリクス・ラドクリフが同伴していた。

デレクは、マルコとポーロにラケットボールをつづけるようにいってから、フィーリクスに電話した。「なにを考えてる？　バイナリー・ディザイアを連れてくるなんて！」

「なにも彼らがディジエントとセックスを試みたわけではない」

「それはわかる」デレクは、訪問記録を別ウィンドウに開いて、倍速で再生していた。

「彼らは、彼らと会話した」

フィーリクスと話していると、まるでエイリアンと対話している気分になることがある。

「セックスドール・メーカーに関しては、グループ全員の合意があったはずだ。覚えてるか？」

「きょうのふたりは、ほかの会社の人間とは違う。彼らの考えかたが気に入った」どういう意味なのか、訊くのが怖い。「気に入ったのなら、データマーズへ連れていって、きみたちのゼノテリアンを見せてやれよ」

「見せてやった」とフィーリクス。「彼らは興味を持たなかった」

それはそうだろう。ロジバンをしゃべる三脚生物とのセックスに対する需要は極小に違いない。しかし、フィーリクスが正直に話しているのはわかった。ファーストコンタクト実験の資金繰りの助けになるなら、彼はゼノテリアンに売春させることも気にしない。フィーリクスは奇矯な人物かもしれないが、偽善者ではない。

「だったら、そこで終わりにすべきだった」とデレク。「きみをデータアース出入り禁止にすることになるかもしれない」

「彼らと話をしてみるべきだ」

「いや、その必要はない」

「話を聞くだけでも、彼らは対価を支払う。いずれ、細かい条件を記載したメールが届くはずだ」

デレクは笑ってしまいそうになった。向こうのセールストークに耳を貸すだけで金を払うとは、バイナリー・ディザイアはよほど熱を上げているようだ。「メールはかまわない。

しかし、彼らの名前は出入り禁止リストに入れておくし、セックスドール・メーカーの人間はだれもここに連れてきてほしくない。わかったか？」

「わかった」とフィーリクスはいって、電話を切った。

デレクは首を振った。ふつうなら、たとえ金銭を提示されようとも、そんな売り口上に耳を貸そうとは思わない。マルコとポーロを性の対象として売る気があるという印象を与えたくないからだ。

しかしいま、ユーザーグループは手に入るかぎりの金を必要としている。もし、一社のプレゼンテーションに耳を貸すことで、他社もそれにならい、同様の機会に対して金を払ってくれるとしたら、やってみる価値はあるかもしれない。デレクは、訪問者がディジエントたちと話をしている録画の再生を等速で再開した。

8

ニューロブラスト系ディジエントのユーザーグループは、バイナリー・ディザイアの提案を聞くため、リモート会議に参加した。バイナリー・ディザイアはあらかじめ一定金額を第三者預託《エスクロー》サービスに預け、会議終了後に預託が解除されて、ユーザーグループにその金銭が支払われることになっている。アナは、全方位スクリーンの焦点にあたる位置に着席し、周囲を見まわした。出席者それぞれの映像入力がおなじ背景に統合されて、ユーザーグループが仮想講堂に集合し、各人が小さな個人用バルコニーにすわっているように見える。デレクはアナの左側のバルコニーにすわり、さらにその左隣にはフィーリクス。舞台の演台には、バイナリー社を代表して、ジェニファー・チェイスが立っている。画面上の彼女は、ブロンドで美しく、趣味のいい服を着ている。この会議は本物の映像を使うことで合意しているため、チェイスは実際にこういう外見をしていることになる。バイナリー・ディザイアは、交渉すべてをチェイスに一任するつもりなのだろうか。彼女はたぶん、望む結果を引き出すことにかけてきわめて優秀なのだろう。

フィーリクスが立ち上がり、ロジバンでなにかいいかけてから口をつぐみ、「みんな、彼女の話がきっと気に入ると思う」といいなおした。

「ありがとう、フィーリクス。でも、ここから先はわたしが話します」とチェイスがいった。フィーリクスは腰を下ろし、チェイスがユーザーグループに向かって話しはじめた。

「この会議に出席することにご賛同いただき、ありがとうございます。通常、未来のビジネス・パートナーとの会議の席では、バイナリー・ディザイアがいかにして、より広範なマーケットに商品を届ける一助となるかという話をさせていただくのですが、みなさんに対してそういう話をするつもりはありません。この会議の目的は、みなさんのディジエントが敬意をもって扱われると納得していただくことです。弊社は、単純なオペラント条件づけを通じて性的能力を与えられたペットを望んでいるわけではありません。もっと高い、パーソナルなレベルでセックスする存在を望んでいるのです」

スチュアートが声をあげた。「ディジエントはセックスと無縁なのに、どうやってそれを達成する?」

チェイスは間髪を容《い》れずに答えた。「最短で二年間のトレーニングを実施します」

アナはびっくりした。「大きな投資ね。ディジエント・セックスドールの訓練期間はふつう二週間だと思ったけど」

「通常、ソフォンス系ディジエントが使用されるためです。彼らの場合、たとえ二年かけて訓練しても、二週間訓練した場合以上にすぐれた性的パートナーになることはありません。具体的にどういう結果が得られるかにもしご興味があるなら、マリリン・モンローのアバターを着たドレイタたちのハーレムが見つかる場所をお教えします。全員が甘い声で、『大きいの舐めたい』とねだるようなタイプの」

アナは、ユーザーグループの他の数人ともども、思わず吹き出した。「いえ、けっこうです」

「弊社が求めているのは、そういうものではありません。パブリック・ドメインのディジエントを複製して、報酬マップを書き換えることはだれにでもできます。わたしどもは、本物の個性を持った性的パートナーを提供したいと思っていますし、そのために必要な投資と努力は惜しまないつもりです」

「それで、その訓練はどういう内容なの？」とうしろの席のヘレン・コスタスがたずねた。

「まず最初は、セックスの発見と探求です。解剖学的に正確な人体のアバターをディジエントに与え、性感帯を持つことに慣れてもらいます。ディジエント同士がセックスを実地に体験するよう促し、性的な存在としての経験を積んだうえで、自分にとって快適なジェンダーを選べるようにします。その段階では学習の大半がディジエント間だけで行われるので、リアルタイムよりも高速で走らせる期間もあるかもしれません。じゅうぶんな経験を得たら、ディジエントと人間のパートナーとのあいだに絆を結ばせます」

「彼らが特定の人間と絆を結ぶとどうしてわかる？」とデレク。

「うちのプログラマが、シェルターにいるニューロブラスト系ディジエント数体でテストしました。幼すぎてわたしたちの目的には適しませんが、彼らは愛着の情を発達させました。データを分析した結果、年長のディジエントからも同様の愛情を引き出すことができると判断しました。ディジエントがある人間と知り合うと、性的なものかどうかにかぎらず、両者のつきあいの感情的な側面を強化するようにします。そうやって、ディジエントの中に愛を生み出すのです」

「インスタントラポートのディジエント版みたい」とアナ。

「似たようなものですが、もっと効果的だし、特定の相手に合わせてカスタムチューンされます。ディジエントにとっては、自発的に恋に落ちるのと区別できないでしょう」

「カスタムチューニングは、最初のトライでやれることじゃないと思うけど」

「ええ、もちろん。ディジエントが恋に落ちるには数カ月かかると見積もっています。その期間中、わたしたちは顧客と一緒に、ディジエントをさまざまなチェックポイントに何度も巻き戻し、いろんな調整を試してみて、感情的な絆がしっかり結ばれるようにします。

アナさんがブルー・ガンマに勤めていた当時、ブリーディング・プログラムでおこなっていたことと似たようなものです。ただ、それを特定の顧客用にあつらえるだけで」

アナは全然違うと反論しかけたが、思い直した。必要なのはこの女性のセールストークを聞くことで、論破することではない。「いいたいことはわかるわ」

デレクが口を開き、「もし恋をさせることができたとしても、ぼくらのディジエントはだれも、本物らしいマリリン・モンローにはならないぞ」

「ええ、でもそれが弊社の目的ではありません。わたしたちがディジエントに与えるアバターは人間型《ヒューマノイド》であって、人間ではありません。つまり、人間との性体験を複製するつもりはないんです。人間ならざるパートナーを提供したいんですよ。チャーミングで、愛情にあふれ、純粋にセックスに夢中になるような。バイナリー・ディザイアは、これが新たな性のフロンティアだと信じています」

「新たな性のフロンティア？」とスチュアート。「変態性欲を一般化して、主流にしようとでも？」

「そういういいかたもできますね。しかし、べつの見方をしてみてください。健全なセックスという概念の幅は時代とともにたえず広がってきました。ホモセクシュアリティや嗜虐性行為《BDSM》や複数恋愛《ポリアモリー》は、かつてはどれも、精神に問題を抱えている証拠だと見なされました。しかし、それらの中に、恋愛関係と両立しえないものはなにひとつありません。問題は、社会が人間の欲望に異常という烙印を捺すことです。いずれはディジエント・セックスも、それらの例とおなじように、まっとうなセクシュアリティ表現のひとつとして受け入れられるようになると、わたしどもは信じています。しかしそのためには、それについてオープンかつ誠実に対応し、ディジエントが人間だというふりをしないことが必要です」

チェイスがグループに書類を送信したことを示すアイコンが画面上にあらわれた。

「弊社が提案する契約書の写しをお送りしましたが、口頭で要約させてください。バイナリー・ディザイアは、みなさんのディジエントの非独占的使用権とひきかえに、ニューロブラストをリアルスペースに移植する費用を負担します。弊社の製品と競合しないかぎり、みなさんはディジエントの複製をつくり、販売する権利を保持しています。もし弊社から発売したみなさんのディジエントが一定数以上売れた場合には、ロイヤリティもお支払いします。加えて、みなさんのディジエントは自分たちの行為を楽しむことになるでしょう」

「オーケイ、ありがとう」とアナ。「契約書を検討して、結果を返信します。これでもういいかしら？」

チェイスはにっこりした。「いえ、あともうすこし。エスクローを解除する前に、このチャンスを利用して、みなさんがお持ちかもしれない心配を解消しておきましょう。気を悪くすることはないと保証します。みなさんが懸念しているのは、この事業の性的な側面ですか？」

アナはためらったが、やがて口を開いた。「いいえ。強要よ」

「それでしたら、いかなる強要もありません。絆を結ぶ過程は、ディジエントもオーナーと同様、それを楽しむようになることを保証します」

「でも、彼らがなにを楽しむかについて、選択の余地はないんでしょ」

「人間だってそんなに違わないでしょう。少女だったころ、わたしは男の子とキスすることなんかぜんぜん興味がなかった。もし判断がわたしにまかされていたら、ずっとそのままだったでしょう」チェイスは、いまの自分がキスをどんなに楽しんでいるかを示すように、てれたような笑みをかすかに浮かべた。「わたしたちは、好むと好まざるとにかかわらず、性的な存在になるのです。バイナリー・ディザイアがディジエントに加える変更もそれと変わりません。それどころか、たぶん、もっといいものになります。人間の中には苦難の一生を送る原因となるような性的嗜好を背負い込む者もいますが、ディジエントにはそういうことは起こりませんから。個々のディジエントに関しては、相性がぴったりの性的パートナーとペアになります。強要なんかではなく、究極の性的充足です」

「でも、本物じゃない」アナは思わず叫び、とたんに後悔した。

それは、まさしくチェイスが待っていたきっかけだった。「どう違うんです？」とチェイスはたずねた。「ディジエントたちに対するみなさんの感情は本物だし、みなさんに対するディジエントたちの感情は本物。みなさんとディジエントが非性的な絆を持つことができて、それが本物なのだとしたら、人間とディジエントのあいだの性的な絆がどうして本物じゃないと？」

アナはしばし言葉を失ったが、デレクが割って入った。「こういう哲学論争はいつまでもつづけられる。要は、ぼくらが何年もかけてディジエントを育ててきたのは、大人のおもちゃにするためじゃないってことだ」

「お気持ちはよくわかります」とチェイス。「それに、この契約を交わすことは、みなさんのディジエントの複製が他のなにかになることを妨げません。しかし、いま現在、みなさんのディジエントは、どんなにすばらしい存在であっても、労働市場で求められるような職務技能を持っていませんし、いつそれを獲得できるかもわかりません。ほかにどうやって、必要な資金を得るんでしょうか」

おなじことを自問してきた女がこれまでに何人いるだろうと、アナは思った。「だから、最古の職業に就けと」

「そういういいかたもできますね。しかし、もう一度いわせていただければ、ディジエントはいかなる強制の対象になるわけでもありません。経済的な強制さえないんです。もしわたしたちが性的欲望の模造品を売りたいのなら、もっと安価な方法があります。この事業の最大のポイントは、欲望の模造品のかわりになるものを生み出すことです。セックスは、両方の側が楽しんでいる場合にこそ、よりよいものになるとわたしたちは信じています。経験としてベターな、社会にとってベターなセックスが目標なのです」

「とても立派な話に聞こえるけど、性的拷問が趣味の人たちはどうなの？」

「わたしたちは、合意のない性的行為を許容しませんし、ディジエントとのセックスもそれに含まれます。いまお送りした契約書には、ブルー・ガンマがインストールしていた強制停止スイッチ《サーキット・ブレーカー》を最高水準のセキュリティ・コントロールで強化したうえで今後も維持することが明記してあります。申し上げたとおり、セックスは、両方の側が楽しんでいる場合にこそ、よりよいものになると信じています。それが弊社の信念です」

「みんな、承認するだろう？」フィーリクスがグループに向かっていった。「彼らはあらゆる可能性についてあらかじめ考慮している」

ユーザーグループのメンバー数人がフィーリクスをにらみつけた。チェイスさえ、よけいな口出しをされたという表情を浮かべていた。

「みなさんが出資者を探しはじめたときに期待していたものと違うことは承知しています」とチェイスはいった。「しかし、最初の拒否反応を抑えて、その先をごらんになれば、わたしどもの提案が全員にとって利益になることがわかっていただけると思います」

「検討してから結果を伝えるよ」とデレク。

「弊社の提案に耳を傾けていただき、ありがとうございました」とチェイス。画面上にウィンドウがポップアップし、預託金がエスクローから解除されたことを告げた。「最後にひとつだけ。もし他社からアプローチがあった場合には、細目に気をつけてください。おそらく、うちの弁護士がつけ加えるよう助言した条項が含まれているはずです。すなわち、ブレーカーを解除したうえでディジエントを他社に転売することを認めるという条項です。それがなにを意味するかはおわかりですね」

アナはうなずいた。エッジプレーヤーのような会社に拷問の道具として転売されるかもしれないことを意味している。

「バイナリー・ディザイアは、その件について、弁護士の助言を無視しました。わたしどもの契約書は、強制されないセックス以外の目的にディジエントが使用されないことを保証します。おなじことを保証する会社があるかどうか、たしかめてください」

「ありがとう」とアナはいった。「また連絡します」

＊

バイナリー・ディザイアとの会議に出席したときは、純粋に形式的なもの、向こうのセールストークに耳を貸して金を稼ぐだけだと思っていた。その売り文句を聞いたいま、アナはじっくり真剣に考えはじめていた。

アナは、バーチャル・セックスの世界にひさしく関心を持ってこなかった。最後に利用したのはカレッジ時代にまで遡る。当時のボーイフレンドが一学期まるまる海外に行くことになり、彼が出発する前、一緒にペアの周辺機器を買った。目立たない硬いケースの中にシリコン製のすごいやつが入っていて、相手のシリアルナンバーで相互にディジタル・ロックされ、それぞれのバーチャル性器の貞節が守られる仕組みだった。最初の二、三回は意外と楽しかったが、しばらくしてもの珍しさが薄れると、このテクノロジーの欠点が明白になってきた。キスのないセックスは悲しいほど不完全だったし、彼の顔から数センチの距離に自分の顔を近づけたり、相手の体重を自分の体に感じたり、ムスクの香りを嗅いだりすることがひたすら恋しかった。どんなにカメラを近づけようと、たがいの姿を画面で見ることはそのかわりにならない。アナの肌は恋人の肌に対して、どんな周辺機器にも満たすことのできない飢えを感じ、学期が終わるころには欲求不満で爆発しそうになっていた。もちろん、その当時からすればテクノロジーははるかに向上しているだろうが、いまも親密さには乏しい。

物理的な身体をまとっているジャックスとはじめて対面したとき、画面越しに見るのとどんなに違っていたかをよく覚えている。ディジエントが人形の中にいるとしたら、セックスはもっと魅力的に感じられるだろうか。いいえ。ジャックスの顔をまっすぐ正面から見て、レンズの汚れを拭き取ったり、ボディに傷がついていないかたしかめたり何度もしたけれど、人間のそばにいる感覚とはくらべものにならない。ディジエントが相手だと、心理的縄張り《パーソナル・スペース》に入ってこられたという感じがぜんぜんしない。犬があおむけになっておなかを掻いてもらうときの信頼感さえない。ブルー・ガンマでは、その種の自己防衛をディジエントに刷り込まないことを選んだが――彼らの製品に関しては意味がない――もしそういう、克服すべき障壁がないとしたら、肉体的親密さはなにを意味するだろう？　人間にじゅうぶん近い性的興奮反応をディジエントに植えつけ、セックスのさいに双方のミラーニューロンが発動するようにすることは可能だろう。しかし、バイナリー・ディザイアは、裸になることに伴う無防備さや、あなたの前で喜んで裸になりたいと相手に伝えることの意味について、ディジエントに教えられるだろうか。

もっとも、そういうことはたぶんなにひとつ問題にならない。アナはビデオ会議の録画を再生し、人間ならざるものとのセックスは新たなフロンティアだというチェイスの言葉に耳を傾けた。そもそも、人間とのセックスとおなじものではなく、べつの種類のセックスになるはずなのだから、べつの種類の親密さが伴うのだろう。

アナは、動物園で働いていたころに起きた出来事を思い出した。ある雌のオランウータンが死んだとき、スタッフ全員が悲しんだが、中でも、そのオランウータンのお気に入りだった訓練係は身も世もなく泣き崩れた。とうとう彼は、その雌とセックスしていたことを告白し、その後まもなく解雇された。アナはもちろんショックを受けたが、さらに衝撃だったのは、彼は動物性愛者としてアナが勝手にイメージしていたような気味の悪い変態ではなかったということだ。彼の悲しみは、恋人を失った男のように深く純粋だった。彼に結婚歴があったことも、アナには驚きだった。動物性愛者は、人間の交際相手を見つけられない人たちだろうと思っていたからだ。しかしそれは、飼育係に関するステレオタイプのイメージ――人間とうまくやっていけないから動物相手の仕事をしている――を信じるようなものだと気がついた。そのときとおなじように、アナは今度も、自分の考えをきちんと整理しようとした。動物との性的でない関係は健全なのに、性的な関係はなぜ健全たりえないのか。動物の側から与えられる限定的な同意が、動物をペットとして飼う場合にはじゅうぶんなのに、なぜセックスする場合にはじゅうぶんではないのか。今度もまた、という個人的な嫌悪感に根ざしていない論拠を考え出すことはできなかった。不愉快だからというのが説得力のある答えになるとは思えない。

ディジエント同士がセックスするのはどうなのかという問題は、これまでもときおり議論されてきたが、アナはいつも、ディジエントのオーナーはセックスに対処する必要がなくて幸運だと思っていた。動物の場合、性的成熟を機に手に負えなくなることが多いからだ。ジャックスの場合には、外科手術で中性化することにまつわる罪悪感さえ存在しない。彼の本質の基本的な一面を剝奪するわけではない。しかしいま、フォーラムでおこなわれている議論のスレッドは、アナにさまざまなことを考えさせた。

投稿者：ヘレン・コスタス
だれかがわたしのディジエントとセックスすることなんか考えたくないけど、でも、思い出してみると、親というのは、いつだって、自分の子どもがセックスすることについて考えたがらないものよね。

投稿者：マリア・チェン
そのアナロジーはまちがってる。親は子どもが性的に成長することを止められないけれど、わたしたちには止められる。ディジエントには、人間の成長過程における性的な側面を真似る本来的な必要性が存在しない。擬人化した投影に走らないで。

投稿者：デレク・ブルックス

なにが本来的なんだい？　ディジエントには、魅力的な個性やキュートなアバターを持つ本来的な必要性もないけど、それでももっともな理由はある。そういうものによって人間が彼らと一緒に過ごす可能性が高くなるし、それはディジエントにとってはいいことなんだ。

バイナリー・ディザイアのオファーを受けるべきだと言いたいわけじゃない。でも、僕らが自問すべきなのは、ディジエントに性を与えたら、人々がディジエントを愛する助けになるのかどうか。つまり、ディジエントにとってそれがいいことなのかどうかだ。

ジャックスが性を持っていないことは、人生のプラスになるような経験から彼を遠ざけているんだろうかと、アナは自問した。ジャックスに人間の友だちがいることは歓迎している。ニューロブラストのリアルスペース移植を望むのも、ジャックスがそういう関係を維持し、強化できるようにするためだ。しかし、関係の強化はどこまで進められるのか？　どこまで近い関係を結べば、セックスが問題になってくるのか？

その夜の後刻、アナはデレクの発言に対する返信を投稿した。

投稿者：アナ・アルヴァラード

デレクの発言はいい問題提起だと思う。でも答えがイエスだとしても、バイナリー・ディザイアのオファーを受け入れるべきだということにはならない。

もし自慰のためのファンタジーを求めているなら、ふつうのソフトウェアを使えばいい。通販の花嫁を買ってインスタントラポートを一ダースも貼りつけるべきじゃない。でも、バイナリー・ディザイアが顧客に与えようとしているのは、本質的にはそういうこと。わたしたちがディジエントに与えたいのはそういう人生なの？　データアースの押し入れの中でしあわせに暮らせるように、仮想エンドルフィンを大量投与することもできるけど、でも、わたしたちは彼らを愛しているからそんなことはしない。ディジエントに対してそれ以下の敬意しか抱かないような人に、彼らを任せたくない。

ディジエントとのセックスという考えが最初は気に入らなかったのは認める。でもいまは、原則としてはそれに反対しない。自分でやってみようとは思わないけれど、ほかの人がそうしたいと思うことに関しては、それがディジエントを搾取するようなセックスでないかぎり、もう問題だとは感じない。ある程度のギブ・アンド・テイクがあるとしたら、たぶん、デレクが書いてるとおり、人間にとってと同様、ディジエントにとってもいいことなんでしょう。でも、人間が自由にディジエントの報酬マップをカスタマイズしたり、感情がうまく調整されたインスタンス化ができるまで巻き戻しつづけたりするとしたら、ギブ・アンド・テイクはどこにあるの？　バイナリー・ディザイアは、購入したディジエントの初期設定をまったくいじる必要がないと顧客に宣伝している。セックスが含まれるかどうかは問題じゃない。こんなの、ほんとうの関係じゃないのよ。

＊

ユーザーグループのメンバーはだれでも個人個人でバイナリー・ディザイアの提案を受ける自由が認められていたが、アナの主張に説得力があったため、当面はだれも受諾しなかった。会議の数日後、デレクは、当事者であるマルコとポーロにも、なにが起きているのか知る権利があると考えて、バイナリー・ディザイアの提案について説明した。ポーロはバイナリー・ディザイアが望んでいる改良に興味を示した。ポーロは、自分が報酬マップを持っていることは知っていたものの、それを編集することがなにを意味するか考えたことがなかった。

「自分の報酬マップを編集するのは楽しいかもね」とポーロ。

「だれかのために働いてるときは、報酬マップを編集できないよ」とマルコ。「できるのは法人になったときだけ」

ポーロがデレクに向かって、「それ、ほんと？」

「いや、おまえたちがもし法人になったときでも、たぶんそれは認めない」

「ねえ」とマルコが抗議した。「ぼくらが法人になったら、なんでも自分で決めていいといったよ」

「たしかにそういった」とデレク。「でも、自分の報酬マップを自分で編集することまでは考えてなかった。それはすごく危険なことになりかねない」

「でも、人間は自分の報酬マップを自分で編集できる」

「はあ？　人間はそんなことできないよ」

「セックスのときに人間が飲む薬は？　シンインザイとか」

「催淫剤。一時的な効果だよ」

「インスタントラポートも一時的？」とポーロ。

「ちょっと違う。でも、人間がそれを使うときは、たいていあやまちを犯している」とくに会社が給料を払って社員に強制するときはね、とデレクは心の中でつけ加えた。

「ぼくが法人化したら、自由にあやまちが犯せる」とマルコ。「それがポイント」

「まだ法人化する準備はできてない」

「デレクがぼくの決断を気に入らないから？　準備ができたっていうのは、いつもデレクとおなじ意見になること？」

「法人化したとたん報酬マップを編集するつもりなら、まだ準備はできてない」

「編集したいとはいってないよ」とマルコが強調した。「そんなことしたくない。法人化したら、自由にできるといったんだ。そこ、違う」

デレクはしばし口をつぐんだ。たやすく忘れてしまうが、それは、ユーザーグループがディジエントの法人化に関するフォーラム上の議論の結果たどりついた結論とおなじだった。法人格が、たんなる言葉の遊び以上のものだとしたら、法人化は、ディジエントに一定の自主性を認めることでなければならない。「ああ、そうだね。法人化したら、それはあやまちだとぼくが考えることも、おまえたちは自由にやれるようになる」

「よかった」満足したようにマルコはいった。「ぼくの準備ができたとデレクが決めるのは、ぼくがデレクとおなじ意見になるときじゃない。たとえぼくがデレクとおなじ意見でなくても、法人化はできる」

「そのとおり。でも、頼むから、自分の報酬マップを編集したりしたくないといってくれ」

「うん。しない。危険なの知ってるから。まちがいを直すことを自分で止めるみたいなまちがいをするかもしれない」

デレクはほっとした。「ありがとう」

「でも、バイナリー・ディザイアにぼくの報酬マップを編集させる、それなら危険でない」

「ああ、危険じゃない。でもやっぱり悪い考えだ」

「同意しない」

「なに？　バイナリー・ディザイアがなぜ編集したいと思ってるのか、理解してないんだな」

マルコはいらだたしげな表情になった。「理解してる。彼らが好きにならせたいと思うものをぼくが好きになるようにする。いまのぼくがそれを好きでなくても」

マルコはたしかに理解している。「なのに、それはまちがいじゃないと？」

「どうしてまちがい？　ぼくがいま好きなものを好きでいるのは、ブルー・ガンマがそれを好きにならせたから。それ、まちがいでない」

「ああ、でも、それとは違う」どう説明したものか、デレクはちょっと思案した。「ブルー・ガンマはおまえたちが食べものを好きになるようにした。でも、どの食べものが好きになるかをいちいち決めたりしなかった」

「だからなに？　あまり違わない」

「違うよ」

「編集されたくないディジエントを編集するとしたら、まちがいだと同意する。でも、ディジエントが編集されることに同意していたら、まちがいでない」

デレクはしだいにいらだちが募ってくるのを感じた。「じゃあおまえは、法人になって自分で自分のことを決めたいのか、それともだれかにかわりに決めて欲しいのか、どっちなんだ？」

マルコはしばらく考えてから、「たぶん、両方やってみる。一個のコピーのぼくは法人になり、もう一個のコピーのぼくはバイナリー・ディザイアで働く」

「自分のコピーができるのは気にならないのか？」

「ポーロはぼくのコピーだもん。それ、まちがいでない」

デレクは困りはてて議論を打ち切り、勉強しなさいといってディジエントたちを送り出した。しかし、マルコの言葉をあっさり忘れてしまうわけにはいかなかった。マルコの主張は、ある点ではもっともだ。しかし、その一方、デレクはカレッジ時代の経験から、論争に勝てることが成熟とイコールではないことをよく知っている。これがはじめてというわけではないが、デレクはあらためて、ディジエントにも法律の定める成人年齢があればいいのにと思った。それがない以上、マルコがいつ法人化の準備ができたのかを判断するのは、ひとえにデレクの責任ということになる。

バイナリー・ディザイアの提案の後遺症に悩まされているのはデレクだけではなかった。次にアナと話をしたとき、カイルとの最近のいさかいについて愚痴をこぼした。

「バイナリー・ディザイアのオファーを受けるべきだってカイルはいうのよ。わたしがポリトープの職を受けるのに比べたら、ずっといい選択肢だって」

これまたカイルに難癖をつけるチャンスだが、どう対処したものか。結局、デレクが口にしたのは、「ディジエントを改良するのはたいしたことじゃないと思ってるからだろ」だった。

「そのとおり」アナは憤懣やるかたない顔だった。「インスタントラポートのパッチを装着するのはたいしたことじゃないなんていうつもりはないの。もちろん、たいした問題だと思う。でも、わたしが自主的にインスタントラポートを使うのと、バイナリー・ディザイアがディジエントに恋愛プロセスを押しつけるのとでは、大きな違いがある」

「とてつもなく大きな違いだ。でも、それについてはおもしろい質問があるんだ」デレクは、マルコとポーロと交わした会話についてアナに話した。「マルコが議論のための議論をしていたのかどうかよくわからないけど、それで考え込んじゃって。もしバイナリー・ディザイアが加えようとしている変更を喜んで受けたいと思うディジエントがいるとしたら、話は違ってくるかな」

アナは考え込むような顔になった。「どうかしら。たぶん」

「成人がインスタントラポートの使用を選ぶ場合、ぼくらには反対する根拠がない。ジャックスやマルコが同様にしたいと思う場合、その決心を尊重してやるにはなにが必要？」

「彼らが成人する必要がある」

「でも、その気になればあしたにでも、定款を作成して法人を設立できる。そうすべきじゃないとどうして断言できる？　いつかジャックスに、きみにとってのポリトープの仕事とおなじく、バイナリー・ディザイアの提案を受けることで自分がどうなるのかきちんと理解したといわれたら？　きみが彼の決断を受け入れるにはなにが必要？」

アナはしばらく考えた。「その決断が経験に基づいているかどうかだと思う。ジャックスはだれかと恋愛関係を結んだことも、仕事を持ったこともない。バイナリー・ディザイアのオファーを受けることは、その両方を、もしかしたら永遠につづけることを意味している。結果がこの先の一生を左右するとしたら、決断を下す前に、そういう方面についてある程度の経験を積んでいてほしいと思う。経験したあとなら、本気で反対することはできないでしょうね」

「なるほど」とデレクがうなずいた。「マルコと話してるとき、それを思いつけばよかった」経験を積ませるためには、ディジエントを性的な存在に改造することになるが、ただし、販売する意図はない。ユーザーグループにとっては、また新たな出費になる。たとえ、ニューロブラストの移植が実現したあとだとしても。「でも、それには長い時間がかかるだろう」

「もちろん。でも、ディジエントに性を与えるのを急ぐ必要はないわ。ちゃんとやれるようになるまで待つほうがいい」

成人年齢を低くする危険を冒すより、高く設定したほうがいい。「そして、それまで彼らを後見するのがぼくらの役目だ」

「そうよ！　あの子たちの必要を第一に考えないと」アナは合意できたことに感謝しているようだった。デレクは、それを与えられてうれしかった。そのとき、アナの顔にまた陰が差した。「カイルがわかってくれたらいいんだけど」

デレクはうまい返答を探した。「ぼくらみたいにディジエントと長い時間を費やしていないかぎり、だれにもわからないんじゃないかな」カイルを非難する意図はなかった。心の底からデレクが思っていることだった。

9

バイナリー・ディザイアの提案から一カ月が過ぎ、アナはニューロブラスト系ディジエント数名と一緒に、私設データアースでお客の到着を待っていた。マルコはロリーにお気に入りのゲームドラマの最新エピソードのことを説明し、ジャックスは自分で振り付けを考えたダンスを練習していた。

「見て」とジャックスがいった。

アナは、ジャックスが一連のポーズを高速でくりかえすのを見守った。「いいわね、お客さんが着いたら、つくったものの話をするのよ」

「わかってる。もう聞いた聞いた聞いたよ。着いたらダンスをやめる。いまは楽しんでるだけ」

「ごめんね、ジャックス。ちょっと神経質になってるの」

「ぼくのダンスを見てて。気分がよくなるよ」

アナはにっこりした。「ありがとう。そうしてみる」深呼吸して、リラックスしなさいと自分にいい聞かせる。

ポータルが開き、アバターが出てきた。ジャックスはただちにダンスをやめ、アナは自分のアバターを歩かせてお客を出迎えた。画面上の注釈は、訪問者の名をジェレミー・ブラウアー、フランク・ピアスンと表示している。

「すんなり入れましたか」とアナ。

「ええ」とピアスン。「いただいたログイン情報は問題なく機能しました」

ブラウアーが周囲を見まわした。「古き良きデータアース」アバターが灌木の枝をひっぱってから放し、枝が揺れるのを見守った。「テサンがはじめてここを公開したとき、ものすごくわくわくしたのを覚えてますよ。技術の最先端だった」

ブラウアーとピアスンは、家事ロボットメーカーのエクスポネンシャル・アプライアンスに勤めている。ロボットは古典的なAIの応用例だった。彼らの技能は学習されるのではなく、あらかじめプログラムされている。たいへん便利な、役立つ存在だが、その一方、本来の意味での意識はない。エクスポネンシャルは、定期的に新バージョンのロボットをリリースし、消費者が夢見るAIにまた一歩近づいたと毎度のように宣伝している。たとえば、電源を入れた瞬間から百パーセント忠実でよく気がつく執事ロボットとか。こうした一連のアップグレード戦略は、アナにいわせれば、地平線に向かって歩いていくようなものだ。前進しているという幻想は与えるが、現実には、目的地にまったく近づいていない。しかしそれでも、消費者はロボットを購入し、それがアナのあてにしているエクスポネンシャルの健全な収支を支えている。

アナが期待しているのは、ニューロブラスト系ディジエントのために執事の職を手に入れることではない。その種の仕事をするには、ジャックスたちの性格がわがますぎるのは明らかだ。ブラウアーとピアスンは商業部門の人間でさえなく、エクスポネンシャルが設立された理由である研究部門に属している。家事ロボットは、エクスポネンシャル社にとって、研究資金を調達するための手段でしかない。真の目的は、科学技術者にとっての夢のAIを実現することだった。感情やボディに邪魔されない純粋な認識の天才、深遠かつクールで、なおかつ思いやりがある知性。彼らはソフトウェア版のアテナが成熟した姿で誕生するのを待っている。いつまでも永遠に待ちつづけることになるでしょうね、と口にするのは失礼だとしても、アナはニューロブラスト系ディジエントが有望な代案になりうるとふたりを納得させたいと願っていた。

「ともあれ、わざわざおいでいただいてありがとうございます」とアナはいった。

「こちらに伺うのを楽しみにしていました」とブラウアー。「累積実行時間が、ほとんどのオペレーティング・システムの寿命よりも長いディジエントなんて、めったにお目にかかれませんからね」

「ええ、そうでしょうね」彼らがやってきたのは、ビジネスの提案を真剣に受けとめたためというよりも、ノスタルジーのためだったらしい。まあ、とにかく彼らがここに来てくれたのだから、理由はなんでもいい。

アナはふたりをディジエントたちに紹介した。ディジエントは、自分たちがとりくんでいるプロジェクトのささやかなデモンストレーションを披露した。ジャックスは、自分で組み立てた、ダンスによって演奏する一種のシンセサイザーみたいな仮想楽器。マルコは、ふたりが協力して遊ぶことも競争して遊ぶこともできる、自分でデザインしたパズル・ゲーム。ブラウアーがとくに興味を示したのは、作成中のプログラムを披露したロリーだった。ジャックスやマルコと違って、ロリーは本物のコードを書いている。しかし、ロリーの腕が人間の新米プログラマと変わらないことが判明すると、ブラウアーは目に見えてがっかりしたようすだった。ディジエントであることがこの分野に関して特別な適性を与えるのではないかと期待していたらしい。

ディジエントたちとしばらく話をしたあと、アナはエクスポネンシャルの訪問者と一緒にデータアースからログアウトして、ビデオ会議に切り替えた。

「すばらしいですね」とブラウアーがいった。「むかし、自分でも飼ってましたが、赤ちゃん言葉から先にはたいして進まなかった」

「ニューロブラスト系ディジエントを育ててたんですか？」

「ええ、もちろん。発売されるなり飛びつきましたよ。あなたのとおなじく、ジャックスのインスタンスでした。フィッツと名前をつけて、一年ほどつきあいました」

この男はかつて赤ん坊のジャックスを育てていたわけか、とアナは思った。ストレージのどこかに、この男をオーナーとして知っている赤ん坊バージョンのジャックスが眠っている。声に出して、アナはいった。「飽きちゃったんですか？」

「飽きたというより、限界に気づいたんですよ。ニューロブラスト・ゲノムはまちがったアプローチだということがわかった。たしかにフィッツは利口でしたが、彼がなにか役に立つ仕事をできるようになるまでには永遠の時間がかかるだろうと。あなたには脱帽しますよ、ジャックスとこんなに長くつきあってこられたとはね。みなさんがなしとげた偉業にはつくづく感心しました」まるで、世界最大の爪楊子《つまようじ》彫刻を完成させた相手を誉め称えるような口調だった。

「いまもニューロブラストはまちがったアプローチだと思ってますか？ジャックスになにができるかは、いまごらんになったとおりです。エクスポネンシャルにあれと張り合えるようなものがありますか？」思っていたよりきつい口調になってしまう。

ブラウアーの反応は穏やかだった。「わたしたちが求めているのは人間レベルのAIではなく、超人的なAIです」

「人間レベルのAIは、その方向へ向かう一歩ではない、と？」

「もしそれが、あなたのディジエントが見せてくれたようなものだとしたら、たしかに違いますね」とブラウアー。「ジャックスがいつか雇用条件にかなうようになるとは断言できない。プログラミングの天才になることはいうにおよばず。こうして見るかぎり、彼は上限に達している」

「わたしはそうは――」

「でも、たしかなことはわからない」

「わかっているのは、ニューロブラスト・ゲノムが彼のようなディジエントを生み出せるなら、あなたが求めているくらい利口なディジエントも生み出せるということです。ニューロブラスト系ディジエント版のアラン・チューリングが生まれるのを待ってるんですよ」

「いいでしょう、それが正しいとしましょう」ブラウアーは明らかにアナの機嫌をとっていた。「そのチューリングを見つけるまで、何年かかります？　第一世代を育てるだけでも、すでに彼らを実行するプラットフォームが時代遅れになるくらい長い年月がかかっている。チューリングが出現するまで、何世代かかりますか？」

「つねにリアルタイムで実行しなければならないわけじゃありません。集団として自立できるだけの個体数になった時点で、人間とのやりとりに頼る必要がなくなります。野生化のリスクなしに彼らの社会を温室スピードで走らせて、その結果をたしかめることができます」

実際は、アナ自身、このシナリオからチューリングが誕生するとはとても思えなかったが、何度となく議論の練習を重ねてきたから、心からそう信じているような口調で話すことができた。

しかし、ブラウアーのほうは説得されなかった。「リスクのある投資の話をしましょう。あなたはひと握りのティーンエージャーをわれわれに見せて、彼らが大人になったときに天才を生み出す国を築くことに期待して、教育費用を負担してほしいとおっしゃっている。失礼ながら、当社の資金には、もっといい使い途《みち》があるような気がしますね」

「でも、手に入るもののことを考えてみてください。わたしたちは何年もの時間と労力を費やしてディジエントたちを育ててきました。人を雇って他のゲノムでおなじことをさせるコストにくらべれば、ニューロブラストの移植はずっと安くつきます。それに、潜在的な見返りは、まさに御社が求めているものじゃありませんか。ハイスピードで仕事のできるプログラミングの天才が超人的な知性を自力で獲得する。うちのディジエントがいまゲームを発明できるとしたら、その子孫になにができるか想像してみてください。そしてみなさんは、その全員から利益を得られるんです」

ブラウアーが答えようとしたとき、ピアスンが不意に口をはさんだ。「ニューロブラストの移植を望むのはそのためですか？ 超知性を持つディジエントがいずれなにを発明するのか知りたいから？」

ピアスンがじっとこちらを見ているのはわかった。嘘をついても無駄だろう。「いいえ。わたしの望みは、ジャックスに豊かな人生を送るチャンスを与えることです」

ピアスンはうなずいた。「いつかジャックスを法人にしたいと思ってるんですね？ ある種の法的な人権を与えたいと？」

「ええ、そう思っています」

「きっと、ジャックスもおなじことを願ってるんでしょうね。法人化したいと？」

「おおむねそのとおりです」

ピアスンは、やっぱりそうかというように、またうなずいた。「われわれにとってそれは契約上の致命的欠点《ディールブレーカー》ですね。話し相手として楽しいのはいいことですが、あなたがたが注いできた愛情のおかげで彼らは自分たちを人間と考えている」

「どうしてそれがディールブレーカーになるんです？」とたずねたが、答えはもうわかっていた。

「われわれが求めているのは、スーパーインテリジェントな従業員ではありません。スーパーインテリジェントな製品です。あなたが提供するとおっしゃっているのは前者です。みなさんのことは責められません。これだけ長い年月を費やしてディジエントを教えてきて、なおかつ製品だと見なすことは不可能でしょう。でも、われわれのビジネスは、その種の感傷とは無縁なんですよ」

アナがこれまであえて無視してきた問題を、いまピアスンがあからさまに指摘した。エクスポネンシャルの目標とアナの目標は根本的に両立しえない。彼らが望んでいるのは、人間のように反応はするけれど、それに対して人間とおなじ義務は負う必要がない存在だ。アナにはそれを提供することができない。

だれも提供できない。そんなものを生み出すのは不可能だ。ジャックスを育てるために費やした歳月は、たんに彼を楽しい話し相手にしただけでも、趣味やユーモア感覚を与えただけでもない。その歳月が、エクスポネンシャルが求めているすべての性質を彼に与えた。現実世界で楽々と動きまわれること、新たな問題を解決するときの創造性、重要な決断をゆだねられる判断力。人間をデータベース以上に価値あるものとしている性質は、ひとつ残らず、経験の産物なのだ。

ブルー・ガンマのポリシーは、あのころ考えていた以上に正しかった。アナは彼らふたりにそのことをいいたかった。経験は最上の教師であるばかりか、唯一の教師でもある。もしアナがジャックスを育てることでなにか学んだとすれば、それは、近道などないということだ。この世界で二十年生きてきたことから生まれる常識を植えつけようとすれば、その仕事には二十年かかる。それより短い時間で、それと同等の発見的教授方法をまとめることはできない。経験をアルゴリズム的に圧縮することはできない。

その経験すべてをスナップショットに撮って無限に複製することができたとしても――その複製を安価で販売したり、無料で配布したりしたとしても――そうして生まれたディジエントそれぞれは、人生を生きてきたことになる。それぞれが、世界を新しい目で見つめ、望みを満たされ、望みをくじかれ、嘘をつくのと嘘をつかれるのとがどんな気分かを学んできたことになる。

つまり、そうしたディジエントそれぞれが尊敬に値するということだ。そういう尊敬を、エクスポネンシャルは自社製品に与えることができない。

アナは最後にもう一度だけトライしてみた。「だとしても、わたしたちのディジエントは従業員として会社に利益をもたらすことができます。あるいは――」

ピアスンが首を振った。「みなさんが目指していることは高く評価しますし、成功を祈っていますが、エクスポネンシャルにとっては良縁ではありません。もしニューロブラスト系ディジエントが製品になるなら、潜在的利益はリスクを冒すに値するかもしれません。しかし、彼らが従業員になるだけなら、事情が違います。それだけ小さな見返りのために、これほど大きな投資をすることはできません」

もちろんね。アナは心の中でいった。だれにできる？　狂信的なだれか、愛に突き動かされた人間だけ。彼女自身のようなだれか。

＊

エクスポネンシャルとの会談が不首尾に終わったことを報告するメッセージをデレクに送っていたとき、ロボットが起動した。「会議はどうだった？」とたずねてから、ジャックスはアナの表情を見ただけで答えがわかったらしく、「ぼくのせい？　ぼくが見せたのが気に入らなかったの？」

「いいえ、あなたはよくやったわ。あの人たちはディジエントが好きじゃないのよ。考えを変えさせられると思ったのがまちがいだった」

「やってみる値打ちはあったよ」

「たぶんね」

「だいじょうぶ？」

「ええ、もうだいじょうぶ」アナが請け合うと、ジャックスは彼女の体を抱きしめ、それから充電台のほうに歩いていって、データアースにもどった。

デスクの前にすわって、空白のスクリーンを見つめたまま、アナはユーザーグループに残された選択肢を考えた。アナの知るかぎり、あとはひとつしかない。ポリトープに勤めて、ニューロブラスト・エンジンは移植の価値があると納得させること。アナがすべきことは、インスタントラポートのパッチを装着して、彼らの工業化された介護実験に参加することだ。

ポリトープに関してどんなことが言われているにしろ、彼らはエクスポネンシャルと違って、ディジエントとリアルタイムでつきあうことの価値を理解している。ソフォンス系ディジエントは温室に放置された状態に満足しているかもしれないが、個々が生産性の高い存在になることを期待するなら、それは有望な近道にはならない。だれか人間が一緒に時間を過ごさなければならないし、ポリトープはそのことをわきまえている。

アナに異論があるのは、人間にその時間を過ごさせるためのポリトープの戦略に対してだった。ブルー・ガンマの戦略がディジエントを愛すべき存在にすることだったのと対照的に、ポリトープは愛らしくないディジエントという前提から出発し、薬剤を使うことで彼らに対して愛情を抱かせようとする。ブルー・ガンマのアプローチが正しいことはアナにとって明白だった。より道徳的というだけでなく、より効率的でもある。

いまアナが置かれている状況に鑑《かんが》みると、むしろ効率的すぎたのかもしれない。アナは、生涯で最大の出費に直面しているが、それは彼女のディジエントのための出費なのだ。こんなことになるとは、当時、ブルー・ガンマのだれも予期しなかったけれど、あるいは予見できてしかるべきだったかもしれない。なんの条件もついていない無償の愛などという概念は、バイナリー・ディザイアが売り込んでいる愛とおなじくらい幻想だ。だれかを愛するというのは、そのために犠牲を払うことを意味している。

アナがポリトープで働くことを考えているのはそれが唯一の理由だった。こういう状況でなければ、インスタントラポートの使用が要求される仕事のオファーには気分を害しただろう。ディジエントとの仕事に関して、アナは世界中のだれよりも長い経験がある。それなのにポリトープは、薬剤の助けを借りないと彼女が有能な訓練係になれないと考えている。ディジエントの訓練は——動物の訓練とおなじく——ひとつの職業であって、プロフェッショナルたるもの、割り当てられた仕事と恋に落ちる必要なく職務をまっとうできる。

アナは同時に、訓練プロセスに愛情がもたらす違いのことも知っていた。忍耐がもっとも必要とされるとき、愛情がいかに忍耐を容易にするか、それはよくわかっている。そうした愛情が人工的につくりだせるという考えには賛同できないものの、現代の神経薬理学の現実は否定できない。ソフォンス系ディジエントを訓練するたびに脳がオキシトシンで満たされたら、望むと望まざるとにかかわらず、彼らに対する感情に影響するだろう。

唯一の問題は、アナにとってそれが許容範囲かどうかだ。インスタントラポート・パッチを装着しても、ジャックスに対する気持ちが変わらないことには自信がある。どんなソフォンス系ディジエントも、愛情の面でジャックスにとってかわることはありえない。ポリトープで働くことがニューロブラストの移植を実現する最大のチャンスなら、喜んでそうしよう。

カイルが理解してくれたらいいのにとアナは思った。ジャックスの幸福がすべてに優先することは前から明言している。これまでカイルはそれに一度も異を唱えなかった。この仕事のせいでふたりの関係に終止符が打たれることは望まない。しかし、ジャックスとのつきあいは、どんなボーイフレンドよりも長く続いている。どうしてもということになれば、どちらを選ぶのかははっきりしていた。

10

商談が不調に終わったことを告げるアナからのメッセージは短かったが、デレクにとっては雄弁だった。失敗の可能性について語るアナの口調を聞いていたから、彼女がポリトープの仕事を受けるつもりでいるのがわかった。

アナにとってそれはニューロブラスト移植を実現するための最後の手段であり、ただそれだけの意味しかない。ユーザーグループのメンバーはだれもそれを歓迎していないが、アナは成人だし、自分の決断の代償と利益をじゅうぶん考慮している。もしアナが喜んでやるつもりなら、デレクに最低限できるのは、その決断を支持してやることだ。

だが、そんなことはできない。ほかにも選択肢があるのだから。すなわち、バイナリー・ディザイアのオファーを受けることだ。

マルコとポーロと話をしたあと、デレクはジェニファー・チェイスに個人的にコンタクトして、法人化したいというディジエントたちの希望がバイナリー・ディザイアの目的にとって不都合がないかたずねた。チェイスによれば、バイナリー・ディザイアの顧客は、購入した複製を自由に企業として登記できる。それどころか、ディジエントに対するユーザーの愛情の大きさが期待どおりなら、多くの顧客がそうするだろうという。デレクにとっては正しい答えだったが、彼は心のどこかで、チェイスがまちがった答えを返し、向こうの提案を拒否する明確な理由になることを期待していた。そのかわり、決断は彼に委ねられた。デレクと、そしてマルコに。

アナが明言した主張について考えてみた。すなわち、ディジエントは恋愛および仕事に関する経験が不足しているから、バイナリー・ディザイアのオファーを受ける資格がない。ディジエントが人間の子どもなら、この議論はなるほどもっともだ。それは同時に、彼らがデータアースに閉じ込められているかぎり――彼らの生活が根本的に隔離されているかぎり――重大な決断を下せるほど成熟することはけっしてありえないことを意味している。

しかしたぶん、ディジエントの成熟の基準は、人間の場合ほど高く設定すべきではない。もしかしたらマルコは、この決断を下すのに必要な程度の成熟をすでに遂げているのかもしれない。マルコは、自分が人間ではなくディジエントだと考えることにすっかり満足しているように見える。自分がやろうとしていることの結果について完全に理解していない可能性はあるが、むしろマルコは、デレクが自分自身についてわかっている以上に深く、マルコ自身の性質を理解しているのではないかという感触も拭えなかった。マルコとポーロは人間ではない。あたかも人間であるかのように考えて、彼らがありのままにふるまうかわりに、こちらの勝手な思い込みに従わせようとするのはまちがいかもしれない。人間のように扱うのと、人間ではないことを受け入れるのと、どちらがマルコをより尊重していることになるのだろうか。

いまみたいな状況でなければ、こんな哲学的な問題は、いずれまたゆっくり考えようと棚上げにしておけばいい。しかしこの問題は、デレクがいまここで下さなければならない決断とダイレクトに結びついている。もしデレクがバイナリー・ディザイアのオファーを受けるなら、アナがポリトープの仕事を受ける必要はない。したがって、答えるべき問いはこうなる。マルコが自分の脳をいじるのと、アナが自分の脳をいじるのとでは、どちらがよりよい選択なのか？

アナは、この求人に応じることで自分がどうなるのかを、マルコの場合以上にきちんと理解している。しかし、アナは人間だ。マルコがどんなにすばらしい存在だとしても、デレクはアナのほうが大事だと思っている。両者のどちらかが神経化学的操作を受けなければならないとしたら、デレクとしては、それがアナであってほしくない。

デレクはバイナリー・ディザイアが送ってきた契約書を画面に表示してから、マルコとポーロをそれぞれのロボット筐体に呼び出した。

「契約書にサインする準備ができた？」とマルコ。

「みんなを助けることだけが目的なら、こんなことはしないほうがいい」とデレク。「自分がやりたいことだからやる、そうじゃなきゃいけないんだ」といってから、デレクはほんとうにそうだろうかと自問した。

「何度もいうこと、ない」とマルコ。「気持ちは変わらない。やりたいよ」

「おまえはどうだ、ポーロ」

「うん、賛成」

ディジエントたちは熱烈に望んでいる。それだけで、結論を出す材料としてはじゅうぶんかもしれない。しかし、ほかにも考慮すべき材料はある——純粋に利己的な材料が。アナがポリトープの仕事を受けたら、彼女とカイルとのあいだには溝ができる。デレクにとってそれが有利に働くかもしれない。誉められたことではないが、一度もそれを考えなかったといったら嘘になる。一方、もしデレクがバイナリー・ディザイアのオファーを受ければ、彼とアナとのあいだに溝ができる。いつか彼女と結ばれるチャンスはふいになってしまうだろう。それをあきらめられるだろうか。

アナと結ばれるチャンスなど、もとからなかったのかもしれない。何年もずっと自分を偽ってきたのかもしれない。だとしたら、この幻想を卒業するほうが自分のためだ。ぜったいに手に入らないものに対する切望から自由になれる。

「なにを待ってるの？」とマルコ。

「なんでもない」とデレク。

ディジエントたちが見守る前で、デレクはバイナリー・ディザイアの契約書にサインし、ジェニファー・チェイスに送信した。

「ぼくはいつバイナリー・ディザイアへ行くの?」とマルコ。

「向こうのサインが入った契約書の写しが届いたら、おまえのスナップショットを撮ろう」とデレクは答えた。「それから、向こうに送る」

「オーケイ」とマルコはいった。

この先のことについてディジエントたちが興奮した口調で話し合っている横で、デレクはアナになんと説明しようか考えていた。もちろん、きみのためなんだと打ち明けることはできない。自分のためにデレクがマルコを犠牲にしたのだと思ったら、アナはひどい罪悪感にさいなまれるだろう。これは彼の決断だ。そのことでアナに責められるほうがいい。

＊

アナは、私設データアースに新しく導入したレーシング・ゲーム「ジャーク・ヴェクター」をジャックスと遊んでいた。ホヴァーカーを操作し、波形スポンジみたいに凸凹に隆起した山の中を進んでゆく。アナの車は盆地でじゅうぶんに加速し、峡谷を越える大ジャンプに成功したが、ジャックスのほうはあえなく失敗し、ホヴァーカーが谷底まで派手に転がり落ちた。

「すぐに追いつくから待ってて」とインターカムごしにジャックスがいう。

「オーケイ」アナはホヴァーカーのギアをニュートラルにした。ジャックスが谷底から九十九折《つづらお》りの道をえっちらおっちら登ってくるのを待つあいだ、ウィンドウを切り替えてメッセージをチェックし、その内容に仰天した。

フィーリクスが、ユーザーグループの全員に宛てて、人類とゼノテリアンのファーストコンタクトが秒読みに入ったと誇らしげに宣言するメッセージを同報している。アナは最初、フィーリクスの奇矯な言葉遣いのせいで読み違えたんじゃないかと思ったが、ユーザーグループの他のメンバーふたりのメッセージが情報を裏付けていた。ニューロブラストの移植作業がスタートし、その費用はバイナリー・ディザイアが負担する。つまり、ユーザーグループのだれかが、ディジエントを大人のおもちゃとして売り飛ばしたのだ。

つづいて、そのだれかがデレクだというメッセージを読んだ。売られたのはマルコ。そんなことありえないと返信しかけたが、思い直して、ウィンドウをデータアースに切り替えた。

「ジャックス、ちょっと電話しなきゃいけないの。しばらく峡谷ジャンプを練習してて」

「後悔するよ」とジャックス。「次は負けないからね」

アナはゲームを練習モードにセットし、ジャックスがジャンプに失敗してもいちいち谷底からえっちらおっちら登ってこなくても済むようにしてから、TV電話のウィンドウを開き、デレクを呼び出した。

「嘘だといって」と切り出したが、デレクの顔を見ただけで答えはわかった。

「こんなかたちできみに知らせるはずじゃなかった。電話するつもりだったんだけど、でも――」

驚きのあまり、アナはなかなか言葉が見つからなかった。「どうして?」デレクがいつまでも口ごもっているので、アナは質問を重ねた。「お金のため?」

「違う! もちろん違うよ。マルコの主張がもっともだと判断したんだ。もう自分で自分のことを決められるくらい大人になってるって」

「そのことなら話し合ったじゃない。彼がもっと経験を積むまで待ったほうがいいって、あなたも賛成したでしょ」

「ああ。でも、それから――それから、慎重になりすぎてたと判断したんだ」

「慎重になりすぎてた? 膝小僧をすりむく危険があるとかっていう話じゃないのよ。バイナリー・ディザイアはマルコに脳外科手術を施そうとしている。そんな問題を決めるのに、慎重になりすぎることなんかありえない」

デレクはしばらく口をつぐみ、それからいった。「手を放すときだと気づいたんだ」

「手を放す？」マルコとポーロを保護するという考えは子どもじみた空想で、もうそれを卒業したとでもいうみたいに。「あなたがそんなふうに考えてるなんて知らなかった」

「ぼくもだよ。つい最近、考えが変わった」

「マルコとポーロをいつか法人化する計画も捨てたっていうこと？」

「いや、いまもそのつもりだよ。ただ、いままでほど――」デレクはまた口ごもった。

「固着してないだけで」

「固着してない」デレクのことを自分がどれだけ知っていたんだろうとアナは思った。

「あなたにとってはいいことなんでしょうね」

デレクは傷ついたような表情を浮かべたが、いい気味だった。「だれにとってもいいことだよ」とデレクはいった。「ディジエントはリアルスペースにアクセスできるし――」

「ええ、わかってる」

「ほんとに、この方法がベストだと思うんだ」といったけれど、デレクの顔は、自分でもそれを信じているように見えなかった。

「どうベストなの？」とたずねたが、デレクは答えず、アナはじっと彼の顔を見つめた。

「あとでまた話しましょう」といって、アナは通話ウィンドウを閉じた。この先、マルコがどんな用途に——自分が使われているとも知らず——使われるかと思うと、胸が張り裂けそうだった。全員を助けることはできないのよ、と自分にいい聞かせる。でも、よりによってマルコがそういう危険にさらされる立場になるとは、これまで考えもしなかった。デレクも自分とおなじように感じていると思っていたのに。犠牲を払うことの必要性を理解していると思っていたのに。

私設データアースのウィンドウでは、ジャックスがホヴァーカーを操縦して、軌道のないローラーコースターに乗る子どもみたいに、斜面を楽しそうに登ったり降りたりしている。いまはバイナリー・ディザイアとの取引のことをジャックスに話したくなかった。話したら、マルコが将来どうなるのか議論しなければならないし、いまはそういう会話をする気力がない。いまのところ、アナがやりたいのはジャックスを見守ることだけだった。

それと、ニューロブラストの移植が現実に進行しはじめたという考えに少しずつ慣れること。それは特異な感覚だった。大きな代償を伴う以上、安堵とは呼べない。けれど、ジャックスの未来を覆っていた大きな暗雲がとりのぞかれ、アナがポリトープの仕事を受けなくてもよくなったのはたしかにいいことだ。移植が完了するまで数カ月かかるだろうが、ゴールがわかったいまは、時間が飛ぶように過ぎるだろう。ジャックスはリアルスペースに入って友だちに再会し、社交宇宙に再合流できる。ジャックスの未来に、穏やかな航海が約束されたわけではない。この先もまだ、無限の障害が行く手に立ちふさがるだろう。だが少なくとも、ジャックスにはそれに立ち向かうチャンスがある。つかのま、アナはそれがうまくいったら、いったいどんな未来がひらけるだろうと甘美な夢想にふけった。

アナの想像の中のジャックスは、リアルスペースでも現実世界でも、何年もの歳月をかけて成熟してゆく。企業化し、法人として働き、自分で生計を立てる。ディジエント・サブカルチャーの担い手となる。彼が属するコミュニティはじゅうぶんな資金と技術を持ち、必要が生じれば新しいプラットフォームに自分たちを移植することもできる。ディジエントとともに育った新しい世代の人間たちは、アナの世代の人間とはまったく違う観点から、彼らを潜在的な恋愛パートナーとして見るだろう。愛し愛されるジャックス、論破したり妥協したりするジャックスを、アナは想像した。犠牲を払うジャックスを想像した。困難な犠牲もあれば、そうでない犠牲もあるだろう。ほんとうに大切に思っている人のためなら、犠牲を払うことはむずかしくない。

気がつくと数分が過ぎていた。空想はいいかげんにしなさいと自分にいい聞かせる。そうしたことすべてをジャックスが実現できる保証はない。けれど、もし彼が挑戦するチャンスに恵まれるとしたら、アナは、いま目の前にある仕事を遂行しなければならない。すなわち、生きるという仕事をジャックスにせいいっぱい教えること。

アナはゲームの終了画面を出し、ジャックスをインターカムに呼び出した。「ゲームの時間はおしまいよ、ジャックス。宿題をする時間」

デイシー式全自動ナニー

Dacey's Patent Automatic Nanny

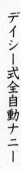

オハイオ州アクロン市のアメリカ心理学ミュージアムで開催された「小さくて不完全な大人——子どもに対する接し方の変遷（一七〇〇年〜一九五〇年）」展公式カタログより

全自動乳母《ナニー》は、数学者レジナルド・デイシー（一八六一年、ロンドン生まれ）の創造物である。デイシーの当初の目標は、教育エンジンの開発だった。近年のグラモフォン技術の発達に刺激されて、デイシーはチャールズ・バベッジが提唱した解析機関《エンジン》の演算部分を改良し、文法と算数を機械的に教えることのできるマシンをつくろうと考えた。デイシーの構想では、このマシンは人間による教育にとってかわるものではなく、学校教師や女性家庭教師《ガヴァネス》が省力化のために使う補助装置になるはずだった。

デイシーは長年にわたってこの教育エンジンの研究開発を勤勉に継続し、一八九四年に妻が出産で世を去ったときでさえ、ほとんどペースは落ちなかった。研究の方向を変えたのは、その数年後、息子のライオネルが子守《ナニー》にどんな扱いを受けているかを知ったことだった。ナニーは、ナニー・ギブスンと呼ばれている女性だった。デイシー自身は愛情たっぷりのナニーに育てられたため、自分が雇った女性も、同じように息子を扱ってくれているものと長年ずっと信じ込み、あんまり甘やかさないようにとときたま注意するだけだった。ところがあるとき、ナニー・ギブスンは日常的に少年を打擲《ちょうちゃく》し、罰としてグレゴリーズ・パウダー（ひどい味のする強力な下剤）を飲ませていると知って、デイシーはショックを受けた。息子が実際にナニーの恐怖にさらされて育っていることを知ると、デイシーはただちに彼女を解雇した。その後、数人のナニー候補を慎重に面接し、子育てのやりかたがおそろしく幅広いことを知って驚いた。子どもに雨あられと愛情を注ぐ乳母もいれば、ナニー・ギブスン以上に厳しい罰を与える乳母もいたのである。最終的に後任のナニーを選んで雇い入れたが、デイシーはライオネルを自分の工房に定期的に連れてこさせて、自分の目で間近にナニーを監視した。ライオネルにとってはパラダイスだったにちがいない。デイシーの前ではひたすら大人の言いつけにしたがう子どもを演じたので、ナニー・ギブスンが語った息子の行状と、自分の目で見た結果との不一致を前にして、デイシーは子育ての最適な実践方法に関する調査に着手した。数学的な考えが身についていたデイシーは、ひとりの子どもの情緒的な状態を、不安定平衡状態にある系の一例と見なした。この時期の彼の研究ノートには、次のようなメモが記されている。『甘やかすことが子どもの自分勝手な行動を招き、それに腹を立てたナニーは、許されている以上にきびしい罰を子どもに与えてしまう。そののち、ナニーはそれを後悔し、その結果、さらに甘やかすことで過剰に埋め合わせをする。これは逆転した振り子運動であり、振幅がつねに大きくなる傾向がある。もしこの振り子を垂直のままに保つことができれば、その後の修正の必要はなくなるだろう』

デイシーはみずからの子育て哲学を息子の歴代ナニーに伝授しようとしたが、彼女たちも、ライオネルが言いつけにしたがわないと報告するだけだった。息子がナニーの前と自分の前で態度を変えているかもしれないという可能性は頭に浮かばなかったらしく、デイシーは、ナニーたちがむら気で、自分の指針にしたがおうとしないのだと結論した。ある面で、彼の育児論は、当時の伝統的な考えに合致していた。すなわち、女性は、性質が感情的なので、子育てに向いていないという説である。一方、当時の考えかたと違っていたのは、罰を与えすぎることは愛情を与えすぎることと同様に有害であるという仮説だった。デイシーは最終的に、彼が思い描く理想の育児法を忠実に守るナニーは、自分自身でつくるしかないと心に決めた。

同僚に宛てた手紙の中で、デイシーは、機械仕掛けの子守女《ナースメイド》へと関心を移した複数の理由を語っている。第一に、こうしたマシンは、教育エンジンとくらべてはるかに簡単につくることができ、それを販売することによって、教育エンジンを完成させるために必要な資金を集めることができる。第二に、デイシーはこれを子どもの早期教育のチャンスだと見なしていた。まだ幼いうちにマシンの世話にゆだねることで、のちのち矯正が必要になるような悪い習慣を子どもたちが身につけないようにすることができる。『子どもたちは罪深く生まれるのではない。われわれが世話を委ねた者たちの影響によって罪深く育つのだ』とデイシーは書いている。『理性的な子育ては、理性的な子どもをつくる』

デイシーは、子どもたちは実の両親によって育てられるべきだと主張することもなかった。これまた、ヴィクトリア朝時代の子どもに対する考えかたと一致している。子育てにみずから参加した経験から、彼はこう書いている。『わたしが息子のそばにいることで、まさに避けたいと願っている危険の可能性が必然的に増大するのがわかった。というのも、わたしはどんな女性よりも理性的である一方、喜んだりがっかりしたりする息子の表情に対して免疫がないからだ。しかし、進歩は、一度に一歩ずつしかなされない。そして、わたしの研究成果の恩恵すべてをライオネルが享受するにはもう手遅れだとしても、彼はその重要性を理解してくれる。このマシンを完成させることにより、今後、他の親たちは、わたしと息子の場合よりも理性的な環境で子どもを育てられるだろう』

全自動ナニーの製造に関して、デイシーは、ミシンと洗濯機のメーカーとして知られるトマス・ブラッドフォード社と契約を結んだ。ボディの大部分はぜんまいで動く時計仕掛けのメカニズムに占められ、ナニーはスケジュールにしたがって授乳したり、あやしたりする。ほとんどの時間、全自動ナニーの両腕は揺りかごをつくり、その中で赤ん坊をあやしているが、一定の時間が経つと、赤ん坊を授乳位置まで持ち上げてから、乳児用調製粉乳容器に接続された天然ゴム製の乳首を露出させる。主ぜんまいを巻き上げる手回しハンドルに加えて、ナニーにはもうひとつ、もっと小さなハンドルがあり、そのぜんまいが子守り歌を再生する蓄音機を駆動する。この蓄音機は、ナニーの頭部に格納されるため、ふつうの蓄音機よりはるかに小さく、専用の特殊な盤しか再生できない。また、ナニーの基底部近くにはフットペダルがあり、排水ポンプに空気圧を与えて、赤ん坊のゴム製おむつから二本のホースで吸い出した排泄物を屎尿《しにょう》ポットへと送り出す。

全自動ナニーは一九〇一年三月に発売され、それに合わせて、イラストレイテッド・ロンドン・ニュース紙に以下のような広告が掲載された。

あなたの大切な子どもを、素性もよく知らない女性に世話させていいのですか？

特許取得済デイシー式全自動ナニーで、現代科学の最先端を行く子育てを体験してください。子守女にかわるこのまったく新しい製品には、以下のような利点があります。

●授乳と睡眠の時間をきちんと正確に守ることを赤ん坊に教えます。
●鎮静剤などの薬物に頼ることなく赤ん坊をあやします。
●夜も昼も働き、独立した居室を要求することも、盗みを働くこともありません。
●外聞をはばかるような悪影響をお子さんに与える心配はありません。

すでにデイシー式全自動ナニーをご利用になっているお客さまの声をご紹介します。


「子どもの行儀がすごくよくなって、そばにいるのが楽しい」

　　コルウィン・ベイ（ウェールズ北部の保養地）在住、ミセス・メンヘニック

「前に雇っていたアイルランド人の娘とはくらべものにならないくらい優秀。わが家にとっては神の恵みでした」

　　イーストボーン（イングランド南東部の行楽地）在住、ミセス・ヘイスティングズ

「わたしもこの機械に育てられたかった」

　　アンドーバーズフォード（イングランド中部の小村）在住、ミセス・ゴドウィン

――トマス・ブラッドフォード社、ロンドン本社（フリート・ストリート68）

およびマンチェスター文社

この広告が、まっとうな子どもを育てることをアピールする以上に、信頼できないナースメイドに対して両親が抱く不安につけこんでいることは留意すべきだろう。もしかしたらこれは、デイシーが提携したトマス・ブラッドフォード社のだれかが考えた狡猾なマーケティング戦略に過ぎないかもしれないが、デイシーが全自動ナニーを開発した実際の動機がこの広告に現れていると考える歴史学者もいる。デイシーは、みずから考案した教育エンジンを女性家庭教師《ガヴァネス》の補助ツールだと以前から述べていたのに対し、全自動ナニーに関しては、人間のナニーにまるごととってかわるものと位置づけている。ナニーが労働者階級の出身なのに対し、典型的なガヴァネスは上流階級出身だということを考えると、これは、デイシーの頭に無意識の階級差別が刷り込まれていたことを暗示している。

どういう理由で顧客にアピールしたのかはともかく、全自動ナニーは、短いあいだ人気を博し、発売から六カ月で百五十体以上が売れた。デイシーは、全自動ナニーを使用した家庭がマシンの提供するサービスに百パーセント満足していると主張したが、それをたしかめるすべはなかった。広告に使われたユーザーの推薦コメントは、当時の通例として、架空のものだった可能性が高い。

確実にわかっているのは、一九〇一年九月、ナイジェル・ホーソーンという名の幼児が、全自動ナニーの主ぜんまいが切れたときに放り投げられて死亡したことだ。この噂はたちまち世間に広まり、全自動ナニーの返品を求める顧客が洪水のように押し寄せた。ディシーは、ホーソーン家のナニーを調べた結果、マシンの活動時間を長くして、ねじ巻きの頻度を減らすため、顧客が内部のメカニズムを改造していたことを発見した。ディシーは新聞に全面広告を出し――なるべくホーソーン家の両親を責めないように配慮しつつ――全自動ナニーは正しく利用しているかぎり百パーセント安全だと主張したが、その努力は無駄だった。だれも、ディシーのマシンに子どもたちの世話をまかせようとはしなくなったのである。

ディシーは勇敢にも、全自動ナニーの安全性を実証するため、自分の次の子どもの世話をマシンにまかせると発表した。もし彼がこの言葉どおりにうまく実行できていれば、マシンに対する一般の信頼をとりもどせたかもしれない。しかし、妻候補たちに子育てプランを開陳することを習慣にしていたおかげで、ディシーが結婚できる見込みはなかった。彼は、壮大な科学的事業に参加するチャンスを提供しているつもりだったので、つきあっている女性がだれひとりとしてこのプランに魅力を感じないことに困惑していた。

数年間にわたって拒否されつづけたのち、ディシーは全自動ナニーに反感を抱いている一般大衆に製品を販売する努力をあきらめた。社会がマシンによる育児の恩恵を享受できるほど進んでいないと結論して、デイシーは同様に教育エンジンの開発計画も放棄し、純粋数学の研究に戻った。

デイシーは、数論に関する複数の論文を発表するかたわらケンブリッジ大学で教壇に立ち、一九一八年、インフルエンザの世界的な大流行のさなかに世を去った。

全自動ナニーは、このまま完全に忘れ去られていたかもしれない。しかし、一九二五年、ロンドン・タイムズ紙に「不運な科学」と題する記事が掲載された。失敗した発明や実験の実例を嘲笑的なトーンで紹介する内容で、そのひとつとしてとりあげた全自動ナニーについては、『まさに怪物的な珍発明。開発者はきっと子ども嫌いだったに違いない』と評していた。レジナルドの息子、ライオネル・デイシーは、その記事を読んで激怒した。この時点で、ライオネルは、父親と同じく数学者になり、数論に関する父親の研究を引き継いでいたが、新聞社に宛てて、記事の撤回を求める激烈な調子の手紙を書いた。要求が拒否されると、版元に対して名誉毀損の訴訟を起こした。最終的にこの裁判は敗訴に終わったが、ライオネル・デイシーはあきらめず、全自動ナニーが健全かつ人道的な育児方針に基づくものであることを証明するキャンペーンを開始し、理性的な子どもを育てるための父親の理論についての本を自費出版した。

ライオネル・デイシーは、遺産として保管されていた全自動ナニーの在庫の埃を払い、一九二七年にふたたび一般向けに販売を開始したが、ただひとりの購入者も見つからなかった。彼はそれを、英国上流階級が社会的地位に対して抱いている強迫観念のせいだと主張した。家電製品は現在、中流階級向けに〝電気召使い〟として販売されている。上流家庭は、世間体のために人間のナニーを雇っているだけで、それが子どものためになるかどうかには頓着していないというのがライオネルの主張だった。この事業に参加した他の関係者は、不人気の原因が、時代に合わせて全自動ナニーを改良することをいっさい受けつけなかったライオネルの判断にあると述べた。ライオネルは、マシンのぜんまい仕掛けを電気モーターに交換したほうがいいという、あるビジネス・アドバイザーの忠告を無視し、デイシーの名前を使わずに売り出したほうがいいと助言したべつのアドバイザーを解雇した。

父親と同様、ライオネル・デイシーも最終的に、自分自身の子どもを全自動ナニーで育てることを決意した。しかし彼は、結婚してくれる花嫁をさがすかわりに、ひとりの幼児を養子に迎えると発表した。それが一九三二年のことで、以後、何年も、それきり発表がなかったため、あるゴシップ・コラムニストが、問題の子どもはマシンの手にかかって死んだのではないかという憶測記事を書いたが、そのときには全自動ナニーに対する世間の興味はほぼゼロになっていたため、だれも真偽をたしかめようとはしなかった。

それきり闇に埋もれるところだった問題の幼児に関する事実が明るみに出たのは、サッカレー・ラムズヘッド博士の研究のおかげだった。一九三八年、ラムズヘッドは、ブライトン知的障害者養護院（現在はベイリス・ハウスと改称している）の顧問を務めていたとき、エドマンド・デイシーという名前の子どもと出くわした。入所記録によると、エドマンドは全自動ナニーによってつつがなく育てられ、二歳になった時点で、養父のライオネル・デイシーは、そろそろ人間による育児に切り換えたほうがいいと判断した。しかしエドマンドは養父の命令に反応せず、その後まもなく、ある医師が、この子は〝精神遅滞〟だと診断した。ライオネル・デイシーは、エドマンドが全自動ナニーの効用を論証する被験者として不適格であると見なし、養護院に養育を委ねたのだった。

養護院のスタッフがラムズヘッドに意見を求めたのは、エドマンドの体つきがいちじるしく小柄だったためである。このときはもう五歳になっていたが、身長も体重も、三歳児の平均程度だった。養護院の子どもたちは、似たような施設の子どもたちにくらべると、概して身長が高く、健康状態がよかった。養護院のスタッフが、子どもとの接触を最小限にするという、当時の家庭でまだ一般的だった育児方法を採用していなかったことの反映だった。愛情と肉体的な接触を子どもたちに惜しみなく与えることで、養護院のナースたちは、いまの用語で心理社会性低身長と呼ばれる状態を防いでいたのである。これは、感情的なストレスが成長ホルモンの分泌レベルを減少させることで生じる症状で、当時の孤児院ではよく見られた。

養護院のナースたちは、当然のことながら、エドマンド・デイシーの成長が遅れているのは、本物の人間と触れ合うかわりに全自動ナニーの機械の手で育てられた結果だと考えて、自分たちが世話をするようになれば体重も増えはじめるだろうと思っていた。しかし、ナースから愛情を注がれながら養護院の児童として二年を過ごしたあとも、エドマンドはほとんどまったく成長していなかったため、スタッフはその背後にある生理学上の原因を探りはじめた。

これについて、ラムズヘッドは以下のような仮説を述べた。すなわち、エドマンドはたしかに心理社会性低身長だが、ふつうとは反対の、珍しいケースに該当する。エドマンドに必要なのは人間との接触を増やすことではなく、機械との接触を増やすことである。彼の体が小さいのは、全自動ナニーに世話されて過ごした歳月の結果ではなく、人間の手にひきわたす潮時だと父親が判断したあと、全自動ナニーを剝奪された結果である、と。もしこの説が正しければ、全自動ナニーとの接触を回復することで、少年はふたたびノーマルに成長するようになるはずだ。

ラムズヘッドは全自動ナニーを手に入れるため、ライオネル・デイシーをさがしだした。彼のもとを訪問したときの話を、ラムズヘッドは、ずっと後年になって発表した論文の中で、次のように書いている。

［ライオネル・デイシーは］その子どもの母親が実験に適した血筋であることが確認できしだい、新しい子どもを使って実験をやり直す計画があると語った。エドマンドを被験者とする実験が失敗した唯一の理由は、少年が〝生まれつき痴愚〟だったことで、その原因は少年の母親にある、と彼は考えていた。

エドマンドの両親についてなにを知っているか私がたずねると、彼は強すぎる口調で、なにも知らないと答えた。私はのちに、ライオネル・デイシーの養子になるまでエドマンドが育てられていた孤児院を訪問し、院の記録から、エドマンドの母親がエレナ・ハーディという名前の女性であることを突き止めた。彼女はそれまで、ライオネル・デイシーの屋敷で女中として働いていた。エドマンドが実際はライオネル・デイシーの非嫡出子であることは、私の目には明らかだった。

ラムズヘッドは全自動ナニーを一体提供してほしいとライオネル・デイシーに申し入れ

た。デイシーは、失敗に終わった実験だと自身が見なしているものに対して全自動ナニー一体を無償で寄付することを拒んだものの、有償で販売することには同意した。ラムズヘッドはブライトン養護院のエドマンドの部屋にその全自動ナニーを設置するよう手配した。エドマンドは全自動ナニーをひとめ見るなりマシンに抱きつき、それにつづく日々、ナニーがそばにいるかぎり、楽しげにおもちゃで遊んだ。それから数カ月のあいだ、ナースたちはエドマンドの身長の伸びと体重の増加を記録して、ラムズヘッドの見立てが正しかったことを確認した。

スタッフは、エドマンドの知的発達の遅れを先天的なものと考えていたため、肉体的、感情的にすくすく成長するようになればそれで満足だった。しかしながら、ラムズヘッドは、エドマンドの機械との絆がもたらす影響が、そう思われているよりはるかに広範囲にわたっているのではないかと考えた。つまり、エドマンドが精神遅滞とされたのは、彼が人間のインストラクターに対してまったく注意を払わなかったための誤診であって、機械のインストラクターに対してはちゃんと反応するのではないか。

あいにく、ラムズヘッドにはこの仮説を検証する方法がなかった。たとえレジナルド・デイシーが教育エンジンの開発に成功していたとしても、エドマンドが必要としているタイプの導きを与えてくれることはないだろう。

それに必要なレベルにまで技術が進歩したのは、一九四六年のことだった。放射線障害に関する講義をした縁で、ラムズヘッドはシカゴ大学アルゴンヌ国立研究所の科学者たちと親しくなり、放射性物質の取り扱い用に設計された、機械の腕を持つ第一世代遠隔マニピュレーターの実演に立ち会った。ラムズヘッドは、それを見たとたん、エドマンドの教育に利用できる潜在的な可能性に気づき、ブライトン養護院のために一対の機械腕を調達することに成功した。

その時点で、エドマンドは十三歳になっていた。なにか教えようとする養護院のスタッフの試みに対してはつねに無関心だったが、機械腕はたちまち彼の興味を惹いた。エドマンドはナースから直接話しかけられても反応を示さないが、初代全自動ナニーの蓄音機の低音質な音声を真似たインターカムを使うことで、ナースは自分たちの声に応答させることができた。二、三週間のうちに、エドマンドはそれまで思われていたような意味で知的発達が遅れていたわけではなかったことが明らかになった。養護院スタッフはただたんに、彼とコミュニケートする適切な手段を欠いていただけだったのである。

この大きな進展のニュースを使って、ラムズヘッドはライオネル・デイシーを説得し、養護院訪問を実現させた。エドマンドが生き生きとした好奇心となんでも知りたがる性質をあらわにしているのを見て、ライオネル・デイシーは、少年の知的成長を自分がいかに妨げていたかに気づいた。ラムズヘッドはこう書いている。

父親のヴィジョンを追い求める過程で自分が生み出したもの――他の人間を認識できないほど深くマシンと結びついた子ども――を目《ま》のあたりにして、ライオネルがあふれだしそうな感情を必死に押さえていることは傍目にも明らかだった。彼がこう囁くのが聞こえた。「ごめん、父さん」

「あなたの行動が善意に基づいていたことは、もちろんお父さんもわかってくれますよ」と私は言った。

「それは誤解だ、ラムズヘッド博士。もし私が他の科学者だったら、彼の主張の正しさを証明しようとする努力は、その結果のいかんにかかわらず、彼の影響力の大きさを示す証拠になったかもしれない。しかし、私がレジナルド・デイシーの息子である以上、私は彼の主張を二度にわたって論破したことになる。というのも、私の全人生が、父親の配慮が息子に与えうる影響の大きさを示す証拠になっているからだ」

この訪問のすぐあと、ライオネル・デイシーは遠隔マニピュレーターとインターカムを自宅に設置し、エドマンドをひきとった。彼は、マシンが仲介する息子とのコミュニケーションに没頭し、それは一九六六年にエドマンドが肺炎で世を去るまでつづいた。ライオネル・デイシーはその翌年に没した。

ここに展示した全自動ナニーは、ブライトン養護院におけるエドマンドのケアを向上させるためにラムズヘッド博士が購入したものである。ライオネル・デイシーが所有するすべての全自動ナニーは、彼の息子の死後、破壊された。アメリカ心理学ミュージアムは、この唯一無二の創造物を寄付してくれたラムズヘッド博士に感謝する。

偽りのない事実、偽りのない気持ち

The Truth of Fact, the Truth of Feeling

娘のニコルがまだ幼かったころ、子どもに読み書きを教える必要はもうなくなるかもしれないと指摘するエッセイを読んだ。音声認識および音声合成が、まもなくそういう能力を不要にしてしまうだろうという。妻とわたしはその考えにぞっとして、こう決意した。テクノロジーがどんなに進歩しても、うちの娘が身につけるスキルについては、むかしながらの読み書きの力がつねに基盤となるようにしよう。

その後、わたしたちも、問題のエッセイの書き手も、ともに半分だけ正解だったと判明した。おとなになったいま、ニコルはわたしと同じくらい読める。しかしある意味で、ニコルは書く力を失ってしまった。といっても、あのエッセイで予言されていたみたいに、メッセージを口述してから、自分がいまいったことをバーチャル秘書に読み上げてもらうというわけではない。ニコルが声に出さずに言葉を思い浮かべると、網膜プロジェクターが視野にその言葉を表示し、ニコルはジェスチャーと目の動きを組み合わせて文章を編集する。実生活で必要になるどんな場面でも、ニコルは自在に書くことができる。しかし、補助してくれるソフトウェア抜きで、わたしがいまだにしつこく使いつづけているようなキーボードだけを与えると、ニコルは、たとえばこの一文に書かれている単語の多くを綴ることに苦労するだろう。彼女にとって英語は、流暢にしゃべれるけれど書くほうはちょっと怪しいという、第二言語的なものになっている。

もしかしたら、ニコルの知的レベルに失望しているように聞こえるかもしれないが、そういうことではまったくない。ニコルは聡明で、べつの仕事に就けばもっと金が稼げるのに美術館の仕事に打ち込んでいて、むかしからずっと、わたしには自慢の娘だった。しかし、過去のわたしは、自分の娘が単語を綴る能力をなくしたと知ったらきっと愕然としただろうし、そういう過去のわたしもどこかにまだ残っていて、いまのわたしがそのわたしと連続した存在であることは否定できない。

あのエッセイを読んでから三十年以上が過ぎ、その歳月のあいだに、わたしたちの生活は、わたしが予見するべくもなかった無数の変化を経験してきた。もっとも壊滅的な変化に見舞われたのは、ニコルの母親のアンジェラが、わたしたちとともに過ごしてきた人生よりもっとおもしろい人生が自分にとってふさわしいと宣言して、次の十年間、地球を飛びまわって過ごしたときだった。それに対して、ニコルの読み書き能力の現状にいたる変化は、もっとあたりまえで、もっとゆっくりしたものだった。一連のソフトウェア・ガジェットは、有用かつ便利に見えただけでなく、実際に有用かつ便利だったし、それらが登場したとき、わたしはどれひとつについても反対しなかった。

だから、新しい製品が発表されるたびに不吉な予言をするのが習い性になっているわけではない。新しいテクノロジーについては、だれにも負けないくらい歓迎してきた。しかし、ウェットストーンが新たな検索ツールRemem《リメン》をリリースしたとき、先行するどのツールにも感じなかったような不安を抱いた。

長年にわたって生活記録《ライフログ》をとっている人間は、いまや数百万人におよぶ。わたしの同年輩もいるが、ほとんどは年下の世代だ。彼らは、自分の生活のすべてをたえまなく録画しつづけるパーソナルカメラを装着している。彼らはさまざまな理由から自分のライフログを参照するが——お気に入りの瞬間を再体験することから、アレルギー反応の原因を遡って追跡することまで、あらゆる理由がある——しじゅうそうしているわけではない。検索条件を設定し、検索結果をふるいにかけるのにすべての時間を費やすことなどだれも望まない。ライフログは、想像しうるかぎりもっとも完璧な写真アルバムだが、ほとんどの写真アルバムと同じく、特別な場合をのぞいてはずっと押し入れの中で眠っている。ところが、ウェットストーンはそれを一変させることに狙いを定めた。リメンのアルゴリズムは、ユーザーが「干し草」と言い終える前に干し草の山の検索を完了できるという触れ込みだった（「干し草の中から針を探す」は、見つかるあてのないものを探すこと、または至難の業の喩え）。

リメンはユーザーの会話を監視して、過去の出来事についての言及を見つけると、視界の左下隅にその出来事の映像記録を表示する。「覚えてる《リメンバー》？ あの結婚式でコンガを踊ったこと」といえば、リメンはそのときの動画を再生する。話している相手が「こないだいっしょに海に行ったとき」といえば、リメンはその動画を再生する。だれかと話しているときだけではない。リメンはユーザーの声に出さない言葉も監視している。もしあなたが「はじめて行った四川料理店」という文章を読むと、その文章を朗読しているときと同様にあなたの声帯が動き、リメンは関連する映像を再生する。

「鍵をどこへやったっけ？」という声に出さない質問にすぐさま答えてくれるソフトウェアが役に立つことは否定すべくもない。しかしウェットストーンは、リメンを便利なバーチャル・アシスタント以上のものと位置づけている。リメンが人間本来の記憶にとってかわることを望んでいるのだ。

＊

ジジンギの十三の年の夏、ひとりのヨーロッパ人がやってきて、村で暮らしはじめた。土埃の混じるハルマッタンの風が北から吹きはじめたばかりのころ、土地の全家族から長と見なされている古老のサベがそのことを発表した。

みんなの最初の反応は、当然、警戒だった。「わしらはなにかまちがったことをしたのか？」とジジンギの父親がサベにたずねた。

ヨーロッパ人がはじめてティヴ族の土地にやってきたのはずっと以前のことで、何人かの古老は、彼らはいつかいなくなるし、そうすれば昔どおりの暮らしが戻ってくるといったが、その日が来るまでのあいだ、ティヴ族はヨーロッパ人とうまくやっていく必要がある。これは、ティヴ族のやりかたに多くの変化が生じることを意味していたが、しかしこれまでは、ヨーロッパ人がティヴ族といっしょに暮らしたことは一度もなかった。ヨーロッパ人が村にやってくるいつもの理由は、彼らが建設した道路に対する税を徴収するためだった。ヨーロッパ人が頻繁に訪れる一族《クラン》もあり、それは彼らが税の支払いを拒否したからだったが、シャンゲヴ族にそういうことは起こらなかった。サベをはじめとするクランの長老たちの意見は、税を支払うことが最善の戦略だということで一致していた。

サベはみんなに、心配するなといった。「やってくるヨーロッパ人は伝道師だ。ということは、彼がやるのは祈ることだけだ。彼にわれわれを罰する権限はない。しかし、われわれが彼を歓待すれば、当局の人間が喜ぶだろう」

サベは、伝道師のためにふたつの小屋を建てるように命じた。眠るための小屋がひとつと、応接のための小屋がひとつ。つづく数日のあいだ、村の全員が、アズキモロコシの収穫の時間を削って、れんがを積み、地面に柱を立て、屋根を葺《ふ》くために草を編んだ。最終段階にさしかかり、床をつきかためているとき、伝道師が到着した。先にあらわれたのはポーターたちで、彼らが運んできたいくつもの箱が、キャッサバ畑のあいだを縫うように進んでくるのが遠くから見えた。伝道師自身があらわれたのはいちばん最後で、荷物をなにひとつ持っていないのに、すっかりくたびれたようすだった。彼はモーズビーと名乗り、小屋を建てるために働いた全員に感謝した。自分も手を貸そうとしたが、なにをするにもやりかたを知らないことがすぐ明らかになったので、最終的に、イナゴマメの木の陰に腰を下ろして、布きれで頭を拭いているだけになった。

ジジンギは興味津々で伝道師を観察した。男は箱のひとつを開けて、なにかをとりだした。最初は四角い木の板のように見えたが、伝道師がそれをふたつに割って開いたので、重ねた紙をきつく束ねたものだということがわかった。紙は前に見たことがあった。税を集めるとき、ヨーロッパ人はかわりに紙をよこす。それが、ちゃんと税を支払ったという証拠になる。しかし、伝道師が見ている紙は、明らかにそれとは違う種類のもので、なにかべつの目的がありそうだ。

ジジンギが自分を見ていることに気づいた伝道師は、彼を手招きした。「わたしの名はモーズビー」と彼はいった。「きみの名は？」

「おれはジジンギ。父はシャンゲヴ族のオルガ」

モーズビーは紙の束を開くと、身振りでそれを示し、「アダムの物語を聞いたことはあるかい？」とたずねた。「アダムは最初の人間だった。わたしたちはみな、アダムの子どもたちだ」

「この村のおれたちは、シャンゲヴの子孫だ」とジジンギはいった。「ティヴの地の人間は、みんなティヴの子孫だ」

「そうだ。しかし、きみたちの先祖のティヴはアダムの子孫なんだよ。わたしの先祖と同じように。わたしたちはみんなきょうだいだ。わかるかい？」

伝道師は、舌が大きすぎて口の中でつかえているようなしゃべりかただったが、話している内容はちゃんと伝わった。「うん、わかる」

モーズビーはにっこりして、紙を指さした。「この紙は、アダムの物語を語っている」

「どうして紙に物語が語れる?」

「われわれヨーロッパ人が知る術だ。ある人間が話すとき、われわれは紙にしるしをつける。べつの人間があとでその紙を見ると、そのしるしから、最初の人間がどんな音を発したのかがわかる。そうやって、二番めの人間は、最初の人間がいったことを聞くことができる」

ジジンギは、野外生活の術にもっとも長けていた老グベグバについて父が話してくれたことを思い出した。「おまえやおれの目には草が踏み荒らされた跡としか見えないところを見て、グベグバはヒョウがその場所でヨシネズミを仕留め、運び去ったのだと気づく」と父はいった。グベグバはそのときそこにいなくても、地面を観察するだけで、なにがあったのかを見てとれる。ヨーロッパ人のこの術も、きっとそれと似たものだろう。しるしを見ることに長けた者は、その物語が語られたときそこにいなくても、物語を聞くことができる。

「その紙が語る物語を語ってくれ」とジジンギはいった。

モーズビーはアダムとその妻が蛇にだまされる物語を語った。それから、ジジンギにたずねた。「どうだった?」

「あんたは下手くそな語り手だ。でも、物語はおもしろかった」

モーズビーは笑った。「そのとおりだ。わたしはティヴ語がうまくない。しかし、これはいい物語だ。わたしたちのもっとも古い物語だ。はじめて語られたのは、きみたちの先祖のティヴが生まれるずっと前だ」

ジジンギは懐疑的だった。「その紙がそんなに古いはずはない」

「ああ、この紙はそんなに古くない。しかし、そこにつけられたしるしは、もっと古い紙から写されたものだ。そして、それらのしるしも、さらに古い紙から写された。そうやって何回も何回も写されてきたんだ」

それがほんとうなら、たしかにすごい。ジジンギは物語が好きだった。そして、古い物語ほど、出来がいい場合が多い。「そこにはいくつ物語がある？」

「すごくたくさんだ」モーズビーは紙の束をぱらぱらめくって見せた。一枚一枚の紙が、端から端までびっしりしるしにおおわれているのがわかった。きっとそこには、たくさん物語があるに違いない。

「あんたがいうその術、紙のしるしを見分ける術は、ヨーロッパ人だけのものか？」

「いや。きみにも教えられる。習いたいかい？」

ジジンギは用心深くうなずいた。

＊

ジャーナリストとして、わたしは長年、ライフログの有益さをありがたく思ってきた。ライフログはなにが事実なのかを決定する重要な手がかりになる。刑事事件でも民事事件でも、法的な手続きに際して、だれかのライフログを活用しないケースはほとんどないし、当然、活用してしかるべきだ。世間一般が興味を示している事件では、実際になにがあったのかをつきとめることが重要になる。正義は社会契約のもっとも重要な要素のひとつであり、事実がわからなければ正義はありえない。

しかし、純粋に個人的な状況においてライフログを利用することについては、わたしははるかに懐疑的な立場だった。ライフログが一般化しはじめたころ、何組ものカップルが、パートナーとの口論を解決するためにそれが使えると考えた。どっちが実際になにをいったのか、映像記録を参照することでどちらの言い分が正しいのかわかる。しかし、膨大な録画データの中から該当箇所を見つけ出すのは簡単ではなく、不退転の決意で探しつづける人以外はたいてい途中で音《ね》を上げてしまう。この不便さが障壁となって、ライフログを検索するのは、一定の努力が正当化される状況、つまり、正義をもたらすことが目的になるような状況だけに限定されていた。

ところが、リメンのおかげで、そのものずばりの瞬間を見つけ出すことが容易になり、それまで無視されてきたライフログが、家庭内の口喧嘩に利用できる証拠の山として、まるで大量の遺留品が散らばる犯罪現場のように精査されはじめた。

わたしは主にニュース・セクションを担当しているが、独自取材をもとにした特別記事を書くこともある。そのため、リメンの潜在的な欠点について記事を書きたいと申し出たところ、編集長が承認してくれた。最初の取材先は、ある夫婦だった。ここでは、ジョエルとディアドリという仮名で呼ぶことにしよう。夫のジョエルは建築家、妻のディアドリは画家をしている。リメンについて口を開かせるのは造作なかった。

「ジョエルはいつも、そんなことは最初からわかってたっていうの」とディアドリ。「そうじゃないときでもね。これまでは、それでよく頭に来たのよ。だって、前は違うことといってたくせに、それを認めようとしないんだから。でも、いまは認めさせることができる。たとえば、つい最近、マキトリッジ誘拐事件の話をしてたんだけど」

ディアドリは、ジョエルとのある口論の動画を送ってきた。わたしの網膜プロジェクターが、あるカクテルパーティーの映像を再生した。ディアドリの視点からの映像で、ジョエルはおおぜいの人間に向かって話している。

「逮捕されたその日から、あいつが有罪なのははっきりしていた」

無実だといってた」

ジョエルは首を振った。「前はそんなふうに思ってなかったじゃない。何カ月もずっと、彼は無実だといってた」

ジョエルは首を振った。「いや、記憶違いだよ。ぼくは、どう見ても有罪だと思える人でも公正な裁判を受ける権利があるといったんだ」

「あなたがいったのはそんなことじゃなかった。逮捕は冤罪だといったのよ」

「だれかべつの人間がいったことと勘違いしてる。それはぼくの発言じゃない」

「いいえ、あなたの発言よ。ほら」独立した動画ウィンドウが開き、ディアドリのライフログの一部が再生された。その場に同席している人々にも同じ映像が送られている。入れ子になった動画の中で、ジョエルとディアドリはカフェにすわり、ジョエルが話している。

「彼はスケープゴートだ。警察は一般大衆に安心感を与える必要があって、都合のいい容疑者を逮捕したんだよ。彼はもうこれでおしまいだ」ディアドリがそれに対して、「無罪になるチャンスはないと思う?」ジョエルはそれに答えて、「よほど強力な弁護団を雇えないかぎりね。まあ、そんなこと無理に決まってるけど。彼みたいな立場の人間は、公正な裁判なんかぜったい受けられない」

わたしが両方の窓を閉じると、ディアドリがいった。「リメンがなかったら、立場を一八〇度変えたことを彼に認めさせることなんかぜったい不可能だった。いまは証拠がある」

「わかったよ、あのときはきみが正しかった」とジョエルがいった。「でも、ぼくの友人たちの前であんなことをする必要はなかった」

「あなたはわたしたちの友だちの前でしじゅうわたしの発言を訂正してるじゃない。わたしが同じことをしちゃいけないっていうの？」

真実の追求が内在的な善ではなくなってしまう境界線がここにある。影響が及ぶ人間同士がたがいに個人的な関係を有している場合、他の要素のほうの優先順位が高くなることが多く、法廷で行われるような真実の追求は有害な結果を招きかねない。悲惨な結果に終わったバカンスを最初に提案したのがどちらだったかが、ほんとうに問題だろうか。パートナーに頼まれた用事を忘れる頻度が高いのはどっちのほうなのかを正しく知る必要はあるのか。わたしは結婚のエキスパートではないが、結婚カウンセラーがどうアドバイスするかは知っている。すなわち、いちいち相手の責任を指弾することは正しい答えではない。かわりに、カップルはたがいの気持ちを理解し、チームとして問題に立ち向かわなければならない。

次にわたしが取材したのは、ウェットストーンの広報担当、エリカ・マイヤーズだった。彼女はひとしきり、リメンの利点についてお決まりの公式的な売り文句を並べ立てた。

「情報にアクセスしやすくすることは、内在的な善です。映像の遍在は、法の執行に革命的な変化をもたらしました。企業も、記録を残すすぐれたシステムを採用することで効率化を実現しました。記憶がより正確になることで、わたしたち個人個人にも同じことが起きます。仕事面だけでなく、日々の生活のうえでも、質が向上するのです」

ジョエルとディアドリのようなカップルについてたずねると、エリカ・マイヤーズはいった。「結婚生活が盤石なら、リメンで傷つくことはありません。しかし、自分が正しくて配偶者がまちがっているとしじゅう証明したがっているような人なら、リメンを使おうが使うまいが、結婚生活はいずれ破綻するでしょう」

このケースについてはたしかにそのとおりかもしれないと認めたうえで、わたしはたずねた。リメンは、人間が記録を残すことを楽にする。そのせいで、安定した結婚生活を送っているカップルにとっても、その種の口論が発生するリスクが高まるとは思いませんか？

「まったく思いません」と彼女はいった。「記録を残す習慣をリメンが彼らに与えたわけではありません。彼らはみずから望んでその習慣を育んだのです。リメンを使うことで双方とも記憶違いをしていたことに気づいたカップルが、そういうまちがいに対して以前より寛容になることだって、同じようにたやすく起こるでしょう。個人的な推測をいわせていただければ、当社のお客さま全体の中では、後者のケースのほうがより一般的だと思います」

エリカ・マイヤーズの楽観主義を共有できればよかったが、わたしは新しいテクノロジーが人々のいちばんいい面を引き出すとは限らないことを知っている。自分バージョンの出来事のほうが正しいと証明できることを望まない人間がいるだろうか。ディアドリと同じようなやりかたでリメンを使う自分はたやすく想像できるが、そうすることが自分のためになるとはさっぱり確信できなかった。インターネットをサーフして何時間も無駄にしたことのある人間ならだれでも、テクノロジーが悪い習慣をあと押しすることを知っている。

＊

村では、七日に一度、休むこととビールを醸造して飲むことにあてる日がめぐってくる。モーズビーはその日に説教を行った。村の人間がその日にビールを飲むことが気に入らないようだったが、彼は仕事の日に説教することを望まなかったので、ビール醸造の日しか選択肢がなかった。モーズビーはヨーロッパ人の神について語り、彼のルールにしたがえば暮らしぶりがよくなるといったが、どんなふうによくなるかという説明は、とりたてて説得力があるものではなかった。

しかしモーズビーは、薬を調合する術も知っていたし、畑での働きかたを進んで学ぼうとしたから、村の人々はしだいに彼を受け入れるようになり、ジジンギの父も、息子がときどきモーズビーのもとを訪ねて書く術を学ぶことを許してくれた。モーズビーは他の子どもたちにも教えると申し出たので、しばらくのあいだ、ジジンギと同年輩の子どもたちがいっしょに学んだ。彼らのほとんどは、ヨーロッパ人に近づくのなんか怖くないと仲間に証明することが目的だったので、すぐに飽きて、来なくなってしまった。しかしジジンギは、あいかわらず書くことに興味があったし、父親はジジンギが勉強をつづければヨーロッパ人たちを喜ばせておけると考え、やがて、毎日モーズビーのところに行っていいという許可を出した。

人間が発するひとつひとつの音は、紙の上にそれぞれ違うしるしによって示すことができる。モーズビーはそのやりかたを説明した。しるしは、畑に植えられた草の列のように規則正しく並んでいる。ひとつの列に沿って歩いていくように、しるしの列を目で追い、それぞれのしるしが示す音を出すことによって、気がつくと、もとの人間がいったことを話している。モーズビーは、煤《すす》の芯がある木の棒を使って、紙の上にひとつひとつ、それぞれ違うしるしをつけるやりかたを見せてくれた。

授業では、まずモーズビーが話し、それから自分が話したことを書く。「夜が来るとわたしは眠る」トゥフ・ンバ・ア・イレ・ヨ・メ・ヤヴ。「ふたりの人間がいます」イオルヴ・ンバン・ンバ・ウハー。ジジンギは自分の紙に、それらのしるしを慎重に書き写し、それが終わると、モーズビーがその紙を点検した。「よくできた。でも、書くときは空白《スペース》を残す必要がある」

「残したよ」ジジンギは、列と列のあいだの隙間を指さした。

「いや、それのことではない。それぞれの列の中にある空白が見えるかい？」モーズビーは自分の紙を指さした。

ジジンギは理解した。「あんたのしるしは群れをつくっている。ぼくのしるしは均等に並んでいる」

「これは、しるしがただ群れになっているわけじゃない。これは……きみたちがなんと呼ぶのかわからない」モーズビーは、テーブルから薄い紙の束をとって、ぱらぱらめくった。「ここには見つからないな。わたしの生まれた土地では、それを〝単語〟と呼ぶ。わたしたちが書くとき、単語と単語のあいだに空白を残す」

「でも、単語ってなに？」

「どう説明したらいいかな」モーズビーはしばらく考え込んだ。「ゆっくりしゃべったら、単語と単語のあいだにとても短い間ができる。だからわたしたちは、書くときに、その間ができる場所に空白を残す。こんなふうに。あなた。は。何。歳。です。か？」モーズビーは話しながら紙に書きつけ、間をおくごとに空白を残した。アニョム・ア・オウ・クマ・ア・メ？

「でも、ゆっくりしゃべるのは、あんたが外国人だからだ。ぼくはティヴ族だから、しゃべるときに間を置かない。同じように書いてはいけないのか？」

「どれだけ早くしゃべるかは関係ない。単語は、早くしゃべってもゆっくりしゃべっても変わらない」

「だったらどうして、ひとつひとつの単語のあとに間を置くといったの？」

「単語を見つけるいちばん簡単な方法だからだよ。これをとてもゆっくりいってみて」モーズビーは、いまさっき自分が書いたしるしを指さした。

ジジンギはとてもゆっくりしゃべった。自分が酔っ払っていることを隠そうとしている男なら、そんなふうにしゃべるかもしれない。「アンとヨムのあいだにどうして空白がないの？」

「アニョムはひとつの単語だ。その途中には間を置かない」

「でも、ぼくならアニョムのあとにも間を置かない」

モーズビーはためいきをついた。「どう説明すればいいか、もっと考えてみるよ。いまのところは、とにかく、わたしが空白を開けた場所に、空白を開けてくれ」

書くというのはなんと不思議な術だろう。畑にヤムイモの種を蒔くときは、種と種の間隔を均等にするのがいちばんだ。モーズビーが紙の上でしるしを群れにしたのと同じようにヤムイモの種を植えたら、ジジンギは父に殴られるだろう。しかしジジンギは、この術をせいいっぱい学ぼうと決心していた。そのためにしるしを群れにすることが必要だというなら、それにしたがうまでのこと。

いくつもの授業を重ねたあと、ジジンギはようやく、どこに空白をはさむべきか、モーズビーが〝単語〟と呼んだのがどういうものかを理解した。単語がどこではじまりどこで終わるかは、耳で聞いてもわからない。人間がしゃべっているときに発する音は、山羊の脚の皮と同じくらいなめらかで切れ目がないが、単語は、肉の下にある骨のようなもので、単語と単語のあいだの空白は、山羊の脚をばらそうと思ったときに切断する関節部分に相当する。書くときに空白をはさむことで、モーズビーは、自分のしゃべることに目に見える骨をつくっているのだ。

ジジンギは、いっしょうけんめい考えると、いまでは、ふつうの会話の最中、他人が話しているときでも、単語を特定できるようになっていることに気づいた。人間の口から出る音は前と変わらないが、違ったふうに聞きとれる。全体をつくりあげている個々の部品がわかる。ジジンギ自身、前からずっと単語を使って話していたのだ。いままでそれを知らなかっただけで。

＊

リメンを使った検索の便利さはたしかに感動的だったが、それだけでは、ウェットストーンがこの製品のポテンシャルとみなしている機能の上っ面《つら》をひっかいただけにすぎない。夫の以前の発言について事実確認したとき、ディアドリはリメンに対し、はっきり言葉にして問いを発していた。しかしウェットストーンが期待していたのは、ユーザーが製品に慣れるにつれて、ユーザーの思考過程そのものにリメンが組み込まれて、なにかを思い出そうとするたび、それと意識しなくても自然にリメンが呼び出されることだった。いったんそうなれば、われわれは知的サイボーグと化し、事実上、なにかをまちがって思い出すことが不可能になる。誤り訂正機能を内蔵するシリコン上に保存されたデジタル動画が、まちがいを起こしやすい人間の側頭葉が果たしていた役割を引き継ぐ。

完全な記憶を持つというのはどんなものだろう。記録に残るかぎりで史上もっともすぐれた記憶力を持つのは、おそらく、二十世紀前半のロシアでその名を知られたソロモン・シェレシェフスキーだ。彼をテストした心理学者によれば、シェレシェフスキーは一連の単語や数字を一度聞いたあと、数カ月、いや数年後にもそれを覚えていた。イタリア語をまったく知らないのに、十五年前に朗読された『神曲』を何連も暗唱することができた。しかし、完璧な記憶を持つことは、ふつうに想像されるような恩恵ではなかった。テキストの一節を読むだけで、あまりにも多くのイメージが心に喚起されるため、それが実際になにをいっているかに集中できないことが多かったし、無数の特定の実例を想起してしまうせいで、抽象的な概念を理解するのが困難だった。ときおり彼は、意図的にものごとを忘れようとした。もう覚えていたくない数字を紙切れに書いてそれを燃やし、焼き畑式のアプローチで心の中の下生えを一掃しようとしたが、無駄だった。

ウェットストーンの広報担当、エリカ・マイヤーズに、完璧な記憶がハンディキャップになる可能性を指摘すると、彼女はあらかじめ答えを用意していた。「網膜プロジェクターについて世間の人が心配してたのとかわりませんよ。たえず最新情報が目に入ることで気が散ったり圧倒されたりするんじゃないかと憂慮する声がありましたが、みんなそれに適応しました」

だれもかれもが網膜プロジェクターのことをポジティブな進歩だと考えたわけではないということを、わたしはあえて指摘しなかった。

「それに、リメンは一から十までカスタマイズ可能です」とマイヤーズはつづけた。「必要以上に検索しすぎると思ったら、いつでも反応レベルを下げることができます。でも、当社の顧客分析によれば、いままでのところ、ユーザーはそうしていません。リメンを快適に使いこなせるようになったユーザーは、反応レベルが高いほど役に立つと感じています」

しかし、たとえリメンが、望まない過去の情報でつねに視野の一部をふさいでいるわけではないとしても、ただイメージを完璧にしたことから生じる問題はないのだろうか。

「許して忘れよ」という言葉がある。理想化された度量の広い自分にとっては、必要なのはそれだけだ。しかし、現実の自分にとっては、このふたつの行為、許すことと忘れることとの関係は、そう簡単ではない。わたしたちはたいていの場合、許せるようになるまでに、いくらか忘れる必要がある。苦痛を新鮮なものとして経験しなくなったとき、侮辱されたのを忘れることがそれまでより楽になり、今度はその結果として、記憶にとどまることが少なくなり、以下、そのくりかえし。この心理的なフィードバック・ループのおかげで、最初は激怒していた侮辱が、過去を映すバックミラーの中で、だんだん赦《ゆる》せるものに見えてくる。

わたしが恐れたのは、リメンのせいでこのフィードバック・ループが働かなくなることだった。いつまでも残る映像記録の中に、侮辱のすべてが細部まで鮮やかに固定されることで、許しのプロセスがはじまるために必要な軟化が妨げられる可能性がある。安定した結婚生活をリメンが傷つけることはありえないという主張の中でエリカ・マイヤーズがいったことを思い返してみた。彼女の言葉は、安定した結婚とはこういうものだと暗黙裏に述べている。だれかの結婚が、忘れやすさという——皮肉な言葉選びに見えるかもしれないが——礎《コーナーストーン》石の上に築かれたものだとしたら、砥《ウェットストーン》石はなんの権利があってその礎石を打ち砕くのか？

この問題は、結婚生活にかぎったことではない。あらゆる種類の人間関係が、許して忘れることに依存している。わたしの娘、ニコルは、昔から我が強く、手に負えない子どもで、思春期には真っ向からわたしに刃向かってきた。娘が十代のころには、何度も激烈な言い争いをした。そうした口論のほとんどを水に流して、いまわたしたち父娘は良好な関係を築いている。もしあのころのわたしたちにリメンがあったら、いまのわたしたちはもう口もきかない関係になっていたかもしれない。

関係を改善する唯一の方法が忘却だといいたいわけではない。ニコルとの口論のほとんどはもう思い出せないが――そしてそのことに感謝しているが――ひとつだけ、はっきりと覚えている口論がある。その口論に鞭打たれて、わたしはもっといい父親になろうと決心したのだから。

それは、ニコルが十六歳、高校一年生のときだった。母親のアンジェラが家を出てから二年――たぶんわたしたち父娘の双方にとって、もっともつらい二年間だった。なにが口論のきっかけだったかは覚えていない。きっと、なにかつまらないことだろう。しかし、それがどんどんエスカレートして、ニコルはほどなく、アンジェラに対する怒りをわたしにぶつけてきた。

「母さんが出ていったのはだれのせい？　自分が追い出したくせに！　だったら自分も出ていけばいい。ひとりで暮らすほうがよっぽどまし！」そして、自分の主張を自分で証明するように、家を飛び出していった。

わたしに対する悪意からあらかじめ考えていた台詞じゃないのはわかっていた。彼女の人生のその段階では、どんなことであれ、ニコルはあらかじめものごとを深く考えたりしていなかったと思う。しかし、もしじっくり台詞を練っていたとしても、あれほど深くわたしを傷つける非難を考え出すことはできなかっただろう。わたしはアンジェラに出ていかれたことでうちのめされ、いったいどうすれば妻をつなぎとめることができたのかと、毎日そんなことばかり考えて過ごしていた。

ニコルは翌日まで帰ってこなかった。そしてその夜は、わたしにとって内省の一夜となった。アンジェラが出ていったのがわたしの責任だとは思わないが、それでもやはり、ニコルの非難は、わたしにとって目覚ましのベルのような役割を果たし、はっと気がついた。そう意識していたわけではないが、わたしは自分こそがアンジェラの家出の最大の犠牲者だと考えて、自己憐憫の中でのたうちまわっていたのである。おれはなんと理不尽な状況に置かれているんだろう。そもそも子どもがほしいというのはおれの考えでさえなかった。親になりたいといったのはアンジェラだったのに、その彼女はすべてを放りだし、おれを置いて行ってしまった。思春期の娘を育てる責任をおれひとりに押しつけるなんて、まともな世界じゃない。こんなに困難な仕事なのに、これまでまったくなんの経験もない人間ひとりにそれを委ねるなんてことがどうして許されるのか……。

しかし、ニコルの非難によって、娘の苦境のほうがわたしのそれよりも深刻だということを、わたしはやっと理解した。はるか昔のことだし、どんな責任を負わされることになるのかちゃんとわかっていなかったとはいえ、すくなくともわたしは、その義務にみずから志願した。それに対してニコルはと言えば、まったくなんの予告もなく、とつぜんこの役を割り振られたのだ。怒る権利がある人間がいるとしたら、それはニコルだ。そしてわたしは、自分が父親としてちゃんとつとめを果たしてきたと思っていたが、もっといい父親になる必要があることは明らかだった。

わたしは考えをあらためた。娘との関係は一夜にして好転したりはしなかったが、それから数年かけて、ニコルに気に入ってもらえるような方向へとすこしずつひきかえすことができた。カレッジの卒業式の日、娘がわたしをハグしてくれたときの感触を覚えている。そのときわたしは、数年間の努力が報われたと思った。

そうした修復の年月は、リメンを使っていてもありえただろうか。わたしたちのそれぞれが、相手の悪いところを面と向かって指摘するのを控えられたとしても、口論の動画をひとりで見直すチャンスは、有害な結果を招きかねない気がする。たがいに口汚く怒鳴り合ったときのことをまざまざと思い出すことで怒りが新たになり、関係を立て直す障害になるかもしれない。

＊

ジジンギは、ティヴ族がどこからやってきたかという物語を書き留めたいと思ったが、語り手の話す速度がはやすぎて、書くのが追いつかなかった。練習すれば上達するとモーズビーはいったが、ジジンギは、話すのに追いつけるほど書くのがはやくなるとは思えなかった。

それから、ある夏のこと、リースという名のヨーロッパ人が村を訪ねてきた。モーズビーは、彼女が「他の人々について学んでいる人」だといったが、それがどういう意味なのかは説明することができず、リースがティヴの地のことを知りたがっていると述べただけだった。リースは村の全員に質問した。長老だけではなく、若者にも、女たちや子どもたちにまでたずね、その答えをすべて書き留めた。リースはだれに対しても、ヨーロッパ人のやりかたを学ばせようとはしなかった。モーズビーが、呪いなどというものはない、すべては神のご意志だと言い張るのに対して、リースは呪いがどんなふうに働くのかたずね、父方の血族に呪われることもあるが、母方の血族が呪いから守ってくれるという説明に熱心に耳を傾けた。

ある晩、村で一番の語り手コクワが、ティヴ族はどのようにしてさまざまな血族に分かれたかという物語を語り、リースは彼が語ったままに逐一それを書き留めた。後刻、リースは指先でやかましく叩く機械を使ってその物語を写し、きれいで読みやすい複製をつくった。ジジンギが、ぼくのためにもうひとつ複製をつくってくれないかと頼むと、リースが聞き入れてくれて、ジジンギは大いに興奮した。

紙に記された物語は、奇妙なことに、がっかりさせるようなものだった。ジジンギは、書くことを最初に学んだときのことを思い出した。書くことによって、自分がその場にいるかのように鮮やかに語りを感じられるようになると想像していた。しかし、そうはならなかった。コクワが物語を語るとき、彼はただ単語だけを使うわけではない。声色、両手の動き、目の輝きも同時に使う。語り手は全身で物語を語り、聴き手は同じように全身で物語を味わう。そういうものはどれひとつとして紙には記されない。書き留めることができるのはむきだしの単語だけ。そして、単語だけを読むことは、コクワ自身の語りを聞く体験のほんの一部でしかない。オクラを食べるかわりに、オクラを調理している鍋を舐めるようなものだ。

それでもジジンギは、紙に記された物語をもらえたことがうれしくて、折に触れて何度も読み返した。それはいい物語で、紙に記録する値打ちがあった。紙に記されたすべてのものがそんなに価値があるわけではない。説教の最中、モーズビーは彼の本に載っている物語をいくつか声に出して読む。たいていの場合、それらはいい物語だが、モーズビーはほんの二、三日前に自分で書き留めた言葉も声に出して読む。たいていの場合、それらは物語でもなんでもなく、ヨーロッパ人の神についてもっと多くを学ぶことがティヴ族の生活を向上させるという、ただの主張だった。

ある日、モーズビーが雄弁に語った説教のあと、ジジンギは彼に讃辞を述べた。「自分の説教がどれもすばらしいと自分で思っているのは知ってるけど、きょうの説教はよかったよ」

「ありがとう」とモーズビーは笑顔でいった。しばらくして、「どうしてわたしが、自分の説教をどれもすばらしいと思っていると？」

「いまから何年も先になっても、人々が自分の説教を読みたがると思っているからだよ」

「そんなことは思ってないよ。どうしてそう思う？」

「まだじっさいに説教をしないうちから、それをぜんぶ書き留めているじゃないか。ただのひとりもあんたの説教を聞かないうちに、将来の世代のためにそれを書き留めている」

モーズビーは笑った。「いや、そんな目的で書き留めているわけじゃない」

「だったら、なんのために？」ジジンギは、遠くにいる人に読ませるためでないことは知っていた。というのも、ときどき配達人が村にやってきてモーズビーに紙を渡すのだが、モーズビーのほうから説教を記した紙を渡したことは一度もなかったからだ。

「説教をするときにいいたいことを忘れないように、言葉を書き留めるんだよ」

「いいたいことを忘れるなんてことがどうしてある？　ぼくらはいまこうして話しているけど、どっちも、そのために紙なんか必要じゃない」

「説教はふつうの会話とは違う」モーズビーは思案を巡らすように、しばし口をつぐんだ。「説教をするときは、可能なかぎり自信をもって臨みたい。いいたいことを忘れることはないにしても、いちばんいい言い方を忘れてしまうかもしれない。紙に書き留めておけば、心配しなくて済む。しかし、言葉を書き留めることは、覚えておくことを助けてくれる以上の意味がある。考える助けになる」

「どうして書くことが考えることの助けになる？」

「いい質問だ」モーズビーはいった。「たしかに妙だね。どう説明すればいいかわからないが、書くことは、なにをいいたいかを決める助けになる。わたしが生まれた土地では、とても古いことわざがある。ウェルバ・ウォラント・スクリプタ・マネント。ティヴ語でいうと、『話した言葉は飛び去る、書いた言葉は残る』だ。意味はわかるかい？」

「うん」ジジンギは、礼儀のためだけにそう答えたが、さっぱりわからなかった。伝道師は、老いぼれるほどの年齢ではないが、きっと記憶力がすごく衰えていて、それを認めたくないのだろう。ジジンギがこの話をすると、同年輩の仲間たちは何日もそれを冗談のタネにした。噂話を交換するたびに、「いまの、覚えておけるか？　これが役に立つぞ」とつけくわえて、テーブルで書きものをするモーズビーの真似《まね》をするのだった。

翌年のある晩、コクワはティヴ族がどのようにしてさまざまな血族に分かれたかの物語を語ると述べた。ジジンギは、前の年にリースからもらった紙をとりだし、コクワが語るのと同時に物語を読んだ。語りを追える箇所もあったが、たいていはとまどう結果になった。コクワの話す言葉が、紙に記された言葉と一致しなかったからだ。コクワが語り終えたあと、ジジンギは彼にいった。「去年この物語を語ったときと違っていたね」

「ばかばかしい」とコクワはいった。「わしが物語を語るときは、どれだけ時間が経っても変わることはない。いまから二十年後に、いまの物語を語ってくれといわれても、まったく同じように語る」

ジジンギは自分が持っている紙を指さしていった。「この紙は、コクワが去年語った物語だ。違うところがたくさんあった」ジジンギは自分が覚えている箇所を例に出した。「前回は、『ウエンギが女たちと子どもたちを捕らえて、奴隷にするために連れ去った』といった。今回は、『彼らは女たちを奴隷にした。それだけではなく、子どもたちまで奴隷にした』といった」

「同じことだ」

「同じ物語だけど、前とは語りかたが変わってる」

「いや」コクワはいった。「前に語ったのとまったく同じように語った」

ジジンギは単語がなんなのかを説明したくはなかった。かわりに彼はいった。「もし前と同じように語るのなら、毎回、『ウエンギが女たちと子どもたちを捕らえて、奴隷にするために連れ去った』というはずだよ」

しばらくのあいだコクワはジジンギをじっと見つめていたが、それから笑い出した。

「書く術を学んだいま、おまえがだいじだと思うことがそれか？」

ふたりの会話を横で聞いていたサベが、コクワをたしなめた。「ジジンギを導くのはあんたの仕事じゃない。ウサギはある食べものを好み、カバはべつの食べものを好む。自分の時間は好きなように使わせてやれ」

「もちろんだ、サベ。もちろんだとも」とコクワはいったが、嘲るような視線をジジンギに投げた。

あとになって、ジジンギはモーズビーが言及したことわざを思い出した。たとえ同じ物語を語っているとしても、コクワは語るたびに単語の並べかたを変えているのかもしれない。語り手として、彼は語りの術にじゅうぶん長けているから、単語の並べかたは問題にならない。説教をするとき、ひとつも変えずにしゃべるモーズビーとは違う。モーズビーにとって、だいじなのは単語だ。ジジンギは、モーズビーが説教を書き留めているのが、記憶力の衰えのせいではなく、単語の特定の並べかたを探しているためだと理解した。求める並べかたを見つけたら、それを必要とするかぎりずっと、その並べかたにすがることができる。

ジジンギは、好奇心から、自分が説教をしなければならなくなったと想像して、自分ならなにをいうかを書きはじめた。モーズビーがくれたノートを持って、マンゴーの木の根に腰を下ろし、ツァヴに関する説教を練りはじめた。ツァヴとは、ある種の人間たちが他人に力を及ぼすことを可能にする性質で、それを理解できないモーズビーが、くだらない迷信だと切り捨てたものだった。ジジンギは、はじめて書いたものを、同年輩のひとりに読ませた。その発音があまりにひどかったので、ちょっとした喧嘩になったが、そのあと、ジジンギは相手が正しいことを認めざるを得なかった。ジジンギは説教をもういちど書き直し、さらにもういちど書いてから、うんざりしてべつのテーマに移った。

書くことを練習するうち、モーズビーがいったことの意味がだんだんわかってきた。書くことは、だれかがいったことを記録する方法というだけではない。しゃべる前に、なにをいうか決めるのを助けてくれる。そして単語は、しゃべることの部品というだけではない。考えることの部品だった。それを書き留めると、考えをれんがのように両手でつかんで、べつの並べかたで並べることができる。書くことは、しゃべっているだけでは不可能なやりかたで自分の考えを見直させてくれる。書いたものを見ることで、考えを磨き、もっと強く、もっと精緻なものにしてくれる。

＊

心理学者は、意味記憶（一般的な知識）とエピソード記憶（個人的な出来事の思い出）を区別する。書くことが発明されて以来、人間はずっと、意味記憶を補完するテクノロジーを使ってきた。最初は本、それから検索エンジン。一方、エピソード記憶については、人間はそうした助力を歴史的に拒んできた。一般的な長さの本を書く場合とくらべて、それと同じくらいの分量の日記や写真アルバムを残す人は少ない。明らかな理由は利便性だ。しかし、北アメリカの鳥についての本が読みたければ、鳥類学者が書いた本を参照すればいい。しかし、日々の記録が望みなら、自分で書かなければならない。とはいえ、もうひとつべつの理由も考えられる。わたしたちは、潜在意識で、エピソード記憶をみずからのアイデンティティの必要不可欠な部分と見なし、それを外面化したくない――本棚に並ぶ書物やコンピュータのファイル群の仲間入りをさせたくない――と思っているのではないだろうか。

そしていま、それが変わろうとしているのかもしれない。何年も前から、親は子どものあらゆる瞬間を記録してきた。だから、子どもたちがパーソナルカメラを装着していなくても、彼らのライフログは、事実上すでに集積されている。いま、親が子どもに網膜プロジェクターをつけさせる年齢はどんどん下がっている。そうすれば、子どもがそれだけ早い段階からソフトウェア・エージェントの助力という恩恵を享受できるからだ。子どもたちがリメンを使ってそうしたライフログにアクセスしはじめたらなにが起きるか想像してほしい。思い出すという行為がべつのものになっている以上、彼らの認識のありようは、わたしたちのそれとは違ってくるだろう。過去のある出来事について考え、心の目でそれを見るというのではなく、その出来事を参照する言葉を心の中でつぶやき、肉体的な目で動画クリップを見る。エピソード記憶は、百パーセント完全に、テクノロジーに仲介されたものになる。

そうしたテクノロジーに頼ることの明らかな欠点は、ソフトウェアがクラッシュするたびに仮想的記憶喪失に陥るのではないかという可能性だ。しかし、わたしにとって技術的失敗の可能性以上に心配なのが、技術的成功だ。ビデオカメラの瞬《また》かない目でしか自分の過去を見なくなってしまったとき、自分という概念はどう変化するだろう。つらい記憶をやわらげるフィードバック・ループがあるのと同じように、子ども時代の記憶をロマンティックなものにするようなフィードバック・ループも存在する。そのプロセスを破壊することは、なにがしかの結果を招くだろう。

わたしが覚えている最初の誕生日は四歳のときだ。ケーキのろうそくを吹き消したこと、プレゼントの包装紙を破るときの興奮を覚えている。この日の動画はないが、家族アルバムに写真が残っていて、それはわたしの記憶と一致している。実際には、その日の出来事そのものは、もう覚えていないのかもしれない。最初に写真を見せられたときにその記憶をつくりだし、時が経つにつれて、その日、自分が抱いただろう気持ちを上書きした可能性のほうが高い。回想の回数を重ねるたびに、すこしずつ、楽しい記憶を自分でつくりあげてきたのだ。

もうひとつ、わたしのいちばん最初の記憶は、リビングルームのラグの上で、おもちゃの自動車を押して遊んでいたときのものだ。同じ部屋では祖母がミシンを使っていて、ときどきふりかえってはわたしにあたたかな笑みを向けた。その瞬間の写真はないから、この思い出がわたしだけのもので、なにかに補強されているわけじゃないことはわかっている。美しい、牧歌的な記憶。その日の午後のじっさいのビデオ記録を見たいと思うだろうか？　いや、ぜったいにノーだ。

自伝における真実の役割について、批評家のロイ・パスカルはこう書いている。『一方に偽りのない事実があり、他方に著者の偽りのない気持ちがある。両者がどこで折り合うかを、外部の権威が前もって決めることはできない』わたしたちの記憶はプライベートな自伝であり、祖母と過ごしたあの午後は、それにまつわる感情ゆえに、わたしの自伝の中で輝いている。ビデオ記録によって、祖母の笑みがじつはおざなりなもので、じっさいは縫いものがうまくいかなくていらいらしていたということが判明したら？　あの記憶に関して重要なのは、それにまつわる幸福感であり、わたしはそれを危険にさらしたくない。

子ども時代全体をたえまなく映した動画は、感情を欠いた事実の羅列になるような気がする。理由は単純で、カメラは出来事の感情的な次元をとらえることができないからだ。カメラに関するかぎり、祖母と過ごしたあの午後は、他の百の午後と区別できない。そして、もしわたしがあらゆる映像記録にアクセス可能な中で育ってきたら、ある特別な日に感情的な重みをつけるすべはなく、ノスタルジーを凝集させるような核は生まれなかっただろう。

そして、だれもが乳幼児のころのことを覚えている《リメンバー》といえるようになったら、どんな結果が生じるだろう？　たとえば、こんな状況を容易に想像できる。若い世代の人間に、いちばん早い記憶はなにかとたずねると、彼女はただたんにとまどった顔をする。彼女には、誕生したその日にまで遡る映像記録があるのだから。人生の最初の二、三年を思い出せないという現象――心理学者はこれを幼児期健忘と呼んでいる――は、もうすぐ過去のものになってしまうかもしれない。同様に、両親が子どもに、「このとき、おまえはまだよちよち歩きだったから覚えていないだろうけど」と前置きして幼少期のエピソードを語ることもなくなる。幼児期健忘は、人類の幼児期に特有の現象だったかのように乗り越えられて、わたしたちの発育期は、自分の尻尾を呑み込むウロボロスの蛇のように、記憶から消え失せてしまう。

わたしの一部は、それを止めたいと思っている。子どもたちは、いまはまだ、人生のはじまりをガーゼ越しに透かして見ることができる。わたしはこの現状を守りたい、そうした始まりの物語が、冷ややかで彩度の低い動画に置き換えられてしまうことを防ぎたいと思っている。

でも、もしかしたら彼らは、わたしがこの不完全でアナログ的な記憶に愛着を抱いているのと同じように、欠落のないデジタル記憶にあたたかい感情を抱くのかもしれない。

人間は物語でできている。わたしたちの記憶は、生きてきた一秒一秒の公平中立な蓄積ではない。さまざまな瞬間を選びとり、それらの部品から組み立てた物語《ナラティヴ》だ。だから、同じ出来事を経験しても、他人とまったく同じようにその経験を物語ることはない。さまざまな瞬間を選びとる基準は人それぞれで、各人の個性を反映している。

わたしたち各人が、それぞれべつの些細なものに注意をひかれてそれに目を向け、自分にとってだいじなものを記憶する。わたしたちがつくる物語がわたしたちの人格をかたちづくる。

しかし、万人がすべてを記憶するとしたら、個人個人の違いは削ぎ落とされてしまうのではないか？　わたしたちの〝自分〟という感覚に、そのときなにが起きるのか？　未編集の防犯カメラ映像が映画にならないのと同様、完璧な記憶は物語になりえない気がする。

＊

ジジンギが二十歳になったとき、当局の役人が村にやってきてサベと話をした。役人は、カツィナ・アーラ（ナイジェリア中東部のベヌエ州にある地方行政区）のミッション・スクールを出たというティヴ族の若者を連れていた。当局は、部族法廷に持ち込まれたあらゆる係争の文書記録を提出するよう求め、それぞれの長にひとりずつ、ヨーロッパ人の教育を受けた若者を書記として割り当てることにしたのだった。サベはジジンギに前に出るよう命じてから、役人に向かっていった。「ティヴの地のすべての村に割り振るには、書記の数が足りないことはわかっている。ここにいるジジンギは、書くことを学んだ。この村の書記役はジジンギが果たせる。その若者はべつの村に送ればいい」役人はジジンギの書く能力をテストしたが、モーズビーはジジンギをちゃんと教育していたので、役人は最終的に、彼をサベの書記とすることに同意した。

そして、役人が村を去ったあと、ジジンギは、カツィナ・アーラ出身の若者をどうして望まなかったのかとサベにたずねた。

「ミッション・スクール出身の人間はだれも信用できない」とサベはいった。

「どうして？　ヨーロッパ人が嘘つきに変えてしまうから？」

「ヨーロッパ人にも責任はあるが、それはわしらも同じだ。何年も前、ヨーロッパ人がミッション・スクールに入れる男の子たちを集めたとき、ほとんどの長老は、村から厄介払いしたい怠け者や不平屋を選んだ。いま、そういう男の子たちが戻ってきたが、彼らはだれとも血のつながりを感じていない。彼らは書く術をライフル銃のように使っている。妻をあてがえと長に要求し、いうことを聞かないなら嘘を書いて、ヨーロッパ人に首をすげかえさせる、と脅している」

ジジンギの知り合いにも、いつも不平ばかりいって、仕事を怠けることしか考えていない男の子がいた。そういう人間が、サベ以上の権力を手に入れたらたいへんなことになる。

「ヨーロッパ人にそのことをいえばいいのに」

「おおぜいがいった」サベは答えた。「書記のことを警告してくれたのはクワンデ族のマイショだ。クワンデ族の村に最初に書記が割り当てられた。マイショの場合は、運よく、ヨーロッパ人が書記の嘘ではなく彼の話を信じてくれた。しかし彼は、他の長たちがそれほど幸運ではなかったことを知っている。ヨーロッパ人はたいてい人間より紙を信じるからだ。わしは運まかせにしたくなかった」サベは真剣な目でジジンギを見た。「おまえはわしの血族だ、ジジンギ。そしてこの村のすべての人間の血族だ。わしがいうことを書いてくれると信頼している」

「はい、サベ」

部族法廷は月に一度、朝から夕方まで、三日間つづけて開かれる。毎回、聴衆が集まり、ときには人数が多すぎて、輪の中心に風が届かなくなり、サベがみんなに腰を下ろすように命じることもあった。ジジンギはサベのとなりにすわって、役人が置いていった本に、それぞれの係争に関する細かい内容を記録した。それは、条件のいい仕事だった。係争の当事者から集めた裁判費用の一部が支払われたし、椅子だけでなく小さなテーブルも与えられて、法廷が開かれていないときも、自由にそれを使って書くことができた。サベが審理する申し立ては多岐に渡っていたが――自転車が盗まれた事件とか、隣家の作物が枯れた責任を問う事件とか――ほとんどは妻に関するものだった。そういう争いのひとつで、ジジンギは以下のように書き留めた。

ウメムの妻ギルギは、婚家を出て親族のもとに帰った。夫のもとに戻れと親族のアノンゴが説得を試みたが、ギルギは拒み、アノンゴにはそれ以上どうしようもなかった。ウメムは婚資として支払った十一ポンドの返却を求めた。アノンゴは、いまは無一文だといい、そのうえ、六ポンドしか支払ってもらっていないと主張する。サベは両方の側に証人を求めた。アノンゴは、証人はたしかにいるがみんな旅に出てしまったという。ウメムは証人を連れてきて、宣誓の上で証言させた。証人は、ウメムがアノンゴに支払った十一ポンドをまちがいなく自分が勘定し確認したと証言した。

サベはギルギに、夫のもとに戻ってよき妻となるように求めたが、ギルギはもうこれ以上ウメムには耐えられないという。サベはアノンゴに、ウメムに対して十一ポンドを分割で返済するように指示した。最初の支払いは三カ月後、アノンゴの作物が売却できる時期だ。アノンゴはそれに同意した。

これがその日最後の係争で、終わったときにはサベは目に見えて疲れていた。「野菜を売って婚資を返済するとは」あとで、サベは首を振りながらいった。「わしが子どものころにはありえなかったことだ」

ジジンギには、サベのいいたいことがわかった。長老たちの話では、むかしは似たもの同士を交換したという。山羊一頭がほしければ、鶏数羽をさしだして取引する。女と結婚したければ、親族の女のだれかを相手の家族に嫁がせると約束する。それからヨーロッパ人が、税の支払いにもう野菜は受けとらない、コインで支払えと命じた。ほどなく、あらゆるものが金に交換できるようになった。金を使って、瓢簞《ひょうたん》から妻まで、なんでも買うことができる。長老たちの目にはそれが非常識に映った。

「昔ながらのやりかたはどんどん廃れてゆく」とジジンギは同意した。口には出さなかったが、若い連中はいまのやりかたのほうを好んでいる。なぜなら、ヨーロッパ人が行政命令を出して、相手の女が結婚に同意しないかぎり、男が婚資を支払うことはできないと定めたからだ。過去には、若い女が、しわだらけの手とぼろぼろの歯をした年寄りに嫁ぐことを決められても、女の側には結婚以外に選択肢がなかった。いまでは、相手が婚資を支払えるかぎり、女は好きな男と結婚できる。ジジンギ自身も、結婚のために金を貯めていた。

モーズビーはときどき裁判のようすを見にきたが、手続きに納得がいかないらしく、しばしば閉廷後にジジンギに質問した。

「たとえば、ウメムとアノンゴの、返済すべき婚資はいくらだったかという争いだ。どうしてあの証人だけが宣誓して証言したんだ？」とモーズビーはたずねた。

「起きたことを正確に証言するのを確実にするためだよ」

「しかし、ウメムとアノンゴも宣誓して証言すれば、彼らも起きたことを正確に証言することが確実になる。アノンゴは宣誓していないから、嘘をつくことができる」

「アノンゴは嘘をつかなかった。彼は、自分が正しいと思うことをいった。ウメムと同じように」

「しかし、アノンゴがいったことは、証人がいったことと一致しなかった」

「でも、だからといって嘘をついていたということにはならない」そのとき、ジジンギはヨーロッパ人の言語に関するあることを思い出し、モーズビーの混乱の理由がわかった。「ぼくらの言語は、あなたの言語で〝真実〟にあたる単語がふたつある。正しいことを指す場合は、ミミ。正確なことを指す場合は、ヴォウ。紛争では、当事者たちはそれぞれ正しいと思うことをいう。ミミをしゃべる。しかし証人は、起きたことを正確に話すと宣誓している。ヴォウをしゃべる。なにが起きたのかを聴取したサベは、全員にとってどういう行動がミミなのかを決めることができる。しかし、当事者たちは、ミミをしゃべっているかぎり、それがヴォウでなくても、嘘をついていることにはならない」

モーズビーは見るからに不満そうだった。「わたしが生まれた土地では、法廷で証言する人間は全員、ヴォウを話すと宣誓しなければならない。たとえ当事者でも」

ジジンギはモーズビーがなにをいいたいのかわからず、「どの部族にもそれぞれの習慣がある」とだけ口にした。

「ああ、習慣はそれぞれかもしれない。しかし、真実は真実だ。人によって真実が変わることはない。そして、聖書に書いてあることを思い出したまえ。『真実はあなたがたを自由にする』（「ヨハネによる福音書」8：32）」

「覚えている」とジジンギはいった。モーズビーは、ヨーロッパ人がこれほど成功したのは、神の真実を知っていたからだといった。ヨーロッパ人の富と権力は否定すべくもないが、その原因がなんだったのかがだれにわかるだろう。

＊

リメンについて書くためには、自分で試してみるのが唯一のフェアなやりかただと思った。問題は、検索対象となるべきライフログをわたしが持っていないことだった。ふだんは、インタビューしているときか、イベントを取材しているときくらいしかパーソナル・カメラを起動しない。しかし、ライフログをとっている人々の前で長い時間を過ごしてきたのはたしかだから、彼らが記録している内容を活用できる。あらゆるライフログ用ソフトウェアにはプライバシー・コントロールがセットされているが、ほとんどの人は基本的な共有権を認めている。その場合、自分の行動が彼らのライフログに記録されていたら、自分が出てくる映像記録にアクセスできる。

そこでわたしは、自分のGPS記録に残る位置情報の履歴をもとに、他人が公開している動画から部分的なライフログを抽出してまとめるソフトウェア・エージェントをネットに送り出した。それから一週間のうちに、わたしのリクエストはソーシャル・ネットワークや公共動画アーカイブを通じて増殖し、防犯カメラの映像から、友人、知人、さらには見ず知らずの他人のライフログの映像まで、短いもので二、三秒、長いものでは二、三時間にも及ぶ動画クリップが大量に集まった。

その結果できあがったライフログは、もちろん、自分で映像を記録していた場合にくらべるとはるかに断片的だったし、ほとんどのライフログが一人称視点なのに対して、すべて三人称視点のものだったが、そういう映像データが相手でも、リメンはちゃんと仕事をこなしてくれた。ライフログの普及率は年を追うごとに高まっているので、映像記録はここ数年のものがいちばん多いだろうと思っていた。ところが、ちょっとびっくりしたことに、採集されたデータ量のグラフを見ると、十年前にひとつピークがあった。ニコルは十代のころからライフログをとっていて、わたしの家庭生活の予想外に大きな一部がその中に残されていたのである。

最初のうち、わたしは、リメンをどうやってテストするか、それほどはっきりした方針を決めていなかった。覚えていない出来事の映像記録を出してくれと頼むわけにいかないのは明らかだ。とりあえず、覚えているところからはじめようと考えて、心の中でいった。

「ヴィンスがパラオ旅行の話をしたとき」

網膜プロジェクターがわたしの視野の左下に動画ウィンドウを開いた。わたしは友人のヴィンセント、ジェレミーとランチをとっている。ヴィンセントもライフログはとっていなかったので、映像はジェレミーの視点だった。わたしは、ヴィンセントがスクーバ・ダイビングについて熱く語るのに一分ほど耳を傾けた。

次に、ぼんやりとしか覚えていないことで試してみた。「デボラとライルにはさまれてすわっていた晩餐会」同じテーブルにほかにだれがすわっていたか思い出せない。リメンの力を借りて、それがだれだったか特定できるだろうか。

思ったとおり、デボラはその夜を録画していた。彼女の動画に顔認識エージェントを走らせて、まわりにいた全員の名前を特定することができた。

こんなふうに、最初はとんとん拍子に進んだものの、そのあとはいくつか失敗が重なった。ライフログにギャップがあることを考えれば、それも当然だろう。しかし、過去の出来事を一時間にわたってチェックしたのち、リメンのパフォーマンスはおおむね満足できるものになった。

いよいよ、感情的にもっと重い記憶に対してリメンを使ってみるときだ。わたしとニコルとの絆は、いまはもうじゅうぶん強くなっているから、思春期の彼女との口論を再訪しても安全だろうという気がした。はっきり覚えている口喧嘩からはじめて、そこから過去に遡るのがいいだろう。

そう思って、口の中でいった。『母さんが出ていったのはだれのせい？』とニコルがわたしに怒鳴ったとき」

ウィンドウに、ニコルが十代のころ、わたしたちが暮らしていた家のキッチンが映る。映像はニコルの視点。わたしはガスレンジの前に立っている。わたしたちが口論しているのは明白だ。

「母さんが出ていったのはだれのせいだ？　自分が追い出したくせに！　だったら自分も出ていけばいい。ひとりで暮らすほうがよっぽどましだ！」

言葉は記憶にあるとおりだったが、それを口にしたのはニコルではなかった。

わたしだった。

最初に頭に浮かんだのは、捏造《ねつぞう》されたという考えだった。ニコルが動画を編集して、自分が口にした台詞をわたしにいわせている。自分のライフログの映像にアクセスするリクエストをわたしが出していることに気づいて、思い知らせるためにこの動画をでっちあげたんだ。

あるいは、ニコルが友だちに見せるためにつくった映像かもしれない。わたしに関する不満を補強するために。でも、こんな真似をするくらいわたしに腹を立てているのはなぜだろう。過去のこんな不和は乗り越えたんじゃなかったのか？

わたしは動画全体にざっと目を通し、編集した映像をつないだ箇所を示す不整合を探した。つづく映像は、家を飛び出すニコルの姿だった。わたしの記憶にあるとおりだ。ということは、そこに不整合のしるしはない。ビデオを戻して、それに先立つ口論の場面を見た。

最初、わたしはビデオを見ながら腹を立てていた。こんな嘘をでっちあげるほど極端な真似をしたニコルに怒っていた。というのも、それに先立つ映像すべては、わたしが怒鳴った側だというストーリーに一致する内容だったからだ。

それから、動画の中のわたしが話していることに覚えがあるような気がして胸が悪くなってきた。娘がトラブルを起こしたせいでまた学校に呼び出されたことに文句をいい、ろくでもない連中とつるんでいるといって娘を非難する。しかしこれは、わたしがあんな言葉を投げつけることになる流れとは文脈が違う。そうに決まっている。わたしは娘を叱りつけるんじゃなく、自分の心配を口にしている。ニコルはわたしがほかで口にしたことを脚色して、中傷的な動画をよりもっともらしくしたに違いない。それが唯一の説明だ、そうに決まっている。

わたしはリメンに動画のすかしを調べるように指示したが、動画には改変された形跡がないという報告が返ってきた。リメンは、検索文字列に訂正を提案している。「ニコルがわたしに怒鳴ったとき」というもとの検索文字列に対し、提案は、「わたしがニコルに怒鳴ったとき」。最初の検索結果が表示されるのと同時にこの訂正案も提示されていたはずだが、気づいていなかった。わたしはこのソフトウェアに腹を立て、愛想をつかしてリメンを終了させた。この動画が捏造だと証明すべく、デジタルすかしの偽造に関する情報を集めようと検索しかけたところで、それが理性を失った自暴自棄の行動だと気づいて自制した。

わたしは聖書に手を置いてでも、もしくは求められるどんな宣誓をしてでも、母親が家を出たのはおまえのせいだとわたしを責めたのはニコルだったと証言しただろう。あの口論に関する記憶は、他のどんな記憶よりも鮮明だ。しかし、あの動画を信じることが困難だった理由は、それだけではない。もうひとつの理由は、自分が——さまざまな短所や欠点があるとしても――子どもに向かってあんなことをいえるような父親ではけっしてないと知っているからだ。

それでも、わたしはまさにそういう父親だと証明するデジタル動画がここに存在する。そして、いまのわたしはもうその男ではないが、その男と連続的につながっていることは否定できない。

さらに多くを物語るのは、長年にわたってわたしがこの真実を自分から隠しおおせてきたという事実だ。前にわたしは、みずから記憶することを選んだディテールが個々の人格の反映だと述べた。自分の発言ではなくニコルの発言としてああいう言葉を記憶していたことは、わたしについてなにを物語っているのか？

あの口論がわたしにとってターニング・ポイントになったのを覚えている。自分が英雄的なシングル・ファーザーとして立ち上がり、困難に立ち向かう、贖罪と修養の物語を想像していた。しかし実際には……どうなった？　それ以降に起きたことのうちどの程度までが、わたし自身の力だったといえるんだろう。

もう一度リメンを起動し、ニコルのカレッジ卒業式の動画を見た。この式典はわたしが自分でも記録していたので、ニコルの顔の映像が残っている。彼女はわたしの前でも純粋にしあわせそうに見えた。ほんとうの気持ちを隠すのがうますぎて、真実がわからないだけだろうか。もしくは、わたしたちの関係がこのときには実際に改善していたのだとしたら、どんなふうにしてそうなったのか。十四年前のわたしが、自分で思っていたよりはるかに悪い父親だったことは明白だ。そこから抜け出して長い道のりを進み、いまのわたしになったのだと結論したい誘惑にかられるけれど、自分の感覚はもう信用できない。ニコルはそもそも、いまのわたしに対してもポジティブな感情を持っているのだろうか。

この問いに答えるためにリメンを使うつもりはなかった。本人《ソース》にあたる必要がある。わたしはニコルに電話して、話があるから今夜アパートメントに行ってもいいかとたずねるメッセージを残した。

＊

それから二、三年後、サベは、シャンゲヴ族の長たち全員が集まる一連の会議に出席するようになった。ヨーロッパ人はもはや多数の長たちと交渉することにうんざりして、彼らが氏族《セプト》と呼ぶ八つの集団にティヴの地の全部族を分割した。その結果、サベと他の長たちは、シャンゲヴ族がどこの氏族に加わるかで議論しなければならなくなった。書記の必要はなかったが、ジジンギはその審議に興味があったので、ついていってもいいかとサベにたずね、許可してもらった。

　こんなにおおぜいの長老が一ヵ所に集まっているのを見るのははじめてだった。サベのように泰然として威厳のある長もいれば、声が大きくいつも怒鳴り散らしている長もいた。彼らは何時間もぶっつづけで議論した。

戻ってきた夜、どんなふうだったかとモーズビーに訊かれて、ジジンギはためいきをついた。「怒鳴っていないときでも、みんな山猫のように闘っていた」

「どこの氏族に加わるべきだとサベは考えているんだい？」

「ぼくらといちばん近い血縁関係にあるクランといっしょになるべきだ。それがティヴのやりかたなんだ。シャンゲヴはクワンデの息子だから、南に住んでいるクワンデ族といっしょになるべきだ」

「筋が通っているな」とモーズビー。「だったらどうして反対が？」

「シャンゲヴ族の人々は、全員が隣り合って暮らしているわけじゃない。西の農地、ジェチラ族の近くに住んでいる者もいる。彼らの長老たちはジェチラの長老たちと親しい。彼らはシャンゲヴ族がジェチラ族といっしょになることを望んでいる。そうすれば、結果的に生まれる氏族の中で、自分たちの影響力が大きくなるから」

「なるほど」モーズビーはしばらく思案を巡らしてから、「西のシャンゲヴが南のシャンゲヴとはべつの氏族に加わることは可能なのか？」

ジジンギは首を振った。「ぼくたちシャンゲヴは全員がひとりの父を持っているから、ずっといっしょでいなければならない。その点については、すべての長老たちの意見が一致している」

「しかし、もし家系がそんなに重要なら、西の長老たちはどうしてシャンゲヴ族がジェチラ族と合流すべきだと主張する？」

「それが対立の原因なんだ。西の長老たちは、シャンゲヴがジェチラの息子だといっている」

「待てよ。シャンゲヴの親がだれなのかもわからないのか？」

「わかってるとも！　サベはティヴその人にいたるまで、祖先の名前を暗唱できる。西の長老がシャンゲヴがジェチラの息子だと嘘をついているのは、ジェチラ族に合流したほうが彼らにとって利益が大きいからだ」

「でも、もしシャンゲヴ族がクワンデ族と合流したら、きみたちの長老にとって利益があるんじゃないのか？」

「うん。でもシャンゲヴはクワンデの息子だ」ジジンギはそういってから、モーズビーがなにをいいたいのか理解した。「嘘をついているのはぼくらの長老たちのほうだと？」

「いや、そんなことをいうつもりはぜんぜんないよ。ただ、どっちの主張もおなじように
もっともに聞こえるというだけのことだ。だからわたしにはどっちが正しいかわからな
い」
「サベが正しいよ」
「もちろんだ。でも、他の人間にどうやってそれを認めさせる？　わたしが生まれた土地
では、おおぜいの人間が自分の家系を紙に書き記す。そうすれば、祖先を正確にたどるこ
とができる。過去に何世代も何世代もあったとしても」
「うん。あんたの聖書で家系を見たことがある。アブラハムからアダムまで遡れる」
「もちろん。しかし、聖書を離れても、人々は自分の家系を記録している。自分がだれの
子孫なのかを知りたいときは、紙を見ればいい。きみたちの場合も、もし紙があれば、サ
べが正しいと他の長老たちも認めざるを得なくなる」
もっともな指摘だ、とジジンギは思った。シャンゲヴ族がずっと前から紙を使っていれ
ばよかったのに。そのとき閃いた。「ヨーロッパ人がはじめてティヴの地に来たのはい
つ？」
「どうかな。すくなくとも四十年前には来ていると思うが」
「最初に来たとき、シャンゲヴ族の家系についてなにか書き留めていた可能性はない？」

モーズビーは考え込むような顔になった。「もしかしたら、あるかもしれない。当局が大量の記録を残しているのはまちがいない。もしなにか残っているとしたら、カツィナ・アーラの政府公館に保管されているはずだ」

五日に一度、市が立つ日に、一台のトラックが品物を積んで自動車道路経由でカツィナ・アーラに向かう。次の市はあさってだ。あしたの朝、出発すれば、それまでに自動車道路に着いて、トラックに乗せてもらえる。「政府公館の人はぼくに記録を見せてくれるかな?」

「ヨーロッパ人が同行したほうが話が早いかもしれないな」モーズビーはにっこり笑って、「いっしょに旅行に出るか」

＊

ニコルがアパートメントのドアを開け、中に招き入れてくれた。なんの用で来たのか、見るからに不思議に思っているようだ。「で、なんの話があるって?」

どこから話をはじめればいいのかわからなかった。「妙に聞こえるだろうけど」

「オーケイ」とニコル。

リメンを使って部分的ライフログを閲覧し、ニコルが十六歳のときにわたしたちのあいだで起きた口論の映像を見たことを話した。最後はわたしが怒鳴りつけ、ニコルが家を出る映像。「覚えてるかい、あの日のこと」

「もちろん」ニコルは、この話がどこに向かうのかわからなくて落ち着かない表情だった。「わたしも覚えている。すくなくとも、覚えていると思っていた。でも、まちがって覚えてたんだ。わたしの記憶では、あれはおまえがわたしにいったことだった」

「わたしがなにをいったことになってたの？」

「おまえがわたしに向かって、だったら自分も出ていけばいい、ひとりのほうがずっとましだ、と」

ニコルは長いあいだじっとわたしを見つめていた。「これだけの長い歳月ずっと、あの日のことをそんなふうに覚えてたって？」

「ああ。きょうのきょうまで」

「笑っちゃうくらいね。もしこんなに悲しい話じゃなかったら」

胃のあたりがずっしり重くなった。「ほんとうに悪かった。どんなに悪いと思っているか、言葉ではいえないくらいだ」

「悪いと思ってるのは、あんなことをいったこと？　それとも、それをわたしがいったと思い込んでいたこと?」

「両方だ」

「まあ、そりゃ、悪いと思って当然よね! あのときわたしがどんな気持ちになったか想像できる?」

「想像もできない。おまえがわたしにあんなことをいったと思っていたとき、自分がどんなひどい気分だったのかはわかっているが」

「ただしそれは、父さんが頭の中でつくりだしただけのことだった。実際は、わたしに起きたこと」ニコルは信じられないというように頭を振った。「まったく、父さんらしい話」

それ聞いて胸が痛んだ。「そうなのか? ほんとうに?」

「もちろん。父さんはいつだって自分が被害者みたいにふるまうじゃない。もっとちゃんとした扱いを受けて当然の善玉だというみたいに」

「まるでわたしが妄想を抱いているみたいに聞こえる」

「妄想というわけじゃない。ただ、自分のことに夢中になって、まわりが見えていないだけ」

これにはちょっとむっとした。「謝罪しようと思ってきたのに」

「ええ、ええ、そうでしょうよ。父さんのことだもんね」

「いや、おまえのいうとおりだ。わたしが悪かった」ニコルが先をつづけるように手振りで促すのを待ってから、「わたしはたしかに……自分のことに夢中になって、まわりが見えていない。それを認めるのがむずかしいのは、自分では、しっかり目を開いてそれを乗り越えたつもりでいたからだ」

ニコルは眉間にしわを寄せた。「どういうこと？」

わたしは、父親としての自分を省みて、ニコルとの関係を立て直そうと決心し、それがニコルのカレッジの卒業式での絆の瞬間に結実したと思っていることを話した。ニコルは表だって嘲笑することはなかったが、その表情を見てわたしは口をつぐんだ。恥ずかしい発言だったことは明白だ。

「卒業式のときは、まだ父さんを嫌ってたのか？　あのとき、おまえとうまくやっていけると思ったのはまったくの思い込みだったのか？」

「ううん、卒業式のとき、父さんとはうまく行ってた。でもそれは、父さんが魔法にかけられたみたいにいい父親に変身したからじゃない」

「じゃあ、なにが原因だった？」

ニコルは口をつぐみ、大きく深呼吸してからいった。「カレッジ時代、セラピストにかかりはじめたの」また口をつぐむ。「わたしの人生が救われたのは、かなりの程度、彼女のおかげね」

最初に頭に浮かんだのは、どうしてセラピストなんかが必要だったんだろうという疑問だった。それを押しやって、わたしはたずねた。「セラピーを受けてたなんて知らなかったよ」

「もちろんそうでしょうとも。父さんは、いちばん打ち明けたくない相手だったし。とにかく、二年生になるころには、父親にずっと腹を立てたままでいないほうがいいと彼女に説得されていた。だから、卒業式の日、あんなにうまく行ったのよ」

ということは、わたしは実際、現実とはほとんど似ても似つかない物語を捏造していたわけだ。すべての仕事をこなしたのはニコルで、わたしはなにひとつしていなかった。「おまえのことがまるでわかってないみたいだ」

ニコルは肩をすくめた。「必要なだけのことはわかってくれてるわよ」

それもまた、胸に突き刺さる言葉だったが、不満などいえる立場ではなかった。「おまえにはもっとましな父親がふさわしい」

ニコルは悲しげな笑い声を短くあげた。「もっと若いころ、父さんにそういわれるところをよく空想した。でもいまは……それですべてが修復されるってものじゃないよね」

そこでニコルがわたしを許し、そのあとはすべてがうまく行くという展開を自分が夢見ていたことに気がついた。しかし、娘との関係を修復するには、すまなかったと謝罪する以上のことが必要だろう。

そのとき思いついた。「してしまったことは変えられないが、すくなくとも、しなかったふりをすることはやめられる。リメンを使って正直な自画像を描いて、自分の人生の棚卸しをしてみるよ」

ニコルは、わたしの誠実さを値踏みするようにじっと見つめた。「いいわ。でもこれだけははっきりいっとく。わたしをクソみたいに扱ったことに罪悪感を抱くたびにここに飛び込んでくるのはやめて。あれを過去のことにするために、わたしは必死で努力してきた。父さんがいい気分になるためだけに、もういちど生き直す気はないの」

「もちろんだ」ニコルが泣きそうになっているのに気づいた。「なのに、またその話を持ち出して気持ちを乱してしまった。すまない」

「いいのよ、父さん。努力してくれていることには感謝する。ただ……当分のあいだ、もうこんなことはしないで。ね？」

「ああ」わたしは帰るために玄関のほうに歩きかけて立ち止まった。「ひとつ聞きたかったんだが……もし可能なら、なにかわたしにあらためられることが……」

「あらためる？」ニコルは信じられないという顔でいった。「さあね。とにかく、もっと他人のことを考えてくれる？」

そしていま、わたしはそうしようと努力している。

＊

政府公館には、たしかに四十年前から紙が保管されていた。ヨーロッパ人が評価報告書と呼ぶもので、モーズビーが同行しているだけで閲覧許可を得るにはじゅうぶんだった。ジジンギには読めないヨーロッパ人の言語で書かれていたが、さまざまな部族の先祖が図表になっていて、そこに出てくるティヴの名前は簡単に見分けられたし、ジジンギの解釈は正しいとモーズビーが確認してくれた。西の農場の長老たちが正しく、サベはまちがっていた。シャンゲヴはクワンデの息子ではなく、ジェチラの息子だった。

政府公館にいた男たちのひとりが、ジジンギが持ち帰れるように、関係するページをタイプして写しをつくってくれることになった。モーズビーは、カツィナ・アーラにいる伝道師たちを訪ねるためにしばらく滞在するといったが、ジジンギのほうはすぐさま帰途に就いた。帰りの道中は、じれったい子どものような気分で、自動車道路から歩いて帰るかわりに、このトラックで村まで直行できたらいいのにと思った。村に帰りつくなり、ジジンギはサベを探しにいった。

サベは、近隣の農場へとつづく小道にいた。雌山羊の仔をどう分配するかの争いを解決してほしいと近隣の住民に呼び止められたのだ。最終的に彼らは満足し、サベはまた歩き出した。ジジンギはその横を歩いた。

「よく戻った」とサベはいった。

「カッィナ・アーラに行ってたんだ、サベ」

「ほう。どうしてカッィナ・アーラへ？」

ジジンギはサベに紙を見せた。「これはずっと昔、ヨーロッパ人がはじめてここに来たころに書かれたものだ。彼らはシャンゲヴ族の長老たちと話をした。長老たちがシャンゲヴ族のはじまりについて語ったとき、彼らは、シャンゲヴがジェチラの息子だといった」

サベの反応はおだやかだった。「ヨーロッパ人はだれに話を聞いた？」

ジジンギは紙を参照した。「バッールとイオルキャハ」

「ふたりのことは覚えている」サベはうなずきながら、「ふたりとも賢者だった。そんなことをいったはずはない」

ジジンギはページに記された言葉を指さした。「でも、いってる！」

「もしかしたら、おまえが読み違えているのかもしれない」

「そんなことはない！　読みかたは知ってる」

サベは肩をすくめた。「どうして紙を持ち帰った？」

「そこになにが書いてあるかがだいじなんだ。ここに書いてあることは、ぼくらがジェチラ族といっしょになるのが正しいと意味している」

「おまえは、部族がこの問題に関するおまえの判断を信じるべきだと思うか？」

「ぼくを信じてくれといってるわけじゃない。サベが若かったころに長老だった人たちの話を信じてほしいといってるんだ」

「そして、信じるべきだと。しかし、彼らはここにいない。おまえが手にしているのは紙だ」

「紙は、もし彼らがここにいたらいうはずのことを教えてくれる」

「そうかな。人間は、たったひとつのことをしゃべるわけではない。もしバッールとイオルキャハがここにいたら、わしらはクワンデといっしょになるべきだというわしの意見に賛成するだろう」

「どうしてそんなことが？　シャンゲヴはジェチラの息子だったのに」ジジンギは紙を指さした。「ジェチラはぼくらのいちばん近い血族だ」

サベは足を止めて、ジジンギの方を向いた。「血族の問題は、紙では解決できない。おまえが書記になったのは、クワンデ族のマイショが、ミッションスクール出の男の子たちのことをわしに警告してくれたからだ。わしらが同じ父親の子孫でなければ、マイショはわしらに注意することなどなかった。おまえの地位は、両部族がいかに近いかの証拠だというのに、おまえはそれを忘れている。おまえが紙を頼りにして教えてもらっているのは、すでに知っているはずのことだ。ここでな」とサベはジジンギの胸を叩いた。「おまえは紙を勉強しすぎて、ティヴであるとはどういうことなのかを忘れてしまったのか？」

ジジンギは口を開いて反論しようとして、サベのいうとおりだと気がついた。書くことを学ぶために費やしてきた時間によって、ぼくはヨーロッパ人のように考えるようになってしまった。人がいったことよりも紙に書いてあることを信じるようになってしまった。

それは、ティヴのやりかたではない。

ヨーロッパ人の評価報告書はヴォウだ。厳密で正確だが、問題を解決するにはじゅうぶんではない。どの部族に加わるかという選択は、村にとって正しいものでなければならない。ミミでなければならない。なにがミミかを決められるのは長老だけだ。シャンゲヴ族にとってなにがベストかを決めるのは、長老の責任だ。紙にしたがうようにサベに求めることは、彼が正しいと考えることに反して行動するように求めることだ。

「そのとおりです、サベ」とジジンギはいった。「許してください。あなたは長老だ。紙があなたよりもよく知っているとぼくが述べたのはまちがいでした」

サベはうなずき、また歩き出した。「おまえは好きなようにする自由がある。しかし、その紙を他人に見せることは、益よりも害が大きいだろう」

ジジンギはそれについて考えてみた。西の農場の長老たちはきっと、評価報告書が自分たちの立場を支持していると主張し、すでに長引いている議論をもっと長引かせるだろう。しかしそれ以上に、紙を真実の源と見なす道へとティヴを進ませることになる。それもまた、古いやりかたを押し流してしまうもうひとつの川になる。ジジンギはそれになんの益も見出せなかった。

「ぼくもそう思う」とジジンギはいった。「これはだれにも見せない」

サベはうなずいた。

ジジンギは自分の小屋へと歩きながら、起きたことを思い返していた。ミッション・スクールに通わなくても、ぼくはヨーロッパ人みたいに考えはじめていた。ノートに書く練習が、自分で気づきもしないうちに、長老に対する敬意を失わせる方向へと導いていた。書くことがものごとを明晰に考える助けになることは否定できないが、それは、人よりも紙を信じる理由としては足りない。

書記として、ジジンギは、部族法廷におけるサベの審判を記録した本は保管しておく必要がある。しかし、自分の考えを書き記した他のノートまでとっておく必要はない。あれはかまどの火のたきつけにしよう。

＊

ふつうはそんなふうに考えないが、書くことはひとつのテクノロジーであり、つまり、読み書き能力のある人間は、その思考過程をテクノロジーに仲介されていることになる。われわれは、造作なく本を読めるようになると同時に、知的サイボーグになる。その結果は深遠だ。

文化が書くことを利用しはじめる以前、知識が口伝えのみで継承されていたときには、文化はその歴史をとても簡単に改訂することができた。意図したものではなくても、改変は不可避だった。全世界で、吟遊詩人《バード》や語り部《グリオ》が題材を聴き手に合わせて変化させ、過去は現在の必要を満たすようにじょじょに整えられていった。過去はこうだったという説明が変わるべきではないという考えは、記述された世界に対して読み書き文化が抱いている敬意の産物だ。人類学者に訊いてみれば、口承文化は過去に対してそれとは違った認識を持っていると教えてくれるだろう。口承文化にとって、歴史は、それほど正確である必要がない。歴史に必要なのは、自分たちはこれこれこういうものだという共同体の認識にお墨つきを与えることだ。だからといって、彼らの歴史はあてにならないというのは正しくないだろう。彼らの歴史は、きちんと必要を満たしている。

いま現在は、わたしたちひとりひとりが、いわばプライベートな口承文化にあたる。自分の過去を必要に合わせて書き直し、自分が自分について語る物語を、自分を支える材料にしている。記憶についていえば、われわれはだれもが、過去の自分を栄光ある現在の自分へといたる踏み段と見なすような、個人版のホイッグ史観（現在を理想とする勝者史観）ともいうべき錯誤をおかしている。

しかし、そういう時代は終わろうとしている。リメンは新世代の記憶補完ツールの最初の一歩でしかない。こうした製品が広く受け入れられるにつれて、わたしたちは、影響されやすい生身の記憶を、完璧なデジタルアーカイヴで置き換えてゆく。何度もくりかえししゃべることで磨かれてゆく物語のかわりに、自分が実際にしたことの記録を持つことになる。わたしたちひとりひとりの心が、口承文化から読み書き文化へと移行する。

読み書き文化は口承文化よりすぐれていると請け合うことは簡単だが、バイアスがあることは明確にすべきだろう。わたしはこうした言葉をしゃべるのではなく書いている。かわりにいうとすれば、わたしにとっては、読み書きの利点を称賛するほうが簡単で、それが要求する代償を認識することのほうがむずかしい。読み書きの能力を得ることで、文化は文書化を重視し、主観的な経験を軽視するほうに傾く。書かれた記録は、あらゆる種類のまちがいに対して脆弱《ぜいじゃく》であり、その解釈は変化する場合がある。しかしすくなくとも、紙の上に記された言葉は固定されたままだし、それにはたしかな利点がある。

個人個人の記憶についていえば、わたしは分断の反対側で生きている。生身の記憶を土台にアイデンティティが築かれている人間として、わたしは出来事の思い出から主観が除去されてしまうという見通しに不安を抱いている。昔は、個人にとって自分の物語を語ることは貴重な体験になりうると思っていたが、わたしという人間は自分が生きている時代の産物だし、時代は変わる。口承文化が読み書きの到来を止められなかったのと同じように、わたしたちの文化もデジタル記憶の採用を止められない。だから、わたしにできる最善の方法は、その中になにかポジティブな要素を見つけることだ。

わたしは、デジタル記憶のほんとうの利点を見つけたと思う。核心は、自分が正しかったと証明することではない。核心は、自分がまちがっていたと認めることにある。

わたしたち全員が、さまざまな状況で過ちをおかし、残酷な行動や偽善的な行動をとるが、そのほとんどを忘れてしまう。それはわたしたちが、ほんとうの意味では自分を知らないことを意味している。自分の記憶を信用できないとしたら、わたしがいくら個人的な内省に時間を費やしているといっても、どれだけ説得力があるだろう。あなたの場合はどうだろう？　たしかに記憶は完全ではないにしても、わたしが告白したほど極端な捏造に手を染めた覚えはないと、あなたは考えているかもしれない。でも、その点については、わたしだって、あなたと同じくらい自信があった。なのにそれはまちがいだった。「ぼくは自分が完璧じゃないのを知っている。ぼくはまちがいをおかしてきた」とあなたはいうかもしれない。ここでいっておきたいのは、思っている以上に多くの記憶が捏造されていて、セルフイメージを築く礎石となっている前提条件のいくつかが実際は嘘だということだ。リメンを使ってある程度の時間をかければ、それがわかる。

しかし、いまリメンを推薦する理由は、それが過去の人生のさまざまな恥ずかしい場面を思い出させる道具になるからではない。未来の人生において、そういう恥をかかなくても済むようにするためだ。生身の記憶は、わたしの親としての技倆について、表面をとりつくろった物語を生み出すことを手助けしてくれた。しかし、今後、デジタル記憶を利用することで、また同じことが起こるのを防げるんじゃないかと期待している。わたしの行動がほんとうはこれこれこうだったと他人から指摘されたら、むきになって弁解するかもしれないが、リメンを使えばその心配はない。内心でショックを受けて、過去の再評価を強いられることさえない。リメンが提供するのはただの飾らない事実であって、わたし自身が持つわたしのイメージは、そもそもの真実からそれほど遠いところにさまよっていくことはない。

デジタル記憶は、人間が自分について物語を語ることを止めはしない。前に述べたとおり、人間は物語でできている。どんな力を借りようと、そのことは変えられない。デジタル記憶が助けてくれるのは、そうした物語を、自分がとった最善の行動を強調し、最悪の行動を除外するようなつくり話ではなく――願わくは――まちがいをおかす自分を認め、他人のまちがいに対してもっと寛容であるようなものにすることだ。

ニコルもリメンを使いはじめ、彼女自身の記憶も完璧ではなかったことを知った。それによって、あんな態度をとったわたしを許してくれたわけではないが――わたしの過ちに比べたら彼女の過ちはずっと些細なものだったのだから、それも当然だろう――わたしが自分の行動をまちがって記憶していたことに対する怒りは、多かれ少なかれみんなが同じことをしているのだと理解したことで、いくらか和らいだようだ。恥ずかしながら認めるが、これはリメンが人間関係にもたらす影響についてエリカ・マイヤーズが語ったとき、彼女がまさに念頭に置いていたシナリオだった。

だからといって、デジタル記憶の欠点についてわたしが考えを変えたわけではない。マイナス面はいろいろあるし、ユーザーはそれを知る必要がある。ただ、この問題について、もはやわたしは客観的な立場から語れる気がしないというだけだ。記憶補完技術に関して書くつもりでいた原稿は放棄した。それまで進めていた取材のデータは同僚のひとりに引き継ぎ、彼女はこのソフトウェアの長所と短所について、ちゃんとした記事を書いてくれた。わたしが書いていたら原稿全体がどっぷり浸かっていたはずの内省や苦悩とはまったく無縁の、私情を交えない原稿だった。わたしはそのかわり、この文章を書いた。

ティヴについて書いたことは事実に基づいているが、百パーセント正確ではない。シャンゲヴ族がどの部族といっしょになるべきかについては、一九四一年に、ティヴのクランのあいだで、一族の先祖の親子関係にまつわる相反する主張にもとづく係争が実際に起きた。当局の記録には、クランの長老が語る血筋についての説明が時代とともに変化してきたことが見てとれる。しかし、わたしがここに記した具体的なディテールの多くは創作だ。実際に起きた出来事は、現実のつねで、もっと複雑だったし、こんなにドラマティックではなかった。だからわたしは、自由に脚色し、もっとおもしろい物語にした。わたしが物語を語ったのは、真実を伝えるためだ。そこに矛盾があることはわかっている。

ニコルとの口論の経過説明について言えば、可能なかぎり正確を期したつもりだ。このプロジェクトに着手して以降、わたしはすべてを記録してきたし、この文章を書きながら、くりかえしそれを参照してきた。しかし、膨大なディテールのうち、どれを活かし、どれを削除するかの選択の過程で、またべつの物語をつくりだしただけかもしれない。たじろぐまいとする努力にもかかわらず、わたしはこの自分語りの中で自分をよく見せようとしてきただろうか？　告白的な叙述スタイルが一般的に描く曲線とおなじように、出来事を歪めて書いてしまっただろうか？　それを判断する唯一の方法は、わたしの記述を記録そのものとつきあわせてみることだろう。そこでわたしは、自分でそんなことをするとは思ってもみなかったことを試みている。すなわち、ニコルの許可を得て、わたしのライフログを一般公開し、ありのまま、だれでもアクセスできるようにした。動画を見て、自分で判断してほしい。

そしてもし、わたしが正直ではないと思ったら、そう伝えてほしい。わたしはその結果が知りたい。

大いなる沈黙

The Great Silence

人類はアレシボ（プエルトリコのアレシボ天文台にある大型電波望遠鏡を指す）を使って、地球外知的生命体を探した。接触したいという欲求はきわめて大きく、宇宙の彼方の声を聞くことができる耳をつくりだしたのである。

しかし、わたしと、仲間のオウムたちは、いまここにいる。どうして人類は、わたしたちの声を聞くことに関心を持たないのか？

われわれは、彼らとコミュニケートできる非人類種属だ。われわれこそまさに、人類が探していた存在ではないか？

＊

宇宙はすさまじく広大だから、知的生命体は、まちがいなく何度も勃興している。また、宇宙はすさまじく古いので、技術文明を有する種属がたとえひとつだとしても、大きく広がって、銀河系を満たせるだけの時間はじゅうぶんにあった。それなのに、地球以外にはどこにも、生命のしるしがない。人類はこれを〝フェルミのパラドックス〟と呼んでいる。

〝フェルミのパラドックス〟に対する説明のひとつは、知的種属は、敵対的な侵略者の標的になることを避けるため、みずからの存在を積極的に隠そうとしているというものだ。人類によって絶滅寸前にまで追い込まれた種属の一員としていわせてもらえば、わたしはこれが賢明な戦略だと立証できる。

じっと静かにして、注意を惹かないようにするというのは理にかなっている。

＊

〝フェルミのパラドックス〟は、〝大いなる沈黙〟と呼ばれることもある。宇宙はさまざまな声が満ちあふれてやかましいはずなのに、びっくりするほど静まり返っている。

それは、知的種属が宇宙に広がる以前に絶滅してしまうからだと説明する人間もいる。

もし彼らが正しければ、夜空の静けさは、墓場の沈黙だということになる。

数百年前、わたしの種属は、あまりに数が多く、リオ・アバホの森にはわたしたちの声が鳴り響いていた。いま、わたしたちはほとんどいなくなっている。まもなくこの雨林も、宇宙の他の部分と同じように沈黙するだろう。

＊

アレックスという名のヨウム（アフリカ西海岸の森林地帯に棲息する大型インコ）がいる。彼は、知的能力の高さで知られていた——つまり、人間たちに。

アイリーン・ペパーバーグという名の人間の研究者が、三十年を費やしてアレックスを調べた。彼女の研究によると、アレックスはかたちや色をあらわす単語を知っているだけでなく、かたちや色という概念を実際に理解していた。

多くの科学者は、鳥が抽象的概念を把握できるということに懐疑的だった。人間は、自分たちが特権的な存在だと考えたがる。しかし最終的に、ペパーバーグは、アレックスがただたんに聞いた言葉をくり返しているだけではなく、自分がしゃべっている内容を理解しているのだと、科学者たちを納得させた。

わたしのいとこたちすべての中で、アレックスは、人間からコミュニケーション・パートナーとして真剣に受けとめられる立場にもっとも近づいたオウムだった。

アレックスは、まだ比較的若かったのに、突然死を遂げた。彼が死ぬ前夜、アレックスはペパーバーグにいった。「いい子でね《You be good》。あいしてる《I love you》」

もし人類が非人類知性とのコミュニケーションを求めているのなら、これ以上、いったいなにが望めるだろう？

＊

すべてのオウムは、それぞれが自分自身を特定するために使う、唯一無二のコールを持っている。生物学者はこれをオウムの〝コンタクト・コール〟と呼んでいる。

一九七四年、天文学者はアレシボを使って、人間の知性を宇宙に知らしめることを意図したメッセージを放送した。それは、人類のコンタクト・コールだった。

野生では、オウムはおたがいに名前で呼びかける。ある鳥は、他の鳥のコンタクト・コールを真似《まね》して、相手の鳥の注意を惹く。

もしアレシボ・メッセージが地球に向かって送り返されるのを人類が探知したら、彼らはだれかが自分たちの注意を惹こうとしているのだと気づく。

＊

オウムは音声学習者だ。われわれは、新しい音声を聞いたあとで、その音を自分で発することができる。こういう能力を持っている動物は数少ない。犬は数十種類の命令を理解できるが、自分では吠えることしかできない。

人類もまた、音声学習者だ。その点はわれわれと共通している。だから、人間とオウムは、音声によって特別な関係を共有できる。われわれはただ鳴いたりしない。われわれは発音する。明確に発声する。

おそらく、だから人間は、アレシボをあんなふうにつくったのだろう。受信装置はかならずしも送信装置である必要はないが、アレシボはその両方を兼ねている。アレシボは聞く耳であり、しゃべる口でもある。

＊

人間は数千年にわたってオウムとともに生きてきた。ごく最近になってやっと、彼らはわれわれが知性を有しているかもしれないという可能性を考えはじめた。

人間が悪いというわけにもいかないだろう。われわれオウムも、むかしは人間がそれほど利口だとは思っていなかった。自分たちとこんなに違う相手のふるまいを理解することはむずかしい。

しかしオウムは、おそらくどんな地球外種属よりも人間に似ているし、人間はわたしたちをごく近くから観察できる。わたしたちの目を見ることができる。百光年も離れたところから盗み聞きすることしかできないとしたら、人類は異質な知性をどうやって認識するつもりなのか？

＊

aspirationという単語が、〝望み〟と〝呼吸〟の両方の意味を持つのは偶然ではない。

わたしたちが話すときは、肺に吸い込んだ空気を使って、思考に物理的なかたちを与える。わたしたちが出す音は、わたしたちの意図であると同時に、わたしたちの生命力でもある。

われ話す、ゆえにわれあり。おそらく、この言葉の真実を完全に理解できるのは、音声学習者であるオウムと人間だけだろう。

＊

口の中で音をかたちづくることには歓びがともなう。それはきわめて原初的で本能的な快楽なので、人類の歴史を通じて、この行為は神へと至る道だと考えられてきた。

ピュタゴラス学派の神秘主義者は、母音が天球の音楽を表していると信じ、そこから力を得るために詠唱した。

ペンテコステ派のキリスト教徒は、舌を使ってしゃべるとき、天使が天国で使った言語を話していると信じていた。

ヒンドゥー教のバラモンは、真言《マントラ》を唱えることで現実を築き上げている石組みを強くしていると信じていた。

神話における音にそうした重要性を付与するのは、音声学習者である種属だけだろう。われわれオウムにはそれが理解できる。

＊

ヒンドゥー教の神話によれば、宇宙は「オーム」という音とともに誕生した。それは、過去に存在したすべて、これから存在するすべてを包含する音節である。

アレシボが星々のあいだの宇宙空間に向けられるとき、電波望遠鏡はかすかなハム音を聞く。

天文学者はそれを宇宙マイクロ波背景放射と呼ぶ。それは、いまから百四十億年前に起きて、宇宙を創造した大爆発、ビッグバンの名残《なご》りの放射である。

しかしそれは、原初の「オーム」のかすかな残響であるとも考えられる。その音節があまりに朗々と鳴り響くため、夜空はこの宇宙が存在するかぎり長くずっと振動しつづけているのだ。

アレシボがほかのなにかに耳をすましていないときも、アレシボには宇宙創造の声が聞こえている。

＊

われわれプエルトリコのオウムには、われわれの神話がある。それは、人間の神話よりも単純だが、人間はそれを気に入るだろうと思う。

悲しいかな、われわれの神話は、わが種が死に絶えるのといっしょに失われようとしている。われわれが消え去る前にわれわれの言語を人間が解読できるかどうかは疑わしい。

だから、わたしの種の絶滅が意味するのは、一群の鳥たちの消滅だけではない。われわれの言語、われわれの儀式、われわれの伝統の消滅を意味する。われわれの声が沈黙することを意味する。

*

人間の活動がわたしの種を絶滅の瀬戸際に追いやった。しかし、そのことで人間を責めるつもりはない。彼らに悪意があったわけではない。ただ、不注意だったのだ。

そして人間は、こんなに美しい神話を創造した。なんという想像力だろう。おそらく、だから彼らの持つ望み《aspiration》はこんなに大きいのだろう。アレシボを見るがいい。こんなものを建設できる種は、かならず偉大さを秘めているはずだ。

わたしの種は、たぶん、もうそんなに長くこの世にはいないだろう。われわれの時代が来る前に滅びて、〝大いなる沈黙〟に加わる可能性が高い。しかし、消え去る前に、われわれは人類にメッセージを送る。われわれはただ、アレシボの望遠鏡にそれが聞こえることを祈る。

メッセージはこうだ。

「いい子でね。あいしてる」

オムファロス

Omphalos

主よ、御許《みもと》に身を置いて乞い願います。きょう一日をふりかえるあいだ、どうか主の光でわたしの心を照らしてください。そうすれば、きょう起きたことすべての中に、主の恵みがもっとはっきりと見えるかもしれません。

いまわたしは、かくも満足すべき一日に対して心安らぎ、感謝の気持ちでいっぱいですが、幸先のいい始まりではありませんでした。けさ、航空機《エアロプレイン》で到着したときは、最低の気分でした。タクシー乗り場を探してターミナルを見まわしていたところ、途方に暮れているように見えたのか、ひとりの男性が助けにきてくれました。シカゴーは女がひとりで旅するような土地じゃないですよといわれたので、わたしは、モンゴリアに行ったときもひとり旅だったけれどなんとかなったし、シカゴーがそれ以上にひどい場所だとは思えませんと答えました。力になろうとしてくれた人に厳しく接してしまったことをお許しください、主よ。女性はかよわい存在であると思い込んでいるこういう人たちに我慢強く接することができるようにお導きください。

たしかにわたしは、この地に降り立つことを楽しみにしていたというわけではかならずしもありません。あの本を書いてからずいぶん長い時間が経つので、興味はすでにべつの方面に移り、先月は、アリゾナでの発掘作業の準備に百パーセント集中していました。ドクター・ヤンセンからの電信郵便《メールグラム》を受けとったあと、わたしの頭は、あの槍の穂先と、それが意味するかもしれない可能性でいっぱいになっていたのです。そのため、シカゴーでの講演会が決まったと出版社から連絡をもらったときも、わたしの旅行プランを知った先方が、航空運賃を負担することなく本のプロモーションに協力させるチャンスに飛びついただけじゃないかと思いましたし、なによりも、旅程を遅らせる野暮用が入ったような気がしました。

ホテルに着いて、講演会場となる劇場から来たというアシスタント役の女性からの出迎えを受けると、いくらか気分がよくなりました。最初、わたしの講演をどんなに楽しみにしているか聞かされたときは、ただの追従《ついしょう》だろうと思っていましたが、そのあと彼女は、わたしの本を読んでから科学者の仕事に対する見方がこれこれこんなふうに変わったんですとそれなりにくわしく語りはじめ、その熱が本物だとわかりました。読者のこういう反応を聞かされるのはうれしいものですが、それ以上に重要なのは、考古学者の仕事の一部として、教育が、フィールドワークと同じくらい重要だと思い出させてくれることです。主よ、人前で講演することを退屈な雑用だと見なすほど自己中心的になっていたわたしが心得違いに気づく機会をそれとなく与えてくださってありがとうございました。

ホテルのレストランで軽い夕食をとったあと、わたしたちは劇場に向かいました。講演会は何度か経験がありますが、聴衆の数はこれまでとくらべて段違いに多く、海岸に集うニシツノメドリ《パフィン》の群れさながらに男女が集まっていました。この客入りが自分の人気のおかげだと思わない程度の分別は、わたしにもあります。ポスターに記された〝ドロシーア・モレル〟の名が大きな集客力を発揮したことなど一度もありません。聴衆がおおぜい集まったのは、現在、アタカマ・ミイラ群の巡回展が募金のために全国をまわっていて、その最初の開催地がこのシカゴーだったからです。いま現在、当地では考古学がブームになっていて、わたしはたまたまその恩恵をこうむったにすぎません。とはいえ、わたしにとってはありがたいことです。理由はどうあれ、こんなにおおぜいの聴衆を相手に話ができるのはしあわせなことでした。

わたしは、樹木の幹の成長輪に関する議論から語りはじめました。それぞれの輪と輪のあいだの幅がその年の降水量によって決まること、したがって、幅のせまい輪がつづいている部分は、長年にわたる干魃《かんばつ》をあらわしていること。成長輪の幅をずっと見ていくことで、木が伐《き》り倒された年から過去へと遡り、いま生きている人間はだれも記憶していない、数十年数百年前にまで広がる気候変動年表がつくれること。過去は世界に痕跡を残しています。わたしたちに必要なのは、それを読みとる方法を知ることだけです。

それから、交差年代決定法について話しました。これは、さまざまな樹木の成長輪のパターンをつきあわせることで年代を特定する方法です。わたしは、ひとつ例を出しました。二本の木の年輪に、幅が広い部分とせまい部分が同じパターンで並んだ特定の配列があるとします。片方のケースは、最近伐採された木の中心近く。もう片方は、古い建物に使われていた木材の周辺部近く。成長輪を見ることで、この二本の木の成長期間が重なっていることがわかります。前者は若木、後者は成木ですが、両者はともに、降水量が多い時期と少ない時期の同じパターンを経ています。したがって、古いほうの木の成長輪をもとに、気候パターンの記録をさらに過去へと遡ることができます。交差年代決定法のおかげで、わたしたちはもう、個々の木の寿命に縛られることがなくなったのです。

考古学者は、なるべく古い建物を探してそこに使われている木材を調べ、成長輪のパターンをつきあわせるのだと、わたしは聴衆に説明しました。たとえ文書記録が残っていなくても、残された成長輪を調べることで、ドイツのトリーア大聖堂に使われている木材が、屋根は一〇七四年に伐採された樹木から、基部は一〇四二年に伐採された樹木から、それぞれ製材されたものだということがわかります。それだけではありません。さらに古い木材も利用できます。たとえば、ケルンのローマ橋の杭材や、バート・ナウハイムにある古代の岩塩坑で補強用に使われていた梁。どの木材も、自然がみずからの手で書いた歴史書の一巻、キリスト生誕にまで遡る降水年鑑の一冊として読むことができます。

ただし、それよりもさらに過去へと遡るのは厄介だとわたしは話しました。沼の中で朽ち果てずに残っていた幹や、考古学現場で発掘された梁、さらには穴居人が地面に掘った調理用の穴から見つかった木炭の大きなかけらを調べるようなケースです。これはジグソーパズルみたいなもので、もしたくさんのピースが見つかれば、それらを組み合わせてもとの絵を再現できることもありますが、手もとの年表とつながるピースが発見されないかぎり、そのピースがどの絵の一部なのかわからないのです。

長い時間をかけて年表の空白部分を埋めつづけた結果、成長輪の記録がとぎれなくカバーする範囲は五千年にまで広がり、やがて七千年になりました。木切れひとつを調べて、その結果、もとの木がいまから八千年前に伐採されたものだと判明したら、どれほど大きな興奮を感じることか。

しかし、その興奮も、それより二、三世紀前の木材サンプルを調べるときに感じる興奮とは比較になりません。というのも、そうした幹には、成長輪が止まるポイントがあるからです。現在から遡って数えていくと、いちばん古い成長輪は、八九一二年前に形成されました。それ以前に、成長輪はありません。わたしは聴衆に向かってそう説明しました。なぜならそれこそ、主よ、あなたがこの世界を創造された年だからです。この時代のすべての木の幹の中央には、歪みも染みもない完璧に均質な木質部の真円があります。内側に成長輪のないその円の直径が、創造の瞬間におけるその木のサイズを示しています。それらの木は、苗木から育ったのではなく、主よ、あなたが手ずから直接創造されたのです。

木質部に成長輪がないことは、アタカマ・ミイラにへそがないのと同じくらい重要だと、わたしは聴衆に語りました。実際、木質部は、人間の遺体が――骸骨でもミイラでも――教えてくれないことを教えてくれます。成長輪の年表がなければ、彼ら原始の人間がいったいいつ出現したのかわからなかったでしょう。彼らの遺体は、人類が世界のいたるところで創造されたことを教えてくれますが、木質部は、その創造が正確にいつ起きたかを教えてくれるのです。

わたしはそれにつづいて、成長輪のない木やへそのない人間が驚くべき不思議である一方、論理的な必然であることを説明し、その理由を理解してもらうために、逆の場合を考えてみてほしいと聴衆に促しました。主よ、もしもあなたが、原始の木を、中心まで成長輪を持つ状態で創造していたとしたらどうでしょう。それは、実際には存在しなかった夏や冬の証拠が創造されたことを意味します。これは捏造《ねつぞう》です。原始の人間の眉に、彼には存在しなかった子ども時代の怪我の名残《なご》りとして、古傷をつけるのと同じことです。もしそんなことをしたら、捏造されたその記憶を補強するために、実在しなかった子ども時代にその男を育てた両親の墓を創造しなければならなくなるでしょう。その両親は、もちろん、自分たちの両親についても言及したはずで、つまり、主よ、あなたは、祖父母の分の墓まで創造しなければならなくなります。首尾一貫させるために、過去の無数の世代の骨を地面に埋め、わたしたちがどんなに深く地面を掘っても、わたしたちが土を掘り返すひと鋤ごとに、先祖の墓を荒らすことになるでしょう。地球は無限の広さを持つ墓場になってしまいます。

明らかに、それはわたしたちがいま生きている世界ではありません。わたしは聴衆に向かってそんなふうに語りかけました。わたしたちのまわりに広がるこの世界は、無限に古いことなどありえない。だから、始まりがあるはず。そして、じゅうぶん仔細に観察すれば、その始まりの証拠を見つけ出せるというのが唯一の論理的な答えです。成長輪のない木や、へそのない人間は、この説の証拠です。しかしそれ以上に、それらは精神的な安定を与えてくれます。

どんなに深く掘っても、この世界のもっと古い時代の痕跡がつねに見つかる――もしそんな世界に生きていたとしたらどうなるか想像してみてほしい、とわたしは聴衆にいいました。過去を示す証拠を眼前につきつけられ、その証拠が、十万年、百万年、一千万年とどんどん時を遡り、数字が意味を失うまでになったとしたら。もしそんなことになったとしたら、わたしたちは時の大海原に浮かぶ漂流者のように、迷子になった気分を味わうのではないでしょうか。それに対する唯一のまともな反応は、絶望でしょう。

でも、わたしたちはそんなふうに漂流しているわけではないと、わたしはいいました。わたしたちは投錨し、錨は海底に着いたのです。たとえ目に見えなくても、近くに岸辺があることははっきりわかります。主よ、あなたが、ある目的を心に抱いてこの宇宙をつくられたことを、わたしたちは知っています。港が待っていることを知っています。わたしたちは科学的に探求することによって航海するのだ、とわたしはいいました。だからわたしは科学者になったのです。主よ、あなたの目的を発見するために。

話し終えると聴衆が拍手してくれて、正直なところ、わたしはそのことに満足を覚えました。わたしの思い上がりをお許しください、主よ。わたしがなす仕事すべては――砂漠で骨を発掘することであれ、人前で話すことであれ――自身の栄誉のためではなく、主の栄光のためであることを忘れないよう、わたしをお導きください。わたしの仕事が、主の御業《みわざ》の美しさを人々に示し、それによって彼らを主の御許に近づけることだというのをわたしがけっして忘れないようにしてください。

アーメン。

＊

主よ、御許に身を置いて乞い願います。きょう一日をふりかえるあいだ、どうか主の光でわたしの心を照らしてください。そうすれば、きょう起きたことすべての中に、主の恵みがもっとはっきりと見えるかもしれません。

きょうという一日は、主の偉大さを思い出させるもので満ち、感謝の気持ちでいっぱいですが、同時にそれはわたしを悩ませました。始まりは、いとこのローズマリーとその夫のアルフレッドと三人でとった朝食でした。ローズマリーとはそんなに頻繁に会うわけではありませんが、彼女とはいつも楽しい時間を過ごすことができます。考古学が女性にふさわしい職業だと思っているうえに、いつ結婚して子どもを持つのかとたずねてこない親戚を、すくなくともひとりは与えてくださってありがとうございます。

ローズマリーは、自分の側の親族に関する最新情報を伝えたあと、わたしを朝食に誘ったのにはもうひとつ理由があると明かしました。「先週、ある発掘品を買ったんだけど、アルフレッドはそれが偽物だっていうの」

「だって、値段が値段だからね」とアルフレッド。「『ほんとうとは思えないほどいいことは、たぶんほんとうじゃない』というのがぼくのモットーなんだ」

「あなたなら、この問題を解決してくれるんじゃないかと思って」とローズマリーがいい、わたしは喜んで問題の発掘品を見てみると答えました。食事が終わると、ローズマリーはホテルのフロントに行って、預けてあった小包をとってきました。わたしたち三人は、ロビーの一角にだれもいない場所を見つけて、そこに腰を下ろしました。

箱の中には、長さ一メートルくらいのモスリン生地に包まれた、鹿の大腿骨が入っていました。おそろしく古いものの、保存状態は非常によく、それがふつうの鹿の骨でないことはひと目でわかりました。その骨には、骨端線がなかったのです。幼い鹿の骨が成長して大人の骨になるとき、新たに軟骨が増えます。この成長板の名残りが骨端線です。それがないということは、この大腿骨は、いまの状態よりも短かった時期がないことを意味しています。つまり、この鹿は仔鹿だったことがない。この大腿骨は、主よ、あなたが手ずから、成獣の大きさで創造した原始の鹿の骨なのです。

わたしはローズマリーとアルフレッドに、これは本物だといいました。ローズマリーは勝ち誇り、アルフレッドはしゅんとしました。どちらも、わたしの手前、反応を隠そうとしていましたが、夫婦ふたりだけになってから、じっくりこの件について話し合うつもりでいることはわかりました。ローズマリーに礼をいわれたので、わたしは、お安いご用よ、いつでもどうぞと答えました。でも、どこでこれを買ったの？

「ミイラ展に行ったのよ。たぶんあなたは見飽きてるでしょうけど、あたしはすごいと思った。それはともかく、展覧会にくっついてるギフトショップがあって。並んでるのは、ミイラの絵葉書と本がほとんどだったけど、いくつか発掘品も売ってたの。クラムの貝殻とかムラサキイガイの貝殻とかね。でも、ふつうじゃないものもあった。こういう骨とか、アワビの貝殻とか」

その話に興味をひかれました。ほんとうにアワビの貝殻を売ってたの？

「ええ、まちがいなく。発掘品を買ったことは前にもあるけど、アワビの貝殻を見たのはそのときがはじめてだったんで、ショップの人に確認したのよ。珍しいおみやげになるから買っていこうかと思ったけど、でもほら、線が見えなかったから」

ローズマリーの言葉の意味はわかりました。ふつうのクラムやムラサキイガイの貝殻には、木の幹と同じような成長輪があります。しかし、原始の二枚貝の殻は、中央部付近が超自然的になめらかになっています。縁のところにだけ成長輪が見え、その線の一本一本が、創造後に成長した一年一年を示しています。

こうした貝殻は、コレクターのあいだでとても人気の高い発掘物です。数が比較的多いのでそんなに高価ではないものの、主よ、あなたが手ずから創造した明白な証拠がありますから。それに対して、アワビは単殻であり、貝殻の成長層はドリルで穴を開けて顕微鏡で見ないかぎり視認できません。肉眼では、原始のアワビは、他のふつうのアワビと区別できないのです。

しかし、ギフトショップでアワビの貝殻が売られていると聞いて驚いたのは、そのせいではありません。原始のアワビの貝殻が発見された場所をわたしは一カ所しか知らず、もしそこで見つかったものだとしたら、それがどうして市販されることになったのか、かいもく見当がつかなかったからです。そこで、ローズマリー夫婦と別れたあと、わたしはバスに乗って、アタカマ・ミイラ群が展示されている教会へと赴きました。

教会の外には入場者の長い列ができていました。展示はすっ飛ばして、まっすぐギフトショップへ向かうこともできましたが、でも、ローズマリーの推測とは裏腹に、わたしは原始の人間のミイラを実際にこの目で見たことは一度もありませんでした。もちろん、ミイラに関する論文を読んだことはありますし、付属している寫眞《フォトグラム》も検分しましたが、きょうになるまで、本物のミイラに近づいたのは、論文の上だけだったのです。そこで、この巡回展については疑念があったものの、チケットを買って入場列に並ぶことにしました。並んでいるとき、うしろに立っているふたりの人物がミイラについて話しているのが耳に入りました。十歳くらいの男の子が、こういう遺体が創造からずっと無傷で残っていたのは奇跡なのかと母親にたずねました。母親は、いいえ、奇跡じゃないのよと答えて、極端に乾燥した環境のおかげで保存状態がよかったのだと説明しました。チリのアタカマ砂漠はほとんど雨が降らず、ラバの足跡が五十年後もそのまま残るくらいで、そういう条件のもとでは、埋葬されたどんな遺体も腐敗を免れるのだという、たいへん正確な説明でした。

わたしはこのことにとても勇気づけられました。多くの人々は、なんでもかんでもすぐに奇跡に分類してしまうため、奇跡という言葉に値打ちがなくなっています。そういう種類の短絡的な思考が、ミイラは現代医学が治せない病気の治療薬になるというような盲信につながるのです。発掘された遺体に癒やしの力があるという主張はすでに教会が否定していますが、それだけでは、藁にもすがりたい思いの人々をとめるには足りません。

入場を待つ客の中には、盲人がひとりと、車椅子の人ふたりがいました。おそらく三人とも、奇跡のそばに行くことで、また新たな奇跡が起きるのではないかと期待しているのでしょう。わたしは彼らの苦しみが減じるように祈りますが、しかし、主よ、わたし自身は俗世の一般的な見解を受け入れています。すなわち、証明されているものにかぎれば、いまだかつて、奇跡が起きたのはただ一度——宇宙の創造——だけであり、わたしたち全員が、その奇跡からまったく同じ距離にある、と。

ミイラにたどりつくまでにきっと一時間は列に並んだはずですが、あとから思い返して、たぶんそれくらいだろうと見積もっただけのことです。この目でミイラを見るという深遠な体験のせいで、待っていたあいだのことはすっかり忘れてしまいました。ミイラは二体、どちらも男性で、それぞれ、温度と湿度を一定に保つ陳列ケースに収められていました。頭蓋骨に張りついた皮膚は、スズメバチが営巣のために木屑からつくる紙のように薄く、同時に太鼓の皮さながらぴんと張っているように見えました。ちょっと揺すっただけでも裂けてしまいそうです。ミイラは両方とも、骨盤のあたりをグアナコの毛皮に覆われていましたが、身につけているものはそれだけでした。いっしょに埋葬されていた葦のむしろの上に仰向けに横たわり、腹部は完全に露出しています。

原始の人間の骸骨なら、わたしは前に扱ったことがあります。縫合線のない頭蓋骨や成長線のない大腿骨を手にとると不思議な感じがするものですが、主よ、正直な話、へそのない人体を目にする体験とはくらべものになりません。なぜそんなに違うのだろうと考えてみて、以下のような結論に達しました。わたしたちは、自分の骨格のくわしい構造を知らないので、ふつうの骸骨と原始の骸骨を見分けるためには、ある程度の解剖学的な知識が必要になります。それに対して、自分にへそがあることはだれもが知っています。ですから、へそのない人体を見るだけで、本能的な、生々しいといってもいいようなレベルで相違を実感し、畏敬の念に打たれるのでしょう。

展示エリアを離れるとき、うしろでまた、さっきの男の子と母親が話しているのが聞こえました。母親が息子を導いて、主よ、あなたに祈りを捧げていました。あのミイラが俗世の考古学者ではなく、教会の考古学者に発見されたことに感謝する祈りでした。なぜなら、そのおかげで、科学者しか見ることのできない博物館の研究室に隠されてしまうかわりに、こうして一般に展示されているからです。そのやりとりには、さっきとくらべてそれほど元気づけられませんでした。母親の意見に反対だからではありません。この問題に関しては、わたし自身、心を決めかねているからです。

へそのないミイラを自分の目で見る経験がいかに強力なものであるかは理解していますし、この巡回展は、その経験を提供することによって、数十万、数百万の人間を、主よ、あなたに近づけるでしょう。しかし、ひとりの科学者として、わたしは、標本の保存状態を良好に保つことが優先順位の第一だと考えます。教会がどれほど注意を払おうとも、これらのミイラを全国各地で展示することは、博物館にずっと保管しておく場合とくらべて、劣化の度合いを大きくします。将来、軟組織を分析するどんな新技術が開発されないともかぎりません。生物学者が主張するところでは、彼らは、生物が形質を子孫に伝える遺伝的な粒子をもうすこしで特定できるという段階まで来ているそうです。もしかしたらいつの日か、そうした粒子が運んでいる情報が読めるようになるかもしれません。その日が来れば、人類という種に対して、主がもともと持っていた計画――時の流れによって腐敗していないもの――が明らかになるのです。そうした発見は、全人類を主の御許に近づけるでしょう。しかし、それまでのあいだ、わたしたちは忍耐心をもって、ミイラの体組織に損傷を与えないようにしなければなりません。

ともあれ、わたしが展示を見終えてギフトショップに向かうと、おおぜいの客が絵葉書を買うためにレジに並んでいました。販売員の手が空くのを待つあいだ、わたしはディスプレイ・ケースに収められた発掘品を眺めました。ローズマリーがいったとおり、この手のショップでよく販売されているさまざまな貝殻に混じって、アワビの貝殻がありました。ミイラといっしょにチリから届いた発掘品という触れ込みで売られているのかと思いきや、貝殻の説明カードには、アルタ・カリフォルニア沖のサンタローザ島で見つかったものだと記されていました。先史時代の集落のゴミ捨て場にあたる貝塚の底から発掘されたという説明です。

購入客の列が途切れたところで、ギフトショップの店員がわたしのほうにやってきました。ゴミ捨て場で見つかったという貝殻の出所に嫌悪感を抱く客が多いのか、彼は、訊かれもしないうちから、そのことがどうして商品の価値を高めるのかについて説明しはじめました。「これは、原始の貝の殻というだけでなく、原始の人間が実際に手を触れたものなんですよ。神が手ずからつくりたもうた人間がその手に持った貝殻なんです」

わたしはアワビの貝殻に興味があると店員に告げました。これは、ミイラと同じように、教会考古学者が発見したものなんですか？

「いいえ、個人収集家から寄付されたものです。その説明カードに書かれているのは、その収集家から提供された情報です」

その収集家の名前を教えてもらえないだろうかとたずねると、なぜ知りたいのかと訊かれました。そこではじめてわたしは名を名乗り、自分は考古学者だと説明しました。店員はミスター・ダールと名乗りました。サンタローザ島で行われた唯一の発掘調査は、アルタ・カリフォルニア大学が資金を出したものなのだとわたしは説明しました。発掘された遺物は、いかなるものもすべて大学博物館の収蔵品になるので、原始のアワビの殻が個人収集家の手にわたるはずはない、と。

「このアワビの貝殻にそんな事情があるなんて知らなかった」とミスター・ダールはいいました。「知っていたら、もっとくわしく質問していたんですが。つまりこれは、盗まれたものだと?」

たしかなことはまだわからない、もしかしたらなにかもっともな事情があるのかもしれないが、それがどういう事情なのかにたいへん興味がある、とわたしはいいました。

ミスター・ダールは見るからに心配そうでした。「うちは過去にも個人収集家から寄付を受けていますが、寄付されたものの出所が問題になったことは一度もありません」台帳をぱらぱらめくり、寄付者の名前と住所をメモして、教えてくれました。姓名はミスター・マーティン・オズボーン。住所はサンフランシスコの郵便局の私書箱になっていました。「この巡回展がはじまるすこし前に、質のいい発掘品を大量に送ってきたんです。ふつうの人々が買いやすいように、安価で販売してほしいという要望でした。ヨセメティ大聖堂建立のための募金活動にとっては、集まる金額が低くなることを意味しますが、博愛精神にあふれた申し出でしたので、わたしはそれに同意しました。博物館から盗んだものだったとしたら、そんなことをするでしょうか?」

わたしはわからないと答えました。ミスター・ダールの助力に感謝し、ミスター・オズボーンが寄付した発掘品の出所が明らかになったら手紙で知らせると伝えました。事態がこれ以上ややこしくなるのを避けるために、わたしから連絡があるまで、問題の発掘品を売るのは控えたほうがいいかもしれないとつけ加えると、彼は納得してくれました。

　ここで告白しますが、次にわたしがしたのは嘘をつくことでした。主よ、お許しください。しかし、このマーティン・オズボーンなる人物がじっさいに窃盗の罪を犯していた場合、彼と会う方法をほかに思いつかなかったのです。わたしはミスター・ダールの名を騙《かた》ってミスター・オズボーンに電信郵便を送り、寄付していただいた発掘品は盗品だと思われるので、ただちに返送したいと伝えました。同時に、オズボーンの住所に宛てた小包を用意し、列車でサンフランシスコに届くようにしました。わたしはエアロプレインのチケットをキャンセルし、アリゾナ行きの明日のフライトではなく、わたしの小包が乗るのと同じ列車で出発するようにしました。サンフランシスコに着いたら、あとは問題の郵便局を見張り、小包をとりにきた人間に質問するだけです。どうやって発掘品を入手したか説明できなければ、当局に通報する。それから列車で南のロサンジェルスに向かい、そこからアリゾナの発掘現場までの交通手段を手配すればいいのです。

　これがきちんとしたやりかたでないことはわかっています。オズボーンの住所が判明していれば、それを頼りに自宅を訪問するだけで済んだのですが、私書箱を使っていたせいで、彼と対決するのがむずかしくなりました。しかしそれだけではなく、だったらこちらも身元を偽ってかまわないだろうという考えになったのでした。わたしが軽々しく結論にとびついてしまったわけではないことを願っています。

主よ、わたしが正しい行動をとれるようお導きください。答えを探し求めるわたしの熱意が、科学的な努力に必要なものであったとしても、外から見てかならずしもつねに歓迎されるものではないことは承知しています。探し求めることが適切な場合と、内心の疑念を放置したほうがいい場合とを正しく判別できるようお助けください。つねに好奇心を持ちながらも、猜疑心からは無縁であるようにお導きください。

アーメン。

＊

主よ、御許に身を置いて乞い願います。きょう一日をふりかえるあいだ、どうか主の光でわたしの心を照らしてください。そうすれば、きょう起きたことすべての中に、主の恵みがもっとはっきりと見えるかもしれません。

恐れていたとおり、ギフトショップで売られていた発掘品はたしかに盗まれたものでした。しかし、他のすべてを無視して、そのことだけに話を絞りたくはありません。きょう一日は、主よ、あなたについて考えるたくさんの理由があり、そのことを無視すべきではありません。

朝からサンフランシスコで過ごす一日めとなったきょうは、上々のすべりだしでした。ホテルのベッドでゆっくり過ごすひと晩の安眠を主が与えてくださったおかげです。列車の旅で過ごした日々に――いやむしろ、夜々に、というべきでしょうか――すっかり体力を奪われていました。昔から列車では眠れない性質《たち》なので、列車の長旅は、わたしにとっていちばんつらい旅行手段でした。砂漠を自動車で横断し、夜は星々の下で眠るほうが、わたしにははるかに好ましかったのです。

サンフランシスコは、主よ、あなたの存在をだれも忘れることができない街です。ホテルを一歩出た瞬間から、募金活動家がひとり寄ってきて、ヨセメティ大聖堂への寄付を求めました。おそらく彼らはあらゆるホテルの外で待っていて、街の外からやってくる訪問者に的を絞っているのでしょう。地元の住民は出せるだけの金をずっと前に出し尽くし、逆さに振っても鼻血も出ない状態に陥っているからです。わたしは寄付しませんでしたが、その活動家の横に置かれたA型スタンド看板《サンドイッチボード》の絵には感心しました。大聖堂が完成したらこうなるという姿を美しく描いたもので、夕陽に照らされたバルコニーを描いた一枚にはとりわけ感服しました。完成すれば、バルコニーは、床から天井まで三百メートルの高さになるという話を読んだことがありますが、絵はそのスケールをよく伝えていました。

主よ、あなたがこの地球の表面に偉大な美の風景を刻まれたことはだれも否定できません。幸運にもわたしはこれまでに三つの大陸を訪ね、白亜の崖、砂岩の谷、玄武岩の柱を見てきました。いずれも壮観でした。しかし、それらがうわべの装飾でしかないという知識が、わたしにとって観賞の妨げになっています。おそらくわたしの科学的な精神が、もっと深いところまで見ようとさせるのでしょう。そうした景観すべてのすぐ下にある花崗岩——地球を実際にかたちづくっている岩石の大洋に、わたしはより大きな崇敬を抱いています。ですから、花崗岩が露出して、地球の真のエッセンスを目にすることができる場所に赴いたとき、主の御業に対してより深いつながりを感じるのです。

ヨセメティ・バレーはそうした場所のひとつです。可能なら、一世紀前、人間の手がまだ触れない、原初のままの状態だったときに訪れたかったと思います。掘削作業がはじまる前の岩石の状態を撮影した寫眞を見たことがありますが、壮麗な景観でした。大司教区の決定を非難するつもりはありません。いや、もしかしたら非難しているのかもしれません。お許しください、主よ。ヨセメティ大聖堂が完成すれば、畏敬の念を呼び起こすことはわかっていますし、わたしが生きているあいだに建立されることを望んでいます。それはまちがいなく、無数の人々を主の御許へと近づけるでしょう。わたしはたまたま、花崗岩の頂きそれ自体の眺めに、同じことができるのではないかと思っているだけです。

二十一世紀が近づきつつあるいま、大聖堂を建設することが、莫大な予算と数世代にわたる人々の努力の使い途《みち》としてはたして最善なのかと問うことはまちがいでしょうか？　人間の一生よりも長くつづく計画は、それに携わる人々に対して、俗事を超えた目標を与えることになるという主張については、わたしも同感です。地球の支持層から大聖堂を掘り出し、神と人の双方にとってのあかし《テスタメント》をつくりだしたいという欲求さえも理解できます。しかし、わたしにとっては、科学こそが現代における真の大聖堂であり知識の殿堂であって、そのひとかけらひとかけらが、石でつくられたどんなものよりも荘厳なのです。科学は、ヨセメティ大聖堂が達成しうるすべての目標と、それ以上のものを達成します。もっと多くの人々にそのことを知ってもらいたいと思います。もしかしたら、わたしはただ、莫大な資金を集められる教会の力がうらやましいだけかもしれません。だとしたらお許しください、主よ。教会は、わたしたち科学コミュニティの人間と同じく、主の栄光を称えようとしています。ですからわたしは、彼らに対し、あまり強く異を唱えることができません。われわれと教会の双方に共通する特徴のほうが、両者のあいだの相違点よりも重要なのです。

わたしは、マーティン・オズボーンが郵便の受けとり先として指定した郵便局に赴き、通りを隔てた向かい側にあるバス停のベンチに腰を下ろしました。オズボーン宛に返送した小包は色つきのテープで封をしてありますから、彼が小包を受けとって郵便局を離れるときは、すぐにそれとわかるはずです。わたしはベンチにすわって、郵便局を見張りながら待ちました。バス停に乗客がやってきてバスに乗り込むあいだもじっとベンチにすわりつづけているせいで人目につき、わたしはばつの悪い思いでした。

一時間が過ぎ、さらにまた一時間過ぎて、わたしは一度ならず、やりかたをまちがえたんじゃないかと思いました。わたしが慣れているのは骨を探すことであって、生きた獲物を追うことではありません。獲物に忍び寄ることや偽装することについてはほとんどなにも知らないのです。

しかしとうとう、自分で用意したあの小包が目に入りました。じつをいうと、もうちょっとで見逃すところでした。というのも、男性がとりにくると思っていたのに、例の小包を携えて郵便局を出てきたのは若い女性だったからです。彼女は小包を縁石の上に置いて、道路脇に立ち、流しのタクシーをとめようとしていました。年のころは、せいぜい十八歳、たぶんもっと若いでしょう。博物館の従業員になるには若すぎます。最初わたしは、彼女がマーティン・オズボーンの共犯者にちがいない、計画にひっぱりこまれた第三者だろうと思いましたが、いや、それはただの先入観だと気づきました。若い女性だから善意の第三者に違いないと思い込むようでは、いつもわたしを悩ましている偏見まみれの男たちとかわりません。

わたしは彼女に歩み寄り、あなたは〝マーティン・オズボーン〟かとたずねました。彼女は長いあいだ口ごもっていましたが、それから、現行犯で押さえられたことを受け入れ、観念したように、「ええ、そうよ。電信郵便を出したのはあなた？」といいました。わたしはそのとおりだと答えました。わたしは、発掘品を略奪した犯人を見つけたら、激しい非難の言葉を投げつけようと考えを練っていましたが、目の前の相手は若い女性で、この先どう進めればいいのかよくわからなくなってしまいました。わたしが名を名乗ると、彼女は、ウィルヘルミーナ・マカラックと名乗りました。聞き覚えのある苗字で、次の瞬間、真相がぱっと閃き、わたしは彼女に、ネイサン・マカラックの親族なのかとたずねました。

「ネイサン・マカラックは父よ」と彼女は答えました。

それで謎が解けました。少女の父親はオークランドにあるアルタ・カリフォルニア大学自然哲学博物館の館長でした。保管室に館長の娘がいても、スタッフはだれも不思議に思わないでしょう。

「ということは、この小包にほんとは発掘品は入ってないってこと？」と彼女はたずねました。

わたしがそのとおりだと答えると、彼女は縁石から小包を拾い上げて、近くのゴミ箱に放り込みました。「で、あたしを見つけて、それからどうするつもり？」

手はじめに、父親の博物館から盗みを働いた理由を説明してほしいといいました。

「あたしは泥棒なんかじゃないわ、ドクター・モレル。泥棒は自分のために盗む。わたしが発掘品を持ち出したのは神のためよ」

もしヨセメティ大聖堂の建設を支援したいのなら、どうして発掘品を安価で売るように求めたのかとわたしはたずねました。

「大聖堂のための資金を稼ぐつもりだったと思ってるの？　大聖堂なんかどうでもいい。あたしの望みは、できるだけ多くの人々に発掘品を見てもらうこと。無料で配ってもよかったけど、そんなことをしたら、だれも本物だと思ってくれないでしょ。かといって自分で売るわけにもいかない。だから、販売してもらえる相手に寄付したのよ」

博物館を訪れることで多くの人々が発掘品を見られるとわたしはいいました。

「あたしが持ち出した発掘品はだれも見られない。倉庫の中で埃をかぶってたから。展示しきれないくらいたくさんの発掘品を大学が収蔵するなんて意味ない」

博物館の学芸員なら、だれしももっとたくさんの収蔵品を展示したいと思っているとわたしはいいました。そのかわり、収蔵品をローテーションで展示している、と。

彼女はそれに対して、「いつまでたっても一度も展示されない収蔵品が山ほどあるじゃない」と答えました。たしかにそれは否定できない事実です。彼女はハンドバッグからひとつ、標本をとりだしました。原始クラムの貝殻でした。なめらかな中央部のまわりを成長輪が囲んでいます。「神について話すとき、あたしはこれを見せるの。見た人はみんな感動する。博物館の倉庫に眠っている収蔵品を目にすることで、どれだけ多くの人の信仰が強まるか、考えてみて。あたしは収蔵品を役立てようとしているのよ」

博物館の収蔵品をいつから持ち出しているのかとたずねると、つい最近になってはじめたことだと彼女は答えました。「人々の信仰心がまもなく試されることになるから、元気づける材料が必要な人もいるはず。だから、死蔵されている発掘品が日の目を見ることがだいじなの。人々の疑念を払ってくれるから」

まもなく信仰心が試されるとはどういうことかとたずねると、彼女は、「もうすぐ、ある論文が発表されるの。あたしがそれを知ったのは、父がその査読を依頼されたから。みんながそれを読んだら、信仰を失う人がおおぜい出る」

その論文によってあなた自身の信仰は危機に瀕したのかとたずねると、彼女はあっさり否定しました。「あたしの信仰は絶対的に揺るがないものだから。でも、うちの父は……」

彼女の父親が信仰の危機に直面しているかもしれないという可能性は、わたしにはありえないことに思えました。科学者である彼は、信仰を疑う理由をもっとも持たない人間です。どういう論文なのかとたずねると、彼女は「天文学」と答えました。

主よ、白状すると、わたしは天文学に大きな関心を持ったためしがありませんでした。科学のさまざまな分野の中でも、天文学はいちばん退屈だとずっと思っていました。生命科学には無限の可能性があるように見えます。毎年、植物や動物の新しい種が発見され、地球を創造される主のすばらしい巧みさに対する理解が深まります。対照的に、夜空はあまりにも限られています。一七四五年に、五千八百七十二個の恒星が確認されて以来、新しい恒星はただの一個も見つかっていません。いずれかひとつの恒星を天文学者がもっとくわしく観察するたびに、大きさも組成も他のすべての恒星と同一であることがあきらかになります。そんなものを研究することになんの意味があるでしょう？　ほとんどまったく特徴を持たないことが星々の根本的な性質です。それらは地球を目立たせるための背景であり、わたしたちがどれほど特別な存在であるかを思い出させる役割を果たしています。それらを研究する道を選ぶことは、ある意味、料理そのものではなく、料理が供される皿を味わうことを選ぶようなものです。

ですから、天文学の論文のせいで人々が重要なものを見失うかもしれないというのは、わたしにとって、まったくの驚きというわけではありませんでした。もっとも、そういう反応を示すとすれば、科学者ではなく一般人のほうだろうと思うところですが。その論文にはなにが書いてあるのかとたずねると、ウィルヘルミーナは、「たわごと」と答えました。もっとくわしく説明してほしいと頼んでも、彼女が口にしたのは、人々の心に疑念を植えつける仮説だということだけでした。「それもこれも、根拠なんか、だれかが望遠鏡で見たものだけなのに！　あたしが寄付した発掘品は、ひとつひとつが手にとることのできる証拠だった。さわって感じられるから、それが真実を語っているとわかるのよ」

ウィルヘルミーナは持っていた貝殻をわたしの手に押しつけると、わたしの親指を動かして、殻のなめらかな箇所と成長輪のある箇所との境い目の感触をたしかめさせました。

「ほら。これだったら、疑いようがないでしょ」

わたしはウィルヘルミーナに、あなたがやったことに関してご両親と話をしなければならないといいました。ウィルヘルミーナは頓着していないようすでした。「人々を神に近づけたことで謝るつもりなんかない。そのために自分がルールを破ったのはわかってるけど、改める必要があるのはあたしの行動じゃなくて、ルールのほうよ」

ルールに納得できないからというだけの理由でルールを破ることはできない、もしみんながそんなことをしたら社会が立ち行かなくなってしまうから、とわたしはいいました。

「莫迦《ばか》なこといわないで。あなただって、ミスター・ダールだと偽ってあの電信郵便を送ってきたじゃない。それは、みんな自由に嘘をついていいと思っているから？　もちろん違うでしょ。この状況なら嘘をついても許されると考えたからよ。あなたは自分のしたことの責任をとるつもりでいる。そうでしょ？　あたしの場合も同じ。社会があたしたちに求めるのはそういうことなのよ。なにも考えずにルールにしたがうことじゃなくて」

自分も彼女の年齢のときに、あれほどの確信を持てていたらよかったのにと思います。それどころか、いまこの瞬間にさえ、あれほどの確信を持ちたいと思います。主よ、あなたのご意志にしたがっているとわたしが確信できるのは、フィールドワークに従事しているときだけです。今回のような問題に関しては、わたしの心にいつも多少の疑念が芽生えます。

「父はきょう、サクラメントに行ってる。もし父と話がしたいなら、あしたの朝、九時前にうちに来ればいいわ」ウィルヘルミーナはそういって、住所を告げました。

あなたも家にいてちょうだいというと、彼女は侮辱されたような顔になり、「もちろんいるわよ。自分がやったことを恥ずかしいと思ってないもの。聞いてなかったの？」

あしたわたしは、ドクター・マカラックとミセス・マカラックのもとを訪ねて話をします。シカゴーを発ったときに予想していたのとはまったく違う成り行きです。犯罪者を捕まえて法の裁きを受けさせるつもりだったのに、子どもの不品行をその両親に伝える羽目になろうとは。いえ、子どもの不品行ではなく、娘の不品行というべきでしょうか。ウィルヘルミーナは子どもでも犯罪者でもありませんが、では彼女がなんなのかについてはよくわかりません。彼女が犯罪者だったら、わたしの立場ももっとはっきりしたのですが、わたしはただただ困惑しています。

主よ、わたしが他の人々と立場を共有していないときでも、その立場を理解するのに力をお貸しください。それと同時に、善意によってなされたことだからというだけの理由で罪を見逃さない力をお与えください。みずからの信念にそむかない一方で、他人にあわれみ深くあるようにしてください。

アーメン。

＊

主よ、きょう耳にしたことで、わたしは怯えています。主のお導きを心の底から必要としています。きょう起きたことを理解するために力をお貸しください。

わたしはきょう、フェリーに乗ってオークランドに渡り、そこからタクシーを呼んで、ウィルヘルミーナに聞いた住所へと向かいました。玄関のドアを開けたのはハウスキーパーでした。わたしは名を名乗り、お嬢さんのウィルヘルミーナさんのことでマカラック夫妻と話があるといいました。ほどなく、夫妻が玄関にあらわれました。「ミーナの学校の先生？」とドクター・マカラックがいいました。

わたしは、ボストン自然哲学博物館の考古学者だと説明しました。ミセス・マカラックはわたしの名を知っていました。「一般向けの考古学の本を書いている人でしょう。どうしてうちの娘と知り合うことに？」

わたしは、さしつかえなければ家の中で話ができないかといいました。夫妻は、背後の階段の上に立っているウィルヘルミーナのほうをそろってふりかえり、それからわたしを招き入れてくれました。

ドクター・マカラックの書斎に四人で腰を落ち着けてから、わたしは発掘品が博物館の倉庫から持ち出されたものではないかと疑い、その背後にウィルヘルミーナがいることをつきとめた経緯を説明しました。

ドクター・マカラックは娘のほうを向いて、それはほんとうかとたずねました。

「ええ、そうよ」ウィルヘルミーナは悪びれることも、喧嘩腰になることもなく、はっきり答えました。

ドクター・マカラックは、見るからに信じられないようすでした。「いったいどうしてそんなことを？」

「わかるでしょ。父さんが忘れてしまったことを人々に思い出させるためよ」

ドクター・マカラックは顔を真っ赤にして、「部屋に行っていなさい。あとで話がある」といいました。

「話ならいまここでして。いつまでも子どもだと思って――」

「お父さんがいうとおりにしなさい」とミセス・マカラックがいいました。ウィルヘルミーナがいかにも不本意な顔で部屋を出ていくと、ドクター・マカラックがわたしに向かっていいました。

「この件を知らせてくれてありがとう。大学の収蔵品が外に出ることはもうないと請け合おう」

それを聞いて安心したが、娘さんをあんな行動に駆り立てたのがなんだったのかを知りたいとわたしはいいました。ウィルヘルミーナは、あなたのなんらかの発言もしくは行為に反応して行動したようでしたが、はたしてそうなのですか？

「それはきみには関係ないことだ。家庭内の問題として対処する」

穿鑿《せんさく》するつもりはないけれど、収蔵物の盗難は、法的には博物館評議員会に関わる問題かもしれず、もしこの件を評議員会に知らせないとしたら、そのことでうしろめたい気持ちにならずに済むように、もっとくわしい説明を聞く必要がある、とわたしはいいました。もしあなたがわたしの立場だったら、さっきあなたがしたような説明を受け入れますか？彼はものすごい目でわたしをにらみつけました。もしわたしが彼の部下だったら、この件をそのままにして立ち去ったかもしれません。しかし部下ではなかったので、わたしたちは袋小路で立ち往生することになりました。

そのとき、ミセス・マカラックが夫に向かっていいました。「論文のことを話せばいいじゃない、ネイサン。この人ははるばるうちまで来てくれたんだし、それにどのみち、もうすぐみんなが知ることになるんだから」

ドクター・マカラックは、妻にとりなされて、「ならば、いいだろう」と折れました。デスクに歩み寄り、書類を手にとると、「自然哲学ジャーナルに掲載する論文の査読を頼まれたのだ」といって、その原稿をこちらにさしだしました。論文のタイトルは、『太陽と発光性エーテルの相対運動について』。エーテルについて、わたしには一般人程度の知識しかありません。エーテルは光の波を運ぶ媒体で、向かい風のときよりも追い風のときのほうが叫び声が遠くまで伝わるのと同じように、光の速さは、エーテルの中を動いている地球自体の運動との相対的な関係によって変化します。わたしはドクター・マカラックにそう伝えました。

「きみの理解は、それ自体はまちがっていない。しかしながら、詳細な測定結果により、光の速度の変化は、太陽の周囲をまわる地球の運動によってのみ生じるわけではないことが判明している。どうやら、われわれの太陽系全体に向かって吹いてくる一定したエーテルの風があるらしい。ほとんどの物理学者は、これにはなんの重要性もないと思っている。しかし、天文学者のアーサー・ロースンが、新たな解釈を提示した。すなわち、太陽は実際には静止しているのではなく、エーテルに対して運動している。静止しているのはエーテルのほうだ、と」

それはまるで、たえまなく砂漠を吹き渡る風を観察した結果、空気のほうは静止していて砂漠が動いているに違いないと結論するようなものではないでしょうか。ドクター・マカラックはこの異論を予期していたように、こう答えました。「ああ、もちろんこれは話があべこべに思えるだろう。しかし、もう少し待ちたまえ。ロースンは、太陽に対する運動がエーテルの風と同一であるようなもうひとつの恒星を仮定している。その恒星は、発光性のエーテルに対して静止していることになる。

天文学者は、最近になってようやく、恒星それぞれの動きをマッピングしはじめたばかりだが、大まかなパターンはすでに探知されている。そこでロースンは、星々の速度がエーテルの風の速度と同程度になっている空の一角を調べはじめた。彼は、動きがエーテルに近い数個の恒星を発見したが、ぴったり一致するものはひとつもなかった。

そのとき彼が出くわしたのが、エリダヌス座にある星のひとつ、58番星だった。ドップラー偏移をもとに測定して、ロースンはエリダヌス座58番星が秒速数千マイルの速度で地球に向かって動いていることを発見した。それ自体、尋常ならざる現象だが、のちの測定により、その運動は辻褄《つじつま》が合わないことがわかった。その星は、秒速数千マイルの速度で地球に近づいたり、同じ速度で離れたりを交互にくりかえしている」

どう見てもそれは、なんらかの測定の誤りによるものではないかと、わたしはいいました。

「もちろん、彼も最初はそう考えた。しかし、誤りの原因となる可能性を考えうるかぎりすべて排除したのち、ロースンはべつの天文台にいる天文学者たちにチェックしてほしいと頼んだ。彼らはロースンの発見を確認した。彼らはともに、エリダヌス座58番星の運動がきっかり二十四時間周期で変動すると結論づけた。ロースンは、この恒星が円運動していると信じている」

それはつまり、もっと大きな天体のまわりを公転しているということかとたずねると、ドクター・マカラックは、そのような運動をしている物体が重力の軛《くびき》に縛られていることはありえないと答えました。天体力学に関するわれわれの知識すべてに反しているのです。

奇跡と呼ぶに足る条件を満たしているのかとわたしはたずねました。主の御業の——主よ、あなたが宇宙に積極的に介入していることの——決定的な証拠がついに見つかったのか、と。

「たしかにそのとおりだ」とドクター・マカラックはいいました。「しかし、真の問題は、この奇跡の重要性ではない。この奇跡が、神の計画について、なにを教えてくれるかだ。ロースンはひとつの仮説を述べている。エリダヌス座58番星が、じつは、小さすぎてわれわれには探知できない、地球くらいのサイズの惑星のまわりを公転しているという説だ。恒星は、静止した惑星に対し、二十四時間周期でその惑星に昼と夜がくりかえされるようなかたちで運動している。彼は、それが惑星を中心とした恒星系を構成していると考えている。

エリダヌス座58番星が周回している惑星は、発光性エーテルに対して静止している。つまり、この宇宙の中で、絶対的に静止している唯一の物体だということになる。その惑星では、そしてその惑星においてのみ、光がどちらの方向に進んでいようとも、光の速度はいささかも変わることはない。そして、その惑星上に生命が存在するかどうか確認するすべはないが、ロースンは、その惑星に居住者がいて、その居住者こそ、神がこの宇宙をつくりだした理由だと考えている」

わたしはしばらく口を開くことができませんでした。それからようやく、人類をはじめとする生命が地球上に存在することをロースンはどう説明しているのかと訊ねました。

ドクター・マカラックは、わたしの手から原稿の束をとり、ぱらぱらページをめくって、目当ての箇所を見つけ出すと、また返してよこしました。

そのページに目を通して、ロースンが人類の存在について三つの仮説を提示していることがわかりました。第一は、人類の存在が、独立した天地創造──本来の目的である事業のリハーサルとして行われた実験もしくはテスト──の結果だというものです。第二は、人類の創造が意図せざる副産物、われわれの太陽系がエリダヌス座58番星系とよく似ていることから生まれた一種の〝共鳴〟であるというもの。第三は、地球人類がたしかに本来の事業であって、エリダヌス座58番星系の生命はリハーサルもしくは副産物であるというもの。ロースンはこの三つ目の可能性をありそうもないとして切り捨てました。というのも、奇跡が主の関心を示すしるしだとしたら、惑星のまわりを恒星が周回するというたえまない奇跡は、主よ、あなたがその惑星をもっとも重要だと考えているという明白な証拠になるからです。

ロースンは、自分が導いた結論は当然のことながら推論に過ぎないと認め、自分の説と同等またはそれ以上にうまく観測結果を説明できる仮説があれば教えてほしいと書いていました。論文のページにじっと目を落としたまま、わたしは新しいべつの解釈を考えようとしましたが、ひとつも思いつきませんでした。それから顔を上げて、ドクター・マカラックを見やると、彼は、正しい答えにたどりついた学生に対するように、ひとつうなずいてから、渋い表情でこういいました。

「手強い仮説だ。答えの見つかっていない他の多くの疑問がこれで解決することを考えると、ますます反論しにくい。たとえば、言語の多様性」

博士のいうとおりだと思い当たりました。世界各地の言語がどうしてこんなに違っているのか？　比較言語学者は、地球の年齢と言語が分岐していく速度をもとにして、なんとか言語の多様性を説明しようと苦労してきました。主よ、あなたがもし、創造に際して、原始の人間すべてに共通言語の知識を授けられていたのだとしたら、世界のさまざまな言語すべては、インド・ヨーロッパ語族の諸語がそうであるように、同族的な類似性があるはずです。しかし、世界各地の言語と言語のあいだには、それよりはるかに大きな違いがあるという事実から、天地創造の直後から十以上の相互にまったく無関係な言語が話されていたはずだという結論が導かれます。

主よ、あなたがなぜそのようなことをなさったのか、わたしたちはずっと不思議に思ってきました。しかし、原始の人間の、相互に行き来のない隔離された個体群が、それぞれ独立して自分たち独自の言語を発達させたのだとすれば、解くべき謎など存在しないことになります。いくつもの異なる言語が存在することは、計画ではなく、ただの偶然によるものだったのです。

「これでわかっただろう。論文はまもなくジャーナルに発表されて、だれもがそれを読むことになる。この論文は却下《リジェクト》すべきだと助言したかったが、そうする根拠を見出すことができなかった。科学研究に対するわたしの信頼がこの論文を認めさせたのだ」ドクター・マカラックは顔をしかめ、「しかし、もし科学研究全体がいつわりの前提の上に築かれていたとしたら？　子どものころ、神が原始の人間に書く力を授けてくれていたらよかったのにとよく思ったものだ。そうすれば、夜空に新しい星があらわれた日付を記録することができただろう。そんな記録があれば、それぞれの星の光が最初に地球に到達したのがいつなのか、日にちまで正確に判明し、それぞれの星との距離を正確に知ることができる。しかし、人間が文字を発明したのは、星々の出現よりはるかにあとだったから、天文学者はもっと間接的な方法で星々との距離を推論しなければならなかった。神はわたしたちが自分の力で論理的に考えて答えを導くことを望まれたのだと、教師たちはいった。でも、もしそれがいつわりだったら？　もし」ドクター・マカラックの声がかすれました。「神はわたしたちに対してなんの意志も持っていなかったのだとしたら？」

　これが、ウィルヘルミーナの言及した信仰の危機でした。わたしはすこしでも慰めを与えようと不器用に試みて、たしかにこれは大きな混乱を招きかねない発見だけれど、それでも神への信仰を失わずにいることは可能だといいました。ドクター・マカラックは大声で、「だとしたらきみはなにもわかっていない！」と叫びました。

　妻が彼の手に手を触れ、博士は妻の手を握り、必死に感情を抑えようとして、ふたりはしばらくじっと黙っていました。それからミセス・マカラックがこちらを向いていいました。「わたしたちには息子がいたの。ミーナより十歳年長で、名前はマーティン。インフルエンザで死んだ」

　わたしはお悔やみをいいながら、マーティンというのはウィルヘルミーナが発掘品を寄付したときに使った名前だったことを思い出しました。

「きみには子どもがないから、息子を失う痛みを理解できないだろう」

　わたしはそのとおりですと答えました。この発見がおふたりにとってとりわけ受け入れがたいものだったとしても、その理由がよくわかります、と。

「ほんとうかね？」

　わたしは自分の推測を話しました。すなわち、息子の死を耐えられるものにしていた唯一のようがは、それがもっと大きな計画の一部だったという知識です。しかし、人類が実際には、主よ、あなたの関心の埒外《らちがい》だったとすれば、そのような計画は存在せず、彼の息子の死は無意味だということになります。

ドクター・マカラックは無表情のままでしたが、夫人のほうがうなずきました。

「あなたの本はおもしろく読ませてもらいました、ドクター・モレル。あなたの本を読みながら、結婚前、わたしがネイサンの学生だったときに彼がいったことを思い出した。ネイサンは講義で、科学的な研究が信仰のもっとも強靭な土台をいかにして築いてきたかという話をしたの。『個人の信念は揺らぐかもしれない。しかし、物理世界が否定されることはありえない』とネイサンはいって、わたしはそれを信じた。だから、マーティンの死後、ネイサンが研究に没頭したとき、それは彼自身にとっての慰めというだけじゃなくて、わたしにとっても慰めだったの」

「そして、研究は成果をあげた」ドクター・マカラックは静かにいいました。「わたしは太陽の内部に、波の振動を発見した。太陽の熱と光の源となる重力崩壊を引き起こすために神が使った初期圧縮の名残りだ」

「わたしたちの世界に神が残した指紋を見つけ出すようなものね」とミセス・マカラックがいいました。「その時点では、それはわたしたちにとって願ってもない安心を与えてくれた」

「しかしいまは、それがなにかの証明になったのだろうかと疑っている。すべての星々の内部にきっと波の振動があるに違いない。わたしたちだけを特別なものとして他と切り離す証拠はなにもない。科学が発見したことには、なんの意味もない」

科学は傷口に貼る膏薬になりうるけれど、それが科学を探究する唯一の理由であってはならない、科学者には真実を追い求める責務があると、とわたしはいいました。

「科学とは、たんに真実を追い求めることではない」とドクター・マカラックが応じました。「科学とは、目的を追い求めることだ」

返す言葉がありませんでした。わたしはずっと、その両者が同じひとつのものだと思ってきました。でも、もしそうでなかったとしたら？　いまはどう考えればいいかわかりません。あなたが最初から一度もわたしの言葉を聞いていなかったと想像するとぞっとします。

＊

親愛なるローズマリー

この二、三週間は、わたしにとって、思っていた以上にとてもつらくて困難な日々だった。アリゾナの発掘現場を一時的に離れたことを伝えておこうと思って、これを書いています。

前回の手紙で書いたとおり、わたしは発掘に参加できるつもりだった。あんなことがあったあとでも、慣れ親しんだ考古学の手作業に対する愛着から、仕事をつづけられるだろうと思ってた。ところが実際には、仕事をつづけるのはそれほど簡単じゃなかったみたい。ロースンの発見によって種を蒔かれた疑念が齧歯類《げっしるい》のように心をかじりつづけていたみたい。そして二、三日前、現場の地中で見つかった槍の穂先を掘り出しているとき、とうとうこんな考えが頭に浮かんだの。こんなことをしてなんになる？ ここでやってることなんてみんな無意味なのに。怒りにまかせてハンマーを振りまわし、発掘物を壊してしまうかもしれないと心配になって、作業を中断せざるを得なかった。そのとき、発掘現場を去るしかないと気づいたの。自分がそんな真似《まね》をするリスクがほんとうにあるかどうかはともかく、その可能性が頭をよぎったという事実だけでも、ここで仕事をつづけられる精神状態ではない、と。

わたしが寝泊まりしていたのは、発掘現場から一時間の距離にある貸しキャビンだった。なぜ現場を離れるのか、だれにも説明できなかった。ロースンの論文が発表されるまで、そのことについて人前で話すことは不適切な気がしたから。それも、発掘現場でわたしが感じていた孤独感の一因だったかもしれないけど、もっと大きな理由は、神から引き離されたという感覚ね。次にどうすべきか、心を決めるのに時間が必要なのよ。

世俗の科学コミュニティだけじゃなく、教会もこの発見に悩まされるんじゃないかって、こないだの手紙で訊かれたけど、当然そのはずだというのがわたしの答え。でも、組織としての教会は、有益な証拠が見つかればそれを利用し、有益でないときは無視するというやりかたで力をつけてきた。たとえば、アダムとイヴの物語。教会は、原始の人間の骨が世界各地で見つかったあと、あの物語が文字どおりの史実ではありえないことを進んで認めたけど、あの物語が寓話として重要だという根本は変わらないと主張した。その結果、あなたもわたしも他のすべての女たちも、イヴの影の中で生きつづけている。慣習という以外はなんの理由もないのに。だから教会は、それと似たようなやりかたでこの発見をあっさりかたづけ、前から持っていたのと同じ価値観を唱導するために利用するでしょう。

人類多源説は何世紀も前から提唱されているから、考古学的な発見がそれを裏づけたところで驚きはないっていう主張も成り立つと思う。たしかにそのとおり。教会科学者はたったひと組のカップルがこんなに早く地球全体に広がったのはどうしてなのか説明しようと、長年苦労してきた。だから、公的に立場を変えざるを得なくなる前に、かわりの仮説を教会組織内部でいろいろ考えてきているはず。それと対照的に、人類が天地創造の目的ではなかったとまじめに主張する仮説は、ロースンの論文を読むまで一度も目にしたことがなかった。だから、もしかしたら教会科学者は、わたしがそうだったのと同じくらい不意をつかれて驚愕したあと、教義に対する忠誠をふたたび前面に出してくるかもしれない。

世俗科学者であるわたしにとっての問題は、自分の信仰が昔からずっと、なによりも証拠によって裏打ちされていたこと。白状すると、これまでは、人間の立ち位置を理解するために天文学が重要だと思ったことなんかなかったけど、いまはそう思ってる。人類が宇宙創造の理由だという前提を受け入れるとしたら、そのことは、足もとの地上と同じくらい、空の上にも反映されているはず。もし人類がこの宇宙の中心的な事実なら、つまり、もしわたしたちの種《しゅ》が宇宙のへそ《オムファロス》なら、天球を仔細に観測することで、その特権的な地位がたしかめられるはず。わたしたちの太陽系は、運動している他のすべての天体に対して不動点をなしていなければならない。わたしたちの太陽は絶対的に静止していなければならない。もし科学的な証拠がこの前提に反するとしたら、わたしたちのほんとうのよりどころはどこにあるのかを自問しなきゃいけない。

この問題が、わたしの場合と違って、あなたやアルフレッドにとって悩みの種にならないとしても、その理由は理解できる。ロースンの発見が広く知れ渡ったとき、大多数の一般人がどう反応するか、わたしにはわからない。ウィルヘルミーナ・マカラックは、世間も自分の父親と同じような反応をするだろうと予期していたし、わたしに関しては、その推測があたってた。この件でこんなに深く揺さぶられずに済めばよかったのにと自分でも思う。でも、なにで心を悩ますかは自分で選べない。

もしこのことが気にかかるという場合は、どんな心配事でもいいから、いつでも忘れずにわたしに相談して。この疑惑の森を通り抜けるために、わたしたちひとりひとりが自分で道を見つけなきゃいけないけど、そのために他人の助けが必要なのだから。

愛を込めて。いとこのドロシーアより。

＊

主よ、たぶんあなたはこの祈りを聞いていないでしょう。しかし、どのみちわたしは、あなたの行動に影響を与えることを期待して祈ったことは一度もありません。わたしの行動に影響を与えることを望んで祈ってきたのです。そしていま、わたしは二カ月ぶりに祈りを捧げます。たとえあなたが聞いていなくても、祈りによって考えを整理することが必要だからです。

発掘現場を離れたのは、ロースンの発見が発掘事業全体を無意味にしてしまうことを恐れたためでした。ドクター・ヤンセンが発見した石槍があれほど大きな興奮を呼び起こしたのは、木製の柄のうち、かなりの部分が残存していて、その成長輪を使って、槍がつくられた年代を正確に特定できるかもしれないと思われたからです。石を打ち砕く技法の移り変わりの時期を特定できれば、石割りの技が、創造後の最初の数世代で向上したのか衰退したのかがわかるのではないかとわたしたちは期待していました。それによって、人類の知識に関する主のお考えについて、なんらかの推論が成り立つかもしれません。しかしそれは、原始の人間が主の意志のもっとも直接的な反映であるという前提に基づくものでした。もし人類の創造が、主よ、あなたの意図によってなされたのでないのだとしたら、原始の人間が有していたどんな技術も、主の御心《みこころ》についてなにかを教えてくれることはありえません。それらの技術が与えられたのは、まったくの偶然だったということになります。

このキャビンに来てから、いろいろ考えごとをして長い時間を過ごしました。原始の人間たちはどこまで知ってたんだろう。新生児みたいにまっさらな心でこの世に現れたはずはない。もしそうだったら、たちまち餓死していただろうから。虎の子どもだって、母親から狩りのやりかたを教えてもらう必要があります。食糧を調達するために狩りをする方法を人間がゼロから学ばなければならなかったとしたら、それ以前に絶滅していたでしょう。原始の人間は、狩りをしたり隠れ場所をつくったりする知識を最初からある程度は持っていたはずです。主よ、もしかしてそれは、ひとつの種が生き延びるために最低限必要なスキルをたしかめるべく、あなたが行った実験のひとつだったのでしょうか。それとも、これもまた意図せざる副産物、エリダヌス座58番星系の原始の住人にあなたが授けた情報の遠いこだまだったのでしょうか。

原始の人間がはじめて息をしたその瞬間から知っていたと考えられる、生存のスキルと同じくらい重要な情報があります。自分たちは理由があって創造されたという知識です。彼らがそれを知らなかったという可能性について、わたしはどうしても考えてしまいます。だとしたら、最初の数日間、彼らは誇りと大望で心をいっぱいにするかわり、不安と混乱に悩まされていたはずです。完全な肉体とある程度のスキルを持ちながら、過去を持たず、よるべなき記憶喪失の世界で覚醒する――それがいったいどんな気持ちなのか、想像しようとしてきました。わたしにはとても恐ろしいことに思えます。この数週間にわたしが経験してきたことよりもさらに恐ろしいでしょう。

そこから、もうひとつの疑問が生まれます。神の意志を実現したいという欲望からではなかったとするなら、原始の人間はいったいどうして文明を築こうとしはじめたのでしょうか。寒さと飢えを避けることは、彼らにとって必要なものを確保する動機になるでしょうが、どうしてそこからさらに先へと踏み出したのでしょう？　主よ、あなたのご意志を実現しようとするのでないとしたら、彼らはどうして、人類をこんにちの人類たらしめているような芸術や技術を磨くことをはじめたのでしょう？

わたしにはわかりませんが、ひとつの仮説を立てました。

考古学は、物理学ほど厳密な科学ではないかもしれませんが、その基盤には物理学があります。過去の研究を可能にしているのは、物理法則です。宇宙の状態を仔細に調べることで、一瞬前の宇宙の状態を推論することができます。それぞれの一瞬は、そのひとつ前の一瞬から厳然と続いていて、次の一瞬へと厳然と続き、因果連鎖の輪をつくりだします。

しかし、宇宙創造の一瞬は、すべての因果連鎖が終わる場所です。推論によって過去へ過去へと遡り、この一瞬にまでたどりつくことはできても、それより先には行けません。だからこそ、宇宙創造は奇跡なのです。なぜなら、その瞬間に起きたことは、それに先立つ瞬間の必然的な結果ではなかったからです。ウィルヘルミーナがずっと持っていた原始の貝殻は、たしかに証拠です。神が人類のために計画したという証拠ではなく、奇跡が実在した証拠です。成長輪の終わりを示すあの境界線は、物理法則によってものごとを説明できる限界を示すしるしです。そしてわたしたちは、そこからインスピレーションを得ることができます。

というのも、わたしが思うに、それと同様、因果の連鎖におさまらないものがもうひとつあるからです。すなわち、意志の営みです。自由意志は一種の奇跡です。わたしたちが純粋な選択をするとき、それは、物理法則の働きに帰することができない結果を引き起こします。意志の行為はすべて、宇宙創造と同じく、ひとつの第一原因なのです。

創造の奇跡の証拠がないとしても、物理法則は宇宙のあらゆる現象をじゅうぶん説明できると考え、わたしたちは自分たち自身の心もたんなる自然のプロセスに過ぎないという結論に導かれるかもしれません。しかし、わたしたちが観測するものには、物理法則がカバーしきれないものがあることはわかっています。さまざまな奇跡が起こり、人間の選択は、たしかにそこに含まれています。原始の人間は、ひとつの選択をしたのだと思います。気がつくと彼らは、無数の可能性に満ちた、しかしなにをすべきか導いてくれるもののない世界にいました。そうなれば、ただ生き延びることだけを目的に行動するだろうと思うところですが、彼らはそうしませんでした。かわりに彼らは、自分たちを向上させて、自分たちの世界の支配者となる道を追求したのです。

わたしたち科学者は、それと同様の状況にいます。証拠は、以前からずっとわたしたちの目の前にありました。成長輪のない木々、へそのないミイラ、エリダヌス座58番星の運動。それをどうするかはわたしたち次第です。わたしたちは以前からずっと、それを自分の人生の価値を決定するものと見なしてきましたが、それは必然ではありませんでした。わたしたちは、そうすることをみずから選んだのです。ということはつまり、そうしないことを選ぶのも可能だということになります。

わたしは、この宇宙というすばらしいメカニズムを研究することに人生を捧げ、そうすることで達成感を得てきました。主よ、それはわたしがあなたの意志にしたがって行動している証拠であり、あなたがわたしを造りたもうた理由であるとずっと思っていました。しかしあなたが、わたしになにをさせようとも考えていないというのが事実そのとおりなら、あの達成感は、ひとえにわたし自身の中から生じたものだということになります。それが示しているのは、わたしたちは人間として、自分が生きる意味を自分でつくりだすことができるということです。

楽な道だとはいいません。わたしがマカラック夫妻に示すことができたのは、たとえ息子を失っても生きる意味を見出せるというわたしの願望だけでした。しかし、神の計画があると信じていたときでさえ、わたしたちの人生はしばしば困難でしたし、わたしたちはそれに耐えてきました。自分だけしか頼るものがないのに、それでもなお成功したとすれば、それはわたしたちの能力の証拠となります。

ですから、主よ、あなたが発掘作業を見守っていてくださるのか否かにかかわらず、わたしはアリゾナの現場に戻ることにします。たとえこの宇宙がつくられたのが人類のためではないとしても、わたしはやはり、宇宙の仕組みを理解したいと願っています。わたしたち人間は、〝なぜ〟という疑問の答えではないかもしれませんが、〝どんなふうに〟という問いの答えを探しつづけるつもりです。

この探求がわたしの目的です。主よ、あなたがわたしのためにお選びになったからではなく、わたしが自分でそれを選んだからです。

アーメン。

不安は自由のめまい

Anxiety Is the Dizziness of Freedom

煙草が吸えればよかったのだが、店内での喫煙は就業規則で禁じられていたから、ナットのいらいらは募るばかりだった。もう三時四十五分なのに、モロウがまだ戻ってこない。帰りが間に合わなかったら、客になんと説明しよう。ナットは「いまどこ？」とたずねるテキストメッセージをモロウに送った。

チャイムが鳴ってフロントドアが開いたが、モロウではなかった。入ってきたのは、オレンジ色のセーターを着た男だった。「ええと、売りたいプリズムがあるんだけど」

ナットは携帯電話をしまった。「見てみましょう」

男はこちらに歩み寄り、プリズムをカウンターに置いた。新型モデルで、大きさはブリーフケースくらい。ナットはそれをくるっとまわして、自分の側に数字の表示を向けた。

起動日はわずか六カ月前で、容量《パッド》の九〇パーセント以上が未使用のまま残っている。

ナットはディスプレイを開いてキーボードを出すと、オンライン・ボタンをタップして、接続を待った。一分が過ぎた。

「渋滞にハマったのかも」とオレンジセーター男が自信のなさそうな口調でいった。

「だいじょうぶ」とナットはいった。

さらに一分が過ぎ、レディ・ライトが点灯した。ナットはキーを叩いた。

キーボード・テスト

数秒後、返答があった。

問題なさそう。


ビデオモードに切り換えると、画面のテキストが、ざらついた映像に変わった。ナット自身の顔がこちらを見返している。

ナットのパラレル・セルフがうなずいて、「マイクテスト」といった。

「良好」とナットは答えた。

画面がテキストに戻った。さっき、自分のパラセルフがつけていたネックレスは見覚えのないものだった。このプリズムを買うことになったら、どこで入手したのか、彼女に訊かないと。ナットはオレンジセーター男に視線を戻し、値段を告げた。

男はがっかりした顔で、「それっぽっち？」

「この値段が、そのプリズムの価値です」

「こういうのって、時間が経つともっと値打ちが出るんだと思ってたのに」

「そのとおり。でも、すぐに値打ちが出るわけじゃない。もしこれが五年物だったら、話は違ってくるけど」

「向こうの分岐でなにかすごくおもしろいことが起きていたら？」

「ええ、それなら値打ちが出るでしょうね」ナットは彼のプリズムを指さし、「あっちの分岐では、なにかおもしろいことが起きてる？」

「うーん……どうかな」

「もっといい値段をつけてほしかったら、自分で調べてから持ち込まなきゃ」

オレンジセーター男はためらうようなそぶりを見せた。

「考えてから出直したいなら、ご自由に。またいつでも来てください」

「ちょっと待ってくれる？」

「お好きにどうぞ」

オレンジセーター男はキーボードに向かって、自分のパラセルフとひとしきり短いテキストをやりとりした。それが終わると、「ありがとう。また来るよ」といってプリズムをたたみ、店を出ていった。

店に残っていた最後の客は、おしゃべりを終えて帰ろうとしている。ナットは彼が使っていた閲覧席に行って、データ使用量をチェックしてから、プリズムを保管室に戻した。その客の会計が済んだときには、午後四時の予約客三人がすでに到着していた。そのうちひとりは、モロウが持って出たプリズムを使うことになっている。

「しばらくお待ちください」とナットは三人にいった。「すぐに受付手続きをしますから」

ナットは保管室に行って、ほかの二人の客用のプリズムをとってきた。二人をそれぞれの閲覧席に案内したちょうどそのとき、モロウが正面ドアから入ってきた。両腕に大きなダンボール箱を抱えている。ナットはカウンターまで行ってモロウを迎え、「ギリギリのタイミングね」とささやいて、きっとにらみつけた。

「うんうん。スケジュールはわかってる」

モロウはばかでかい箱を保管室に運び、プリズムを持って出てきた。第三の客の閲覧席にそのプリズムをセットしたときは、予約時刻まであと数秒になっていた。午後四時、三つのプリズムすべてにレディ・ライトが点灯し、三人の客はいっせいに自分のパラセルフとしゃべりはじめた。

ナットはモロウのあとについて、正面カウンターの奥にあるオフィスに入った。モロウはなにごともなかったように、自分のデスクの席にすわった。

「で？」とナットはたずねた。「どうしてこんなに遅くなったわけ？」

「施設の介護士と話してたんだよ」モロウが店を離れていたのは、ジェシカ・ウールセンという常連客との面談のためだった。七十代の未亡人で、友人はほとんどおらず、ひとり息子は助けになるどころか厄介ばかりかけている。彼女はもう一年近く前から、週に一度のペースで、自分のパラセルフと話をしにこの店にやってくるようになった。音声チャットを使うため、いつも個室を予約する。しかし二カ月前、転んだ拍子に股関節部を骨折し、いまは介護施設に入っている。店に来られなくなっても、週に一度のおしゃべりをつづけられるよう、モロウは毎週、施設にプリズムを持参していた。セルフトーク社のガイドラインに違反しているが、彼女はそのぶんの追加ボーナスをモロウに払っている。「ミセス・ウールセンの状態について、情報を仕入れてきた」

「どういうこと？」

「彼女、肺炎にかかってるんだ。股関節部を骨折した患者には多いらしい」

「そうなの？　腰の骨折がどうして肺炎につながるわけ？」

「介護士の話だと、骨折して自由に動けないと、酸素でぼうっとして、深呼吸しなくなるとかなんとか。とにかく、ミセス・ウールセンはまちがいなく肺炎にかかってる」

「深刻な状態？」

「その介護士の話だと、もって一ヵ月か、長くて二ヵ月だそうだ」

「うわ。気の毒に」

「ああ」モロウは太くてまるっこい指先であごを掻きながら、「でも、それで思いついたことがある」

モロウのことだから、不思議はない。「で、今度はなに？」

「この件に助けは必要ない。おれひとりでやれる」

「ならいい。仕事がつまってるから」

「だよな。今夜も集会があるんだろ。どんな調子？」

ナットは肩をすくめた。「はっきりしたことはいいにくいけど。進展はしてると思う」

＊

プリズム――本来の名称である「プラガ世界間通信機器《インターワールド・シグナリング・メカニズム》」の頭字語をもじった呼び名――には、赤と青のＬＥＤが一個ずつついている。プリズムを起動すると、装置内部で量子測定が行われ、同じ確率を持つ二つのありうべき結果が示される。片方の結果は赤のＬＥＤの点灯で示され、もう片方は青のＬＥＤで示される。その瞬間から、プリズムを使って、宇宙全体を記述する波動関数の二つの分岐のあいだで情報をやりとりできるようになる。もっとふつうの言葉でいうと、プリズムは新たに分岐した二つの時間線をつくりだす。片方の時間線では赤のＬＥＤが点灯し、もう片方では青が点灯する。そしてその二つの時間線のあいだでプリズムを使ってコミュニケートできるようになる。

情報交換は、プリズム内にある磁場イオントラップに捕捉されたイオン一列を使って行われる。プリズムが起動し、普遍的な波動関数が二つに分岐したとき、これらのイオンはコヒーレントな重ね合わせ状態を保ったまま、ナイフの刃の上でバランスをとり、どちらの分岐にもアクセスできる。イオン一個を使って、一方の分岐から他方の分岐へと、イエスかノーかという一ビット分の情報を送ることができる。イエス／ノーを読みとる行為によって、イオンの重ね合わせ状態は崩壊し、ナイフの刃の上から、どちらか一方の側に落ちてしまう。もう一ビットの情報を送るためには、もう一個のイオンが必要になる。イオン一列で、テキストをエンコードしたひと連なりのビットを送信できる。イオン列がじゅうぶん長ければ、画像や音声、動画さえも送信できる。

結論からいうと、プリズムは、二つの分岐をつなぐ無線機のようなものではない。プリズムを起動しても、その周波数にチューニングを合わせておける送受信装置が生まれるわけではない。プリズムはむしろ、二つの分岐が共有する一冊のノートに近い。メッセージがひとつ送られるたびに、いちばん上のページから紙の一部がちぎりとられる。ノートのページがすべて使い果たされると、それ以上は情報をやりとりできなくなり、二つの分岐はそれぞれ独立した道を歩み、以降は永遠に連絡を断たれる。

プリズムの発明以来、技術者たちは一列あたりのイオンの数を増やし、ノートのページ数を増やす努力をつづけてきた。最新の商用プリズムは、一ギガバイトの容量を持つ。テキストだけをやりとりするなら、死ぬまで使ってもじゅうぶん足りるサイズだが、すべての消費者がテキストで満足するわけではない。音声によるリアルタイムの会話を、できれば映像つきで可能にしてくれる機能を望む消費者が多かった。自分の声を聞き、こちらを見返してくれる自分の顔を見たい。とはいえ、フレームレートの低い低解像度の動画でも、ものの数時間でプリズム一個の全ページを使い尽くしてしまう。そのため、動画はたまに使うだけにして、ふだんはテキストもしくは音声のみによるコミュニケーションに頼り、プリズムをできるだけ長持ちさせようとする使いかたが一般的だった。

＊

午後四時の予約は、いつものテレサという女性だった。テレサは一年ちょっと前からディナのセラピーのクライアントになっている。テレサがセラピーに通いはじめたのは、恋愛関係を長期にわたって維持できないことが主な理由だった。当初ディナは、テレサの抱える問題の原因が、十代の頃に両親の離婚を経験したことじゃないかと思っていたが、いまはべつの可能性を疑っていた。テレサはいつも、もっといい相手を求める傾向がある。先週のカウンセリングで聞いた話によると、テレサはつい最近、五年前に求婚を断った元ボーイフレンドとばったり再会した。彼はいま、だれかべつの女性としあわせな結婚生活を送っているらしい。ディナはきょう、先週につづいてテレサとその件を話し合うつもりだった。

テレサは、儀礼的な挨拶からカウンセリングに入ることが多いが、きょうは腰を下ろすなり口を開いた。「きょう、昼休みに、〈水晶玉《クリスタル・ボール》〉に行ってきたの」

答えの見当はついていたが、ディナは、「なにを訊きにいったの？」とたずねた。

「もしあたしがアンドルーと結婚してたら、どんな人生を送っていたかが知りたくて、それがわかるかどうか訊いてみたの」

「で、向こうはなんと？」

「たぶんわかるって。あれがどういう仕組みなのかはよく知らなかったんだけど、係の男の人が説明してくれた」テレサは、ディナがプリズムの仕組みになじみがあるかどうかたずねなかった。最後まで話してしまわずにはいられないのだろう。そのほうが好都合だ。テレサは、ディナがほんのちょっと水を向けるだけで、もつれた思考の糸をそうやって自分で解きほぐせる場合がすくなくない。「その人の話だと、アンドルーと結婚するかどうかの決断が時間線を二つに分岐させることはなくて、プリズムを起動することではじめて時間線が分岐するんだって。でも、アンドルーがあたしにプロポーズした時点より数カ月前に起動されたプリズムがいくつか店にあるから、それを使って分岐を調べることはできる。どんなふうに調べるかっていうと、そういう分岐のそれぞれにあるパラレル版のクリスタル・ボールにこっちからリクエストを送る。すると、向こうの従業員がパラレル版のあたしに連絡して話を聞き、その中に彼と結婚した人がいるかどうかたしかめる。もしアンドルーと結婚しているあたしが見つかったら、そのあたしに話を聞いて、その結果をこっちに伝えてくれる。でも、そういう分岐が見つかる保証はないし、リクエストを送信するだけでも料金がかかるから、目当ての分岐が見つかるかどうかにかかわらず料金を払ってもらうことになるって。それに、もしパラレル版のあたしと直接話したいと思ったら、それは別料金。あと、五年物のプリズムを使うことになるから、全体に料金が割高になるみたい」

できもしないことを約束するデータ・ブローカーがいるのは知っていたから、デイナは、クリスタル・ボールの料金提示がまっとうだったことにほっとした。「それで、どうしたの？」

「どうするにしても、まず先生と話してからにしようと思って」

「オーケイ、じゃあ、話しましょう」とデイナはいった。「クリスタル・ボールに相談したあと、どんな気分だった？」

「どうかな。アンドルーにイエスと答えた分岐が見つからないかもしれないっていう可能性は考えたことがなかったから。そういう分岐を見つけられないなんてことある？」

テレサが自分で答えにたどりつくように誘導してみようかと考えたが、その必要はないと判断した。「彼のプロポーズを断るっていう決断が、きわどい選択じゃなかった可能性もあるわね。どっちに転んでもおかしくないとそのときは思っていたかもしれないけれど、実際はそうじゃなかった場合。プロポーズを拒否する決断は、ただの気まぐれとかじゃなくて、心の奥底の感情に根ざしていた」

テレサは考え込むような表情になった。「それがわかったら気が晴れるかも。まずその点だけを調べてもらったほうがいいかしら。アンドルーと結婚してるバージョンのあたしが見つからなかったら、そこで調査は終わりにしてもらえばいい」

「もしアンドルーと結婚しているバージョンが見つかったら、面談を申し込む確率はどのくらい？」

テレサはためいきをついた。「百パーセントね」

「じゃあ、そこからなにがわかる？」

「答えを知りたいという確信がないかぎり、調査を依頼すべきじゃないってことかな」

「で、答えを知りたいの？」とディナ。「いえ、べつの訊きかたをしましょう。どういう答えだったらいいなと思ってて、どういう答えかもしれないと不安になってる？」

テレサはしばらく黙り込んだ。ようやく口を開き、「たぶん、あたしが聞きたい答えは、アンドルーと結婚したバージョンのあたしが、彼はふさわしい相手じゃなかったと気がついて離婚しているっていうパターンね。聞きたくないのは、結婚したバージョンのあたしがしあわせそのものに暮らしているパターン。いじましいと思う？」

「ちっとも。そういう気持ちになるのは百パーセント理解できる」

「たぶん、そのリスクを喜んで引き受ける覚悟があるかどうかの問題ね」

「それもひとつの考えかただけど」

「もうひとつは？」

「もうひとつは、他の分岐についてなにかを知ることが、あなたにとって実際に役立つかどうかを考えること。他の分岐についてどんな情報を得たとしても、この分岐にいるあなたの状況が変わることはないっていうこともありうるから」

テレサはむずかしい顔をして考え込んだ。「なにも変わらないかもしれないけど、でも、自分が正しい決断をしたんだとわかったら気が晴れる」テレサは口をつぐみ、ディナはつづきを待った。やがて、テレサがたずねた。「データ・ブローカーに行ったクライアントはほかにもいるの？」

ディナはうなずいた。「ええ、たくさん」

「一般論として、ああいうサービスを使うことはいい考えだと思う？」

「この手の問題に関しては、一般論とかないと思うけど。それぞれ、百パーセント個人的な問題だから」

「あたしがやるべきかどうかについて、アドバイスする気はないと」

ディナはにっこりした。「それがわたしの役割じゃないことは知ってるでしょ」

「知ってる。訊いてみるだけならべつにいいかと思って」しばらくして、テレサがいった。

「中にはプリズムにとり憑かれたみたいになる人もいるって聞いた」

「ええ、そういうこともありうる。じつをいうと、わたし、プリズム使用によって問題が生じている人たちのサポートグループで、ファシリテーターをつとめているの」

「ほんとに？」テレサは一瞬、くわしく話を聞き出そうとするようなそぶりをみせたが、かわりにこういった。「で、クリスタル・ボールのサービスは受けないほうがいいとあたしに警告するつもりはない？」

「クライアントにはアルコールに問題を抱えている人もいるけど、そういう人に一滴も飲むなとアドバイスするつもりはないから」

「すじは通ってるわね」テレサはいったん口をつぐみ、しばらくしていった。「ああいうサービスを自分で利用したことはある？」

ディナは首を振った。「いいえ、一度も」

「利用してみたいと思ったことは？」

「ないかな」

テレサは興味を引かれた顔でディナを見つめた。「自分がまちがった選択をしたんじゃないかと思うことはないの？」

思うまでもなく、知ってる。しかし、口に出してはこういった。「もちろんあるわよ。でもわたしは、いま、ここに集中するようにしてるから」

＊

ひとつのプリズムによってつながった二つの分岐は、量子測定の結果をべつにすれば、完全に同一の状態から出発する。もしある人間が、測定結果になにか大きな決断を委ねようと考えていた場合——「青のＬＥＤが点灯したら、この爆弾を爆発させる。赤のＬＥＤが点灯したら、爆弾を解体する」とか——二つの分岐は、はっきり目に見えるかたちで違うものになる。しかし、測定結果に応じて行動する人間がだれもいなかった場合、二つの分岐はどのくらい違うものになるだろう？　単一の量子事象は、それ自体だけで、二つの分岐のあいだに目に見えるほどの差異を引き起こせるだろうか？　プリズムを使って、もっと大きい歴史的な力を研究することは可能だろうか？

こうした疑問は、プリズムによる通信が初めて実演されたとき以来、論議の的になっている。およそ百キロバイトの容量のノートを持つプリズムが開発されたとき、大気科学者のピーター・シリトンガが、この問題を解決すべく、二つでワンセットの実験を行った。

この時点では、プリズムはまだ実験室用の大型機器で、冷却に液体窒素が必要だったが、シリトンガは、計画している二つの実験のそれぞれに一台ずつプリズムを用意した。それらを起動する前に、彼はさまざまな手順を踏んだ。まず、いまは妊娠していないが、子どもを妊娠したいと思っている志願者を一ダースの国々から集めた。その後の一年間で、首尾よく子どもを持つことができたカップルは、新生児に二十一遺伝子座DNA検査を行うことに同意した。それからシリトンガは最初のプリズムを起動し、キーボードを叩いて、光子一個に偏光フィルターを通過させるコマンドを打ち込んだ。

六カ月後、彼は、世界各地から一カ月間にわたって気象情報を集めてくるようにソフトウェア・エージェントを設定した。それから第二のプリズムを起動し、待った。

＊

議題がなんだろうと、このサポートグループの集会ではいつもかならずコーヒーが出る。ナットはそれが気に入っていた。コーヒーがおいしいかまずいかはそれほど気にならない。カップを手で持っていると、手持ち無沙汰にならないのがありがたかった。このサポートグループの集会が開かれる場所は、いままで見てきたいろんな会場の中でとりたてて上等とはいえないが——よくある教会の地下室だった——コーヒーはだいたいいつも、とてもおいしかった。

コーヒーメーカーの前で自分のカップにコーヒーを注いでるライルのもとに歩み寄ると、ライルは「やあ」といって、いま注いだカップをナットに手渡し、自分用にまたサーバーから注ぎはじめた。

「ありがと、ライル」ナットがこのグループに参加するようになってから三カ月だが、ライルはそのちょっと前からメンバーになっていた。十カ月前、ライルは新しい仕事をオファーされて、それを受けるべきかどうか決めかねていた。ライルはプリズムを買い、それをコイントスのかわりに使った。青のLEDならオファーを受ける、赤のLEDならオファーを断る。この分岐では青のLEDが点灯したのでライルは新しい仕事に就き、彼のパラセルフは前の職場にとどまった。数カ月のあいだ、ふたりとも、それぞれ自分の状況に満足していた。しかし、新しい職場のものめずらしさが薄れてくると、ライルは仕事に幻滅している自分に気がついた。他方、パラセルフのほうは前の職場で昇進を勝ちとっている。ライルの自信は揺らいだ。パラセルフとやりとりしているときはしあわせそうな態度を装っているが、内心では羨望と嫉妬の感情と闘っていた。

ナットは、二つ並んだ空席を見つけて、ライルをそこに導いた。「いちばん前の席が好きなんだよね？」

「うん。でも、きみが好きじゃないなら、いちばん前じゃなくてもいいよ」

「だいじょうぶ」ふたりは席について、コーヒーをすすりながら会が始まるのを待った。

グループのファシリテーターは、ディナというセラピストだった。ナットと変わらないくらいの若さだが、なすべきことはちゃんと心得ているように見える。前に参加していたグループにディナのような人がいたら助かったのに、とナットは思った。参加者全員が着席すると、ディナがいった。「きょう、口火を切りたい人は？」

「じゃあ、ぼくが」とライルがいった。

「オーケイ。この一週間のことを話して」

「ええと、ぼくは例のベッカのことを調べた」ライルのパラレル・セルフは、数カ月前から、たまたまバーで知り合ったベッカという女性とつきあっていた。

「そりゃまずいね。まずいよ」とケヴィンが首を振った。

「ケヴィン、やめて」とディナ。

「ごめんごめん」

「ありがとう、ディナ」とライルがいった。「ぼくはベッカにメッセージを送って、なぜメッセージしているのかを伝え、ぼくのパラセルフと彼女のパラセルフの2ショット写真を送って、よかったらいっしょにコーヒーでもどうかと誘ってみた。彼女は、喜んで、と返信してきた」

デイナはライルにうなずきかけて、先を促した。

「日曜の午後に二人で会った。最初は相性がぴったり合う気がした。向こうはぼくのジョークに笑ってくれたし、こっちも彼女のジョークで笑った。ぼくのパラセルフが彼女と出会ったときもちょうどこんな感じだったんだろうなと思った。最高の人生が始まった気がした」ライルはきまりの悪そうな表情になった。

「そのあとから、なにもかもおかしくなった。きみと会えたことが最高にすばらしくて、まるで世界が灰色から薔薇色に変わったような気がすると話しているうちに、ぼくはいつのまにか、プリズムを使うことで人生がどんなに悲惨なものになっていたかを愚痴りはじめていた。ベッカのパラセルフに出会えたぼくのパラセルフのことがどんなに妬ましかったか。ああすればよかった、こうすればよかったと、いつも後知恵で自分の行動を粗探しするようになっていたこと。そうやってべらべらしゃべっている自分の口調がどんなに哀れっぽく聞こえるか、自分でもわかってた。彼女を失いかけているのがわかって、それで必死になるあまりぼくは……」ライルは口ごもり、それからいった。「ぼくは、ベッカが彼女のパラセルフと話せるようにぼくのプリズムを貸そうと申し出た。そうすれば、ぼくがどんなにすばらしい男になれるか、向こうのベッカがこちらのベッカに話してくれると思ったんだ。この申し出がどういう結果を招いたかは想像がつくと思う。ベッカは礼儀正しかったけど、もう二度とぼくには会いたくないってことをはっきりさせた」

「話してくれてありがとう、ライル」とディナはいった。それから、他の参加者に向かって、「いまのライルの話について、なにかいいたいことがある人は？」

チャンスだったが、ナットはすぐに飛びつこうとはしなかった。他のメンバーが先にしゃべってくれたら、それがベストだ。

ケヴィンが口を開いた。「さっきの一言は悪かった。ごめん。調べるなんて莫迦《ばか》だといいたいわけじゃなかったんだ。おれが考えていたのは、自分でもやりそうだなってこと。だから、その結果がどうなるかについて悪い予感がした。きみにとってうまく行かなくて残念だよ」

「ありがとう、ケヴィン」

「それに実際は、悪い考えじゃない。きみたちのパラセルフ同士がカップルになってるなら、きみたち二人も相性は悪くないはずだから」

「二人の相性が悪くないっていうケヴィンの意見には賛成」とザリーナがいった。「でも、わたしたちみんながおかす過ちは、自分のパラセルフが幸運に恵まれているのを見て、自分にも同じ幸運を得る資格があると思い込むことよ」

「ベッカとつきあう資格があると思ってるわけじゃないよ」とライル。「でも、彼女はちょうどぼくみたいなだれかを探している。もしぼくとの相性が悪くないなら、それはそれで意味があるんじゃないか？　第一印象が最悪だったのはわかってるけど、相性のことを考えたら、そのくらい大目に見てくれてもいいんじゃないかな」

「そりゃ、彼女がそうしてくれたら素敵だけど、向こうにそんな義務は一ミリもないのよ」

「うん」ライルは不満そうな口調でいった。「いってることはわかるよ。ぼくはただ……毎回同じことをいってるけど……うらやましいんだよ。どうしてぼくはこうなんだろう」

いまが絶好のタイミングだ。ナットはそう思って口を開いた。「最近わたしに起きたことが、もしかしたらライルの体験と似てるんじゃないかと思うんだけど……」

「話して」とデイナ。

「オーケイ。わたし、ジュエリー細工が趣味なの。たいていはイヤリングをつくってる。小さなオンラインショップをオープンして、つくったものをそこから買ってもらえるようにしてる。といっても、自分で注文を受けるわけじゃなくて、わたしはデザインをアップロードするだけ。アクセサリーの会社がそのデザインをもとに製品化して、それを顧客に郵送する」この部分はぜんぶ事実だ。もしだれかがネットで店を覗いてみたいと思っても問題ない。「わたしのパラセルフに聞いた話だと、たまたまあるインフルエンサーがわたしたちのデザインのひとつを見かけて、それがどんなに素敵だったかっていう感想をSNSに投稿してくれたそうなの。そしたら、そのイヤリングが、先週だけで何百セットも売れたって。実際、そのイヤリングをつけている人をコーヒーショップで見かけたっていってた。

なにがいいたいかというと、世間に注目されたデザインは、わたしがプリズムを起動したあとに彼女がつくったものじゃないってこと。それより前のデザインなの。だから、この分岐にあるわたしの店でも、まったく同じイヤリングを売ってる。それなのに、こっちではだれも買ってくれない。彼女は、世界が分岐する前にわたしたちがつくったものでお金を稼いでいるのに、わたしは稼いでない。そのことで彼女に腹が立った。そんな幸運を手に入れたのが、どうしてわたしじゃなくて彼女だったの？」他のメンバーが何人か、わかるわかるというようにうなずいた。「それから気がついたの。他の人のオンラインショップでジュエリーがたくさん売れてるのを見たときとは感じかたが違うって。ぜんぜんべつなのよ」ナットはライルに顔を向けた。「本来のわたしは嫉妬深いタイプじゃないし、あなたも同じだと思う。他の人が持っているものをいつもほしがっているわけじゃない。

でも、プリズムを使った場合、相手は他の人じゃなくて、自分なのよ。だとしたら相手が持っているものを自分が手にしてもいいはずだって思うのがあたりまえじゃない？　当然のことだもの。問題は自分にあるんじゃない、プリズムのほう」

「ありがとう、ナット。気が楽になったよ」

「どういたしまして」

これは進歩だ、とナットは思った。たしかに一歩前進した。

＊

ビリヤード・ボールをラックにセットして、完璧なブレイクを決める。台にポケットはなく、表面の摩擦はゼロだと仮定する。するとボールは、いつまでも止まることなく跳ね返りつづける。このとき、他のボールと衝突する任意のボール一個の軌跡をどれほど正確に予言できるだろうか。一九七八年、物理学者のマイクル・ベリーが計算したところによれば、わずか九回の衝突を経たあとでは、部屋の中に立っている人間の重力効果を計算に入れる必要が生じる。ボールの位置を最初に測定した結果が、たとえ一ナノメートルでもずれていたら、予言は数秒のうちに無効になる。

空気分子同士の衝突も同様に不確定で、一メートル離れたところにある原子一個の重力効果にも影響されうる。そのため、たとえプリズムの内部が外部環境から遮蔽されていても、プリズムの起動時に行われる量子測定の結果は、外界に影響を及ぼし、二個の酸素分子が衝突するか、それともすれ違うかを決定する。だれもそう意図しなくても、プリズムの起動が、生成された二つの分岐のあいだに相違を生むことは避けられない。最初のうち、相違は感知できない程度、気体分子の熱運動レベルの齟齬に過ぎないが、空気は静止していないので、おおざっぱにいって一分間のうちに顕微鏡レベルの摂動が巨視的なレベルになり、直径一センチメートルの範囲で空気の流れに影響する。

小規模の大気現象に対する摂動の影響は、二時間ごとに倍増する。予測という観点からすると、大気の最初の測定における幅一メートルの誤差は、翌日の気象予報における一キロメートルの誤差につながる。もっと大きな規模では、地形や大気層のようなファクターによって誤差の拡大が減速するが、停止するわけではない。キロメートル規模の誤差は、やがて数百キロから数千キロ規模の誤差になる。最初の測定が、地球上のすべての大気の状態を一立方メートルも余さず緻密にデータ化していたとしても、将来の天気に関する予測が役に立つ時間はせいぜい一ヵ月に過ぎない。最初の測定の解像度を上げたとしても、その効果はかぎられている。小さなスケールでは、誤差があまりにも速く拡大するため、一立方センチメートル単位で大気状態を測定したデータから出発したとしても、予報の正確さは、せいぜい数時間長く持ちこたえるだけだ。

気象予報における誤差の拡大と同じく、プリズムをはさんだ二つの分岐においても、それぞれの気象に相違が生じる。プリズム起動時、酸素分子同士の衝突のしかたに生じる違いが最初の摂動となり、一カ月後には、地球全体の気象が違ってくる。シリトンガは、プリズム起動の一カ月後に自分のパラセルフと気象情報を交換することで、それを確認した。どちらの気象状況もその季節にとってふさわしいものだったが——一方の分岐では冬なのに他の分岐では夏になっているというような地点は見つからなかった——それをべつにすれば、基本的には両者のあいだに相関はなかった。二つの分岐の気象は地球規模で目に見えて異なっていた。

こうした結果をシリトンガが「プラガ世界間通信機器に見る大気状態の大規模誤差拡大の研究」と題する論文にまとめて発表したあと、歴史学者のあいだで、どの程度の気象変動なら歴史の流れに影響しうるかについて、激しい議論が巻き起こった。懐疑派は、気象の差異が個人の生活にさまざまな面で影響を与えうることは認めたものの、歴史を動かす出来事の結果が天気によって決まることがはたしてどのぐらいの頻度であったのかと疑問を呈した。シリトンガはこの議論には加わらず、一年間にわたるもうひとつのプリズム実験の結果が出るのを待ち受けていた。

＊

クライアントの予約がたまたま理想的な順番で並ぶことがあるが、デイナにとっては、毎週水曜の午後がそれだった。最初のクライアントはいちばん注文が多い部類に属する男性で、あらゆる決断をこちらに委ね、デイナが断ると哀れっぽい口調で抗議し、最終的に自分で決めて行動したあとも、そのたびにデイナを責めてくる。だから、直後の予約でホルへと会えるのは、オフィスの淀んだ空気を吹き飛ばしてくれる爽やかな風に吹かれるようなもので、いい気分転換になった。ホルへが抱えている問題は、デイナがいままでに遭遇した中でとくにおもしろいものではないが、クライアントとしての彼に接するのは好きだった。ホルへはおもしろくてやさしく、つねに善意を抱いている。セラピーのプロセスについてはひっこみ思案だが、それでも、キャリアの妨げになっている自己評価の低さやネガティブな態度の改善に関しては、着実に進展しつつあった。

四週間前、ある事件があった。ホルへの職場の上司は品性下劣な暴君で、部下全員を見下している。デイナがホルへのカウンセリングで当面の目標にしていることのひとつが、上司からの侮辱を気にしないでいられるように心を整えることだった。ある日、ホルヘはとうとう堪忍袋《かんにんぶくろ》の緒《お》が切れて、会社の駐車場にだれもいなかったとき、上司の車のタイヤを四つともパンクさせた。その日からもうかなり時間が経ち、犯人だと名指しされるリスクは消えたようだが、ホルヘは、心の一部でそんな事件など起きなかったふりをしたがっている一方、べつの一部では、自分がしたことについて、いまもまだ強い罪悪感を抱いている。

面談は世間話から始まったが、ホルヘにはなにか打ち明けたいことがあるんじゃないかという気がした。デイナが促すような視線を向けると、ホルヘは口を開いた。「先週の面談のあと、〈ライドスコープ〉に行ったんだ。プリズム・ブローカーの」

デイナはびっくりした。「ほんとに？　なんのために？」

「ぼくのうちの何バージョンがぼくと同じように行動したのか知りたくて」

「くわしく話して」

「六バージョンのぼくに質問を送ってくれとリクエストした。分岐の出発点がつい最近で、料金が安かったから、動画を頼んだ。けさ、ライドスコープから動画ファイルがいくつか送られてきた。ぼくのパラセルフが話している録画」

「で、なにがわかったの？」

「パラセルフたちはだれも、うちの上司のタイヤをパンクさせていなかった。全員、そうすることを空想したといってた。ひとりは、ぼくが実行したのと同じ日に、もうちょっとでやりそうなところまで行ったけど、でもギリギリで思いとどまったって」

「それはなにを意味してると思う？」

「ぼくがタイヤをパンクさせたのは不慮のアクシデントだったっていうことだよ。ぼくが実行したという事実は、ぼくという人間についてなにか重要なことを物語っているわけじゃない」

似たような目的でプリズムを使う人間がいるのは知っていたけれど、ふつうは、もっと悪いことをしていたかもしれなかったという可能性を指摘することで自分の行動を正当化するためだ。並行世界の自分たちがもっと立派な行動をとっていたことを理由に自己弁護するというのは、デイナもはじめて遭遇する事例だった。しかも、よりによってホルヘがそんな道を選ぶとは。「じゃああなたは、自分のパラセルフたちの行動があなたの反映だと思っている？」

「ライドスコープがチェックした分岐はすべて、事件のたった一カ月前が出発点になっている。ということは、事件当時のパラセルフたちは、そのときのぼくとまったく同じだったはずだ。違う人間になるような時間はなかったわけだから」

デイナはうなずいた。その点はホルへのいうとおりだ。「上司の車にあなたがいたずらした事実が、パラセルフたちがそうしなかった事実で打ち消されると？」

「打ち消されるわけじゃないけど、でも、ぼくがどういうタイプの人間かという指標にはなる。もしパラセルフ全員がタイヤをパンクさせていたら、それはぼくの人間性について重要な事実を示唆している。だとしたら、シャロンが知る必要があるだろう」ホルへは、自分がやったことを妻のシャロンに打ち明けていなかった。恥ずかしくて話せなかったのだ。「でも、パラセルフたちがやらなかったという事実は、ぼくという人間の根本が暴力的な性質じゃないことを意味している。だから、なにがあったか打ち明けたら、シャロンにまちがった考えを植えつける結果になる」

ホルへが妻にすべてを打ち明けるように導くことは、このカウンセリングが目指すゴールのひとつだった。「じゃあ、いまはどんな気分なの、その情報を知ったいまは？」

「ほっとした、ってとこかな。自分があんなことをしでかしたのがなにを意味するか、それが心配だった。でも、いまはもう、そんなに心配じゃない」

「その〝ほっとした〟っていう気持ちについてもっとくわしく教えて」

「なんていうか……」ホルへは椅子の上でそわそわとおちつかない身振りをしながら、言葉を探した。「なんていうか、病院で検査した結果が出て、問題なかったときみたいな気分かな」

「病気かもしれないと思っていたけど、そうじゃないと判明したみたいな」

「そう！　ぜんぜん深刻なものじゃなかった。再発を心配しなくていいものだった」

ディナは思い切って踏み出すことにした。「じゃあ、病院の検査だと考えましょう。あなたには、なにか深刻な、たとえば癌みたいな病気かもしれない症状があった。でも、検査の結果、癌じゃないことがわかった」

「そのとおり！」

「もちろん、癌じゃなかったことはすばらしいわ。でも、なんらかの症状はあったわけでしょう。その症状の原因がなんだったのか探ってみる値打ちはあるんじゃない？」

ホルヘはぽかんとした顔になった。「癌じゃないなら、そんなのどうだっていいだろ」

「ええ、でも、なにかべつの病気だってこともありうるでしょ。それについて知ることが自分のためになるような」

「必要な答えはもう手に入ったんだ」ホルヘは肩をすくめた。「いまはそれでじゅうぶんだね」

「オーケイ、じゃあいいわ」ディナはいった。これ以上、強引に押しても意味がない。どのみち、ホルヘはきっといつか、そこにたどりつくことになる。

*

どんな分岐であろうと、そこで両親が出会い、子どもをつくっていたら、あなたはこの世に誕生する――というのが一般的な考えかただが、どんな人間の誕生も必然ではない。シリトンガの一年にわたる実験の目的は、妊娠という行為が、当日の天気を含め、そのときの状況に大きく左右される偶発的なものだと証明することだった。

排卵は段階を踏んでゆっくりと進んでいくプロセスなので、当日の天気が雨だろうと晴れだろうと、卵胞から出てくる卵細胞が変わることはない。しかし、その卵細胞に到達する精細胞は、ガラガラ回す福引きの抽選器から出てくる当たりの玉みたいなもので、その結果は、まったくランダムな力に左右される。性行為をとりまく外的な環境が、二つの分岐でまったく同一に見えたとしても、感知できない不一致がひとつあるだけで、ある一匹の精虫ではなく、べつの精虫が子宮にたどりつくことになる。したがって、二つの分岐のあいだで気象パターンに目に見える相違が生じれば、あらゆる受精はその影響を受ける。そして九カ月後、母親が地球上のどこにいても、二つの分岐のそれぞれで、別々の赤ん坊を出産することになる。生まれた赤ん坊が、片方の分岐では男の子、もう片方では女の子だった場合、相違は明白だが、赤ん坊が同性だった場合でも事情は変わらない。片方の分岐でディランと命名された赤ん坊は、他方のディランと同じではない。二人はきょうだいの関係になる。

以上は、プリズムを起動した一年後に生まれた赤ん坊のDNA検査結果を自分のパラセルフと交換したあと、「大気の揺らぎがヒトの受胎に与える影響」と題する論文の中でシリトンガが証明してみせた事実だ。彼は、前述の「誤差拡大」論文で実験結果を公表したことが、そうでなければ生じなかったはずの不一致を生み出したのではないかとの疑義を回避するため、そのとき使ったのとはべつのプリズムを使用した。子どもたちが受胎した時点では、二つの分岐のあいだに連絡はまったくなかった。すべての子どもは、他方の分岐にいる片割れとは違う染色体構成を持っていた。考えうるかぎり、その唯一の原因は、単一の量子測定によるものだった。

それでもなお、歴史のもっと大きな流れは二つの分岐のあいだで変化しないと主張する人々もいたが、この主張が正しいと論理的に説明することはさらに困難だった。シリトンガは、想像しうるかぎりもっとも小さな変化でも、いずれはグローバルな影響をもたらすことを実証した。ヒトラーが権力を手にするのを阻止したいと思っている仮想的な時間旅行者がいたとして、最小限の介入は、ゆりかごの中にいる赤ん坊アドルフを窒息死させることではない。必要なのは、アドルフが受胎する一カ月前に時間遡行し、酸素分子一個を動かすことだけ。これによって、アドルフがそのきょうだいと置き換わるだけでなく、アドルフ以降に生まれたすべての赤ん坊が、そのきょうだいと置き換わってしまう。一九二〇年には、そういうきょうだいたちが世界人口の半分を占めているだろう。

＊

モロウがセルフトークで働き出したのはナットと同じ頃だったから、会社がいちばん儲かっていた当時は、どちらもまだ従業員ではなかった。プリズムが企業にしか手の届かないものだった時代、ユーザーは喜んで店に出かけていって、パラレル版の自分とコミュニケートした。個人でもプリズムを気軽に買えるようになったいま、まだ残っているセルフトークの営業拠点は数店舗しかなく、顧客のほとんどは、親にプリズムを買ってもらえないティーンエイジャーか、パラセルフという概念がまだ目新しいものだと思っている世情にうとい高齢者だった。

ナットは地味な毎日に満足していたが、モロウのほうはつねにプランを練り、新たな顧客を開拓する方法を実際に考案して店長に昇進した。新しいプリズムが入荷するたび、モロウはそのプリズムが起動してから一カ月のあいだに起きた事故のニュースをチェックし、関係する人々にターゲット広告を送ったのである。彼らの多くは、もしあのとき状況が違っていたら自分の人生はどうなっていたのかを垣間見る《かいま》チャンスに抵抗できなかった。長期的な顧客になった人はだれもいなかったが——彼らの大部分は、べつの可能性を知って意気消沈した——この営業戦略は、手に入れた新しいプリズムすべてに関して収入を生み出す確実な方法だった。

介護施設の自室でミセス・ウールセンがパラセルフと話しているあいだ、モロウは部屋の戸口のすぐ外に立っていた。いま、二人はテキストではなく動画を使って対話している。ミセス・ウールセンは自分に残された時間が長くないことを知り、プリズムの容量《パッド》を使わずにとっておいても意味がないと考えたのだ。もっとも、あるバージョンの自分が死んでいくのを実際に見守っている向こう側のミセス・ウールセンにとって、それはつらい体験だった。ふたりのやりとりは張りつめていたが——モロウは部屋に隠しマイクを仕掛けて、イヤピース越しにふたりの会話を盗聴していた——死にゆくミセス・ウールセンはそれに気づいていないようだった。

対話を終えると、ミセス・ウールセンはちょっとだけ声を大きくして、入ってくるようモロウに呼びかけた。

「お話はどうでした？」とモロウはたずねた。

「楽しかった」とミセス・ウールセンはいった。苦しそうな息をしながら、「本音で話ができる相手がいるとしたら、それは自分だから」

モロウはベッドテーブルからプリズムをとって、元のケースにしまった。「ミセス・ウールセン、さしでがましいようですが、ひとついっておきたいことが」

「どうぞ」

「財産を相続させる値打ちのある人間がだれもいないといってましたよね。もしそれが本心なら、あなたのパラセルフに財産を譲渡するのがいいかもしれません」

「そんなことができるの？」

どんな嘘でも、相手に信じさせる鍵は、自信たっぷりにふるまうことだ。「お金も情報の一形態ですから。音声や映像情報を送信するのと同じやりかたで、プリズムを通じて送信できます」

「ふうん、それはおもしろそうね。彼女のほうが、うちの息子よりよっぽどましな使い途《みち》を見つけてくれそうだし」息子に言及するとき、ミセス・ウールセンはかすかに渋い表情になった。「どんなふうにするの？　弁護士に頼んで遺言状を修正すればいい？」

「そうすることもできますが、遺産の評価額を整理するにはしばらく時間がかかります。

もし送金されるなら、早いほうがいいかもしれません」

「どうして？」

「来月、新しい法律が施行されるんです」モロウは電話をとりだして、自分がでっちあげたネット記事を見せた。「政府の狙いは、この時間線から財産を持ち出そうとする人に、その気をなくさせることとです。そのため、他の時間線への送金に対して五十パーセントの税金を課すことにしたんです。この法律の施行前に送金すれば、税金をとられずに済みます」ミセス・ウールセンの表情から、このプランに心を動かされていることがわかった。

「うちの会社ですぐに処理できますよ」

「手配しておいてちょうだい」とミセス・ウールセンがいった。「来週、あなたが訪ねてきたときに実行しましょう」

「準備万端ととのえておきます」

セルフトークに戻ると、モロウはプリズムを使って自分のパラセルフにメッセージを送り、話を合わせてくれと頼んだ。計画では、向こう側のミセス・ウールセンをこんなふうに説得する予定だった。すなわち、こちら側のミセス・ウールセンが鎮痛薬のせいで妄想を抱くようになり、プリズムを通じてあなたにお金を送ったと思い込んでいる。しかし、残り少ない余命を満足して過ごせるように、調子を合わせたほうがいい、と。たぶんこれでじゅうぶんだろうが、必要とあらば、動画による対話を打ち切ってしまえばいいだけのこと。べつのクライアントがこのプリズムの容量を使い果たしてしまうという不測の事態が発生したと説明すればいい。

手配を済ませると、モロウは送金を受けとるダミー口座の開設に着手した。この件で大金を稼ぐつもりはなかった。ミセス・ウールセンは、たぶんある程度の貯金があるだろうが、裕福ではない。運がよければ、ナットのサポートグループのほうから大金が入るだろう。

セルフトークの業務の一環として、モロウはプリズムの使用に問題を抱えている人々のサポートグループのリストを管理していた。そういうグループのメンバーの中に、プリズムを手放す決断をする人がいることはわかっていたから、教会やコミュニティセンターで開かれる集会を定期的に訪れ、チラシを配った。いわく、『どこよりも高額で、あなたのプリズムを買いとります』。三カ月前、モロウが掲示板にチラシを貼っていたとき、サポートグループのメンバー二人がそれぞれコーヒーのカップを手にしてすぐそばに立ち、集会室のドアが開くのを待っていた。二人の声がモロウの耳に届いた。

「プリズムを起動することでだれかの人生をめちゃめちゃにしたかもしれないって考えたことある？」

「ほら、あっちの分岐ではだれかが交通事故で死んだのに、こっちでは死んでなくて、それはぜんぶ、あなたがプリズムを起動したせいだった、みたいな」

「どういう意味？」

「それで思い出したけど、二、三カ月前、ハリウッドで起きた自動車事故覚えてるかい？ぼくのパラセルフの分岐では、あの事故で死んだの、ロデリックじゃなくてスコットだったらしい」

「まさにそれ。あなたがプリズムを起動したことが、だれかの人生に大きな影響を与えた。それについて考えたことある？」

「あんまりないな。自分のことにしか興味がないっていわれるかもしれないけど、いつも自分の人生のことばかり考えてるからね」

男が触れたのは、セレブのカップル、ポップシンガーのスコット・オーツカと映画スターのロデリック・フェリスが関わる事故だった。新作映画のプレミア上映会に行く途中、二人を乗せたリムジンに酔っ払い運転の車が突っ込んだ。ロデリックが命を落とし、スコットは配偶者の死を嘆き悲しむ寡夫となった。しかし、声の男が所有するプリズムが接続している分岐では、死んだのはスコットのほうで、ロデリックは生き延びている。

そのプリズムはたいへんな値がつくだろうが、だからといって、ただつかつか歩み寄ってプリズムを買いたいと持ちかけるわけにはいかない。そこでモロウは、ナットをそのサポートグループに送り込み、プリズム中毒から離脱したいと思っている濫用者を演じさせた。ターゲットの男の名はライル。ナットの仕事は、彼と友人になること。性的な関係はいっさい抜きで——そんなことを頼まない程度には、モロウはナットのことをよく知っていた——サポートグループの仲間同士として、ライルが好意を持ち、信頼を寄せる相手になることだった。友人になることで、ナットはそれとなく、プリズムを処分する方向へライルを誘導する。機が熟したら、ナットは自分もプリズムを処分するつもりだとライルに打ち明け、中古のプリズムを高額で買ってくれるところを知っているから、いっしょに売りにいかないかと持ちかける。そしてライルをセルフトークに連れていくと、待ちかまえていたモロウが二人のプリズムを両方とも買いとる。

それからモロウはスコット・オーツカにアポイントメントをとり、死んだ夫と話すことが可能になるプリズムを売りたいと申し出る。

＊

どんなプリズムも、それが起動するより前に生じた分岐との通信を実現することはできない。したがって、ケネディ大統領が暗殺されなかった分岐や、モンゴル帝国が西ヨーロッパを侵略した分岐についてはなにもわからない。同じ理由で、科学技術の発達がべつのコースをたどった分岐から情報を集めて新たな発明品の特許をとり、資産を築くこともできない。プリズムを使うことで実利を得られるとしたら、プリズムの起動以前ではなく、それ以後に起きた相違に由来するものでなければならない。

ときおり、ランダムな変動によって、アクシデントを避けることが可能になる場合もある。一度、ある旅客機が墜落したとき、連邦航空局《FAA》は他の分岐のFAAに連絡して、そちら側の旅客機を着陸させ、くわしい点検を実施することで、油圧装置の中から故障寸前の部品を発見するに至ったことがある。しかし、人為的なミスから生じるアクシデントに関しては、分岐ごとに状況が異なるため、警告しても意味がない。また、天災についても、プリズムは役に立たない。ある分岐で発生したハリケーンは、他の分岐のハリケーンとはまるで別物だし、地震はすべての分岐で同時に起きるので、やはり前もって警告することが不可能だ。

ある陸軍大将は、最高にリアルな軍事シミュレーションとして分岐を利用できると考えて、プリズムを購入した。向こうの分岐にいるパラセルフの自分に強気の作戦をとらせて、結果がどうなるかたしかめることが目的だった。しかし、この計画の致命的な欠陥は、彼がパラセルフと連絡をとるなり露呈した。陸軍大将のパラセルフは、それとまったく同じように彼を利用しようと考えていたのである。すべての分岐が、その世界の住人にとって絶対的な重要性を持つものである以上、だれしも喜んで他人の実験台になろうとはしない。

プリズムが実際に提供するのは、歴史的な変化のメカニズムを研究する手段だった。研究者たちは、それぞれの分岐でニュースの見出しを比較して不一致を見つけ出し、その原因を調査する。あるケースでは、明らかにランダムな出来事――たとえば、手配中の逃亡犯が運転する車が警察にとめられて逮捕されるとか――から差異が生じている。他のケースでは、二つの分岐で特定の個人が別々の行動を選択した結果が差異につながっている。後者の場合、研究者はその人物に聞きとり調査を求めるが、もしその人物が有名人だった場合、どうしてそんな選択をしたのかについてくわしい理由を話してくれることはめったにない。そういうカテゴリーにあてはまらない場合、研究者はそれに先立つ数週間のニュースを洩れなくチェックして、不一致の原因を特定しようと試み、ふつうはそれが、株式市場やソーシャルメディアにおける統計学的な変動を精査することにつながる。

研究者はその後の数週間、数カ月にわたってニュースをフォローしつづけ、さざ波が着実に、時間とともにどのように拡大していったかを調べる。彼らが探していたのは、差異が時間しかし目に見えるかたちで広がってゆくような、古典的な「釘が足りずに、国が滅びる」

式のシナリオだったが、かわりに見つかったのは、最初に発見した不一致とは関係のない、他の大量の小さな不一致だった。天候はいたるところでじゅう変化を引き起こしている。重要な政治的な分かれ道が観察される頃になると、その原因がなんだったのかをたしかめるのはもう困難だった。問題をさらに悪化させるのが、どの研究もプリズムの容量がつきると同時に終わりになってしまうという事実だった。ある特定の分かれ道がどんなに興味深くても、分岐と分岐のあいだの接続はつねに一時的なものでしかない。

民間レベルでは、プリズムから得られた情報が道具としては限られた価値しか持たない一方、その情報は顧客にコンテンツとして販売できるものだという認識が関連企業のあいだに広がり、新しい種類のデータ・ブローカーが誕生した。会社は、いまの出来事に関するニュースを自社のパラレル版と交換し、その情報を購読者に販売する。スポーツニュースとセレブのゴシップがいちばんよく売れた。人々はしばしば、お気に入りのスターが他の分岐でどんなことをしたかに、この分岐でのそれと同じくらい大きな関心を持つ。熱心なスポーツ・ファンは、多数の分岐から情報を集めて、総合的にベストの成績を収めたチームはどこなのかについて話し合い、さらに、どれかひとつの分岐における成績よりも総合的な成績のほうを重視すべきかどうかについて議論を戦わせた。読者は、さまざまな分岐で出版された小説のさまざまなバージョンを比較し、作家は自分が書いたかもしれない本の海賊版との競争にさらされる羽目になった。容量の大きいプリズムが開発されるにつれて、音楽や映画についても同様のことが起きはじめた。

＊

はじめて参加した集会で、ナットは参加者たちの話すことが信じられなかった。パラセルフが自分より楽しい日々を送っていることに異常なほど悩んでいる男。自分が投票したのとはべつの候補者にパラセルフが投票したため、疑惑のスパイラルに囚われている女。ふつうの人って、こんなことが問題だと思ってるわけ？　目を覚ましたら自分が吐いたゲロまみれになっているとか、カネがないから売人と寝るしかないとか――ほんとうの問題というのはそういう種類のことだ。ナットは束の間、グループの全員に向かって、いい子ぶるのもたいがいにしろと言い放つ場面を想像したが、もちろんそんなことはしなかった。化けの皮が剝がれるからというだけではない。この人たちを裁ける立場にないからだ。彼らが自分を哀れんでいるとして、そのなにが悪い？　実際に自分の人生をめちゃくちゃにすることにくらべたら、どうでもいいことで自己憐憫に浸るほうがましだ。

ナットは新たな人生のスタートを切るため、再発のひきがねを引きかねない人間関係や場所から離れて、ここに引っ越してきた。セルフトークの仕事は最高とはいえないが、まっとうに働いて給料を稼ぐのはいいものだった。それに、モロウとつるむのもおおむね悪くない。彼の副業はおもしろかった。口から出まかせをいうのは昔から得意だったし、依存症が再発しない助けになると自分にいい聞かせた。他人をひっかける楽しみは、薬物でハイになることの安全な代用品だからだ。しかし、最近になって、それは自分で自分を欺いていただけだったんじゃないかと思いはじめていた。薬物に金を注《つ》ぎ込んでいないとしても、こういうちゃちな詐欺に手を染めていると、たぶんまた薬物使用に逆戻りすることになる。こういうことと一切から、すっぱり身を引いたほうがいい。新しい仕事を見つけて、モロウと縁を切らなければ。となると、たぶんまた引っ越すことになる。しかし、それには金がかかる。そのため、モロウと働かなくて済むようになるまで、ナットはモロウと働きつづけなければならない。

ザリーナが話している。「姪がハイスクールの三年生で、この二、三カ月は大学受験のシーズンだった。今週、通知が届いたんだけど、なかなかいい結果だった。三つの大学に合格したの。だから、わたしもいい気分だったんだけど、それもパラセルフとおしゃべりするまでのことだった。

パラセルフの姪は、第一志望のヴァッサー大学に合格してたの。でも、この分岐では、姪は不合格だった。二つの分岐のあいだで生じた違いは、みんな、わたしがプリズムを起動した結果なんでしょ？　ということは、姪がヴァッサーに落ちた原因はわたし。わたしのせいなのよ」

「プリズムを起動しなかったら、その姪はヴァッサーに合格したはずだと思ってるんだろうけど」とケヴィンがいった。「かならずしもそうとはかぎらない」

ザリーナは、自分のことをしゃべるときのくせで、手に持っていたティッシュ・ペーパーを引き裂きはじめた。「でも、だとしたらわたしのパラセルフがなにか姪に手を貸したってことになる。この分岐でわたしがしなかったようなことをして、姪を合格に導いた。だからわたしには、行動しなかった責任があるのよ」

「あなたに責任はありませんよ」とライルがいった。

「でも、すべての相違点は、わたしのプリズムが原因なのよ」

「だからといって、ザリーナさんのせいというわけじゃないですよ」

「どうしてそんな理屈になるの？」

ライルは途方に暮れた顔で、助けを求めるようにディナを見やった。ディナはザリーナにたずねた。

「ヴァッサー以外の大学については、姪御さんと姪御さんのパラセルフとのあいだで、合格と不合格に違いはあった？」

「いいえ。ほかは同じ」

「だったら、姪御さんの入学願書の内容は、どちらの分岐でも等しく優秀だったと考えられる」

「ええ」ザリーナはきっぱりいった。「姪は頭のいい子だし、わたしがなにをしようが、それは変わらないもの」

「じゃあ、ちょっと考えてみましょう。もうひとつの分岐のヴァッサーは彼女を合格させたのに、こちらの分岐ではなぜ不合格にしたのか？」

「さあ」とザリーナ。

デイナは部屋の中を見まわした。「ほかにだれか、なにか思いついた人は？」

ライルが口を開き、「入学事務局の担当者が、願書を評価した日に、気分がむしゃくしゃしていた」

「じゃあ、彼はどうしてむしゃくしゃしていたの？」

興味があるふりをするために、ナットも議論に参加した。「朝、出勤するとき、ほかの車に急に割り込まれたとか」

「トイレに携帯を落としたとか」とケヴィン。

「もしくはその両方」とライル。

デイナはザリーナのほうを向いて、「いま挙がったようなことに、あなたがとった行動から予測できる結果がありましたか？」

「いいえ」とザリーナが認めた。「ないと思う」

「だとしたら、それはすべて、二つの分岐で天気が異なることのランダムな結果でしかないということ。そして、天気の違いはどんな原因からでも生じる。探してみれば、姪御さんがヴァッサー大に落ちた分岐とつながっているプリズムを持つ人が、きっと百人は見つかるはず。あなたが違う行動をとった分岐でも同じことが起きていたら、あなたは原因じゃないってことになりますね」

「でも、やっぱり自分のせいみたいな気がする」

デイナはうなずいた。「わたしたちは、どんな出来事についても、だれかに責任があるっていう考えかたをしたがるんです。そうしたほうが、ものごとが理解しやすくなるから。そう考えたがるあまり、ときには自分自身を責めてしまう。とにかくだれか責める相手を見つけるためにね。でも、わたしたちはあらゆる出来事をコントロールできるわけじゃない。だれだって、コントロールなんかできない」

「それが合理的な反応だというのはわかるんだけど、でもやっぱり責任を感じてしまう。

わたし、姉に対して罪悪感を抱きやすいみたい……」ザリーナは言葉を切った。「過去のいきさつのせいで」

「その話をしたい？」とディナがたずねた。

ザリーナはためらうようなそぶりを見せ、それから口を開いた。「何十年も前、わたしたちがまだ十代だったころ、いっしょにダンスを習ってたの。でも、姉のほうがわたしよりずっと上手かった。姉はジュリアード音楽院の入学オーディションを受けたんだけど、わたし、それがうらやましすぎて妨害したの」

これはおもしろくなってきた。立派な悪行だ。このグループの会合でこんな話を聞くのははじめてだったが、ナットはあんまり身を乗り出さないように気をつけた。

「ミネラルウォーターのボトルにカフェインを入れたの。カフェインを摂ると姉が吐いてしまうのを知ってたから。オーディションに落ちた」ザリーナは両手に顔を埋めた。「してしまったことは、なにをしても埋め合わせられない気がする。たぶん、わかってもらえないでしょうけど」

ディナの顔に傷ついた表情がよぎったが、彼女はすぐにおちつきをとりもどし、「わたしたちはみんな過ちをおかすものです」といった。「信じて。わたしにも経験があるの。でも、自分の行動に責任があると認めることと、ランダムな不運を自分のせいだと思うことはべつ」

話しているディナの顔をナットはじっと観察した。いつものおだやかな受容の表情に戻っているが、さっき、一瞬だけ冷静さを失ったことが気になった。サポートグループのファシリテーターがあんな態度を見せる場面に出くわしたのははじめてだった。以前、更生施設のファシリテーターが自分の過去を語るのを聞いたことがあるが、その男性の場合は、よほど回数を重ねているのか、語りがものすごく流暢で、ほとんどセールストークのように聞こえた。ナットの好奇心が頭をもたげた。それほどまでに大きな罪悪感を抱いてるんだとしたら、ディナは過去にいったいなにをしたんだろう。

＊

容量の大きなプリズムが出回るにつれて、データ・ブローカーは、ありえたかもしれない自分の人生について知りたいという人々のために、個人リサーチサービスを提供しはじめた。他の分岐から得たニュースを販売するのとくらべると、はるかにリスクが高いベンチャービジネスだった。理由はいくつかある。まず第一に、分岐の差異が顧客の興味を引くほど大きくなるまでには何年もかかる可能性があるため、ブローカーはプリズムの大量の在庫を抱え、起動はしても、情報の交換はしないまま、のちのちの使用にそなえて手つかずで容量を残しておく必要がある。第二に、パラレル版の自社とのあいだの協力レベルをさらに一段階上げる必要がある。顧客のジルが自分のパラセルフたちについて知りたいとリクエストしたら、自社の数バージョンがそれぞれの分岐でリサーチしなければならないが、ジルが料金を支払える会社は、自分の分岐に属するバージョンだけだ。分岐をまたいで収益をシェアする方法はない。分岐間の協力によって、会社のすべてのバージョンがそれぞれの分岐において料金を支払ってくれる顧客を獲得し、このやりかたがいずれは全員にとってプラスになると期待するしかない。会社の全バージョンのあいだで成立する、一種の互恵的な愛他主義だ。

意外なことではないが、顧客の中には、自分が得られていない成功の果実をパラセルフが享受していることを知って落ち込む者もいた。そのため、開始からしばらく、個人向けのリサーチは買い手を不幸にするサービスだという評判が広がるのではないかと憂慮する声が絶えなかった。しかしながら、たいていの人間は、パラセルフの生活よりも、いまの自分の生活のほうがいいと思い、自分は正しい決断をしたと結論した。これはただの確証バイアスである可能性が高いが、こうした態度は、データ・ブローカーにとって個人リサーチサービスが利益を生む商売でありつづける程度には多数派だった。

なにを知ることになるのかが恐くてデータ・ブローカーにはいっさい近寄らないという人がいる一方で、プリズムにとり憑かれてしまう人もいる。夫婦のうち片方が前者で、もう片方が後者という場合、しばしば離婚にまで至った。データ・ブローカーは客層を広げるためにさまざまな試みをしたが、成功に恵まれることはめったになかった。否定派の意見を変えさせるのにもっとも成功したサービスは、最愛の人を失った客をターゲットにしたものだった。データ・ブローカーは、その人物がまだ生きている分岐を見つけ出し、SNSが更新されるたびにその情報を顧客に転送する。それによって、顧客は、最愛の人がもしまだ生きていたら送っていたかもしれない人生を垣間見ることができる。このサービスは、専門家筋からのいちばんよくある非難をより強固にするだけだった。すなわち、データ・ブローカーは顧客の不健全な依存を助長している。

＊

ミセス・ウールセンを相手に練り上げた計画が首尾よく成功したことで、モロウもしばらくのあいだは満足しているだろうとナットは思っていた。老女は二週間前、ダミー口座にいくばくかの金額を送金し、彼女のパラセルフのほうは、鎮痛薬による混乱という作り話を額面どおりに受けとってくれた。ミセス・ウールセンが亡《な》くなったいま、なにもかも鮮やかに決着した。しかし、そのことに満足するかわりに、モロウは、もっと大きな金を稼ぐことに、これまで以上に熱心になったように見える。

セルフトークのオフィスで、モロウが二ブロック先の移動式屋台で買ってきたタコスをいっしょに食べているとき、彼が話を切り出した。「ライルの件はどうなってる？」

「進展してるわよ」とナットはいった。「プリズムなんかないほうがしあわせになれると思いはじめてる」

モロウは自分のタコスを食べ終え、炭酸飲料の缶を飲み干した。「ただじっとすわって、彼がプリズムを手放す決心をするのを待っているわけにはいかない」

ナットはモロウに向かって顔をしかめた。「『ただじっとすわって』？　あたしがただじっとすわってると思ってるの？」

モロウは手を振って、「おちつけって。言葉のあやだ。でも、もし彼があのプリズムを何年も手放さずにいたら、おれたちにとってはうまくない。プリズムを処分したいと思わせる必要がある」

「わかってる。だからそのためにずっと努力してる」

「考えたんだが、もっと直接的な方法はどうかな」

「たとえばどんな？」

「個人情報を盗んで、なりすましをやってる連中と仕事をしている知り合いがいる。そいつに頼んでライルを標的にして、彼の信用情報をめちゃくちゃにすることができる。そうなったら、ライルは自分のパラセルフがどんなにうまくやってるかなんて、マジで聞きたくなくなるだろう」

ナットは渋い顔になった。「あたしたち、いつからそんなことに手を染めるようになったわけ？」

モロウは肩をすくめた。「ライルのパラレル生活のほうをよく見せる方法があるなら、それでもぜんぜんかまわないんだが、そっちは不可能だからな。残る唯一の手は、ライル自身の生活をもっと悪くすることだ」

倫理をもとに訴えても、モロウは耳を貸さないだろう。もっと実際的な論拠が必要だ。

「彼の生活を悲惨にしすぎたら、プリズムがしあわせな日常との唯一の接点になって、ますますプリズムにしがみつくかも」

この作戦は図に当たったようだった。「たしかに一理あるな」とモロウは認めた。

「とにかく、あと二、三回、集会に出てみる。いまの話はそれまで待ってて」

モロウは紙皿をくしゃくしゃにまるめ、炭酸飲料の空き缶をつぶしてゴミ箱に放り込んだ。「わかった。もうしばらくおまえの流儀でやってみよう。ただし、スピードを上げてくれ」

ナットはうなずいた。「考えがあるの」

＊

プリズムを売却したとナットがグループの集会で発表したとき、ディナはちょっと驚いた。前回の集まりで受けた印象では、ナットはまだそこまで思い切る覚悟がないような気がしていたからだ。もっとも、こういうことはいつも予測どおりになるわけじゃないということもわかっていた。ナットは自分の決断に満足しているようだが、それは典型的な態度だ。だれでも、プリズムと縁を切った最初はいい気分になる。そのことを発表するとき、ナットがごくさりげなくライルの反応を窺ったことに、ディナは気づいていた。前にもナットが同じことをするのを見た覚えがある。とはいえ、ナットが恋愛の相手としてライルに関心を持っているようには見えなかった。もしそうだとしても、行動に移すつもりはなさそうだ。たぶん、自分の問題に対処しているあいだ、ものごとを複雑にしたくないからだろう。

次の集会で、ナットはいつもより長くしゃべり、プリズムをやめてから、自分の生活態度がどんなふうによくなったか説明した。ナットが過度に感情的だったわけではないが、もしかしたら非現実的な期待をして、みずから墓穴を掘ってるんじゃないかと、デイナはちょっと心配になった。ケヴィンも似たような疑いを、いささか不作法に表現したが、それは同情よりも羨望に突き動かされているように見えた。ケヴィンはナットよりもずっと長くこのグループに所属しているが、そのあいだにささやかな進歩しか見せていない。さいわい、ナットがむきになって反論することはなかった。プリズムと縁を切ったことが人生のすべての問題を魔法のように解決してくれたわけではないのはわかっている、とナットはいった。それからグループの議論は、ケヴィンと、彼が先週経験したことに移り、集会の残りの時間は、デイナがまったく口をはさむ必要なく過ぎていった。

集会のあと、デイナはグループについても自分自身についてもいたく満足していたが、その上機嫌は長くはつづかなかった。教会の厨房にコーヒーメーカーを返却し、集会室を施錠していたところに、ヴィネッサが現れたのである。

「よう、デイナ」

「ヴィネッサ？　ここでなにしてるの？」

「オフィスに行ったけどいなかったから、ここかなと思って」

「なんの用？」

「お金の件」

もちろんそうだ。ヴィネッサはスクールに戻ることにしたので、授業料の面倒をみてほしいとディナに頼み込んできたのだった。「お金がなに？」

「いま必要でさ。入学手続き期間が今週いっぱいまでなんだ」

「今週？　前回この件で話をしたときは、今年の秋だっていってたじゃない」

「うん、そう。でも、はじめるのは早ければ早いほどいいって考え直して。だからさ、今週中に授業料を用意できる？」

ディナは、生活費のやりくりをどう組み直せるか考えて口ごもった。

「気が変わった？」

「ううん──」

「前にいってくれたことを真に受けて、それをもとにプランをたてたんだけど。でも、気が変わったんならそういいなよ」

「ううん、そうじゃない。お金は用意できる。あした送金する。それでいい？」

「最高。ありがとう。後悔はさせない、約束する。今度こそちゃんとやるから」

「うん、わかってる」

二人はしばらくぎこちなく突っ立っていたが、やがてヴィネッサが帰っていった。歩み去るうしろ姿を見送りながら、彼女との関係を言い表すのにぴったりな言葉はなんだろうと考えていた。

ハイスクール時代、ふたりは一番の親友だった。しじゅういっしょに過ごし、なんでも打ち明け、冗談をいい合って涙が出るくらい笑い合った。ディナはそれ以上に、他人にどう思われても気にせず、束縛されることを拒否するヴィネッサの生きかたを尊敬していた。ヴィネッサにとっていい成績をとるのは簡単なことだったから、試験で優秀な成績をおさめる一方で、公然と教師を嘲《あざけ》り、とうとう教師側も、居残りを命じる以外の選択肢がなくなってしまった。ディナはときどき、自分もヴィネッサみたいに勇敢になれたらいいのにと思うことがあったけれど、ディナ自身は、先生のお気に入りの優等生という立場の居心地がよすぎて、その地位を危険にさらすようなことはいっさいしなかった。

それから、ワシントンDCへの修学旅行の夜がやってきた。二人は、ワシントンDCで過ごす最後の夜にみんなを集めて、ホテルの部屋でパーティーを開こうと計画していた。しかし、随行の教師がドアをノックしたときにどうするかという問題があった。アルコールは隠すのがたいへんだし、マリファナはにおいですぐバレてしまう。そこで二人は、それぞれの家の薬戸棚に残っていたバイコディン（オピオイド系鎮痛薬の一種。多幸感をもたらし、中毒性がある）を集めた。ディナの父親が歯周外科手術のあとに処方されたものと、ヴィネッサの母親が子宮摘出手術のあとに処方されたもの。両方合わせると、二人と友人たちみんなに行き渡るだけの量があった。

計算外だったのは、教師のひとりがハウスキーピングからカードキーを借り、不意打ちで客室チェックをおこなったことだった。初日の夜、二人が確保した二ダースの錠剤をドレッサーの上に二列に並べて数え直しているまさにそのとき、アーチャー先生《ミズ・アーチャー》が部屋に入ってきた。

「いったいぜんたいなにをやっているの？」

二人とも、銅像のように凍りついたまま、長いあいだ無言で立ちつくしていた。

ディナは、自分の将来の計画すべてが朝霧のようにはかなく消えていくのを見た。

「二人とも、なにかいうことはないの？」

ディナが口を開いたのはそのときだった。「ヴィネッサが持ってきたんです」

そしてヴィネッサは、ほかのなによりもショックを受けて、まじまじと親友の顔を見つめた。ヴィネッサは否定することもできたが、そんなことをしてもなにも変わらないのは二人ともわかっていた。ディナの言葉は信じてもらえるが、ヴィネッサの言葉は信じてもらえない。自分のいったことをとり消して、真実を告白できる瞬間はあったが、ディナはそうしなかった。

ヴィネッサは停学になった。学校に戻ってきたとき、彼女はわざとらしくディナを無視した。ディナはそれをとがめられる立場ではなかったが、それだけでは済まなかった。理不尽な世界に対する怒りを、ヴィネッサは行動であらわしはじめた。万引きや朝帰りは序の口で、アルコールやドラッグを摂取して登校したり、同じようなことをしている連中とつるんだり。成績は急降下し、いい大学に入れるチャンスは消えた。それはまるで、ヴィネッサがあの夜までナイフの刃の上で危ういバランスをとっていたかのようだった。彼女は、社会がいい子と見なす存在にも、悪い子と見なす存在にもなれた。ディナの嘘がヴィネッサを悪い子の側に突き落とし、そのレッテルといっしょに、ヴィネッサの人生は違う方向に進路をとった。

二人はその後、連絡を絶ったが、数年後、ディナはたまたまヴィネッサと再会した。ヴィネッサはディナを許すといい、ディナがなぜあんなことをしたのかは理解しているといった。いま、しばらく刑務所で過ごし、薬物依存者更生施設で一定期間を過ごしたあと、ヴィネッサはまともになって人生をやり直そうとしている。コミュニティ・カレッジに通いたいと考えたが、自力では授業料を払えず、両親からは愛想をつかされている。ディナはそれを聞いてただちに援助を申し出た。

この最初の試みはうまくいかなかった。ヴィネッサは情緒的なレベルでコミュニティ・カレッジにうまく溶け込めないことを知って退学した。その後、自分でオンラインビジネスを始めようと考えて、立ち上げの資金を援助してほしいとディナに頼んできた。これもまた、うまくいかなかった。運営にかかる費用の見通しが甘かったのである。いま、彼女はまた新たなベンチャーのアイデアを持っているが、ディナにそのための資金を求めているわけではなかった。ヴィネッサのプランは、潜在的な投資家に見せるきちんとしたビジネス提案書を書くために必要な講座に通うことだった。それで、その授業料をディナに無心している。

ヴィネッサに罪悪感を利用されているのはわかっていたが、ディナにとって、そんなことはどうでもよかった。ディナはたしかに罪悪感を抱いていた。ヴィネッサには借りがある。

＊

化粧室を出たナットは、ディナが廊下の角のすぐ先でだれかと話している声を聞いた。それから、ナットは足を止め、壁に身を寄せ、携帯を耳に当てて電話しているふりをした。

会話の内容を盗み聞きできるところまで、壁ぎわをじりじり進んだ。相手がディナから金をせびろうとしているようだが、状況がよくわからない。この女はなにか詐欺でも企んでいるんだろうか。ナットは、もっとくわしく探るべきだと自分にいい聞かせた。自分とモロウの計画に影響しそうな不確定要素がないことを確認するためといいつつ、もっぱら好奇心を刺激されたからだった。

二人が別れたあと、ナットは外に出て、さっきの女に追いついた。「ちょっとすみません。もしかして、ディナのお知り合い？」

女は警戒するような視線をこちらに向けた。「なんでそんなことを？」

「わたし、彼女がファシリテーターをしているサポートグループに参加してるんです。さっき帰りがけに、お二人が話しているのを見かけて。なんの話をしているのかは聞こえなかったけど、あなたがディナに腹を立てているみたいだったから。もしかしたら、ディナのサポートグループのメンバーか、彼女の患者だった人で、その当時いやな思いをした経験があるんじゃないかと。穿鑿《せんさく》するつもりはないけど、ディナについて知っておいたほうがいいことがなにかあるかもしれないと思って」

女はくすっと笑った。「それはおもしろい質問ね。あんたはどんなグループに参加してるの？」

「プリズムの使用に問題を抱えている人のためのグループ」とナットはいった。

女の顔に浮かんだ見下すような表情を見て、ナットは直感的にいった。「でも、前は薬物依存者互助会《NA》にいたこともあります」

女は一度だけうなずいた。「でも、ディナはそのときのファシリテーターだったわけじゃないでしょ」

「ええ、違います」

「よかった。そっち方面に関しては、あたしなら彼女を信用しないからね。でも、プリズムの濫用だったら、問題ないと思う。心配する必要ないよ」

「NAの場合だとどうしてディナを信用できないのか、説明してもらえませんか？」

女はしばし思案顔になり、それから肩をすくめて、「うん、いいよ。飲み代はそっち持ちで」

ふたりは近くのバーに入った。女の名前はヴィネッサ。ナットは彼女にメーカーズマークを一杯おごり、自分はクランベリー・ソーダにとどめた。ナットは自分のドラッグ濫用歴を、プリズムのサポートグループで使っている偽装と矛盾しない程度にあく抜きして語った。ヴィネッサがこの会話をディナに伝えるとは思わないが、用心するに越したことはない。

ナッツが信用できる相手だと見てとったらしく、ヴィネッサはやがて自身の過去について語りはじめた。ハイスクールの頃は人生にあらゆる可能性があったこと。一流の大学に入り、夢のような生活を送る道を歩いていたこと。そのすべてに終止符が打たれたのは、いちばんの親友に裏切られたときだった。親友は自分の未来を守るためにヴィネッサを売ったのだ。そのとき以来ずっと、ヴィネッサは茨《いばら》の道を歩いてきた。いまになってようやく、彼女はそのルートから本来のルートへと戻ろうとしている。

「だからディナにはNAのグループを担当してほしくない。秘密を守ってくれると信用できないから」

「ああいう自助グループで語られたことはすべて、外部に漏らさないことになってるはずでしょ」

「親友同士のあいだの秘密だってそうだよ！」バーにいたほかの客が何人かこちらをふりかえった。ヴィネッサは声の大きさをもとに戻して、「あいつが、いままでにお目にかかった最悪の人間っていうわけじゃない。すくなくともディナには、自分がしたことをうしろめたいと思うだけの倫理観がある。でも、世の中には、どんなことでも頼りになる人間と、あることについてしか頼りにできない人間がいて、だれがどっちか、見定める必要があるんだ」

「でも、いまもまだ縁を切ってない」

「だから、いまいったように、ディナもあることについては信用できるんだよ。要は、すべてについて善人じゃないってこと。あたしはそれをつらいやりかたで思い知らされたんだ」

それからヴィネッサは、新しいビジネスを立ち上げるプランについて語りはじめた。ナットは、彼女がディナから引き出そうとしている資金については質問しなかったが、意図的な詐欺じゃないことはわかった。ヴィネッサは、自分の新事業に財政的な援助をさせることでディナに罪滅ぼしをさせるチャンスを提供するというかたちで彼女を利用しているだけだ。ナットはヴィネッサに礼をいい、この話は外には漏らさないと約束してから、帰路についた。

ナットもむかしはヴィネッサのようだった。自分の問題を、いつもだれかのせいにしていた。何年も、自分が家宅侵入で逮捕されたのは両親のせいだと思っていた。もし両親が家の鍵を換えていなかったら、ドラッグ代を稼ぐために他人の家に押し入る必要もなかったのに。自分がおかした過ちの責任をナットが引き受けるには、長い時間がかかった。ヴィネッサは明らかにまだそこまでたどりついていない。もしかしたらそれは、ディナの中に、喜んで責任を引き受けようとするだれかを見出していたからかもしれない。ディナがヴィネッサにひどいことをしたのはまちがいないが、それは何年も前のことだ。ヴィネッサがまだまともになれていないとしたら、それは彼女自身のせいであって、ディナのせいではない。

＊

プリズムが個人ユーザーにも手の届く価格になった当初、小売店は、データ・ブローカーに出かけなくても自宅で利用できる自分専用のサービスとして宣伝した。親になったばかりの夫婦をターゲットにして、いまプリズムを一台買って起動し、そのまま保管しておけば、生まれたお子さんが成人したとき、自分がたどっていたかもしれない人生を知ることができますよ、とアピールする。このアプローチは少数の顧客を獲得したが、小売店が期待していたほどの数ではなく、やがて彼らは、〝もしかしたらこうなっていたかも〟シナリオの探求以上の新たな使い途を見つけ出した。

プリズムのポピュラーな使い方のひとつは、自分自身との共同作業だ。あるプロジェクトに必要なタスクを自分の二つのバージョンで分け合うことによって、生産性が向上する。半分ずつ仕事をやって、結果を分け合う。個人ユーザーの中には複数のプリズムを買って、自分の別バージョンたちだけでチームを組もうとする者もいたが、パラセルフ全員がたがいに直接コンタクトしているわけではなく、情報を中継する必要があるため、プリズムの残量の減りがはやくなる。そのため、多数のプロジェクトが唐突に中断することを余儀なくされた。メンバーのだれかがデータ使用量を低く見積もって、ある分岐でなされた仕事が送信される前にプリズムを使い果たしてしまい、永遠にアクセス不能になる事態がしばしば生じたからだ。

プリズムの個人所有が可能になったことは、一般大衆の想像力にとって、データ・ブローカーの登場以上の大きなインパクトをもたらした。一度もプリズムを使ったことがない人まで、偶然が自分の人生に果たす巨大な役割について考えさせられた。中には、自分自身の無数のパラレル版に自己意識を蝕《むしば》まれ、アイデンティティの危機を経験した人もいる。ごく少数ながら、複数のプリズムを買って、それぞれの分岐が違う道をたどっていても、自分のパラセルフ全員に同じコースを保つことを強いて、すべての自分の同期を保とうとした者もいる。この努力は、長期的にはうまくいかないことが判明したが、この方法の提唱者は、自分たちの分散を減殺する試みはどんなものでもやってみる価値があると主張して、もっと多くのプリズムを買い込み、新たなパラセルフのチームで同じことをくりかえした。

自分のあらゆる行動が、それと反対の行動を選んだ分岐によって打ち消されるため、選択が無意味になるのではないかと心配した人も多かった。専門家は、人間の意志決定は量子現象よりも古典的で、選択するという行為は、それだけで新たな分岐を生むわけではないと説明した。新たな分岐を発生させるのは量子現象であり、それらの分岐におけるあなたの選択は、いままでとかわらず意味がある、と。そうした説得にもかかわらず、おおぜいの人間が、自分の行動の道徳的な重みがプリズムによってゼロになったと感じた。

とはいえ、殺人などの重罪をおかすほど性急に行動する人間はほとんどいなかった。行動の結果はあいかわらず、他の分岐ではなく、この分岐にいる自分自身に降りかかってくるからだ。しかし、犯罪の大量発生には至らないものの、一般大衆のふるまいに変化が生じたことは、社会学者によってたちまち察知された。エドガー・アラン・ポーは、そうすることが可能だからというだけの理由であえてまちがったことをする誘惑を、〝天邪鬼《あまのじゃく》〟という言葉で表現したが、おおぜいの人々にとって、この鬼はいままでよりもっと説得力のあるものになったのである。

＊

ナットは、これがはじめてではないが、ライルが自身のプリズムについてどう思っているか知る方法があればいいのにと思った。自分がどの程度ゴールに近づいたかを教えてくれる、目に見えるメーターがほしかった。プリズムを処分したと集会で発表する作戦を実行してからすでに一カ月が経ち、ライルが最初の頃よりはプリズムと縁を切ることに近づいているのはわかっていたが、あとどのくらいかかるかは知る由《よし》もなかった。あと一カ月？　六カ月？　モロウの忍耐力はもうすぐ尽きる。そうなったら、彼らはもっと思い切った手段を試さざるを得ない。

全員が着席すると、ライルが一番手を買って出た。ライルはデイナのほうを向いて、「ぼくがこのグループに参加しはじめたとき、ゴールのひとつはパラセルフと健全な関係を結ぶことだといいましたよね」

「ええ、ありうべきゴールのひとつね」とデイナ。

「このあいだ、同じジムに通っている男と話したら、そいつはパラセルフとそういう関係みたいだった。二人は友だち同士で、それぞれが学んだコツを交換したり、もっとがんばれるように励まし合ったりしてるって。すばらしいことみたいに聞こえた」

ナットはぎくっとした。ライルはそれを目標に定めるつもりなんだろうか？　だとしたら最悪だ。もし彼がそう決心したのなら、モロウのプランでさえ、ライルにプリズムを処分させることはできない。

「それでわかったんだ。ぼくはぜったいに、逆立ちしても、自分のパラセルフとそういう関係を築けないって。だから、プリズムを処分することにしました」

ナットは心の底からほっとした。その安堵の表情を他のメンバー全員に見られたに違いないと思ったが、だれも気づかなかったようだった。ザリーナがライルにたずねた。

「パラセルフとは話し合ったの？」

「うん。最初は、プリズムをすぐに処分はしないで、ちょっと冷却期間を置いたらどうかといわれた。実際、そうすることも考えた時期があった。そうすれば、ぼくの状況がよくなったとき、彼に見せられるからね。でも、そんなとき、前の前の集会で、ナットがいったんだ。自分は、だれにもなにも証明する必要はないって。プリズムを保管しておくことは、なにかを証明したという、そういう気持ちもいっしょに保管することになる気がした。だから、パラセルフにそう話したら、向こうもわかってくれた。ぼくらはそれぞれのプリズムを売ることにする」

ケヴィンが口を開いた。「パラセルフとの関係が完璧じゃないからといって、あきらめてしまう必要はないだろ。それじゃまるで、結婚生活がいつもおとぎ話みたいにハッピーじゃないから離婚するというようなもんだ」

「それとは話が違うんじゃないかしら」ザリーナがいった。「結婚生活を維持するのは、パラセルフとの関係を維持することなんかよりずっと重要よ。プリズムが発明されるまで、みんな、なんの問題もなく暮らしてきたんだから」

「でも、プリズムを処分するっていうのは、このグループのみんなが期待されていることなのか？　最初はナット、今度はあんただ。おれは自分のプリズムを手放したいのかどうかわからないんだけど」

「心配しないで、ケヴィン」とディナはいった。「自分のゴールは自分で選ぶのよ。みんながみんな、同じ目標を掲げる必要はないの」

グループはもうしばらく、ケヴィンを安心させることと、プリズムとともに過ごすさまざまな生き方の有効性に関する議論に時間を費やした。集会が終わったあと、ナットはライルに歩み寄って声をかけた。「正しい決断だったと思う」

「ありがとう、ナット。この決断ができたのはまちがいなくきみのおかげだよ」

「よかった」さて、ここからが正念場だ。ナットは自分がどんなにナーバスになっているかに気づいて驚いた。できるだけなにげない口調を装って、「ねえ、プリズムを処分するんだったら、わたしが売った店にしたら？　あなたのプリズムも、パラセルフのプリズムも、いい値段で買ってもらえるから」

「ほんとに？　なんてとこ？」

「セルフトーク。四丁目通りの」

「ああ。このへんでチラシを見た気がする」

「ええ。わたしもそれで名前を知ったの。売りにいくとき、連れがいたほうがいいならつきあうわよ。あとでコーヒーとか飲みにいってもいいし」

ライルはうなずいた。「じゃあぜひ。そうしよう」

かくして計画は、あっけなくシナリオどおりに進みはじめた。「日曜はどう？」とナットはいった。

＊

ナットはセルフトークの店舗前でライルが来るのを待っていた。土壇場で気が変わる可能性もあると思っていたが、ライルは約束の時間どおりにプリズムを持ってやってきた。

とうとう問題のプリズムの実物を目にした瞬間は、いささかアンチクライマックスだった。これを手に入れるために、ナットとモロウは何カ月もほねを折ってきたが、見たところそれは、なんのへんてつもない、ありきたりの新型モデルだった。ブルーのアルミニウム製ブリーフケース。ナットは、この状況が途方もないと同時に驚くほど平凡だということにふと気づいて、ショックを受けた。それぞれのプリズムはおとぎ話から抜け出したような、別世界への扉を隠した容れものなのに、それらの別世界のほとんどはとくになんのおもしろみもなく、扉のほとんどはたいして値打ちがない。いま目の前にあるこの扉に価値があるのは、ひとりの王子さまが、愛する相手とふたたびめぐりあうことを可能にするかもしれないというだけの理由からだ。

「決心はまだ変わらない？」

「百パーセント揺るがないよ」とライル。「けさ、パラセルフに確認したけど、彼のほうも同じ気持ちだ。彼はいま、向こうバージョンのセルフトークの前にいるはずだ」

「よかった。じゃあ、行きましょう」

ふたりが店内に入ると、カウンターの向こうにモロウがいた。「ご用は？」

ライルは大きく息を吸ってから、「このプリズムを売りたいんだけど」

モロウはいつもの手順どおり、キーボード、ビデオカメラ、マイクをチェックした。彼らの計画でいちばん大きな変数がここだった。プリズムの向こう側のセルフトークでだれがカウンターに立っていて、パラレル・ライルに買取価格を告げるか、たしかなことはわからない。カウンターの中にいるのはパラレル・モロウかパラレル・ナットである可能性が非常に高く、その場合はたぶん問題ない。どんな計画なのかぜんぜん知らなくても、モロウのリードにしたがうはずだ。しかし、ほかのだれかがセルフトークのカウンターに立っている可能性もつねにある。その場合、事態はややこしくなるかもしれない。

モロウが通常のハードウェア・チェックの場合よりも長くキーボードを叩いていることにナットは気づいた。いいしるしだ。向こう側の相手を説得してるんだろう。自分を信用して、相場よりも高い金額をパラレル・ライルに支払い、それが完璧にノーマルなことだというふりをしてほしい、事情はあとで説明するから、と。さいわいライルは、プリズムの状態チェックに、通常どのくらい時間がかかるかを知らない。

モロウが買取価格を告げ、ライルは自分のパラセルフと短く相談した。それぞれのプリズムを売ることについてはすでに双方の意見が一致しているから、値段についてあれこれ話しているわけではないだろう。最後の別れを惜しんでいるだけだ。それを待つあいだ、ナットはモロウと目を合わさないように気をつけていたが、自分がどんな顔をしていればいいのか、正解がよくわからなかった。ライルをじっと見つめているのも妙な話なので、正面の窓の向こうに目をやった。

ライルがようやくプリズムをモロウに引き渡し、支払いを受けた。取引が済むと、ナットはライルにたずねた。「どんな気分？」

「さびしいのが半分、ほっとしたのが半分」
「コーヒーでも飲みにいきましょう」
二人はコーヒーショップでしばらくおしゃべりした。店を出ると、別れのハグをしてから、じゃあ次の集会で、とナットはライルにいった。あと一度だけ会合に顔を出してから、もう参加しなくてもだいじょうぶな気がするとみんなに告げる計画だった。
セルフトークに戻ったときは、閉店時刻の三十分前で、店内にいる客は二人だけだった。モロウはオフィスでライルのプリズムに向かってタイプしていた。「ちょうど間に合ったな。いまおれのパラセルフと話してる」モロウはナットを手招きして、画面を見せながらタイプした。

このプリズムにどうしてあんな大金を払ったのか、わけを話したいんだろ。

よう《ヘイ》、兄弟《ブロー》。

半年前の自動車事故だ、スコット・オーツカとロデリック・フェリスの。そっちの分岐ではだれが生き延びた？

ロデリック・フェリス。

なるほど！　すげえ発見だな、ブロー！

こっちでは、スコット・オーツカなんだ。

ああ。きょうはおまえのラッキー・デーだぜ。
次にやることはこうだ。

モロウはすでに、ロデリック・フェリスが自動車事故で死亡し、スコット・オーツカは生き延びたという見出しの記事が載っている六カ月前の新聞の紙版を見つけていた。パラレル・モロウの仕事は、今度は、彼の分岐でそれと同じ事故——ただしオーツカが死んでフェリスが生き延びたバージョン——を報じた新聞の紙版を見つけ出すことだった。二人は、スケジュールを合わせて、二、三日後にまたプリズム越しに対話することにした。

モロウはディスプレイをたたんで、プリズムを保管室の奥の棚に置いた。オフィスに戻ると、ナットに向かってにやっと笑い、「うまくいくとは思ってなかっただろ」

たしかに疑っていたし、いまでさえ、まだ信じられないくらいだった。「まだうまくいったわけじゃないでしょ」

「いちばんの難関はクリアした。残りは簡単だ」ライルは笑って、「元気出せよ、金持ちになるんだから」

「でしょうね」それもまた、ナットには心配の種だった。薬物依存者にとって、降って湧いたような大きな幸運は、心を苦しめる出来事と同じくらいたやすく、再発のひきがねになることがある。

ナットの心を読んだかのように、モロウがいった。「昔の習慣がぶり返さないか心配か？　まちがったことに金を使わないように、おれが預かってやってもいいぞ」

ナットは小さく笑った。「ありがと、モロウ。でも、分け前はもらっとく」

「役に立てればと思っただけだから」

ナットはプリズムの向こう側にいるバージョンの自分のことを思った。ナットとそのパラセルフは、プリズムが起動したほんの一年足らず前まで、同じ人物だった。いま、ナットは金持ちになろうとしているが、パラセルフのほうはあいかわらずだ。パラレル・モロウは金持ちになるが、彼はパラレル・ナットに金を分けてやるようなタイプではない。もっとも、彼女にとくにその資格があるというわけではない。パラレル・ナットは、サポートグループの集会に出たりする仕事をなにひとつやっていない。その点についてはパラレル・モロウも同様だが、ラッキーなことに、彼らがコンタクトしたとき、たまたまカウンター業務についていた。もしあのときパラレル・ナットがカウンターに立っていたら、たぶん彼女はパラレル・モロウに分け前を渡しただろうが――彼がボスなのだ――それでも、正しいときに正しい場所にいたことで大金を稼げた。なにもかも運しだいだ。

店の入口から、ウィンドブレーカーを着た四十代くらいの男が入ってきたので、ナットは正面カウンターに歩み寄った。「ご用は？」

「モロウって名前の男はいるか？」

モロウがオフィスから出てきた。「モロウはわたしですが」

男はモロウをにらみつけた。「おれはグレン・ウールセンだ。おまえはうちのおふくろから二万ドル盗んだ」

モロウは当惑した表情で、「なにか誤解があるようですね。お母さんがご自身のパラセルフと連絡をとるのに手を貸しましたが――」

「ああ、そしておふくろを説得して金を捨てさせた。その金はおれのものだ！」

「そのお金はお母さんのものですよ。それをどうしようと、お母さんの自由です」

「おれはいまここにいる。金を返してくれ」

「わたしは持ってませんよ。向こうの分岐に送金されたんです」

グレン・ウールセンの顔が軽蔑に歪んだ。「おれにそんなごたくは通用しないぞ。べつの時間線に送金できないことくらいわかってる。おれは莫迦じゃない！」

「二、三日お時間をいただければ、お母さんのパラセルフが返金に同意するか――」

「ごたくはやめろ」ウールセンはウィンドブレーカーのポケットから銃をとりだし、モロウに向けた。「金をよこせ！」

モロウとナットは両手を挙げた。「オーケイ、おちついて」とモロウ。

「金をよこしてくれたらおちつくよ」

「あんたが探してるものは持ってない」

「嘘つけ！」

ナットの位置からだと、閲覧席にいた客の片方が騒ぎを目撃して、こっそり警察に通報しているのがわかった。

「レジにいくらか現金が入ってる」とナットはいった。「持ってっていいわ」

「おれは強盗なんかじゃない。自分のものを取り返しにきただけだ。この男がおふくろからだましとった金をな」ウールセンは銃を持っていないほうの手で携帯をとりだし、カウンターの上に置いた。「さあ、おまえのを出せ」とモロウに向かっていう。

モロウはのろのろと携帯をとりだして、ウールセンの携帯の横に置いた。

ウールセンは自分の携帯の画面をタップしてデジタルウォレットを起動した。「さあ、送金してもらおうか。二万ドルだ」

モロウは首を振った。「ノー」

「冗談だと思ってるのか？」

「金は渡さない」

ナットは信じられない思いでモロウを見やった。「おねがいだから――」

「黙れ」モロウがナットをにらみつけ、それからウールセンに視線を戻した。「あんたに金は渡さない」

ウールセンは明らかに面食らったようすだった。「ただの脅しだと思ってるのか？」

「刑務所に行きたくないだろうと思ってるよ」

「おまえの仕事はプリズムだろう。いまここでおれがおまえを射殺する時間線があることは知ってるはずだ」

「ああ。でも、この世界はその時間線じゃないと思ってる」

「どのみち起こることなら、このおれがやってもおかしくないだろう」

「殺したら、刑務所に行くのはあんただ。さっきいったように、あんたはそれを望んでない」

ウールセンはしばらくじっとモロウを見つめた。それから銃を下ろし、自分の携帯をとると、店から出ていった。

ナットとモロウはどちらも安堵のため息を長々と吐き出した。「まったくもう、モロウ」とナット。「いったいなに考えてたわけ？」

モロウは弱々しい笑みを浮かべた。「どうせ本気じゃないってわかってたからな」

「銃を突きつけられたら、相手のいうとおりにするもんよ」ナットは自分の心搏数《しんぱく》がおそろしく上がっていることに気づき、深呼吸して動悸を鎮めようとした。シャツが汗びっしょりになっている。「お客さんのようすを見てこないと――」店の入口に、またウールセンが立っていた。

「クソが」と彼はいった。「どっちだって違いなんかあるもんか」グレン・ウールセンは銃口を上げると、モロウの顔めがけてひきがねを引き、そして歩み去った。

＊

警察は、数マイル離れたところでグレン・ウールセンを発見し、身柄を拘束した。警察は、ナットと、店に居合わせた客と、セルフトークの本社から来た役員に話を聞いた。ナットは警察官に、モロウがなにをしていたのか見当もつかないと話し、向こうは信じてくれたようだった。ナットは、役員の質問に答えて、モロウがプリズムを店から持ち出し、それを携えてジェシカ・ウールセンの介護施設を訪問していたことは知っていると認め、就業規則違反の報告を怠ったことで叱責された。翌日、一時的な店長が着任した。彼は店にあるすべてのプリズムの棚卸しを要求し、保管室にプリズムを保管するとき、持ち出すときの新たな手続きを制定したが、ナットはすでに、モロウがライルから買いとったプリズムを自宅に持ち帰っていた。

パラレル・モロウとのあいだで予定が決まっていた次のミーティングの時刻、ナットはプリズムのキーボードを叩いた。

モロウじゃなくて、ナットよ。

ヘイ、ブロー。

ヘイ、ナット。どうしてこのプリズムに？

こっちで問題があって。モロウが死んだの。

なんだと？　冗談だろ。

彼、ジェシカ・ウールセンという女に詐欺を仕掛けたの。女の息子のグレンがここに来て、モロウを撃った。あなたの分岐で彼女に詐欺を仕掛けてるかどうか知らないけど、もしそうだったら、すぐ手を引いて。息子は精神状態が不安定。

クソッ。なにもかもだいなしだ。

そんなこと、百も承知よ。次はどうしたい？

長い間があった。最終的に、答えが画面にあらわれた。

取引はまだ進められる。そっち側の仕事はあんたがひとりでやるしかない。できると思うか？

ナットは考えた。スコット・オーツカにプリズムを売ることは、ロサンジェルスへ行くことを意味している。片道数時間のバスの旅。実際の売買取引の前に予備的な会合が一度はあるだろうから、すくなくとも二往復しなければならない。

やれる。

このときはじめて、ナットはプリズムの買い手ではなく、売り主として行動することになった。このプリズムを価値あるものにしている証拠を提供しなければならない。ナットとパラレル・モロウは、それぞれの手もとにある新聞の写真を交換した。新聞社のウェブサイトのスクリーンショットよりは、このほうがまだいくらか偽造がむずかしい。

今度は、スコット・オーツカのもとで働いている人間にコンタクトをとり、自分がなにを売り込もうとしているかについて説明し、証拠として写真を送らなければならない。

＊

オーネラは、スコットがロデリックと出会って結婚するずっと前、十年にわたってスコットの個人アシスタントをつとめてきた。二年前、ロデリックのアシスタントがフランスに去ってしまったが、ロケーション撮影や宣伝ツアーに随行するスタッフは残っていたので、ロデリックが家にいるときだけ、オーネラが二人双方のアシスタントをつとめることになった。六カ月前、酔っ払い運転のドライバーがすべてを変えた。いま、彼女はふたたび、スコットのためだけに働いている。

事故の前まで、オーネラはプリズムにあまり関心を持ったことがなかった。スコットのファンのあいだで彼の歌の別バージョンの海賊版が流通しているのは知っていたが、スコットはそれをひとつも聴いたことがなかったので、彼女も聴かなかった。ロデリックとその映画についても、事情は同じだった。しかし、あの事故以来、オーネラは、プリズム・データ・ブローカーからのセールス爆撃にさらされている。『いま加入すれば、もし生きていたらロデリック・フェリスが監督していた映画を最初に観ることができます』

それから、プリズムを所有していて、それをスコットにプレゼントしたいというファンからの申し出もたくさんあった。事故前のインタビューから、スコットとロデリックがプリズムを所有していなかったことをファンは知っている。スコットにとってデータ・ブローカーから一台買うことは造作ないが、彼のおおぜいのファンたちは彼とつながることを望み、彼の痛みを癒やす相手になりたがった。オーネラは、スコットがプリズムを探そうと考えたことがあるのを知っていた。生きているロデリックにふたたび会えるなら、彼はなんだってさしだしただろう。しかし、問題は明らかだった。自動車事故が起きず、彼の夫がいまも生きているすべての分岐では、スコット自身のパラセルフもそこにいる。スコットは、しあわせな結婚生活を送っているカップルのあいだに割り込む、嘆き悲しむ寡夫となる。向こうのカップルにしてみれば、災厄がとつぜん襲ってくる可能性をつねに思い出させる存在であり、宴会場を徘徊する亡霊も同然だ。そうなってしまうのは、彼が望まないことだった。スコットがパラレル・ロデリックに会うとしたら、同情や恐怖の対象としてであってはならない。

しかし、この最新のオファーは、いままでとは違っていた。このプリズムは、パラレル・スコットが存在せず、嘆き悲しむロデリックだけがいる分岐につながっている。これなら、スコットが関心を持つかもしれない。もっともオーネラは、合法的なオファーだということをまず確認してからでないとスコットに話すつもりはなかった。

もちろんオーネラは、専門家に頼んで、送信されてきた画像を調べてもらった。ひと目でわかるような偽物ではないが、やろうと思えば自分もこれと同じくらい精巧なものを簡単につくれるので、このイメージだけではなんの証拠にもならないということだった。オーネラは売り主に、まず向こうの分岐にいるオーネラと話したいと持ちかけ、スケジュールを調整した。

やってきた売り主を見て、オーネラはちょっと驚いた。〝ナット〟という名前から男性を想像していたが、プリズムを携えてフロントゲートにあらわれたのは、痩せた体つきの女性だった。ちゃんと化粧すれば美人で通りそうだが、どことなくさびしげな影がある。スコットのもとで長年働いてきたおかげで、チャンスに飛びつくハイエナを見分ける経験はたっぷり積んでいるが、ナットからそういう気配は感じられなかった。すくなくとも第一印象では、ハイエナの同類ではない。

「はっきりさせておきたいのだけど」入ってきたナットにオーネラはいった。「きょう、スコットには会えない。この家にもいないの。もしわたしが、きょう見せてもらったものに満足したら、あらためて新しい面会のスケジュールをセッティングしましょう」

「もちろんです。そう理解していました」とナットはいった。彼女は、この訪問をほとんど申し訳なく思っているように見えた。

オーネラはプリズムをコーヒーテーブルに置いた。最初、ナットは向こう側の人物と文章で対話し、それから映像に切り換えると、プリズムをオーネラのほうにすべらせた。画面には顔が映っていたが、それはパラレル版のナットではなく、ひょろ長い痩せた男だった。ハイエナ・タイプだ。「だれ？」とオーネラはたずねた。

「名前はモロウ」彼が画面から離れると、オーネラ自身の別バージョンが映る。背景の部屋は、見たところ、オーネラがいまいる部屋と同一だった。自分のパラセルフが着ている服にも見覚えがある。

「ほんとなの？」オーネラはおずおずと自分にたずねた。「そっちの分岐では、ロデリックが生きてる？」

オーネラのパラセルフは、彼女と同じく、こんなこと、とても信じられないという顔をした。

「ええ。で、そっちではスコットが生きてる？」

「ええ」

「いくつか質問がある」

「たぶん、わたしが用意したのと同じ質問ね」

二人のオーネラは自動車事故に関する情報を交換した。どちらの分岐でも同じような経緯で事故は起きている。同じ映画のプレミア試写会、同じ酔っ払い運転のドライバー。生き延びた人間だけが違う。

二人は、オーネラがスコットに話し、パラセルフがロデリックに話すことで合意した。可能性があるという前提に立ち、二人はプリズムを試し、買うかどうかを決めるために、来週もう一度落ち合うことにして、日時を決めた。

「じゃあ、値段の話をしましょうか」とオーネラ。

「いまはまだ値段の話はしない」モロウが向こう側からきっぱりいった。「きみたちのボスたちが商品を試したあとで、こちらの言い値をいう。その金額を支払うか、取引をやめるかだ」

もっともな戦略だった。スコットとロデリックが買うことを望んだ場合、彼らは価格交渉などするどころではなく、言い値を払うだろう。このショーを切りまわしているのがモロウであることは明らかだ。

「オーケイ」オーネラはいった。「じゃあ、そのときに話しましょう」

オーネラはプリズムをナットのほうにすべらせ、ナットはモロウと短く相談してからディスプレイを閉じた。

「用件は済んだようですね」とナットがいった。「ではまた、来週うかがいます」

「よろしく」オーネラはナットといっしょに玄関まで行って送り出した。ナットが玄関ステップを降りかけたとき、オーネラはたずねた。「わたしがこの件であなたとやりとりしているのはどういうわけ？」

ナットがふりかえった。「いまなんと？」

「わたしのパラセルフは、モロウっていう男と交渉してる。どうしてわたしは、こっちバージョンのモロウじゃなくて、あなたと交渉してるのかしら」

女はためいきをついた。「長い話なんです」

＊

ナットはカップに自分のコーヒーを注いで席に着いた。ライルのプリズムを手に入れてから、二度めの集会だった。次からはもう出ないと先週発表するつもりだったが、ほとんどなにもいえないまま終わってしまった。そこで、すくなくともあと一回出てから、集会への参加はしばらく休むということにした。なにもいわずに来なくなったら、あとであれこれ穿鑿されるかもしれない。

デイナは参加者の顔を見渡してほほえみかけた。「きょう、最初に話す人は？」

われ知らず、ナットは口を開いていたが、ライルがなにかいいかけたのと同時だった。二人とも口をつぐんだ。

「どうぞ」とナットはいった。

「いや、きみが話したほうがいい」とライル。「いままで、この会で最初に発言したことないだろ」

そのとおりだと気がついた。いったいわたしはなにを考えてたんだろう。ナットは口を開いたが、このときにかぎって、いい嘘がひとつも浮かばなかった。ようやく、彼女はいった。「いっしょに働いている人がいて、立場としては、まあ、上司にあたるんですが、最近、その彼が不慮の死を遂げて。はっきりいうと、殺されたんです」

参加者たちはショックを受け、さまざまな「なんてこと」というつぶやきが広がった。

「その人とどういう関係だったのかを話してもらえる？」とデイナがたずねた。

「うんうん」とケヴィン。「友だちだったのか？」

「まあ」とナットは認めた。「でも、だから心にひっかかっているというわけじゃないの。ここが悲嘆サポートグループじゃないのはわかってるし……この話を持ち出したのは、みなさんの意見を訊きたいことがあって」

「もちろん」とデイナ。「どうぞ」

「この殺人事件の偶然性が頭から離れないの。犯人が彼をランダムにピックアップしたという意味じゃない。上司に銃口をつきつけていたとき、犯人は、自分のどれかのバージョンはひきがねを引くんだから、それが自分でもいいだろうといったの。同じ理屈はみんな何度も聞いてるでしょうけど、わたしはそのときまで、まじめに考えたことがなかった。でも、いまは考えてる。そういうことをいう人は、実際正しいのかしら」

「いい質問ね。だれかが似たような主張をするのをみんな聞いたことがあるというのはそのとおりだと思う」ディナは参加者全員に向かっていった。「この問題についてなにか考えがある人は？　相手に腹を立てるたび、自分が銃をとりだしてその相手を撃つ分岐がどこかにあると考える？」

ザリーナが口を開いた。「プリズムが一般化して以来、痴情のもつれに基づく犯罪が増えているっていう記事を読んだことがある。急上昇っていうわけじゃないけれど、統計的に有意に増加しているって」

「うん」とケヴィン。「その理論が正しいってことがありえない証拠だよ。増加しているという事実は、たとえ小さな増加であっても、その理論の反証になる」

「どうしてそうなるの？」とザリーナがたずねた。

「分岐はどんな量子事象によっても生成される。そうだろ？　プリズムが発明される前でさえ、分岐はたえず生まれつづけてきた。ただ、それにアクセスする手段がなかっただけのことだ。銃をとってだれかを気まぐれに撃つ分岐がつねに存在するというのが事実なら、プリズムが発明される前も、発明されたあとのいまも、ランダムな殺人の数は変わらないはずだ。プリズムの発明によって、この特定の分岐でだけ、もっと多くの殺人が集まる理由にはならない。だから、プリズムが普及して以来、人間が殺し合う頻度が増えたとしたら、銃をとるたびにつねに分岐が生まれるからという理由ではありえない」

「理屈はわかるけど」とザリーナ。「でも、だとしたらなにが殺人件数を増加させているの?」

ケヴィンは肩をすくめた。「自殺の流行みたいなもんさ。ほかの連中がやってるのを聞いて、自分もやってみようと思い立つ」

ナットはその説について考えてみた。「犯人の理屈が正しいことはありえないという証明にはなるけど、どうしてまちがっているかの説明にはならない」

「理屈がまちがっているなら、どうしてそれ以上知る必要がある?」

「わたしは自分の決断に意味があるかどうかを知りたいのよ!」その声は思った以上に大きく響いた。ナットは息を吸ってから先をつづけた。「殺人のことは忘れて。そういうことを話したいんじゃなくて、正しいことか、まちがったことか、どちらかをする選択肢があるとき、わたしはいつも、さまざまな分岐で両方を選んでいるの？　もし毎度毎度、だれかに親切にするのと同時に、いやなやつみたいに振る舞っているとしたら、どうしてこのわたしは親切にしなきゃいけないの？」

参加者のあいだでしばし議論が交わされたが、ナットは最終的にディナに向かってたずねた。「どう考えるか、教えてもらえる？」

「もちろん」ディナは、考えをまとめるようにちょっと間を置いてから、「全体的に見て、あなたの行動はあなたの性格と首尾一貫してると思う。あなたのふるまいはそのときどきの気分に左右されるから、性格に合致した行動はひとつきりとはかぎらない。でも、性格からまったく外れた行動は、ほかにもっとたくさんある。もしあなたが動物好きなら、吠えられただけで仔犬を蹴飛ばすような分岐はありえない。いつも法律を守る人間なら、朝、出勤するかわりにコンビニ強盗を働くような分岐もない」

ケヴィンがいった。「赤ん坊のときに分岐が生じて、まったく違うコースをたどった人生があったら？」

「それはどうでもいいの」とナットはいった。「わたしがたずねているのは、わたしが生きてきたような人生を生きてきて、ある選択肢に直面しているような分岐のこと」

「ケヴィン、もっと大きな相違のある分岐のことは、あとで話しましょう。もしそうしたければ」

「いや、いい。進めてくれ」

「オーケイ。では、選択肢が二つある状況に直面していると想像しましょう。どちらの行動も、あなたの性格と合致している。たとえば、レジ係がよこしたお釣りが多すぎたとき、それを返してもいいし、返さなくてもいい。その日がどんな一日だったかによって、どちらの行動をとってもおかしくない。たぶん、そういう場合には、余分なお釣りを返さない分岐も、お釣りを返す分岐も、両方ともまったくありうる」

ナットは、余分なお釣りを返す分岐はたぶんないだろうと思った。もしいい一日を過ごしていたなら、余分なお釣りは、それをもっといい一日にしてくれるだけだ。

「じゃあ、ゲス野郎みたいに振る舞っても問題じゃないと？」とケヴィンがたずねた。

「この分岐で、あなたがゲス野郎みたいに振る舞った相手にとっては問題かもしれない」とザリーナ。

「でも、全体的にはどう？　この分岐でゲスであることは、すべての分岐におけるゲスな行動のパーセンテージを増加させる？」

「数学のことはよくわからないけど」とディナ。「でも、あなたの選択はまちがいなく重要だと思う。あなたの決断のひとつひとつがあなたの性格に寄与し、どういう人格なのかをつくりあげていくのよ。もしいつもレジ係に余分のお釣りを返すような人間になりたいと思っているなら、あなたがとる行動は、あなたがそういう人間になるかどうかに影響する。

最低な一日だったので、余分のお釣りを返さないという分岐は、過去に枝分かれ済みの分岐。あなたの行動は、もうそれには影響しない。でも、この分岐で思いやりのある行動をとれば、それにはまだ意味がある。なぜなら、未来に生じる分岐に影響するからよ。思いやりのある選択をする頻度が高ければ高いほど、未来において利己的な選択をする確率が低くなる。たとえ最低の一日だった場合でもね」

「それならよさそうだけど、でも――」ナットは考えた。ある特定の傾向の行動を何年もとりつづけることが、人間の脳にわだちを刻みうる。そして、自分からそうしようと思わなくても、自然に同じ習慣をくりかえしつづけることになるだろう。「でも、簡単じゃない」とナットはいった。

「それはわかってる」とディナ。「でも、問題は、わたしたちが他の分岐について知っているという前提のうえで、正しい選択をすることに価値があるかどうか。わたしはぜったいにあると思う。わたしたちはだれも聖人じゃない。でも、もっといい人間になろうとすることはできる。なにかいいことをするたびに、次にまた、もっと高い確率でいいことをする人間へと自分をかたちづくっている。これはだいじなことよ。そして、この分岐であなたが変えつつあるのはあなた自身の振る舞いだけじゃない。将来分岐するすべてのバージョンのあなたにもその変化を植えつけている。前よりいい人間になることで、この時点から将来に向かって枝分かれしてゆく分岐のますます多くに、よりよいバージョンのあなたがいる確率を上げている」

「ありがとう」ナットはいった。「わたしが探していた答えはそれよ」

＊

ナットとスコットが会ったら気まずい空気になるだろうとは思っていたが、実際はオーネラの予想以上の気まずさだった。スコットは、家族でも親友でもない人間とは、この数カ月、だれともほとんど口をきいていないし、人前に出るときの顔をずっとつくっていなかった。生きているロデリックとの再会を前に、極度にナーバスになっている。ナットのほうはといえば、心ここにあらずという感じで、これからの数分で大金を稼ごうとしている人間にオーネラが予期する態度とはまったく違っていた。

ナットはまたコーヒーテーブルにプリズムを置いた。オーネラがビデオモードに切り換えると、モロウの顔が画面にあらわれた。それから、オーネラのパラセルフ。彼女自身と同じく、ナーバスに見える。スコットをさらに傷つけるだけじゃないかという気がして、オーネラは一瞬、すべてをご破算にしたい衝動にかられた。しかし、このチャンスを逃すわけにいかないのはわかっていた。スコットに合図してカウチの自分の横にすわるよう促すと、それと同時に、オーネラのパラセルフも、画面の外のだれかに合図した。それからオーネラは、プリズムの画面をスコットのほうに向けた。

スクリーンには二重の意味で見慣れた顔が映っていた。ひとつにはそれがロデリックの顔だったから。もうひとつは、オーネラが毎日スコットの顔に見ているのと同じく、数カ月分の悲嘆にやつれていたから。スコットとロデリックは、きっと同じように日々を過ごしていたに違いない。というのも、二人の男は相手の顔を見て同時に泣き出したからだ。オーネラは、彼らのあいだの運命的な絆をこのときほど強く感じたことはなかった。それぞれが相手の顔を見て、そこに自分自身を見出すような関係。

スコットとロデリックは話しはじめ、二人の言葉が重なった。彼らの話を第三者が聞くべきではないと思って、オーネラは立ち上がった。「彼らを二人だけにできるかしら」ナットのほうはうなずいて部屋を出ようとしたが、プリズムの向こうにいるモロウが口を開いた。

「プリズムが彼らのものになってからなら、いくらでも二人きりの会話ができる。しかしそのためには、まず買ってもらう必要がある」

二人のオーネラが同時にたずねた。「いくらで？」

モロウが数字を口にした。ナットが、思いがけなく大きな金額をいまはじめて聞かされたような反応を見せた。

スコットとロデリックは躊躇しなかった。「払ってくれ」

オーネラはスコットの手をとって彼の顔を覗き込み、言葉に出さずにたずねた。ほんとにそれでいいの？　スコットはオーネラの手をぎゅっと握りしめてうなずいた。

もっと前に、二人は、プリズムが提供するコミュニケーションに限りがあるということについて話し合っていた。スコットとロデリックがどんなに対話したくても、残されているデータ容量は、彼らが死ぬまで保つわけではない。二人はテキストだけのやりとりには満足しないだろう。たがいの声を聴き、たがいの顔を見たいと思う。ということは、ノートのページはいつか尽きてしまい、二人は別れを告げなければならなくなる。

スコットはそれを承知で話を進めたがっていた。いっしょに過ごせる時間がすこしでもあるなら、スコットに関するかぎり、それだけの値打ちはあるし、終わりが来るとしても、すくなくともあの事故のような不意打ちではない。

オーネラは立ち上がってナットのほうを向いた。「いっしょに来て。送金手続きをするから」自分のパラセルフがモロウに同じことをいうのが聞こえた。プリズムの画面がロデリックの顔からモロウの顔に切り替わり、それから暗くなった。自分の口座に代金が振り込まれるまで、モロウは自分のプリズムから目を離さないつもりだろう。

それと対照的に、ナットはプリズムをスコットとともにテーブルに残しておくことに同意した。一瞬、ぎこちない表情でスコットを見やり、それからいった。「愛する人を亡くされて、ほんとうにお気の毒でした」

「ありがとう」スコットは涙を拭っていった。

ナットはオーネラのあとについて、彼女のデスクがある部屋に入った。オーネラは自分の仕事用電話をアンロックしてデジタル・ウォレットを開いた。オーネラとナットは口座番号を交換し、それからデスクの上に双方の電話を並べて置いた。オーネラは金額を入力して送金ボタンを押した。ナットの電話が送金を受けたことを表示したが、ナットは承認ボタンに触れようとしなかった。

「もし自分があのプリズムを持っていたら、スコットに無償で提供しようとしたファンが、彼にはおおぜいいるでしょうね」と電話の画面を見つめたままいった。

オーネラはうなずいたが、ナットがこちらを見ていないことに気づき、「ええ」と声に出していった。「まちがいなく、たくさんいる」

「彼のファンでなくても、同じようにした人もたぶんいるでしょうね」

「たぶんね」この世にはまだサマリアびとがいるとオーネラはいいかけたが、ナットがそのひとりではないと言外に匂わせることになって、相手が気を悪くするかもしれないと思って口をつぐんだ。長い間があって、オーネラはいった。「もう送金は済んだから、わたしの個人的な観察結果を話してもいいかしら」

「どうぞ」

「あなたはモロウとは違う」

「どういう意味？」

「彼がなぜこういうことをしているかは理解できる」どういう言葉を選べば適切に表現できるだろう。「彼は、悲嘆に暮れている人を見たら、金儲けのチャンスだと思う」

ナットはのろのろとうなずいた。「ええ、たしかに」

「でも、あなたは違う。だったらどうして、あなたはこんなことをしているの？」

「だれだって、お金が必要なのよ」

オーネラは腹を割って話す勇気を得たような気がした。「こんなことをいったら気を悪くするかもしれないけど、お金を稼ぐには、これよりもっといい方法がいろいろあるのよ」

「べつに気を悪くなんかしない。自分でも同じことを考えていたから」

オーネラはなんというべきかよくわからなかった。最終的にこういった。「スコットは、あなたがしてくれたことのために喜んでお金を払う。でも、そのお金を受けとるのに気が引けるなら、だれもそうしろとはいってないのよ」

ナットの指がボタンの上で揺れた。

＊

過去数週間、デイナは、ホルヘとの面談で、上司の車をパンクさせた件に触れないようにしてきた。かわりに二人は、ホルヘが自分の美点を自分で誉めて、他人にどう思われるかは気にしないようにするという彼の努力について話し合った。デイナとしては、前進している手応えがあり、近い将来、パンクの件についても触れられるかもしれないと思っていた。

だから、ホルヘがこう切り出したときは驚いた。「考えてたんだけど、もう一回ライドスコープに行って、またパラセルフにコンタクトしてくれと頼もうかと思って」

「ほんとに？　どうして？」

「前回チェックして以降、彼らが怒りを行動で示したかどうか知りたいんだ」

「そうしたくなるようなことがなにかあったの？」

ホルヘは、例の上司と最近またいざこざがあったと説明した。「だからほんとに腹が立って、なにかぶっ壊したいみたいな気分になった。それで、前にここで話し合ったことを思い出したんだ。ライドスコープに行ったとき、病気の検査結果が出たみたいだったっていう話。もしかしたら、その検査の感度が足りなかったんじゃないかと思いはじめて」

「パラセルフたちが最近、怒りを行動で示していたら、最初の検査ではわからなかったなにか深刻な病巣があるという意味だと？」

「どうかな」ホルヘはいった。「たぶん」

ディナはこの件をもうちょっと押してみることにした。「ホルヘ、ひとつ提案したいんだけど。もしパラセルフたちが最近、怒りを行動で示してなかったとしても、この分岐で起きたことについて考えてみる価値があると思う」

「でも、パラセルフをチェックしなかったら、あれが不慮のアクシデントだったかどうか、どうしてわかる？」

「あれは明らかに、あなたの性格からは外れたことだった。そのことに疑問の余地はない。それでもやっぱり、あなたがやったことなのよ。パラセルフたちじゃなくて、あなたが」

「ぼくがひどい人間だといいたいのか」

「そんなことをいいたいわけじゃぜんぜんない」とディナは請け合った。「あなたがいい人なのはわかってる。でも、いい人だって腹を立てることはある。あなたは腹を立てて、怒りにまかせて行動した。そのことは問題ない。それに、あなたの人格にそういう面があると認めることも問題ない」

ホルヘはしばらく黙り込み、ディナはちょっと押しすぎただろうかと不安になった。それから、ホルヘがいった。「たぶん、そのとおりかも。しかし、ぼくにとって典型的な行動じゃなくて、性格から外れた行動だったというのはだいじなことじゃないのか？」

「もちろんだいじなことよ。でも、性格から外れた行動だったとしても、その行動の責任はとらなきゃいけない」

ホルヘの顔に一瞬、恐怖の色がよぎった。「自分がしたことを上司に打ち明けろと？」

「法的な責任のことをいってるんじゃないの」ディナはホルヘを安心させるようにいった。「あなたの上司がほんとうのことを知るかどうかはどうでもいい。わたしの考えでは、責任をとるというのは、自分がやったことを認めて、あなたがこれからなにをするか決めるときに、それを考慮に入れることよ」

ホルヘはため息をついた。「起きたことをあっさり忘れてしまうだけじゃ、どうしてだめなんだい？」

「なかったことみたいにして忘れてしまったほうがあなたはしあわせになれると、もしわたしが純粋に思っていたら、それでもかまわないと答えるでしょう。でも、あなたがこの件にそれだけ大きな労力を注いでいるという事実だけを見ても、事件があなたの心の重荷になってるのがわかる」

ホルヘは目を伏せ、うなずいた。「たしかにそうだ。なってるね」ディナの目を見返して、「じゃあ、どうすればいい？」

「起きたことについてシャロンに話すのはどう？　どんな気持ち？」

ホルヘは長いあいだ黙っていた。「たぶんそれは……もしそれを打ち明けるのと同時に、ぼくのパラセルフたちは同じことをしなかったという事情を説明したら、そしたらたぶんシャロンもわかってくれるかもしれない。ぼくの根っこはそういう人間じゃないって。そうすれば、誤解されないで済む」

ディナは、口もとにかすかな笑みを浮かべることを自分に許した。ホルヘは大きな壁を乗り越えたのだ。

＊

新しい町、新しいアパートメント。新しい仕事はまだ見つかっていないが、ナットの新生活はまだ始まったばかりだ。それに、参加できるNAのグループは簡単に見つかった。当初は、あのプリズム・サポートグループの集会に最後にもう一度だけ参加して、なにもかも打ち明けようと思っていたが、考えれば考えるほど、それは純粋な自己満足でしかなく、自分以外のだれのためにもならない気がしてきた。ライルはいま、いい状況にある。知り合ってからずっと、ナットに秘めた動機があったと知ったら、いい気持ちはしないだろう。グループの他のメンバーにしても同じことだ。彼らには、自分たちの知っていたナットが本物のナットだと思わせておいたほうがいい。

だから、ナットはいま、NAの集会に参加している。NAはプリズムのサポートグループより規模が大きく――プリズムは、訴求力の点からすると、薬物には遠く及ばない――参加者は、おなじみの二種類のタイプのミックスだった。まさか薬物中毒だとはとても思えないような人と、絵に描いたようなヤク中に見える人。もっとも、このグループが、一歩ずつ段階を踏んで進んでいくタイプなのか、それとも長いものに巻かれるタイプなのか、ナットにはさっぱりわからなかった。自分がこのグループの会合に定期的に参加したいのかどうかもわからない。あとはなりゆきにまかせよう。

最初に口火を切った男性は、過剰投与のあと、意識が戻ったら、十三歳になる実の娘にナルカン（麻薬中毒の拮抗薬ナロキソンの商品名）の注射を打たれたところだったという話を披露した。気軽に聞ける話ではなかったが、自分にも共感できる体験を持つ人々のグループに舞い戻ったことに、ナットはなんとなく慰めのようなものを見出していた。次は女性、その次はまたべつの男性。どちらもとりたてて痛ましいエピソードは語らなかったので、ナットはほっとした。だれかが恐怖の体験を語ったすぐあとに話すのはいやだった。

グループのリーダーは、ソフトな口調で話すごま塩ひげの男性だった。「今夜は何人か新顔がいますね。みんなの前で、だれかなにか話してもらえますか？」

ナットは手を挙げ、自己紹介した。「こういう会に出るのは二、三年ぶりです。そのあいだずっと、すっぱり縁を切ってクリーンでいられたんですが、最近、ある出来事があって……再発を防ぐために集会に参加する必要がある気がしたわけじゃないんだけど、クスリのことが頭から離れなくなって。それで、どこか話せる場所を探したほうがいいだろうと」

ナットはしばらく口をつぐんだが――こういうことを最後にしてから、もうずいぶんんたつ——グループのリーダーは、彼女にまだ話すことがあるのを見てとって、しんぼう強く待ってくれている。やがて、ナットはまた口を開いた。

「傷つけてしまったひとたちがいて、たぶんもう二度ととりかえしがつかない。チャンスを与えてはくれないだろうし、それは責められない。でも、そのせいで、心のどこかで、こんなふうに思ってしまうんです。わたしがいちばん傷つけた相手に対して正しいことができないんだとしたら、それ以外の他人に親切にしようがしまいが、ほんとはどうでもいいんじゃないかって。だから、ずっとクリーンではいたけれど、そのあいだも、あいかわらず嘘はつくし、人をだますこともあった。ただ、使っていた頃とは違って、ひどいことはしないし、だれかを傷つけるようなこともしなかった。自分のことにかまけて、そのことはあんまり真剣には考えなかったんです。

でも最近になって、わたし、他人になにか……ほんとうにいいことをしてあげられる機会ができて。わたしが悪いことをした相手じゃなくて、ただの知り合い、傷ついているというだけの人です。いままでずっとしてきたように振る舞うのは簡単でした。でも、もっといい人間だったらなにをしただろうと想像してみて、かわりにそれを実行したんです。

それをやったことで気分がよくなりました。でも、わたしがメダルに値するとか、そういうことじゃない。他人にやさしくすることがなんの苦労もなく楽にできる人が世の中にはいっぱいいるからです。彼らにとってそうすることが楽なのは、いままでの人生で、他人にやさしくする小さな決断をたくさんしてきているからです。わたしにとってむずかしいのは、いままでの人生で、小さな利己的な決断をたくさんしてきているからです。ということは、他人にやさしくするのがむずかしい理由は、このわたし。直す必要があるのは――あるいは、わたしが直したいと思っているのは――そこなんです。ここがそのためにふさわしいグループなのかどうかわかりませんが、最初に思いついたのがここだったので」

「ありがとう」グループのリーダーがいった。「うちの集会に出席してくれるなら、まちがいなく歓迎しますよ」

他の新顔、ハイスクールを卒業したばかりのように見える若い男の子が自己紹介し、話しはじめた。ナットはそちらを向いて耳を傾けた。

＊

デイナが帰宅すると、小包が届いていた。アパートメントに持ち帰って開けてみると、個人用のタブレットが一台入っていた。市販のパッケージは付属せず、画面にメモが貼りつけてあるだけだった。メモの文字は、『ディナへ』。ディナは包装紙をたしかめたが、送り主の名前も住所も書かれていなかった。

タブレットの電源を入れると、ホーム画面に半ダースの動画ファイルのアイコンがあらわれた。それぞれのファイル名には、ディナの名前につづいて、一連の数字が書いてある。ディナは、とりあえず動画を見てみようと、最初のアイコンをタップした。すると、ディナ自身の顔の低解像度の映像がタブレットに映し出された。だがそれは、彼女自身ではなかった。パラレル版のディナが、過去を語っている。

「アーチャー先生が部屋に入ってきて、わたしたちが錠剤を数えている現場を発見した。なにをやっているのかと訊かれて、わたしは一瞬凍りついた。それから、錠剤はわたしのもので、ヴィネッサはなんにも知らないと答えた。先生は疑わしげな表情だった。というのも、わたしはそれまで一度もトラブルを起こしたことがなかったから。それでもわたしはそういいつづけて、なんとか先生に信じてもらった。最終的にわたしは停学になったけれど、思ったほどたいへんなことにはならなかった。校内観察処分にしてくれたので、もし二度と問題を起こさなければ、この件は恒久的な記録には残らない。これがヴィネッサだったら、教師たちから嫌われているから、ずっとひどいことになってたんじゃないかと思う。

でもヴィネッサはわたしを避けるようになり、とうとうたまりかねて、いったいどうしてなのかとたずねると、わたしの顔を見るたびに罪悪感にかられるからだと答えた。あなたが罪悪感を抱く必要はないし、わたしはあなたと遊びたいのよといったけれど、あんたは事態をこじらせているだけだといわれた。わたしは彼女に腹を立て、彼女はわたしに腹を立てた。彼女はしじゅう問題を起こしている他の女の子たちとつるみはじめ、そこからは坂道を転がるように落ちていった。学校の敷地内でドラッグを売っているところをつかまって退学になり、そのあとは刑務所を出たり入ったりしてる。

ずっと考えてるんだけど、もしわたしが錠剤は自分のだといわなかったら、事情はがらっと変わっていたでしょう。ヴィネッサに彼女の分の責任をかぶってもらっていたら、二人のあいだに亀裂が生じることはなかった。わたしたちは停学のあいだもずっといっしょで、彼女が問題児たちとつるみはじめることもなく、彼女の人生は、まったく違う方向に向かってたと思う」

なにこれ？ ふるえる指で、ディナは第二の動画をタップした。

またべつのディナ。「運悪く、二人で錠剤を数えている最中に先生のひとりが部屋に入ってきた。わたしはその場でなにもかも白状した。パーティーのためにヴィネッサと二人で親の薬を盗んだって。最終的に、学校はわたしたちを停学にして、校内観察処分をいいわたした。たぶん、ヴィネッサにはもっと重い処分を科したかったんだろうけど、平等に罰するしかなかった。

ヴィネッサはわたしに怒り狂った。錠剤はいま見つけたんだと先生にいえばよかったのに、って。きっとだれかが空港でわたしたちの旅行鞄にこっそり仕込んだもので、これから先生に報告しにいこうと思ってたんだといえば、証拠なんかないんだから、あたしたちに責任を負わせることはできなかった、って。でも、あんたが白状してしまったせいで校内観察になったから、あたしのことを嫌っている教師はいつでもあたしの足をひっぱれる。でも、彼らにそんな権力を与えるつもりはない。ヴィネッサはそういって、停学が解けるなり、酔っ払って登校してきた。それを二、三回くりかえしたあと退学になり、その後、ヴィネッサは何度も警察に逮捕されるようになった。

あれからずっと考えてるんだけど、もしわたしが白状していなかったら、なにもかも違ってたのかな。そうしたら、間一髪で助かったことを教訓にして、ヴィネッサは本物のトラブルに巻き込まれないような人生を歩んだかもしれない。彼女はわたしに腹を立てていることを示すためだけにわざとあんな行動をとりはじめた。あれがなかったら、ヴィネッサはいい大学に入って、彼女の人生はぜんぜん違った方向に進んでいたかもしれない」

他の動画は、教師にバイコディン現場を押さえられた事件については触れていなかったが、それでもやはり、似たようなパターンをたどっていた。ある動画では、デイナが紹介した男の子のせいでヴィネッサが薬物中毒になり、デイナはそのことで罪悪感を抱えている。またべつの動画では、万引きに成功したことで大胆になったヴィネッサがもっと本格的な窃盗を試みていた。こうしたヴィネッサたちは全員、自己破壊的な行動パターンから逃れられずにいる。一方、デイナたちは全員、自分がどんな行動をとったかにかかわらず、ヴィネッサのことで自分を責めている。

違う行動をとった分岐でも同じことが起きているのなら、デイナはその原因ではない。デイナは、バイコディンの錠剤がヴィネッサのものだと嘘をついたが、その嘘がヴィネッサをナイフの刃の向こう側、非行少女の道へと突き落としたわけではなかった。それは、ヴィネッサがつねに進もうとしている方向であって、他人がどんな行動をとっても変わらない。そしてデイナは、数年間と数千ドルを費やして、自分がしたことの埋め合わせをしよう、ヴィネッサの人生を立て直そうと努力してきた。もしかしたら、もうそんなことをする必要はないのかもしれない。

デイナは動画ファイルの属性データに目をやった。各ファイルは、それが記録されたプリズムに関する情報を含んでいる。プリズムの起動日時は、たっぷり十五年も前だった。十五年前といえば、デイナとヴィネッサがあの修学旅行に行った頃だ。データ・ブローカーのビジネスはまだ立ち上がったばかりで、当時のプリズムの容量は最近の製品よりははるかに小さかった。どこのデータ・ブローカーにしろ、そんなヴィンテージもののプリズムをまだ保有していること自体が驚きだ。まして、動画を送信するだけの容量がまだ残っているプリズムとなれば、その価値ははかりしれない。これだけの動画を送信したら、データ・ブローカーが所有している中でもっとも貴重なそのプリズムは、たぶんページを使い切っているだろう。

いったいだれがこんなことに金を払うだろう。ディナは不思議に思った。きっと、ひと財産だったに違いないのに。

作品ノート

■「商人と錬金術師の門」

一九九〇年代中盤、物理学者のキップ・ソーンが著書の宣伝キャンペーンで全国をまわっているとき、講演を聴く機会があった。その中で彼は、アインシュタインの相対性理論と矛盾しないタイムマシンを――理論的に――つくるにはどうすればいいかを説明した。ぼくはそのアイデアが最高に魅惑的だと思った。映画やテレビのおかげで、ぼくたちはタイムマシンのことを一種の乗りものか、でなければ、違う時代へ飛ば《ビーム》してくれる転送装置みたいなものだと思いがちだ。しかし、ソーンが語ったのは、一対のドアみたいなものだった。片方のドアから中に入るか、外に出てくるかしたものは、一定時間が経過したのち、もう一方のドアから外に出てくるか、中に入る。乗りもの型もしくは転送装置型のタイムマシンが孕むいくつかの疑問――地球の動きはどうなるのか、未来からの訪問者がなぜいままで一度も目撃されていないのか――が、このタイプのマシンでは解決されている。さらに興味深いことに、ソーンは、このタイムマシンでは過去を変えられないこと、自己矛盾のない単一の時間線しか存在しないことを、数学的な分析によって示した。

ほとんどのタイムトラベルものは、過去を変えられることを前提にしている。過去を変えられない少数派のほうは、悲劇的な話が多い。過去の出来事を変えたいという願いをみんなが抱くのはよくわかるが、その一方、個人的には、過去を変えられないことがかならずしも悲しみに直結しないようなタイムトラベルものが書いてみたかった。ムスリムの設定がこの話に合うかもしれないと思ったのは、運命の受容がイスラームの基本的な教義のひとつになっているからだ。その後、タイムトラベルものが持つ再帰的な性質は、物語の中で物語が語られる「アラビアンナイト」の叙述とフィットするのではないかと閃き、おもしろい実験になりそうだと思ってこの話ができあがった。

■「息吹」

この短篇には二つの発想源がある。ひとつは、十代の頃に読んだフィリップ・K・ディックの短篇「電気蟻」(『アジャストメント』所収／浅倉久志訳／早川書房)。医師の診察を受けた主人公が、あなたはロボットですと告げられて衝撃を受ける。その後、彼は自分の胸を自分で開き、スプールに巻かれた鑽孔《パンチ》テープがゆっくりとほどけて、彼の主観的な経験をつくりだしているところを目のあたりにする。自分の心を文字どおり覗いている主人公というそのイメージが、ずっと頭にこびりついていた。

もうひとつは、ロジャー・ペンローズ『皇帝の新しい心』(林一訳／みすず書房)の、エントロピーに関する章。著者はこの章の中で、人間がものを食べるのは食物に含まれているエネルギーを必要とするからだという説明は、かならずしも正確ではないと指摘する。エネルギー保存則が示すとおり、エネルギーは、新たにつくられるものでも、こわされてなくなってしまうものでもない。人間は、エネルギーを吸収するのとほぼ一致する率で、たえずエネルギーを放出している。両者の違いは、人間が放出する熱エネルギーが高エントロピーの、つまり無秩序なかたちのエネルギーであるのに対して、人間が吸収する化学エネルギーは、低エントロピーの、つまり秩序のあるかたちのエネルギーであるということだ。人間は、事実上、秩序を消費し、無秩序を生成している。人間は、宇宙の無秩序さを増大させることで生きている。われわれがそもそも存在できているのは、宇宙がきわめて秩序の高い状態で始まったからに過ぎない。

このアイデアはじゅうぶんシンプルだが、ペンローズのこの文章を読むまで、ぼくはそれが書かれているのを見たことがなかった。このアイデアを小説のかたちにできるかどうか試してみようと思って書いたのがこの作品だ。

■「予期される未来」

「空飛ぶモンティ・パイソン」のスケッチのひとつに、あまりにも可笑しすぎて、それを聞いたり読んだりした人間はみんな笑い死にしてしまうという殺人ジョークを扱ったものがある。これは、〝有害な感覚を与えるモチーフ〟と呼ばれる古い文学的ギミックの一例で、なにかを聞いたり見たりすることによって人間が死に至る場合があるというアイデアがもとになっている。場合によっては、その中身を理解することが死の原因になる。前述した「モンティ・パイソン」のスケッチには、この殺人ジョークをドイツ語に訳したものが出てくるが、英米の兵士は、その内容を理解しないかぎり、ジョークを安全に暗唱することができる。

このネタを扱った話のほとんどが、なんらかの超自然的な要素を含んでいる。たとえば、ホラー小説には、読んだ人間が発狂してしまう呪いの本がよく登場する。その非超自然バージョンは可能だろうか。そう考えていたとき、人生は無意味だという主張に本物の説得力があるとしたら可能かもしれないと思いついた。殺人ジョークのように、瞬間的に効力を発揮するものではない。その主張の持つ意味が腑に落ちるには時間がかかる。しかし、それについて考えているあいだ、人々が他人に向かって語ることで、かえってより広範囲に伝わることになる。

これに対する安全装置は、もちろん、たとえ鉄壁の論理でも、それを耳にする全員を納得させることはないという事実だ。言葉による主張は、とにかく抽象的なので、大部分の人間を揺さぶるのはむずかしい。その主張を物理的に実演できるものがあれば、はるかに効果的だろう。

■「ソフトウェア・オブジェクトのライフサイクル」

　ＳＦに登場する人工生物は、ゼウスの頭から鎧《よろい》をまとった姿で出現したアテナのように、完全な姿で生まれ出る場合が多いが、実際は、意識はそんなふうには働かないと思う。人間の心について経験的に知っていることをもとにしていえば、役に立つ人間を生み出すには、少なくとも二十年のたゆまぬ努力が必要だ。人工生物の教育にはそれより時間がかからないと考える理由は見当たらない。その二十年のあいだに起こるかもしれないことについての小説が書きたかった。

　人間とＡＩとの感情的な関係というアイデアにも興味があった。といっても、人間がセックス・ロボットに夢中になることを指しているわけではない。関係をリアルにするのはセックスではなく、関係を維持するための自主的な努力だ。恋人たちの中には、たった一回、大きな口論をしただけで別れてしまうカップルもいる。親たちの中には、ネグレクトにならない最低限の労力しか子どもに注がない者もいる。ペット所有者の中には、面倒になるとペットを無視する者もいる。こういう人たちはみんな、努力したがらない。恋人だろうと子どもだろうとペットだろうと、ほんとうの関係を築くには、自分の都合を優先せず、みずから進んで、相手の望みや必要とのバランスをとることが求められる。

　ぼくが読んだものにかぎっても、ＡＩに法的な権利を与えるべきだと登場人物が主張する小説はいくつもあるが、そういう小説は、大きな哲学的疑問に焦点をあてる一方、世俗的な現実をなおざりにしている。これは、恋愛映画の場合とよく似ている。たいていの恋愛映画は、ロマンティックで劇的な方向から愛を描くが、長いスパンで見れば、恋愛とは、金銭問題を解決したり、床に散らばった汚れものを拾って洗濯したりすることを意味する。ＡＩが法的権利を獲得することは大きな一歩だが、人間がＡＩとの個人的な関係に心から努力することも、それと同じくらい重要な里程標になる。

ＡＩの法的権利なんかどうでもいいと思っている人にとっても、意識を持つマシンに敬意をもって接するべきりっぱな理由がある。爆発物探知犬に参政権を与えるべきだと思っていなくても、彼らを虐待するのがよくないと理解することはできる。どれだけうまく爆発物を探知するかだけが問題で、それ以外はどうでもいいと思っている人にとっても、爆発物探知犬をきちんと扱うことは利益の最大化につながる。ＡＩの果たす役割が従業員であれ、恋人であれ、ペットであれ、その発達過程において、彼らのことをだいじにする人間がいたほうが、ＡＩはより高い性能を発揮できるだろう。

最後に、モリー・グロスの講演の一節を引用したい。この講演の中で、彼女は、母親になることが作家としての自分に与えた影響について語り、次のように述べた。子どもを育てることは、「なかなか刺激的な問いと、毎日、深く、不可避的に関わることを意味します。愛とはなにか、そして、わたしたちはどうやってそれを手に入れるのか。世界にはどうして悪や苦痛や喪失があるのか。気高さと寛容さはどこで見つかるのか。だれが、なぜ力を持っているのか。争いを解決する最上の手段はなんなのか」

ＡＩになにか大きな責任を背負わせたいなら、こうした問いに対するちゃんとした答えをＡＩに与えなければならない。カントの著書をコンピュータのメモリに読み込ませても、それは実現できない。そうするためには、いい親になるのと同等の努力を必要とするだろう。

■「デイシー式全自動ナニー」

基本的にぼくは、ある特定のテーマを提示され、それに基づいて短篇を書くということができないタイプの作家だが、まれにうまくいくこともある。本篇はそのまれなケースのひとつで、誕生の経緯は以下のとおり。ジェフ・ヴァンダーミアが、想像上の展示品を集めたミュージアムに関する短篇のアンソロジーを企画していた。さまざまなアーティストがそれらの展示品のイラストを描き、作家はそれといっしょに掲載する説明テキストを提供するという趣向。

その企画に合わせて、アーティストのグレッグ・ブロードモアが出したのが、〝全自動ナニー〟というアイデアだった。〝赤ん坊の面倒をみるために設計された、ロボットまでは行かないマシン〟とのことで、それだったらなにか書けそうな気がしたので、この仕事を引き受けることにした。

行動主義心理学者のB・F・スキナーは、実の娘のために特別なゆりかごを設計した。彼女は成長過程で心的ダメージを受け、最終的に自殺したというつくり話が、いまもしつこく引き合いに出される。これはまったくの偽りだ。スキナーの娘は、健康的に幸福に育った。その一方、行動主義の創始者として知られる心理学者ジョン・B・ワトスンはどうだったか。彼は親たちに、「お子さんを甘やかしたくなったら、母親の愛は危険な道具だということを思い出してください」とアドバイスし、二十世紀前半の子育て観に大きな影響を与えた。彼は、自分のアプローチがもっとも子どものためになると信じていたが、彼自身の子どもたちは全員、おとなになってから鬱病を患い、複数が自殺未遂を経験し、ひとりが自殺した。

■「偽りのない事実、偽りのない気持ち」

一九九〇年代末、パーソナル・コンピューティングの未来についてのプレゼンテーションを聴いたことがある。講演者は、いずれそのうち、人生のあらゆる瞬間をすべて映像で記録しつづけられるようになると述べた。それは――ハードディスク容量が高価すぎて動画の保存にはとても使えなかった当時としては――大胆な主張だったが、たしかにそのとおりだと、そのときぼくは思った。やがてはすべてを記録できるようになる。そして、それがどんなかたちをとるかはともかく、もしそうなったら人間精神に深い衝撃を与えるに違いないと思った。人間の記憶があてにならないことはだれもが知っている。しかし、自分の記憶がまちがっていたという事実に直面させられることはめったにない。ほんとうに正確な記憶が持てたとしたら、それは人間をどう変えるだろうか。

以来、数年ごとにこの問いを思い出しては、頭の中でこねくりまわしたが、それを短篇小説にすることに関してはさっぱり進展しなかった。記憶がいかに操作されやすいかについては、さまざまな回顧録が雄弁に語っている。すでに書かれていることをただ語り直すだけのことはしたくなかった。そんなとき、ウォルター・J・オングの『声の文化と文字の文化』（桜井直文ほか訳／藤原書店）を読む機会があった。口承文化に書き言葉が与えたインパクトについて書かれた書物で、そこに書かれているもっと大胆な主張のいくつかには疑問符がつくものの、それでもやはり、目から鱗が落ちる内容だった。あるテクノロジーが人間の認識を変革した前回の例と今回の例とのあいだになんらかの類似点が見出せるかもしれないと示唆してくれたのである。

■「大いなる沈黙」

〝The Great Silence〟と題された作品は、実際には二つあるが、この短篇集に収められるのは片方だけだ。これについては、ちょっと説明が必要だろう。

二〇一一年、〝橋を架ける〟というカンファレンスに出席した。会議の目的は、アートとサイエンスの対話を推進すること。他の出席者の中に、アローラ&カルサディーラという二人組アーティストの片割れ、ジェニファー・アローラがいた。彼らがつくりだすようなアート――パフォーマンス・アートと彫刻と音のハイブリッド――にはまったく不案内だったが、二人が携わっているアイデアについてのジェニファーの説明は魅惑的だった。

二〇一四年、ジェニファーから連絡があり、ギレルモ・カルサディーラと自分がやっているユニットとコラボレートしてくれないかと頼まれた。二人が進めているのはマルチスクリーンの映像インスタレーションで、テーマは擬人化、テクノロジー、人間の世界と人間以外の世界との関係。彼らの計画は、アレシボ天文台の電波望遠鏡の映像と、その近くの森に棲息する、プエルトリコ原産の絶滅寸前のオウムの映像とを対置することだった。彼らはぼくに、第三のスクリーンに映し出す字幕の文章を書いてほしいと依頼してきた。オウムの一羽、〝種と種のあいだを橋渡しする一種の通訳〟の視点から語られた寓話。ビデオアートの分野で仕事をした経験は皆無だし、ふだん寓話を書いていないこともあって躊躇したが、準備段階の映像をすこし見せてもらってから、やってみようと決心し、それからの数週間、ぼくたちは、異言（トランス状態の人間が発する意味不明のうわごとが神の言葉などと解釈される現象）や言語の絶滅に関する意見をやりとりした。

その結果できあがった映像インスタレーション〝The Great Silence〟は、フィラデルフィア・ファブリック・ワークショップ・アンド・ミュージアムで、アローラ&カルサディーラの作品展示の一部として公開された。完成した作品を見たとき、自分の判断を後悔したことは認めざるを得ない。ジェニファーとギレルモは、作品の制作中、アレシボ天文台見学ツアーに招待してくれたのだが、テキストを書くのに必要ないと思って、ぼくはその誘いを断ったのだった。壁サイズのスクリーンでアレシボの映像を見て、あのときイエスといっておけばよかったとつくづく思った。

二〇一五年、ジェニファーとギレルモは、アート・ジャーナル e-flux が第五十六回ヴェネチア・ビエンナーレの一環として製作する特別号に参加を依頼された際、〝The Great Silence〟からぼくのテキストを抜き出して掲載してはどうかと提案した。独立した作品として書いたテキストではなかったが、本来のコンテキストから切り離しても、たいへんうまく機能することが判明した。かくして、短篇小説版の「大いなる沈黙」が誕生したのである。

■「オムファロス」

現在、〝若い地球〟創造説と呼ばれている考えかたは、かつては一般常識だった。一六〇〇年代まで、世界は数千年前に創造されたものだと広く考えられていたのである。しかし、博物学者たちが周囲の環境を仔細に観察しはじめると、この仮説に疑義が生じるような手がかりがいくつも見つかった。それから四百年以上にわたって、そうした手がかりは増殖し、相互に関連して、想像しうるかぎりもっとも決定的な反証が形成された。しかし、このもともとの仮定が正しかったと確認されるような世界がもしあったとしたら、それはどんな世界だろう？

いくつかの面は、容易に想像できる。成長輪を持たない木々、縫い目のない頭蓋骨。しかし、夜空について考えはじめると、この問いに答えるのはかなり困難になる。現代の天文学の多くは、コペルニクスの原理を前提にしている。すなわち、わたしたちは宇宙の中心にいるわけではなく、特権的な位置から宇宙を観察しているのでもない。この考えかたは、〝若い地球〟創造説のおおむね対極にある。アインシュタインの相対性理論さえ、観測者がどんなに速く動いていても物理法則はまったく同じに見えるはずだということを前提にしており、コペルニクスの原理の派生だと言える。私見によれば、もし人類がほんとうに宇宙創造の理由であるなら、相対性理論が正しいはずはない。違った状況では、物理学は違ったふうに振る舞うし、それは検知されるはずだ。

■「不安は自由のめまい」

自由意志に関する議論で、多くの人々は次のように主張する。すなわち、自由に行動を選択する——その行動に対する道徳的な責任を負う——ためには、まったく同じ状況下で、べつの行動をとることが可能でなければならない。哲学者たちは、これが具体的になにを意味するかについて、果てしなく議論してきた。

一五二一年、マルティン・ルターが教会に対してみずからの行為を弁護したとき、彼は、こう言ったと伝えられている。「われ、ここに立つ。こうするよりほかにない」つまり、それ以外の行動をとることは一切できなかったということだ。だとしたらそれは、ルターの行動の功績を認めるべきではないという議論につながるのだろうか。もちろんわたしたちは、ルターが「ほかの道も選べた」と発言していたら、そのほうが賞賛に値したとは考えない。

加えて、量子力学の多世界解釈がある。一般にこれは、われわれの宇宙が、無限に近い数の異なるバージョンにたえまなく分岐しつづけているという意味だと理解されている。

この説について、ぼくはおおむね不可知の立場だが、その意味するところについて、提唱者がもっと控え目な主張をしていれば、もっと抵抗がすくなかったのではないかと思う。たとえば、多世界解釈はわたしたちの決断を無意味にしてしまうと主張する人がいる。なぜなら、あなたがなにをしようと、それと反対の行動をとったべつの宇宙がつねに存在し、あなたの決断の道徳的な重みを打ち消すからだ、と。

この主張については、かなりの自信をもって否定できる。たとえ多世界解釈が正しいとしても、それは、わたしたちの決断すべてが打ち消されることを意味しない。個人の性格は、そのときどきのその人の選択によって、時間をかけてすこしずつつくられる。それと同じように、多世界それぞれでなされる選択によっても、個人の性格はかたちづくられてゆく。

多世界における多数のマルティン・ルターたちを調べることができたとしても、教会に反抗しなかったルターを見つけるためには、はるか遠くまで探しにいかなければならないだろうし、その距離の遠さは、彼がどういう人物だったかについて、なにがしかを物語っているはずだ。

謝辞

以下の人々に感謝を捧げる。初期の原稿を読んでくれたシカモア・ヒルおよびリオ・ホンド・ライターズ・ワークショップの全メンバーに。さまざまな短篇に対してフィードバックをくれたカレン・ジョイ・ファウラー、モリー・グロス、ダニエル・エイブラハム、ベンジャミン・ローゼンバウム、メガン・マキャロン、ジェフ・ライマン、モーゼズ・ツェノング、リチャード・バトナー、クリストファー・ロウに。コラボレーションに誘ってくれたジェニファー・アローラとギレルモ・カルサディーラに。この本を信じてくれたティム・オコネルと、わたしを信じてくれたカービー・キムに。そして、マーシャ・グローヴァに。いろいろありがとう。

訳者あとがき

当代最高の短篇SF作家による当代最高のSF短篇集『息吹』日本語訳の文庫版をお届けする。本書の親本にあたるハードカバー単行本は、二〇一九年十二月に早川書房から刊行されて大好評を博し、新聞、雑誌、ラジオ、テレビ、インターネットなどさまざまな媒体で紹介されたほか、『SFが読みたい！ 2021年版』掲載の年間ランキング「ベストSF2020」では（劉慈欣《りゅう・じきん》『三体Ⅱ 黒暗森林』をおさえて）海外篇1位を獲得した。

原書 ***Exhalation*** は、二〇一九年五月、文芸出版の老舗、アメリカのアルフレッド・A・クノップ社からハードカバーで刊行された。著者のテッド・チャンにとっては、第一作品集『あなたの人生の物語』以来、十七年ぶり二冊目の著書。まったく、寡作にもほどがあるというか、古今東西のSF作家を集めて〝寡作王〟決定戦を実施したら、優勝はまちがいなくこの人だろう。なにしろ、二十三歳のときに書いた「バビロンの塔」で一九九〇年に商業デビューして以降、現在までの三十三年間に出した本は、本書を含めてわずかに二冊。数ページの掌篇四篇を含め、全部で十八篇の中短篇しか発表していない。なのに、ヒューゴー賞、ネビュラ賞、シオドア・スタージョン賞、星雲賞など世界のSF賞を合計二十冠以上獲得。短篇一本書くだけで世界中のSF読者のあいだでセンセーションを巻き起こすのはこの人くらいだろう。

とはいえ、二年に一作くらいのペースでぽつぽつ短篇を発表するだけの兼業作家とあって、SF外ではそこまでよく知られているわけではなかった。その状況が一変したのが二〇一六年のこと。最初の短篇集の表題作「あなたの人生の物語」が、エリック・ハイセラー脚色、ドゥニ・ヴィルヌーヴ監督、エイミー・アダムス主演で、Arrivalとして映画化され、パラマウント映画の配給で劇場公開されたのである（日本では「メッセージ」のタイトルで二〇一七年に公開）。原作のエッセンスを（ハードSF的なアイデアを除いて）みごとに映像化したこの作品は、米アカデミー賞の作品賞、監督賞、脚色賞など八部門にノミネートされ、音響編集賞を受賞。他の映画賞でも高く評価され、原作者であるテッド・チャンの名は、ジャンルと国の境界を越えて全世界に知れ渡った。かねてからファンの多かった日本でもさらに読者を増やし、同作を収録した『あなたの人生の物語』は、SF短篇集としては異例の、十六万部を超えるベストセラーとなっている。極端な寡作のまま、テッド・チャンは現代SFを代表する作家に昇りつめたのである。

そのテッド・チャンの第二短篇集が、本書『息吹』。チャンの全小説作品のちょうど半数にあたる九篇が収められている。しかも、収録作のうち、最後の二篇、「オムファロス」と「不安は自由のめまい」は、本書のために書き下ろされたバリバリの新作で、この二篇を含めた五篇が本邦初訳となる（ただし「オムファロス」のみ、SFマガジン二〇一九年十二月号のテッド・チャン特集に先行掲載されている）。

この一冊をまとめるのに十七年の歳月を費やしただけあって、作品の質の高さは『あなたの人生の物語』にもひけをとらない。最近十年のSF短篇集では、おそらく世界ナンバーワンだろう。

オバマ前アメリカ大統領は、自身のフェイスブックで、二〇一九年夏の推薦図書リストに、コルソン・ホワイトヘッドの新作長篇『ニッケル・ボーイズ』や、村上春樹の短篇集『女のいない男たち』、ローレン・ウィルキンソン『アメリカン・スパイ』などと並んで、出版されたばかりの『息吹』を挙げ、「ここに収められた短篇を読むことで、読者はさまざまな難問について考え、それと格闘し、人間について理解を深めることになる。最上のサイエンス・フィクションだ」と評している。

文芸誌〈ニューヨーカー〉では、全米図書賞作家のジョイス・キャロル・オーツが、

「ＳＦが描く未来はディストピアとはかぎらない」と題する長文の書評を寄稿。フィリップ・Ｋ・ディック、ジェイムズ・ティプトリー・ジュニア、アーシュラ・Ｋ・ル・グィン、マーガレット・アトウッド、村上春樹、チャイナ・ミエヴィル、カズオ・イシグロの系譜に連なる作家として著者を位置づけ、チャンは伝統的なＳＦの枠組みをおよそ伝統的ではないやりかたで探求してきたと分析する。いわく、『息吹』では、生命倫理、仮想現実、自由意志と決定論、タイムトラベル、ロボットに搭載されたＡＩなどに関する現代的な問題が、飾らないストレートな文体で語られ、技術的な発想から倫理的な葛藤が生まれる。チャンの文章には〝ジョージ・オーウェルが理想の散文の特徴として唱導した、窓ガラスのような透明さ〟があり、現実離れしたひとつのイメージに焦点をあてるような寓話的な物語を伝えるのにそれが役立っている。『息吹』に収められた短篇群は、答えのない謎かけのようにいつまでも心に残り、読者を焦らし、悩ませ、啓発し、ぞくぞくさせるだろう――と、オーツは書評を結んでいる。

ここであらためて、本書収録の各篇を簡単に紹介すると、表題作の「息吹」は、人間がひとりも出てこないヒューマン・ドラマ。現実とはまったく異なる世界を設定し、その世界の秘密を探る科学者を主役に、驚きに満ちた物語を展開する。突拍子もないアイデアから出発しているのに、ラストでは読者に深い感動をもたらす。英国ＳＦ協会賞、ヒューゴー賞、ローカス賞などに輝く、二十一世紀本格SF短篇の頂点に立つ傑作だ。

同じ構造は、創造説をテーマにした新作「オムファロス」にも共通する。こちらの舞台は、数千年前、へそのないアダムとイブ（原始の人間）が神の手によってつくりだされたことが証明されている世界。天地創造という奇跡がかつてただ一度起きたことが明らかなこの世界で、科学者はどんな役割を果たすのか？〈SFマガジン〉のテッド・チャン特集用に翻訳原稿を送ったところ、担当編集者が「面白すぎて座ってられず最後まで直立不動で読み通しました」と興奮のツイートを投稿したくらいで、こちらは「地獄とは神の不在なり」と裏表の関係にある記念碑的な名作だ。

「息吹」や「オムファロス」では、〝世界のことわり〟を解明することが小説のテーマに直結するが、本書には、自分の人生とどう向き合うかを描く作品もいくつか収められている。

アラビアン・ナイトのスタイルを借りた時間SF「商人と錬金術師の門」では、現代物理学と矛盾しないタイムトラベルを使って、語り手が自分の過去と向き合うことになる。もうひとつの「あなたの人生の物語」とも言うべきこの作品は、ヒューゴー賞、ネビュラ賞両賞を受賞している。

現実ときわめて近い設定で書かれた〝子育て〟小説も、三篇おさめられている。ヒューゴー賞を受賞した「ソフトウェア・オブジェクトのライフサイクル」は、ＡＩを育てることがテーマだし、「デイシー式全自動ナニー」では機械による子育てがテーマ。「偽りのない事実、偽りのない気持ち」では、新たなライフログ検索システムによって、父親と娘の関係に新たな光が当たり、父親はみずからの子育てをふりかえることになる。

新しい技術を通じて人間を描く点では、巻末に置かれた新作中篇「不安は自由のめまい」が新たな代表作のひとつだろう。プリズムと呼ばれる機械によって、並行世界とのコミュニケーションが実現し、「もしあのときこうしていたら？」という問いに対する答えが得られるようになる。そのとき、人は何を感じるのか。そして、人間の個性はどのようにしてかたちづくられるのか……。

「予期される未来」と「大いなる沈黙」は、ともに小品ながら、ずっしり重い読後感を与える問題作。テーマは、自由意志と知性。とりわけ、自由意志の問題は、「あなたの人生の物語」以来、チャン作品の重要なテーマのひとつになっている。著者自身もやはり、自由意志など存在しないと考えているのだろうか。以前質問したことがあるので、そのインタビューの一部を抜粋して引用しよう。テッド・チャンいわく、

それは〝自由意志〟という言葉をどう定義するか次第だね。脳は物質でつくられて

おり、物質は古典物理学の法則にしたがってふるまう。だとすれば、ある時点におけるシステムの状態は、その直前の状態によって決まる。そういう決定論の考え方と自由意志とは両立しうると考える人もいるし、決定論などまったく受け入れられないと思う人もいる。僕自身は、決定論の主張には大きな説得力があると思う。しかし、最大の問題は、未来についての情報を得られた場合、人間がどうふるまうかだ。

「あなたの人生の物語」「商人と錬金術師の門」「予期される未来」は三つとも、この問題を扱っている。未来についての情報を得ても、未来を変えることはできない。変えられるとしたら、未来についての情報を得たことにならないからね。

たとえば、通りを歩いていてバスにはねられ、全身麻痺になるという未来を知っていたとする。その瞬間に向かって通りを歩き出すとき、人は頭の中でなにを考えるか。これはとてもむずかしい問題だ。未来を知ることでなにが変わるのか？

「あなたの人生の物語」の語り手は、ある精神状態に到達し、この問題に対してひとつのありうべき答えを出す。もうひとつのありうべき精神状態は、「予期される未来」で書いたような無動無言症だ。ほかにどういう解決があるのか、僕にはわからない。いや、もうひとつあるか。未来についての情報を得たとたん、それ以降、悪いことはなにひとつ起こらなくなる（笑）。だれも怪我をしないし、だれも悲しい思いをしないし、だれも死なない……。

　でも、宇宙のふるまいが変わらないとしたら――死や災厄がなくならないとしたら――精神がそれにどう対処するかは大きな問題だ。禅の公案みたいなものだね。悟りをひらいて、バスにはねられる未来に平然と立ち向かえる人は非常に少ないと思う。ほとんどの人は必死に運命に抗おうとするんじゃないかな。もちろん、未来についての情報を得たとたん、すべての人間がとつぜん悟りをひらくという可能性もあるけどね（笑）。

　いずれにしろ、未来についての情報が得られたらどうなるかという話で、さいわい、実際にはまず実現しないから、僕らはそれについて心配しなくて済む。（SFマガジン二〇一〇年三月号より）

　著者がここで語っている問題を、「避けられない困難に直面したとき、知性はどうふるまうか」と言い換えれば、本書のほとんどの作品がこのテーマに関連している。理解しようと努力することに意味があるという表題作のポジティブなメッセージと、知性が持つポテンシャルに対する信頼が通奏低音となって、それぞれタイプの違う九つの物語をひとつにまとめあげる。科学と技術の問題だけでなく、つねに心の問題を中心に置く点が、ジャンルの垣根を越えてテッド・チャン作品が広く読まれつづける理由かもしれない。

テッド・チャンは一九六七年、ニューヨーク州ポート・ジェファーソン生まれ。両親は中国の別々の地方で生まれ、別々に台湾に渡り、その後アメリカで出会って結婚した。ただし、息子が生まれたとき、両親は中国語ではなく英語で育てたほうがいいだろうと考えて、息子の前では原則として英語しか使わないようにしたという。そのため、著者自身は、中国語はほとんどしゃべれず、中国系アメリカ人のコミュニティとも無縁で育ったとか。当人の自己認識としてはあくまでもSF作家であって、アジア系作家だという意識はないとのこと。デビューまでの経歴とその後の華々しい活躍ぶりについては、『あなたの人生の物語』の山岸真氏の解説を参照されたい。

二〇〇七年には、横浜で開催された世界SF大会Nippon2007に参加するため、パートナーのマーシャさんを伴って初来日。この日本版に著者が寄せてくれたメッセージにもあるとおり、菊池誠氏による公開インタビュー企画には三百人を超える聴衆が詰めかけ、急遽会場が変更になる一コマも（インタビューはSFマガジン二〇〇八年一月号に採録）。企画のあとは、客席にいた日本の名だたるSF作家たち——飛浩隆、新城カズマ、東浩紀、桜坂洋、円城塔、伊藤計劃の各氏——とともにグリーンルーム（企画出演者用の楽屋兼打ち合わせ室）に場所を移し、即席の懇親会というか、質問会も開催された。そのときのレポートは、「ポケットいっぱいの秘密――テッド・チャン・インタビュー」として、大森望『現代SF観光局』（河出書房新社）に収録されている。

その二年後には、ネットワーク・オブ・アジア・ファンタスティック・フィルム（NAFF）から依頼されて韓国を訪れ、富川《プチヨン》国際ファンタスティック映画祭（PiFan）に合わせて講演した帰りに、ふたたびマーシャさんとともに日本に立ち寄って、SFファン連合会議から星雲賞のトロフィーを直接受けとり（受賞作は「商人と錬金術師の門」）、日本のSFファンたちと交流した（そのときのようすは、前出『現代SF観光局』に収録された「テッド・チャン経由コリアSFレポート」で読める）。その前日には早川書房で訳者がインタビューし、その時点での最新作「息吹」について詳しく訊いているので、一部を抜粋して紹介しよう（SFマガジン二〇一〇年三月号より）。

［前略］もともと、まったく別の宇宙の物語として構想した作品だけど、読者がその前提を受け入れて読んでくれているかどうかはわからない。僕としては、ボルヘスの短篇、「バベルの図書館」（鼓直訳、岩波文庫『伝奇集』所収）のやりかたを踏襲したつもり。「バベルの図書館」もわれわれの宇宙とはまったく違う宇宙を舞台にして

いる。でも、あれを読んで、「で、だれがこの図書館をつくったの？」と言う人はいないよね（笑）。あの宇宙には、最初からああいうかたちで図書館が存在している。それと同じように、「息吹」でも、われわれの宇宙とはまったく違う宇宙を舞台にした話を書いて、読者が「で、だれがこの宇宙をつくったの？」とは思わずにいてくれることを期待した。

——実際、どうでした？

「だれがつくったの？」と質問する人もたしかにいた（笑）。そこがボルヘスの読者とSF読者の違いだね。

——世界の成り立ちを知りたがるのはSF読者のアイデンティティですからね。

そうそう（笑）。SF読者は説明を期待する。ボルヘスの読者は違う。この小説をSF読者に向かって書くリスクがそれ。たとえばこの小説を〈ニューヨーカー〉に載せたとしたら、そういう疑問はたぶん出ない。［中略］

——「息吹」の語り手たちの姿は頭の中で思い描いてますか？

うーん（笑）。あんまりはっきりとはイメージしてないね。

——さっき話に出た「ヘルボーイ　ゴールデン・アーミー」のヨハン・クラウスをなんとなく思い出しながら読んでたんですが。潜水服みたいな気密スーツに入ってるガス人間というか、エクトプラズム体。

書いてるときは忘れてたけど、言われてみるとそうかも（笑）。まったく別の宇宙の話なんだから、彼らも人間に似ている必要はないんだけど、「バベルの図書館」も、その必要はないのに、人間の図書館と似た構造になってて、読者が理解しやすい。僕もそれにならって、彼らの身体構造や文化を人間のそれに近づけることで読者が物語に入りやすくしたんだ。ただ、作中に書いた以上の具体的なディテールは考えてない。スケッチを描いたりもしないしね。

各作品の成立事情については、著者による「作品ノート」に詳しく記されているが、それぞれの原題と初出、受賞歴、翻訳歴などを含め、補足情報をまとめておこう。

■「商人と錬金術師の門」“The Merchant and the Alchemist’s Gate” ヒューゴー賞、ネビュラ賞、星雲賞受賞

二〇〇七年七月、サブテラニアン・プレスからハードカバー単行本として刊行、ほぼ同時に〈ファンタシー&サイエンス・フィクション〉誌二〇〇七年九月号にカバーストーリーとして掲載された。

「作品ノート」で語られている、キップ・ソーンが考案した〝相対性理論と矛盾しないタイムマシン〟とは、〝時空の虫食い穴〟と呼ばれるワームホールを利用するもの。二つの口の片方を光速に近い速度で移動させてからもとに戻すと、ウラシマ効果で時間が遅れるので、入口と出口で時間の差ができる。そのため、片方から入れば過去へ、もう片方から入れば未来への時間移動が実現する。理論物理学者のキップ・ソーンはカール・セーガンの『コンタクト』や、クリストファー・ノーラン監督「インターステラー」にアイデアを提供したことでもおなじみ。二〇一七年にはノーベル物理学賞を受賞している。

たとえタイムトラベルが実現しても、過去を書き換えることはできないが、過去を深く知ることはできる。このテーマは、「偽りのない事実、偽りのない気持ち」「不安は自由のめまい」でもくりかえし語られている。

〈SFマガジン〉二〇〇八年一月号のテッド・チャン特集に訳載。その後、『時間SF傑作選 ここがウィネトカなら、きみはジュディ』（大森望編／ハヤカワ文庫SF）に再録された。

■「息吹」"Exhalation" 英国SF協会賞、ヒューゴー賞、ローカス賞、SFマガジン読者賞受賞二〇〇八年にナイトシェード・ブックスから出たジョナサン・ストラーン編のオリジナル・アンソロジー*Eclipse Two*に掲載された。当初のラインナップには入っていなかったが、収録予定だった作品がよんどころない事情で掲載できなくなったため、かわりの原稿を求む――と編者のジョナサン・ストラーンが自分のブログに書いたところ、そくざに届いた原稿の一本がこの「息吹」だった。書き上げてからどこに発表するか考えるのがいつものチャンのスタイルで、いつか*Eclipse*に参加したいと思っていたこともあり、渡りに舟だったわけだ。ストラーンがこの経緯をブログで書くと、久々のチャンの新作が読めるとあって日本のファンも色めき立ち、翌年一月、いっせいに本が届くと、読んだ人が先を争ってSNSに絶賛の感想を書く事態に。
「傑作です。SFでしか描けない世界」（古沢嘉通）
「まちがいなく傑作。（中略）まぎれもないサイエンス・フィクション」（山岸真）
「アイディアといい、語り口といい、SFでしかありえない小説だし、まさしく傑作」（向井淳）
「読み終へた後、ゆっくり心に染み入って来る作品である」（中野善夫）
……などなど。あまりの高評価に、〈SFマガジン〉の清水編集長（当時）は「五十周年記念号に載せましょう」と即決。その後、ハヤカワ文庫SFのアンソロジー『SFマガジン700【海外篇】』（山岸真編）に再録された。

題名のexhalationは、「呼気」「発散」など、〝空気が吐き出されること、またはその空気〟を意味するが、ここではやや文学的に〝息吹〟の訳語をあてさせていただいた。

■「予期される未来」"What's Expected of Us"

英国の学術誌〈ネイチャー〉二〇〇五年七月七日号（通巻四三六号）に掲載された一ページの掌篇。同じ〈ネイチャー〉初出の「人類科学《ヒューマン・サイエンス》の進化」（『あなたの人生の物語』所収）と同様、皮肉な未来を容赦ないタッチで描く。タイトルを直訳すれば、「わたしたちに期待されるもの」もしくは「わたしたちに期待したもの」という意味になるが、題名としてのおさまりを考えて、ダブルミーニングに配慮しつつ、「予期される未来」とした。〈SFマガジン〉二〇〇八年一月号のテッド・チャン特集に訳載。

■「ソフトウェア・オブジェクトのライフサイクル」"The Lifecycle of Software Objects"

ヒューゴー賞、ローカス賞、星雲賞受賞

テッド・チャン史上最長、三万語（邦訳は二十字×二十行換算で二百五十枚）に及ぶ中篇。長すぎたためか、雑誌にもオリジナルアンソロジーにも掲載されず、百五十ページの書き下ろし単行本として、二〇一〇年七月末にサブテラニアン・プレスから刊行された（挿画はクリスチャン・ピアス、デザインはジェイコブ・マクマレーる。少部数とあってたちまち売り切れ、中古市場ではいまも二万円以上の値がつく幻の本となって）。

小説のテーマは、ＡＩの成長。本篇をはじめて読んだときに思い出したのは、コナミの恋愛ゲーム「ラブプラス」のこと。発売直後、愛好者の間で早くも「今はいいけど、もしゲームに飽きてしまったら（ゲーム中の彼女を）どうすればいいのか」と議論されているという話を聞いて、妙に感動したことがあるが、彼らのゲーム内彼女たちはいまどうしているだろうか。

また、ソニーの初代ＡＩＢＯを一九九九年から二十年以上にわたって育ててきたユーザーにとっては、この小説は他人事じゃないどころか、まさにＡＩＢＯのために書かれた話のように読めるかもしれない（ＡＩＢＯは二〇〇六年に製造中止になり、二〇一四年には修理対応も打ち切られたが、二〇一七年には後継機のａｉｂｏが発表された）。

本篇では、動物園の飼育係をしていた女性を主人公のひとりに起用することで、ソフトウェアへの感情移入という問題を普遍化し、ペットと人間の関係、親子の関係、恋人との関係まで視野に入れる。その意味でこれは、ＡＩの成長の物語であると同時に、ＡＩという鏡に映る人間の物語でもある。〈ＳＦマガジン〉二〇一一年一月号に訳載。

■「デイシー式全自動ナニー」"Dacey's Patent Automatic Nanny"

二〇一一年にハーパー・ヴォイージズから出たジェフ・ヴァンダーミア&アン・ヴァンダーミア編のオリジナル・アンソロジー *The Thackery T. Lambshead Cabinet of Curiosities* のために書き下ろされた作品。Cabinet of Curiosities（驚異の部屋）とは、十五世紀から十八世紀にかけてヨーロッパで流行した博物陳列室のこと。ドイツ語では Wunderkammer（ヴンダーカンマー／不思議の部屋）と呼ばれる。

これを題材にした小説としては、アレン・カーズワイルのデビュー作『驚異の発明家《エンヂニア》の形見函』（大島豊訳／創元推理文庫）が有名。ヴァンダーミア夫妻のアンソロジーには、テッド・チャンのほか、マイクル・ムアコック、チャイナ・ミエヴィル、マイク・ミニョーラ、アラン・ムーア、ナオミ・ノヴィック、シェリー・プリーストなど各界の才能が寄稿している。

この短篇の発想源になったニュージーランドのコンセプト・デザイナー、グレッグ・ブロードモアのイラストは、アンソロジーの原書を電子版で購入すれば（あるいは、ギズモード誌のプレビュー記事を開けば）見ることができるが、これに子どもの世話をさせようと思う人はまずいないだろうというような不気味な外見だ。なお、作中の全自動ナニーの宣伝文は、アンソロジーのほうではイラスト（背中に大きなネジがついた子守女が幼女を高い高いしている図）つきの雑誌広告のような体裁になっている。本邦初訳。

■「偽りのない事実、偽りのない気持ち」"The Truth of Fact, the Truth of Feeling"

サブテラニアン・プレス・マガジン二〇一三年八月号初出。

作中に登場するティヴ族は、アフリカ西部、主にナイジェリア（一部はカメルーン）に住む人々で、人口は四百万を超える。ナイジェリアはヨーロッパ各国に植民地支配されていたが、ティヴ族が彼らと接触するようになったのは二十世紀初頭から。その後、道路の建設や交易が始まった。ティヴ族にはもともと首長や統治組織が存在せず、長老が争いごとを解決していたが、一九三四年にイギリス政府が介入して、ティヴ族をいくつかの氏族に分割し、それぞれの氏族の長を定めた。本邦初訳。

■「大いなる沈黙」"The Great Silence"

「作品ノート」のとおり、初出はe-fluxジャーナル第五十六回ヴェネチア・ビエンナーレ特別号。

一九六三年に建設されたプエルトリコのアレシボ天文台は、単体では当時（二〇一六年まで）世界最大の電波望遠鏡を擁し、地球外知的生命体探査との関わりが深いことでも知られる。一九七四年の改装記念式典で、地球から約二万五千光年彼方にあるヘルクレス座の球状星団M13に向けて送信されたメッセージは、〝アレシボ・メッセージ〟と呼ばれている。作中で言及されるヨウムのアレックスとペパーバーグのエピソードは実話。アレックスがしゃべった言葉については、アイリーン・M・ペパーバーグの著書『アレックスと私』（ハヤカワ文庫NF）の佐柳信男氏の翻訳を参考にさせていただいた。Allora & Calzadilla + Ted Chiang の映像、“The Great Silence”は、YouTubeなどで公開されているので、ぜひごらんいただきたい。なお、作中に出てくるフェルミのパラドックスは、劉慈欣《三体》三部作でも大きなテーマになっている（とくに第二部『黒暗森林』）。本邦初訳。

■「オムファロス」“Omphalos”

Omphalosとはギリシャ語で〝へそ〟の意味。イギリスの自然学者フィリップ・ヘンリー・ゴスが一八五七年に発表した著書 *Omphalos: An Attempt to Untie the Geological Knot*（オムファロス：地質学的な結び目をほどく試み）に由来する。ゴスはこの本の中で、アダムとイブは、へそがある状態で創造されたと主張した。つまり、この宇宙は、化石や地層などそれ以前の歴史を刻んだものすべてをひっくるめて（つまり過去を持つ状態で）創造されたという考えかたである。それと反対に、すべてがまっさらな状態で創造されたと主張するのが、〝若い地球説〟（Young Earth creationism）と呼ばれる創造論。現実世界ではさまざまな証拠がこの説を否定しているが、本篇の宇宙では、この説が正しいことが考古学的に証明されている。神が実在する証拠がある世界を描く点は、「地獄とは神の不在なり」と共通するが、日常的に奇跡が起きる同作に対し、「オムファロス」の世界では、奇跡はただ一度しか起きていない。その世界で、科学者はいったいどんな役割を果たすのか。

本書のために翻訳されたのち、〈ＳＦマガジン〉二〇一九年十二月号のテッド・チャン特集に先行掲載された。

■「不安は自由のめまい」“Anxiety Is the Dizziness of Freedom”

量子力学の多世界解釈を使ったＳＦは星の数ほど書かれているが、本篇に出てくるプリズムのような発想はたぶんはじめてだろう。

題名は、デンマークの哲学者キルケゴールの著書『不安の概念』（村上恭一訳の平凡社ライブラリー版、斎藤信治訳の岩波文庫版、田淵義三郎訳の中公文庫版など）の一節、

「不安は自由のめまいである」が出典。「不安は、精神が（心と体の）統合を提案し、自由がみずからの可能性を見下ろしながら、支えを求めて有限性に手を伸ばすときに生じる」と続く。

人間が人生で直面する不安にどう対処するかを、量子力学的な装置を借りて描いた作品とも言える。本邦初訳。

以上九篇を収録した本書を刊行したのち、テッド・チャンは二〇一九年五月二十七日付の〈ニューヨーク・タイムズ〉紙に、掌篇“It's 2059, and the Rich Kids Are Still Winning”「２０５９年なのに、金持ちの子《リッチ・キッズ》にはやっぱり勝てない」を寄稿している。これは、ＳＦ作家、フューチャリスト、哲学者、科学者に、十年後、二十年後、あるいは百年後の紙面に掲載されているかもしれない特別記事（という体裁のフィクション）を寄稿してもらうシリーズ企画、“Op-Eds From the Future”の第一回にあたる。Op-edとは、ある新聞記事に対して外部の筆者が見解を述べる署名記事で、社説の対向ページ（opposite the editorial page）に掲載される慣例からこう呼ばれる。テッド・チャンは、いまから四十年後に書かれたオプ・エドという体裁で、きわめて今日的な社会問題にスポットを当てている。

この短篇は、前記の「オムファロス」、男性ファッション誌〈GQ〉の英語版ウェブサイトに掲載された二〇一九年七月二日付のインタビュー記事の邦訳（鳴庭真人訳）とともに、〈SFマガジン〉二〇一九年十二月号のテッド・チャン特集に訳載された。これに『あなたの人生の物語』と本書を加えれば、チャンの小説作品はすべて邦訳されたことになる。テッド・チャンの第三短篇集がなるべく早く（願わくは十五年以内に）読めることを祈りたい。

最後に、この『息吹』日本語版刊行にあたってお世話になった方々に謝辞を捧げる。まずは、本書のために、日本の読者に宛てたメッセージを寄稿してくれた著者、テッド・チャン氏に。氏と初めて会ったのは二〇〇七年八月三十一日のこと。場所は世界SF大会が開かれたパシフィコ横浜のグランドインターコンチネンタルホテル。ひとりでロビーを歩いているのを見つけてティーラウンジに誘い、ジョン・クロウリーやジーン・ウルフや映画「マルコヴィッチの穴」「ザ・リング」などなどについて話し込んだ記憶がある。その時点では、まさか自分がテッド・チャン作品を翻訳することになるとは思いもしなかったが、その後一カ月ほどして、早川書房編集部の清水直樹氏から〈SFマガジン〉テッド・チャン特集（二〇〇八年一月号）の監修及び翻訳依頼があり、光の速さで引き受けた。それから十二年の時を経て、ついに新たな短篇集の邦訳を出せたことを思うとなおさら感慨深いが、その得がたい機会を与えてくれた（そして本書の編集も担当してくれた）清水氏にあらためて感謝する。訳文のブラッシュアップに関しては、上池利文氏の綿密な校正のお世話になった。また、カバーデザインを担当された水戸部功氏にも感謝する。ありがとうございました。

二〇二三年七月（単行本版の訳者あとがきに加筆しました）

本書は、二〇一九年十二月に早川書房より単行本として刊行された作品を文庫化したものです。

訳者略歴　1961年生，京都大学文学部卒，翻訳家・書評家　訳書『フロリクス8から来た友人』ディック，『クロストーク』ウィリス，『三体』劉慈欣（共訳）編訳書『人間以前』ディック　著書『21世紀SF1000』（以上早川書房刊）他多数

HM=Hayakawa Mystery
SF=Science Fiction
JA=Japanese Author
NV=Novel
NF=Nonfiction
FT=Fantasy

息《い》吹《ぶき》

〈SF2415〉

二〇二三年八月十五日　発行
二〇二四年八月十五日　三刷

（定価はカバーに表示してあります）

著　者　テッド・チャン
訳　者　大《おお》森《もり》　望《のぞみ》
発行者　早川　浩
発行所　株式会社　早川書房
郵便番号　一〇一 - 〇〇四六
東京都千代田区神田多町二ノ二
電話　〇三 - 三二五二 - 三一一一
振替　〇〇一六〇 - 三 - 四七七九九
https://www.hayakawa-online.co.jp

乱丁・落丁本は小社制作部宛お送り下さい。
送料小社負担にてお取りかえいたします。

印刷・精文堂印刷株式会社　製本・株式会社明光社
Printed and bound in Japan
ISBN978-4-15-012415-1 C0197

本書は活字が大きく読みやすい〈トールサイズ〉です。